Camilo José Cela Trulock(1916～)

「賽拉多產，但不重複自己；他多變，但每變均有開創。」

賽拉

# 爲亡靈彈奏

李德明／等・譯　林盛彬・導讀

總策劃／吳潛誠

桂冠世界文學名著

49

有人說：「賽拉不是一個優秀的小說家，他最多不過是西班牙文學長期貧乏和普遍平庸時期的突出代表。」

在西班牙，他被公認是繼塞凡提斯之後作品被人們讀得最多的一位作家。

賽拉寫作的歷程，一直很敏銳也很技巧地走在當代歐洲的文化潮流之中。

他「把人類對生存環境的無力感與悲觀宿命，及由之所產生的荒謬與悲劇性的結局血淋淋的呈現在大衆面前。」

# 觀覽寰球文學的七彩光譜

## ——《桂冠世界文學名著》彙編緣起

吳潛誠

早在一八二七年，大文豪歌德便在一次談話中，提到「世界文學」(Weltliteratur)一詞，並宣稱全球五大洲的文學融會成一體的時代已經來臨。他說：

> 我喜歡觀摩外國作品，也奉勸大家都這樣做。當今之世，談國家文學已經沒多大意義；世界文學紀元肇生的時代已經來臨了。現在，人人都應盡其本分，促其早日兌現。

歌德接著又強調：文學是世界性的普遍現象，而不是區域性的活動。因此，喜愛文學的人不宜劃地自限，侷促於單一的語言領域或孤立的地理環境中，譬如說，德國人不可只閱讀德國文學，英國人不應只欣賞英文作品；相反的，人人都應該從可以取得的最優秀作品中挑選材料，作爲自己的文學教育；而天下最優秀的作品自然未必全出自自己同胞之手。歌德心目中的世界文學不啻就是全球文學傑作的總匯，衆所公認的經典作家之代表作的文庫。

那麼，什麼是經典作家？或者，什麼是經典名著的認定標準呢？法國批評家聖·佩甫（Charles-Augustin Sainte-Beuve, 1804～1869）在〈什麼是經典〉一文中所作的界說可以代表傳統看法：

真正的經典作者豐富了人類心靈，擴充了心靈的寶藏，令心靈更往前邁進一步，發現了一些無可置疑的道德真理，或者在那似乎已經被徹底探測瞭解了的人心中再度掌握住某些永恒的熱情；他的思想、觀察、發現，無論以何種形式出現，必然開濶寬廣、精緻、通達、明斷而優美；他訴諸屬於全世界的個人獨特風格，對所有的人類說話，那種風格不依賴新詞彙而自然清爽，歷久彌新，與時並進。

諸如以上所引的頌辭，推崇經典作品「放諸四海而皆準，百世以俟聖人而不惑」，具有普遍而永恒的價值，在國內外都有悠久的歷史；但在後結構批評興起以後，卻受到強烈的質疑。概略而言，解構批評、新馬克思學派、女性主義批評、少數族裔論述、後殖民觀點等當前流行的批評理論，基本上都否認天下有任何客觀而且永恒不變的眞理或美學價值；傳統的典範標準和文學評鑑尺度也是一種文化產物，無非是特定的人群（例如強勢文化中的男性白人的精英份子），在特定的情境下，遵照特定的意識形態，爲了服効特定的目的，依據特定的判準所建構形成的；這些標準和尺度無可避免地必然漠視、壓抑其他文本——尤其是屬於女性、少數族群、被壓迫人民、低下階層的作品。因此，我們必須重新檢討傳統下的美學標準以及形成我們的評鑑和美感反應的那些基本假設和「偏見」。

沒錯，文學作品的確不會純粹因爲其內在價值而自動變成經典，而是批評者（包括閱讀大衆）和權力建制（諸如學術機構）使然。譬如說，現今被奉爲英國小說大家的喬治・艾略特（1819~80），直到一九三〇年代仍很少被人提起；美國小說家梅爾維爾（1819~91）的作品曾經被忽略長達一甲子之久；浪漫詩人雪萊（1792~1822）在新批評當令的年代，評價一落千丈；布雷克（1757~1827）因爲大批評家傅萊的研究與推崇，在一九四〇年代末期才躋入大詩人行列……

這是否意味著文學的品味和評鑑尺度永遠在更迭變動，毫無客觀準則可言呢？馬克思曾經頗感納悶：產生古希臘藝術的社會環境早已消逝很久了，爲什麼古希臘藝術的魅力仍歷久不衰？當代馬克思批評家伊格頓（Terry Eagleton）曾經嘗試爲此提供答案，他反問：「既然歷史尙未終結，我們怎麼知道古希臘藝術會永遠保有魅力呢？」

我們不妨假設伊格頓的質疑會有兌現的可能，那就是說，歷史的巨輪繼續往前推動，社會發生了劇烈改變，有一天，古希臘悲劇和莎士比亞終於顯得乖謬離奇，變成一堆無關緊要的思想和感覺方式，與方今習見的牆壁塗鴉沒啥分別。不過，我們是否更應該正視古希臘悲劇已經流傳了兩千年，在不同的畛域和不同的時代，一直受到歡迎的事實？

不僅古希臘悲劇，西洋文學史上還有不少作家，諸如但丁、喬叟、塞萬提斯、莎士比亞、密爾頓、莫里哀、歌德等等，長久以來一直廣受喜愛，這多少可以說明人類的品味有某種程度的共通性和持續性吧？再說，曾經長期被奉爲經典的作品，必已滲入廣大讀者的意識中，甚至轉化成集體潛意識，對於一國的文學和文化發展產生相當大的影響，欲深入瞭解該國之文學和文化，則不能不尋本溯源，探究其經典著作。例如，《詩經》對於漢民族的文學和文化的影響幾乎難以估計，不提《大學》、《中庸》、《論語》、《孟子》之類的儒家經典曾大量援引「詩云」以闡釋倫理道德；連我們今天所習見的橫匾題詞，甚至四字一句的「中華民國國歌」歌詞，（意欲傳達肅穆聯想）都可和《詩經》牽上關係。

退一步來說，儘管典範不可能純粹是世上現有的最佳作品之精選，而且有其不可避免的附帶弊端，但卻不失爲文學教育上有用的觀念。簡而言之，典律觀念肯定某些作品比其他作品更有價值，更值得仔細研讀，使一般讀者在面對從古到今所累積的有如恒河沙數的文學淤積物時，不致於茫茫然，不知如何篩選。早在十八世紀，法國大文豪伏爾泰（1694～1778）便曾提出警告：「浩瀚的書籍，正在使我們變得愚昧無知」，英國哲學家湯瑪斯·霍布斯（Thomas Hobbes, 1588～1679）也曾經詼諧地挖苦道：「如果我像他們讀那麼多書，我就會像他們那麼無知了。」喜歡閱讀而不重抉擇的讀者能不警惕乎？

那麼，什麼才是有價值的值得推薦的文學傑作？或者，名著必須符合什麼標準呢？文學的評鑑標準自來衆說紛云，因爲文學作品種類繁多，無法以一成不變的規範加以概括，有些作品甚至以打破傳統規範而傳世。我們勉強或可分成題材內容和表達技巧（形式）兩方面，嘗試提出幾則評鑑標準，以供參考：

西方文論自古以來一直視文學爲生命的摹仿或批評，推崇如實再現人生眞相的作品。當代批評則質疑再現（representation）論，認爲所謂的人生經驗其實也是語言建構下的產物，寫實主義充其量只可當做文學俗套的一端。然而，無論如何，以語文作爲表達媒體的文學藝術，其內涵必定多少與人生經驗有所關聯（不可能，也不必要像音樂或美術那樣追求純粹美感）。我們姑且假設人生的眞相是一束光譜，光譜的一端是純粹紀錄事實的紅外線，另一端則是純粹幻想的紫外線，當中紅、橙、黃、綠、藍、靛、紫等深淺不同的顏色代表寫實成分濃淡不同的文學作品。白色光呈現在各顏色之中，但各顏色只是白光的片斷而已。人生眞相或眞理就像普通光線一樣，尋常到處都有，但卻非肉眼所能看見。文學家透過虛構形式的三稜鏡，將光切斷，並析解成各種顏色，好讓讀者得以具體感受到光的存在。那就是說，無論使用什麼文學體式或表現手法，自然主義也好，象徵主義、表現主義、後現代主義也好，史詩也好，悲劇、喜劇、寓言、浪漫傳奇、科幻小說也好，愈能讓讀者感受到生命存在的基本脈動，便是愈有價值的上乘作品，而在刻劃或呈現方面，其深廣度、強烈度或繁複程度又有卓著表現者，殆可稱爲偉大文學。

舉例說，《哈姆雷特》一劇涉及人世不義、家庭倫理（夫妻、兄弟、母子關係）的悖逆、以及王位篡奪所導致的社會不安，多種因素互相牽動，同時兼具有道德、心理、政治方面的涵意，故宜列爲偉大著作。托爾斯泰的《戰爭與和平》以巨大的篇幅，刻劃諸多個性殊異的角色，躬逢拿破崙時代戰爭的轉變和短暫的和平，呈現了人生的基本韻律：少年與青年時期的愛情、追求個人幸福和功名方面的失足與失望、時代危機、以及歷經歲月熬鍊所獲致的樸實無華的幸福和心靈上的平靜，這部鴻篇鉅作當然也該列爲名著。

合乎上述標準的虛構作品，在閱讀之際，也許會讓人暫時逃離現實人生；但讀畢之後，必會使人更有智慧去看待不得不面對的人生。那也就是說，嚴肅的文學傑作必須具備教育啓發功能，擴大讀者的想像和見識空間，使他們感覺更敏銳、領受更深刻、思辨更清晰……但這並不意味著文學作品必須提供黑白分明的眞理教條；相反的，經得起時間考驗的佳構，往往以反諷的語調，揭示生命中的矛盾，告訴讀者：所謂的眞理或價值其實大多是局部的、不完美的，有賴其他眞理或價值的修正補充。例如，但丁的《神曲》表面上的確在肯定信仰，但細心的讀者不難發現它骨子裡隱含有反諷成分。

具備教誨功能的文學作品，對於社會文化必會產生深刻持久的效應，乃至於有助於形塑整個國族的集體意識，或徵顯所謂的「時代精神」，這一類作品理當歸入傳世的名著之林。例如，沙弗克力斯的《伊底帕斯王》、西班牙史詩《熙德之歌》便是。

評鑑文學作品當然不宜孤立地看題材／內容／意涵，而須一併考慮其表達技巧／形式／風格，唯有達到一定的美學效果，才有資格稱爲傑作。此外，在文學發展史上佔有承先啓後之功，不論是開啓文學運動或風潮，刷新文學體式，別出機杼，另闢蹊徑，手法戛戛獨造，技巧出神入化，形式完美無缺者，亦在特別考慮之列。例如法國象徵主義詩人馬拉美的詩篇，寫實主義的典範屠格涅夫的《獵人日記》、福婁拜爾的《包法利夫人》，心理分析小說的巨構《卡拉馬助夫的兄弟們》、把意識流敍述技巧發揮得淋漓盡致的《燈塔行》，首創魔幻寫實的波赫斯之代表作皆屬此類。

《桂冠世界文學名著》基本上是依據上述的評選標準來採擷世界文學花園中的精華（不包括中文著作），但也不敢宣稱已經網羅了寰球文苑的奇葩異草，因爲這套書所概括的範疇，時間方面上下縣延數千年，空間上橫貫全球五大洲，筆者自知學識有所不逮，雖曾廣泛參酌西方名家所編纂的書目，也設法徵詢各方意見，但亦難免因爲個人的偏見和品味，而有遺珠之憾；另一方面，由於必須配合出版作業上的考慮，先期推出的卷册，一仍既往，依舊偏重歐、美、俄、日的古典和現代作品，希望將來陸續補充第三世界的代表作和當代的精品，以符合世界文學名著的全銜。

匯編這套以推廣文學暨文化教育爲宗旨的叢書，原則上自當愼重其事，講求品質；但同時也得衡量現實的條件：諸如譯介的人才和人力、社會讀書風氣、讀者的期待與反應等等，這也就是說，一套名著的出版，不純粹只是理念的產物，同時也是當前國內文化水平具體而微的表徵。一味好高騖遠，恐怕亦無濟於事。

這套重新編選的《桂冠世界文學名著》還有一個特色，那就是每本名著皆附有一篇五千字左右的導讀，撰述者儘可能邀請對該書素有研究的學者擔任；他們依據長期研究心得所寫的評析文字，相信必能幫助讀者增加對各名著的瞭解，同時增添整套叢書的內容和光彩。謹在此感謝這些共襄盛舉的學界朋輩和先進，以及無數熱心提供意見和幫助的朋友。最後，還請方家和讀者不吝指教，共同促進世界文學的閱讀與欣賞。

# 「極端主義」下的「恐怖分子」

林盛彬

一般而言，二十世紀的西班牙小說在五〇年代之前，屬於一段很長的摸索時期；或者遵循傳統的題材與寫作方法，或者以當時盛行的前衛思潮作嘗試。直到卡米洛．何塞．賽拉（Camilo José Cela）的《帕斯庫亞爾．杜阿爾特一家》（*La famila de Pascual Duarte*）於一九四二年問世，才為五〇年代的社會寫實小說開出一條新的途徑。六〇年代的小說家又逐遠離社會寫實，傾向於「非人性化的藝術」表現，探討小資產階級的自戀情結（narcisismo）。七〇年代之後則慢慢地融進「後現代」的氣氛裡，在各種敘述表現的可能性中做實驗；既探索外在的社會現實，也向內重新挖掘存在本質的問題。

《帕斯庫亞爾．杜阿爾特一家》甫一出版，就引起極大的震撼，對當時西班牙內戰之後的沉悶社會而言，實無異於一顆令人怵目驚心的炸彈。之所以如此，最主要的仍在於作者把人類對生存環境的無力感與悲觀宿命，及由之所產生的荒謬與悲劇性的結局血淋淋地呈現在大眾眼前。也因此被冠上「恐怖主義」小說（el tremendismo）的稱號。

這是一部散文體的小說。其主角帕斯庫亞爾是一位坐監待刑的死囚。全書以第一人稱做全方位的敘述，故事內容是主角在監獄裡對他的家庭及整個犯罪過程的回憶與表白。雖然有不少人物穿插其中，但情節發展仍以他的家人為主，尤其是他的母親，妹妹和妻子。正如主角的自述：「當時，我對她們與我做伴是充滿希望的」，但是這三個女人卻讓他生活得更痛苦。Antonio Iglesias Laguna 評論說「《帕斯庫亞爾·杜阿爾特一家》在社會意義上，可說是在抗議一種被傳統價值神聖化了的經濟社會結構，因為正是這個結構把西班牙帶入另一個新的災難之中……而其中較明顯的象徵則是弑母：帕斯庫亞爾殺了養育他也讓它他反感的祖國。」❶然而，象徵祖國的不只是母親一個角色，而是圍繞著帕斯庫亞爾的那些女人；他熱愛她們，可是她們的總和加起來卻是個致命傷。先說妹妹羅薩里奧，在這個家庭中倒像是潤滑劑。譬如說主角的父親埃斯特萬生性粗魯，脾氣暴躁，他生起氣來，既打太太，也打小孩。當羅薩里奧出生後，他卻「坐在地上……目不轉睛地注視著他的女兒。過了一個小時，又是一個小時，用恩格拉西太太的話來說，他這時的臉孔是『情人的臉孔』」。而在她生病期間，「這幾個月是唯一的全家平和，未聞廝打聲的

---

❶Antonio Iglesias Laguana, *Treinta años de novela española*, 1938–1968, Editorial Prensa Española, Madrid, 1969, pp.224～225.

日子。老夫老妻倆可真是憂心如焚哪！」不過，「這女孩比蜥蜴還要狡猾……很快就成了全家的女王，並把我們每個人都管得服服貼貼的……可是……她很快就走上了邪路」。後來把家裡的點滴積蓄囊括一空，來了個不告而別，遠走高飛。到阿爾門德拉萊霍認識了埃斯蒂勞，也因此在錢財與名譽上破產。然而，對帕思庫亞爾來說，她並不是代表絕望，他認為「即使最壞的人有時也會做出點好事來。羅薩里奧並沒有把我們忘了，逢年過節她還給我們寄點東西來，哪怕是一件背心」。再說他的第一任妻子洛拉，他們的孩子夭折之後，帕斯庫亞爾離家出走，當兩年後回來，得知他太太懷孕了，而孩子的父親竟是使他妹妹身敗名裂的埃斯蒂勞。雖然洛拉死了，主角也因報復殺傷埃斯蒂勞而判刑三年。出獄後，因妹妹的介紹，與拉埃斯佩蘭薩結婚。至於他的母親，「也是生就的火爆性格……說出來的話難聽得連上帝都不會原諒她。成天价罵罵咧咧，為一點小事就出言不遜，不堪入耳」。她的小兒子死了，「我的母親沒有哭。這樣無情的女人，她的心一定是鐵打的」。當他再度結婚兩個月後，「我發現我的母親跟我在入獄前一樣，仍然喜歡耍手段，玩花招。她孤僻冷漠的舉止使我厭惡，說起話來指桑罵槐，惡語傷人」。加上他新婚太太與母親之間也有點水火不相容，以致帕斯庫亞爾想出了「隔土」相處的辦法。而所謂「隔土」相處，「可以指兩個人分居在兩個相隔很遠的地方……讓一個人在地面上踩土，另一個人長眠在二丈深的地下，也可以叫「隔土」相處……」。這意味著帕斯庫亞爾必須作一選擇來解決問題；若選擇第一種，則表示主角將會跟許多在內戰後流亡國外的作家與知識份子走相同的路。然而，這已是一條無法實現的路。在該書第十五章敘述了主角離家出走輾轉到達北部港都拉科魯尼亞，意圖乘船前往美洲，因船票昂貴而放棄。此路既然不通，剩下的只有第二種選擇了。「母親」的性格在此可以代表祖國的首要之惡，但並非整體。帕斯庫亞爾不止一次思索著，「為什麼會失去對母親的尊敬，失去對她的孝心……從什麼時候起，她在我心中已經不是我的母親了；從什麼時候起，她竟成了我的敵人，她已成了我不共戴天的仇人。同一血緣人們之間的仇恨往往是最深的仇恨。我母親已成了我恨之入骨的仇人」。《帕斯庫亞爾．杜阿爾特一家》最後仍然活著的只有他的羅薩里奧和拉埃斯佩蘭薩；依西班牙文解釋，前者另有「念珠」或持念珠禱告之意，而後者則表示希望。據此，我們可以說：作者雖然厭惡當時的祖國（戰後的沉悶，專制，不安等等），但對不可知的未來仍存著一絲希望。

至於敘述者本身，文章之始，即先自我表白：「先生，我不是壞人，雖說有多種原因使我成為這樣的人」。帕斯庫亞爾深具宿命的觀念，他相信人降生之初並無分別，只是長大後，任從命運的擺佈捏弄而有不同的結局。他雖然單純，行事也有自己的一套規矩與價值觀，個性上卻充滿了矛盾：魯莽，被動，憂柔寡斷；很容易衝動，卻很少有自主性的行動，包括愛情，搏鬥及弒母。譬如與他第一任太太洛拉的交往，事實上他弟弟馬里奧的葬禮之後，被洛拉一句暗示性的「你跟你弟弟一樣」所激怒，才粗魯地把她「緊緊地按在地上」，「咬她，把她咬出血來，弄得她精疲力竭，馴服得就像一隻小母馬……」同樣地，當他和第二任妻子拉埃斯佩蘭薩第一次見面時，「雖然雙方都知道對方將要說的話，但都暗暗地注視著對方……我們呆了足足有一個多小時，沒有人開口……最後還是她先開了『火』」。而最後要殺他母親時，更是把他這種矛盾與遲疑的個性顯露無遺：「她蓋著被單，臉緊貼著枕頭躺著，只要我朝她撲過去，一刀砍下去，她就再也不會動彈了，可能連吭一聲也來不及……我只要一伸胳膊就夠著她了……我很想下決心，但這個決心總是下不了。我幾次剛把手臂舉起來，就又放了下來……我想先閉上眼睛再砍下去。不行……太冒險，會砍空的……時間一秒一秒地過去，我卻像一尊塑像似的站在那兒一動也不動……我在她身旁已站了足足有一個多小時。不能幹，絕對不能幹，幹這號事決不是我能力所及的……」最後是他決定放棄，而正轉身要走，地板的聲音卻把他母親吵醒了，此時他才「猛地朝她撲了過去」……對帕斯庫亞爾來說，面對命運，人能真正掌握主宰的，不是外在的現實世界（因為它經常與願相違），而是內在絕對自由的想像力：「我躺著讓想像自由地飛翔，它是唯一能在我身上自由飛翔的東西……」

在序言中作如是反思：「蒙田（Montaigne）把秩序稱做悲傷陰鬱的美德，很可能他把秩序跟它的表象與面具搞混了，人們所謂的秩序是一種不變的態度，是一種靜止狀態而不是律動……我想秩序是明亮，活潑而令人感到愉快的；但是，若這種經常被蓄意強調的秩序，事實上仍未脫其空洞時，人們感到的卻是晦黯，悲傷與缺乏生命力。天空的秩序是一種美的奇蹟，而大眾的秩序卻常是一種沉寂的渾沌狀態，勉強裝出秩序透明的顏色，儘管沒有人相信」。換句話說，秩序是一種自然的律動。誠如沙特所認為的：「人就是自由」，「我只知道做我能力所及的一切，除此之外誰也不曉得……只有在行動上才有現實……人等於他自己的計劃，只是他所實踐的一切，行為的整體」❷而這種自由是主觀的，衝動的但也完全是屬於人的。屬於本能的喜怒哀樂的，沒有任何預加的設限，在行刑前，帕斯庫亞爾「大聲地說，他不想死，還指責人們沒有權力這樣對待他，這樣對待他的人應該受到控告」。藉著這部作品賽拉把那種被拋棄的，絕望的，悲痛的自我，提出來向世人宣告，控訴。盧卡奇曾說過：「寫實主義，意味著人物與其他人物關係之間的自主存在，明白易懂而生動活潑的可塑性……其重點在於適當地把『完全的人』（Hombre total）作藝術的重現」。❸這裡所謂「完全的人」自然也應該包括這種人的孤寂，恐懼和荒謬。在三、四〇年代，西班牙的文化思潮仍在奧德嘉·伊·嘉塞特（Ortega y Gasset）的精英理念（selectismo）籠罩之中，何塞·賽拉這種原始的自然主義無異是一種劃時代的革新。

《為兩個亡靈彈奏瑪祖卡》（*Mazurca para dos muertos*）於一九八三年出版，書名關係著一個謀殺與復仇的事件，而謀殺與復仇正是故事發展的開始與結束，在這兩點之間，穿插著一段龐

---

❷Jean-Paul Sartre, *L'Existencialisme est un humanisme*, Les Editions Nagel, Geneve, 1948. 西班牙文版 *El existencialismo es un humanismo*, Edhasa, Barcelona, 1989, p.37.

❸Georg Lukacs, *Ensayos sobre el realismo*. Siglo XX, Buenos Aires, 1965, p.14.

雜的，由性徵，野蠻與暴力等節交織的過程。這事件始末經書中人物羅賓·列寶桑記載而留傳下來。除此之外，也交叉斷續記載了古欣德與莫蘭家族的歷史淵源。故事發生在西班牙西北部西葡邊界，加利西亞（Galicia）的奧倫塞（Orense）山區。起因是一個外號叫「蠻子」的青年巴爾多梅羅·馬爾維斯·溫德拉被殺害，「蠻子」屬於世居當地的古欣德家族，而兇手卻是一位人稱「莫喬」的卡羅波人法比安·米蓋爾。當「蠻子」於一九三六年被害，帕羅恰妓院的盲人琴師高登西奥徹夜悶不吭聲地彈著波蘭舞曲《瑪祖卡》——我親愛的瑪利安娜（Ma petite Marianne）。之後便不再彈奏這首曲子。而高登西奥拒彈瑪祖卡則意味著復仇的決心與等待，只是這個復仇的日子對他來說完全不確定，因此，當客人要求彈奏瑪祖卡，他總答以「今天不是拉那支瑪祖卡舞曲的日子，我看再也不會有拉那支瑪祖卡舞曲的日子了」。三年後，古欣德家族會議決定，由「蠻子」的二弟，外號「魔鬼」的塔尼斯負責復仇，並以爆炸聲為訊號。塔尼斯在山路間找到莫喬並告訴他：「我要殺死你，雖然你不配，但我還是事先告訴你……並不是我要殺你，殺你的是山野法規，我不能對山野法規置若罔聞」。然後閃開身子，他帶的兩條狠狗立刻撲了上去，把法比安咬死，當爆炸的信號聲響起，「那天夜裡，盲人高登西奥，這個心靈純淨如同聖約瑟百合花一樣的妓院手風琴手，以異常歡快的心情奏起了《我親愛的瑪利亞娜》那支瑪祖卡舞曲」，直到清晨。書末並附了一份法醫報告，結論是事故死亡。

在這部作品中，一開始作者就不時用「雨」與「車輪」來暗示世間種種，正如同時間一樣不停地循環。「綿綿細雨，下個不停，雨點懶洋洋地落下來，它的耐性是那樣大，好像要下一輩子似的」，「細雨不停地下著，世界繼續旋轉」，「雨好像下了一輩子，甚至要下到來世……也許雨停了，生命也就完結了」。也許天地真的不仁，但這是不可抗拒的自然法則。正如復仇之於山野法規——殺人償命一般，是天經地義之事。也像羅賓．列寶桑記載的，「拉薩羅．科德沙爾是這個真實故事中的第一個死者……最後一個死者還沒有死，在這個永遠不會完結的死亡統計表中，總有個人等著把死者列進去，其實，這就是被貫性推動著的一個沒有尾環的死人鍊條」。雨在書中的象徵意義很明顯，作者也試圖藉著雨的意象突顯自然的永恆性，時間無限性，以及人生的短暫，空無與遺忘等概念，以使作品的思想更具深度。

作者一方面表達了對於緬懷過去所表露的鄉愁，以及對現況——內戰與佛朗哥的高壓統治——的不滿與無奈；「我覺得在加利西亞連念珠都失去了它的作用，我們為什麼不早出生一百年，或者晚出生一百年？」「在動亂期間，鏟除了以前的那些習俗，那些習俗隨著動亂完全消失了。現在什麼都變了，變得更糟了，一個時代死去了，另一個時代誕生了」。「西班牙是一具屍體……我不願去想。但是……我感到害怕，我不知道我們要過多長時間才能把這具屍體埋掉……但願西班牙沒有死去，西班牙只是處在昏迷之中，它還會醒來的！……我們西班牙人應該做出巨大的努力，應該付出很多精力，才能避免自相殘殺」。另外，也指出人性的野蠻無知與狹隘的世界觀；「羅基尼奧……被鎖在一只櫃子裡長達五年之久，據說是不讓他打擾別人」「我所希望的在看到大海之前不要死去，我想大海一定很美……大海起碼有奧倫塞那麼大，也許還要大」。

本書雖然不分章節，一氣呵成，然而整個故事並不連貫，像拼貼藝術（collage）；片斷，不連貫正是這作品的特點之一。一般對此作品的評價不一，如Santos Sanz Villanueva認為，儘管「報章上的評論過於誇大讚美，我們認為自我重複是此書作者文采無繼，與敘述能力不穩定的另一明證，它重複了《蜂巢》（*La colmena*）及《聖卡米洛，1936》（*San Camilo*, 1936），除了把地點從城市（馬德里）改成鄉村（加利西亞山區）有所不同，卻更糟地暴露他在文學上的弱點」。[4]此外，由於書中使用很多的加利西亞文，而讓Fernando Umbral認為《為兩個亡靈彈奏瑪祖卡》暗示了兩種語言——西班牙文（即卡斯提亞文）與加利西亞文——的共生現象，而稱之為「為兩種語言彈奏瑪祖卡」[5]另一方面，正如布萊希特（Bertolt Brecht）所認為的：「如果作者需要，也認為可以增加對現實更有效掌握的可能性，那麼一切的方法都是好的」。[6]作者也的確綜合運用了一些敘述方法，像書中就不難發現意識流與魔幻寫實的影子；片斷的，不連貫敘

---

[4] Santos Sanz Villanueva, *Historia de la literatura 6/2, literatura actual*, Ariel, Barcelona, 1985, p.89.

[5] Angel Basanta, *La novela española de nuestra época*, Anaya, Madrid, 1988, p.32.

[6] Bertolt Brecht, "Sobre el modo realista de escribir", *recogido en Estética y marxismo*, tomo II, recopilado por Adolfo Sánchez Vāzquez, Ediciones Era, Mexico, 1970.

述，時空的切割交錯，重複敘述，還帶點文字遊戲等等徵象，而這些正好是所謂後現代的現象。誠如李波維茨基（Gilles Lipovetsky）所言：「後現代的情況是：藝術不再是一種革命的向量，失去它除舊佈新的規則，而是疲憊地癱在呆板的極端主義（el extremismo）中……後現代在某種意義上已無意創新風格，而是融合那些包括最現代的所有的風格」。[7]從這個角度來看賽拉的小說藝術，我們也不能不承認從早期的《帕斯庫亞爾．杜阿爾特一家》經《蜂巢》到後現代時期的《為兩個亡靈彈奏瑪祖卡》，作者寫作的歷程，一直很敏銳也很技巧地走在當代歐洲的文化潮流之中。

---

[7] Gilles Lipovetsky, *L'ére du vide. Essais sur l'individualisme contemporain*, Editions Gallimard, Paris, 198
西班牙文版，*La era del vacío. Ensayos sobre el individualismo contemporaneo*, Anagrama, Barcelona, 1922, p.121.

## 參考書目

Basanta, Angel, *La novela española de nuestra época*, Anaya, Madrid, 1988.

Domingo, José, *La novela española del siglo XX*, Labor, Barcelona, 1973.

G. de Nora, Eugenio, *La novela española contemporanea*, Gredos, Mardrid, 1970.

Iglesias Laguna, Antonio, *Treinta años de novela española, 1938～1968*, Editorial Prensa Española, Madrid, 1969.

Lipovetsky, Gilles, *La era del vacio*, Anagrama, Barcelona, 1992.

Lukacs, George, *Ensayos sobre el realismo*, Siglo XX, Buenos Aires, 1965.

Sānchez Vāzquez, Adolfo, *Estética y marxismo*, Ediciones Era, México, 1970.

Sanz Villanueva, Santos, *Historia de la literatura* 6/2, *Literatura actual*, Ariel, Barcelona, 1985.

Sartre, Jean-Paul, *El existencialismo es un humanismo*, Edhasa, Barcelona, 1991.

Sobejano, Gonzalo, *Novela española de nuestro tiempo*（*en busca del pueblo perdido*）, Editorial Prensa Española, Madrid, 1970.

# 西班牙新小說的先驅

林一安

一九四二年，在西班牙內戰後岑寂而壓抑的文壇上，出現了一部篇幅不大，標題也不醒目的中篇小說：《帕斯庫亞爾．杜阿爾特一家》。但是，人們在閱讀之後，卻不禁為作者的膽量暗暗吃驚。

小說以回憶錄的形式寫出，前後還加了重抄者（即發現和整理這部回憶錄手稿的人）的說明，以期造成「真實效果」；其實，故事並不複雜：回憶錄的作者即小說主人翁帕斯庫亞爾．杜阿爾特是西班牙一個鄉村小鎮的青年，他善良、淳樸，對未來滿懷憧憬。但不幸的是，他的家是一個貧困、愚昧、落後的家庭。父親年輕時是個走私犯，被判過刑，坐過牢，出獄後，意志消沉，終日狂喝濫飲，任意打罵妻兒，藉以發洩。家人對他十分厭惡，但懾於他的淫威，敢怒而不敢言。一天，他狂犬病發作，家人積聚在心頭的怨恨終於有了宣泄的機會：他們用暴力將他關進壁櫥，把他活活折磨死了。母親是個目不識丁的村婦，既愚昧無知，生性又剽悍粗野。面對丈夫的凌辱，她毫不示弱，總是以牙還牙，棍棒相迎。她對子女冷酷無情，從未施過母愛。她的小兒子智能低下，肢體殘缺，是她與人私通的產物。當她的情夫狠踢這個小可憐蟲時，她竟放聲大笑，毫無憐憫之心。帕斯庫亞爾從小也受到父母的虐待，享受不到人間的溫暖。他一生坎坷，命運多舛：好不容易結婚成家，可外出度蜜月時，他和妻子同騎的一頭母馬受了驚，導致婚前受孕的妻子小產。帕斯庫亞爾在盛怒之下用刀捅死了母馬。後來，他的妹妹和妻子遭到流氓埃斯蒂勞侮辱，他氣憤已極，便與之決鬥，將他活活踩死。帕斯庫亞爾於是被判處二十八年徒刑。服刑期間，他表現良好，滿心希望重新做人，後被減刑為三年，期滿釋放。誰知出獄後，他因不堪忍受惡毒的母親之騷擾，終於用柴刀將這個給家人帶來許多不幸和屈辱的潑婦殺死，從而受到法律的嚴厲制裁，被處以絞刑。

這部小說的作者就是一九八九年的諾貝爾文學獎得主、西班牙著名作家卡米洛·何塞·賽拉。當時，他年僅二十六歲，只發表過一本詩集，題名為《踏著白日猶豫的光芒》（1935），在西班牙文壇可以說是無名小卒。

可是，就是這位小青年的這樣一本薄薄的小書，卻在西班牙鬧出了一場軒然大波！文學界反響巨大，一時間佳評如潮，一致認為此書一掃內戰後西班牙文壇沉悶而蕭條的空氣。西班牙著名文學評論家貢薩洛·索貝哈諾認為：「《帕斯庫亞爾·杜阿爾特一家》的問世，一舉證明了西班牙小說界蘊藏著巨大的新的活力，為復甦和重建西班牙現代小說奠下了第一塊基石，同時也從根本上扭轉了四〇年代西班牙讀書界只注重外國翻譯小說的興趣。」❶而且，賽拉在這部中篇裡表現的自然主義傾向，還被一些文學評論家稱為「恐怖主義」或「恐怖現實主義」。這是因為，小說中除了有大量令人毛骨悚然的殘忍行為描寫之外，還有意扭曲人物的形象，有時甚至把人的行為和動物的行為等同起來，造成一種厭惡感，從而深化讀者對這種行為的厭惡，進而憎恨形成這類行為的社會誘因。有的評論家指出，就美學意義和敘事藝術而言，《帕斯庫亞爾·杜阿爾特一家》一書也是對傳統的有力挑戰和成功背叛：它徹底變更了讀者一味接受、敘述者無所不知、故事情節按部就班地發展、小說結構四平八穩等陳舊程式，為西班牙新小說的拓展開了風氣之先。

當時，西班牙法西斯勢力已奪取政權，正受到其御用文人的一片歌功頌德、粉飾太平的肉麻吹捧和瘋狂鼓譟，塞拉居然創作出這樣一部揭露人間黑暗、喚起社會控訴的小說，應該說是難能可貴的。然而，該書也立即遭到官方和教會的強烈指責，後來還被查禁。其實，原因也很簡單：這部作品表現了戰後西班牙人民的幻滅和絕望，而它要告訴西班牙人民的是，西班牙社會內部沉積著一種愚昧落後的文化，這樣的社會只會窒息人性，是造成現實罪惡和冤冤相報的衝突的真正之禍根；而毫無人性的法西斯政權連同它那嚴密控制的書刊檢查，更是扼殺人性乃至新生命的絞刑架和劊子手！

---

❶貢薩洛·索貝哈諾：《當代西班牙小說》（1975），第33頁。

事情鬧得天翻地覆，人們自然會把好奇的目光轉向膽大包天的青年作家身上。人們這才搞清，這個年輕人全名為卡米洛·何塞·賽拉·特魯洛克（Camilo José Cela Trulock），一九一六年五月十一日出生於西班牙西北部加利西亞地區拉科魯尼亞省帕德隆市伊里亞-佛拉維亞縣，父親是西班牙人，母親兼有英國和義大利血統。

九歲時，賽拉隨全家移居馬德里。進入大學後，曾攻讀法律、醫學、哲學和文學。一九三六年，西班牙內戰爆發，賽拉中途輟學，離開馬德里，參加佛朗哥的軍隊，當了一名士兵，糊裡糊塗地替法西斯賣命。然而，血腥的無意義的殺戮和人性的扭曲強烈地震撼了他，使他醒悟。一九三九年內戰結束後，他開始獨立反省那場戰爭，認識戰後的現實和理解人生。賽拉退役回到馬德里後，為謀生計，曾當過小公務員、畫匠、電影演員、鬥牛士，甚至柔道教練。廣泛豐富的閱歷為塞拉日後的文學創作提供了厚實的素材。

長期內戰後的西班牙，滿目瘡痍，人民生活極端貧困，但在法西斯政權的文人墨客粉飾下（佛朗哥本人就帶頭寫了一本為反革命內戰歌功頌德的「小說」），廣大民眾受到蒙蔽和欺騙，一時不明真相。這時，賽拉毅然推出《帕斯庫亞爾·杜阿爾特一家》這樣一部血淋淋揭示人性扭曲的作品。應該說，這同時也是作家在思想認識上覺醒的一個飛躍。作家深刻地告訴讀者，原來秉性善良的人之所以淪為冷酷、凶殘的殺人犯，走上絞刑架，乃是惡濁的社會環境使然。這才是滅絕天良的真正禍首元兇！

這部小說當然也有不少缺陷甚至失誤，例如，作品中的一些自然主義或「恐怖現實主義」的描寫，雖然在一定程度上深化了讀者對西班牙社會現實的憎恨，從而激起一股頗有影響的社會抗議浪潮，但同時也造成了讀者沉重的心理負擔和消極的反感情緒，有些恐怖場面的描寫過於直露，令人不忍卒讀。另一方面，作品中有不少情節描寫、人物的心理刻畫乃至形象塑造都沒能充分展開，因而顯得簡單、稚嫩甚至牽強，比起四〇年代即被國際文壇「重新確認」的一些拉丁美洲小說來，如阿根廷作家波赫斯的《歧路花園》、瓜地馬拉作家阿斯圖里亞斯的《總統先生》和《玉米人》、古巴作家卡彭鐵爾的《人間王國》，似乎就稍遜一籌了。

然而，如果考慮到賽拉當時所處之艱難的社會環境以及他對西班牙戰後小說所起的作用和影響，那麼認為他的這部中篇「開創了西班牙小說的新階段」❷，應該說不失為一種公允的評價。一九五一年，賽拉花了五年時間寫成的重要長篇小說《蜂房》在布宜諾斯艾利斯出版，不僅受到西班牙讀者的廣泛歡迎，而且還引起了最為苛刻的文學評論家的注意。

小說共分六章和一個尾聲，描寫的是西班牙內戰結束後不久而世界大戰正在進行時的馬德里下層社會。故事發生在一九四二年十二月短短的三天裡：青年詩人馬丁失了業，生活無著，終日放蕩不羈，無所事事，出入飯館酒肆，打發日子。有一天，他在羅莎開的小咖啡館裡吃了東西而

---

❷馬里亞諾・安托林・拉托：《聖卡米洛・文學巨星》，西班牙《變革16》雜誌，1989年10月30日，第8頁。

付不出錢，被老闆娘當眾逐出門外。小說以此為線索，圍繞著活動在小咖啡館周圍的三百餘名各色人物展開，其中有工人、職員、醫生、警察、小販、妓女、流氓、跑堂的、放債的、巡夜的、擦皮鞋的……三教九流，紛繁複雜。小說最後以妓女馬戈特被人在廁所裡勒死，警察準備傳訊馬丁做為結束。

小說不僅隱喻這家咖啡館活像一個營營不息地騷動著的蜂房，戰後西班牙普通百姓整日為生活忙碌奔波，彷彿一隻隻疲於奔命的蜜蜂，飽受貧困、飢餓、絕望、空虛等肉體上和精神上的巨大痛苦，而且還通過描寫這些芸芸眾生之間只知金錢和情慾而不知其他的冷漠關係，刻畫出他們孤獨、隔閡的心態，暗示他們好像被禁錮在一個個六角形的蠟巢裡，坐以待斃。

西班牙著名文學評論家安赫爾·巴桑塔認為，除了深刻的社會意義外，《蜂房》一書在寫作技巧上「也不愧為西班牙小說中最為傑出的作品」，「開創了西班牙小說的新時代」❸。

綜觀全書，這部小說在藝術手法上有四大特點。一是客觀主義的描寫。賽拉本人承認：「我的這本小說……是按照生活的本來面貌，準確地一步一步地加以描寫的。」❹因此，無論敘事寫人，還是狀物繪景，都由一個客觀的敘述者客觀地、不加議論地從客觀的角度進行客觀的鏡頭攝

---

❸安·巴桑塔：《西班牙小說四十年》（1979），第12頁。

❹賽拉：《蜂房》，中文版，允晨文化，1988。

取或筆頭記錄，然後加以播發或報導。可以看出，作家做出了巨大的努力，希圖完善他在《帕斯庫亞爾·杜阿爾特一家》中尚嫌稚嫩的筆鋒，促成藝術上更為完善的「真實效應」。然而，筆者認為，書中對於眾多人物的介紹，仍然存在著某些電影說明書或履歷表式描寫的痕跡，作家似乎沒有完全擺脫過去那種「簡單」的窠臼。

二是「攝影機眼」的引進。「攝影機眼」是美國著名作家約翰·多斯·帕索斯首先倡導運用的。他在他的許多作品裡，特別是在一九二五年發表的長篇小說《曼哈頓中轉站》中採用了這種寫作手法。根據這種技法，作家彷彿長了一雙電影攝影機一般的眼睛，對他筆下的人物，可以運用全景、遠景、近景、特寫、融入、切入、閃回等多種影視手段來加以刻畫描繪，因而靈活生動，效果真實。許多文學評論家認為，賽拉顯然深受多斯·帕索斯的影響，在《蜂房》中成功地運用了這一技法。但也有人認為，賽拉只是模仿，並無任何創新。

三是集體主角的巧妙運用。全書合中文僅二十萬字，但出場人物卻有三百四十六位之多。這些人物基本上可以說只有上場先後之別，而無主次之分。巴桑塔認為，這些眾多的人物都極其重要，都可勝任主角，因而可稱為「集體主角」。這是賽拉十分大膽的、在西班牙戰後文壇不失為一種獨創的嘗試。如果沒有駕馭文字、刻畫人物的深厚功力和準確把握，作家是絕不會貿然行事的。在賽拉筆下，這浩浩蕩蕩的各色人物性格各異，形象鮮明，血肉豐滿。有的人物，作家雖沒有用濃墨重彩，但寥寥數筆，便活脫脫勾勒出一個完整的形象來。

四是時空的轉換和壓縮。全書的情節並不一一按時間和場景的順序排列，作家往往採用倒敘、跳敘以及同步、並置等一系列新穎的時空描寫手段處理，因而增加了作品的藝術效果，同時也增強了讀者的參與意識。

《蜂房》顯然又是一部對社會的控訴書，因此未出版就遭到當局查禁，不得不在阿根廷出版。直到一九六二年，才獲准在西班牙本土發行。然而作家卻因此聲名大噪，進一步奠定了他在西班牙文學界的重要地位。一九八二年，此書由西班牙著名電影導演卡穆斯搬上銀幕，作家重操舊業，在影片中也扮演了一個角色，賽拉於是舉國聞名。

一九八三年九月，賽拉另一部成功的長篇小說《為兩個亡靈彈奏瑪祖卡》問世，作家由於這部作品而獲得一九八四年設立的西班牙全國文學獎。賽拉通過西班牙內戰期間一樁謀殺案及其復仇事件的描寫，生動地反映了加利西亞山區居民的生活及其政治傾向。作家巧妙地運用了加利西亞方言，把西班牙西北部這地區的民俗風情描摹得淋漓盡致，充溢著濃郁的地方色彩。

故事圍繞著加利西亞一偏遠山區的兩大家族派系展開。古欣德家族世代居住此地，因血緣相近，後代長相古怪：兩排稀鬆的牙齒配上一張長的馬臉。但他們彼此和睦團結，友善相處，其中大多數以種田、打獵、捕魚為生。另一些居民是從外省遷來的卡羅波人，他們長相也很特別：額頭上都有一塊豬皮樣的印記，猶如工廠產生的商標或者壞人的標籤。他們從事的是「坐著幹活」的行業，如修鞋匠、裁縫、藥材店夥計等等。

內戰烽煙四起，波及加利西亞。原來就有宿怨的古欣德人和卡羅波人關係日趨緊張。卡羅波人法比安·明蓋拉認為鏟除對頭的機會來了。他的死敵是古欣德人巴爾多梅羅。這小伙子膽識過人，勇猛異常。最令人驚異的是他前額上生有一塊會變色的星形斑痕，有時它會發生紅色光芒，有時變成晶瑩透明的黃玉，有時彷彿玲瓏剔透的翡翠，有時又宛若潔白無瑕的鑽石……由於巴爾多梅羅的孔武英勇和神奇色彩，他在當地享有極高的威望。法比安對他又恨又怕，必欲置之於死地而後快。

一個陰雲密布的夜晚，法比安糾集一幫歹徒，將巴爾多梅羅父子抓獲，殘害致死。消息傳到在帕羅恰妓院拉手風琴謀生的盲樂師高登西奧耳裡，他第一次彈奏起瑪祖卡舞曲，為姐夫和外甥哀悼。三年後，古欣德人舉行家族會議，決定由巴爾多梅羅的二弟塔尼斯執行報仇決定。塔尼斯武藝高強，皮膚長得跟鋼鐵一般堅硬。他接受命令後便伺機行事。一天，他帶上兩條訓練有素的大狼狗，找到了正在河邊喝水的法比安。狠犬猛撲上去，咬住要害，法比安一命歸陰。高登西奧獲悉後，第二次奏起了瑪祖卡舞曲，樂聲通宵達旦。

這部長篇小說，是賽拉文學創作「革新意識」相當全面的展示。西班牙著名文學評論家飽爾·伊列在論述賽拉的文學創作時概括道：「塞拉多產，但不重複自己；他多變，但每變均有所開創。」❺這段話，同樣適用於《為兩個亡靈彈奏瑪祖卡》。

這部小說並不分章，為保持故事的連貫和完整，從頭到尾，一氣呵成，只是最後附了一份法醫解剖法比安屍體的驗屍報告。西班牙文學評論界普遍認為，這部小說是賽拉晚年文學創造的一個高峰，可以列為西班牙當代小說的經典作品。

確實，這部別具一格的小說具有更為深邃的思想內涵。作家向讀者展示的絕不僅僅是血肉模糊的屍體，凶狠野蠻的殘忍行為，報仇雪恨的殺戮場面，從而造成人們膽戰心驚的「可怕主義」感覺；作家也絕不是企圖借助一些肆無忌憚的打情罵俏、粗俗村野的情愛鏡頭，激起人們的感官衝動。我們從作品中可以明顯地體味到，作家強烈地譴責這種迷信、粗野而毫無理智的魯莽行為。他所探討的乃是人類的前途。他力圖揭示在封閉、愚昧、落後、與世隔絕的社會環境裡，在內戰狼煙蔓延的陰影下，西班牙民眾的生存狀態。作家認為，西班牙人猶如一頭傷痕斑斑的、被獵叉緊緊卡住脖子的野獸在進行絕望的掙扎。這無疑又是一幅觸目驚心的悲慘圖景！

囿於階級局限，賽拉顯然沒有能夠對內戰做出公正與正確的解釋，但是他對由此而引起的西班牙民眾人性的扭曲感到深切的憂慮，對西班牙的前途滿懷憧憬而又惴惴不安，他甚至還公開譴責佛朗哥的行政機構，罵它是「蛀蟲」、「猛於山間野獸」……我們不難看到，在賽拉的胸膛內，跳動著一顆祝福西班牙、祝福人類的善良心靈！

在寫作技巧上，賽拉除了保持他原有的風格和特色之外，還做了許多新的嘗試和探索。

---

❺西班牙《國家報》，1989年11月3日。

在人物的刻畫上，他適當地運用了盛行於拉丁美洲的魔幻現實主義手法，給作品蒙上了一層神奇色彩，例如寫卡羅波人額頭上長有一塊豬皮樣的印記，古欣德人巴爾多梅羅額頭上生有一塊會變出各種鮮艷色彩的星形斑痕……這完全改變了賽拉在他過去的小說中常用之客觀描摹的手法，而多少糅進了作家的主觀色彩，因為對卡羅波人流露出厭惡的情緒，而對巴爾多梅羅則傾注了欽佩和同情，這是顯而易見的。

在《為兩個亡靈彈奏瑪祖卡》中，象徵主義手法運用得比較成功的當首推貫穿全書始終之關於雨的描寫。那是一種牛毛細雨，它連綿不斷，無始無終，下得人們失去了耐心，甚至失去了脾性，使得人無可奈何，逆來順受，完成「磨」沒了稜角，變得混混沌沌，碌碌無為……作家在這裡豈不是向讀者暗示，在長期落後、愚昧、封閉的社會禁錮下人性扭曲的緣由？作家在這裡豈不是告誡人們，生活在這樣惡濁的環境裡，不但不能自我拯救、不能自拔，反而會自取滅亡，越陷越深？

積極參與作品中人物的活動，是賽拉小說創作的一大特色。作家在網羅人事、編織情節時，往往親臨其間，成為眾多人物中的一個角色。但是，作家的出場，常常是有目的性、選擇性的，塞拉顯然願意和他筆下傾注同情的人物往來。這點，在《為兩個亡靈彈奏瑪祖卡》中體現得尤為顯著。賽拉在這部作品中被人們視為可信賴的人物，所以，巴爾多梅羅的母親阿德加一有機會便與他對話，吐露心事，傾訴不幸。在以往的小說中，作家用第一人稱筆法把自己融入角色的例子，似乎並不少見；然而像賽拉這樣客觀的描寫中糅進自己的寫法，倒還不多見。

總之，這是一部手法細膩、剪裁適當的作品，當然，小說中仍然有些許履歷表式的人物介紹和不太必要的性描寫，但這畢竟只是瑕不掩瑜的弱點，相信讀者自會有公允的評價。

賽拉的其他中長篇小說還有：《憩閣療養院》（1943）、《小癩子新傳》（1944）、《考德威爾太太和兒兒子談心》（1953）、《聖卡米洛；一九三六》（1969）、《尋找陰暗面的職業，五》（1973）等等。其中值得一提的是《聖卡米洛，1936》。這部小說實際上是對西班牙內戰的反思。故事集中於一九三六年七月十八日前後展開。作家運用主人翁的長篇內心獨白，即故事敘述者面對鏡中的我，以第二人稱「你」向自己發問，追究誰是挑起這場內戰亦即所謂「殺戮」的肇事者。作家對內戰進行一定程度的譴責無疑是正確的，然而他得出的結論卻是：「……所有的人……我們都是內戰責任的承擔者。」而且，他在小說的題詞中竟把進步人士與法西斯分子相提並論，認為兩者都應對內戰負責，則實在是不分青紅皂白了。這不能不說是賽拉在思想認識上的一大倒退。

賽拉還著有《飄過的那幾朵雲彩》（1945）、《風磨》（1955）、《十一個有關足球的故事》（1963）等多部短篇小說集。這些短篇描述了西班牙戰後「飢餓的年代」裡首都馬德里的小市民生活，除了揭露小市民的庸俗、狹隘、投機和彼此之間的爭鬥之外，還寫出了他們在艱難時仗義相助的熱腸；此外，還可以欣賞到賽拉筆下的人物在窘境中開善意玩笑的西班牙式幽默，亦即西班牙人苦中求樂的開朗性格。但是，他的大多數短篇寫得過於冗長重複，不夠洗鍊，比起同樣也是用西班牙文寫作的阿根廷作家波赫斯的短篇精品來，似乎就顯得遜色了。

通觀賽拉的文學創作，可以認為，他的風格是在西班牙古老文學傳統中融合了曠達豪放的筆法以及激情和責任。一九八九年十月十九日，瑞典文學院在宣布將該年度的諾貝爾文學獎授予賽拉時說，這是「由於他的作品內容豐富、情節生動而富有詩意」，「他以風格多樣、語言精練的散文作品含蓄地描繪了無依無靠的人們」，「他是西班牙戰後年代裡，在西班牙文學革新方面一位舉足輕重的人物」。

消息傳開，西班牙舉國歡騰。首相岡薩雷斯當晚即致電賽拉祝賀，並決定安排一個星期的時間讓人們吹風笛、放煙火、縱情歌舞。然而在國際文壇，卻眾說紛紜。哥倫比亞作家梅塞德斯·卡蘭薩認為：「賽拉不是一個優秀的小說家，他最多不過是西班牙文學長期貧乏和普遍平庸時期的突出代表❻。」就連賽拉的同胞、著名詩人拉斐爾·阿爾貝蒂也頗有微詞，他不客氣地說：「別人更配得獎❼。」阿爾貝蒂所謂的別人，是指墨西哥的著名詩人奧克塔維奧·帕斯（這位「當今世界健在的最偉大的詩人」，果然被阿爾貝蒂言中，於1990年獲獎了），還有西班牙著名女作家、詩人羅莎·查塞爾。此說確實有一定的道理。因為即使在西班牙語國家即大部分拉丁

---

❻西班牙《變革16》雜誌，1939年10月30日，第23頁。

❼西班牙《變革16》誌雜，1989年10月30日，第22頁。

美洲國家裡，賽拉似乎也並非諾貝爾文學獎的有力競爭者。據西班牙語文學界的普遍看法，他的名字要遠遠排在墨西哥的帕斯和富恩特斯、秘魯的巴爾加斯·略薩、烏拉圭的奧內蒂、阿根廷的薩巴托、智利的多諾索等著名作家之後，更不消說在歐洲、美國的和巴西（用葡萄牙語），還有一大批咄咄逼人的角逐者，如英國的格林和奈保爾、德國的葛拉軾，義大利的莫拉維亞、捷克的昆德拉、美國的阿瑟·米勒和歐茨、巴西的亞馬多了。

賽拉本人在獲知自己得獎後平靜而謙遜地說：「我認為，一切把全部生命投入文學事業而毫不計較任何形式的名利的作家都可以享受這一殊榮。這次輪到了我，我感到十分榮幸，但更感到責任重大[8]。」

確實，無論是作品的數量和質量，還是它的思想深度和藝術技巧，比起國際知名的許多文學大師來，賽拉也許並不是一名強者，但是諾貝爾文學獎常常不是對所有作家的公正裁判，更不是最後的評價，它不過是世界文壇眾多文學獎當中一項影響較大的榮譽。人們如果達到了這一共識，自然就不會把諾貝爾文學獎得主統統奉為至神至尊的泰斗了。

不過，即便賽拉沒有獲得此項殊榮，只要認真考察賽拉的生平和他的文學創作，就應該公允地承認，他畢竟是一位嚴肅的作家，而且在西班牙，他的確是排名第一位的小說家，並且公認是

[8] 西班牙《國家報》，1989年10月21日。

繼塞凡提斯之後作品被人們讀得最多的一位作家。西班牙文學界讚譽他復甦和重建了西班牙文學，是西班牙新小說的先驅，開闢了一代文風，也並非完全是溢美之詞。賽拉本人在獲得諾貝爾文學獎之後表示，他絕不會改變他的充滿激情和責任的創作風格。人們有理由認為，這不僅是一種性格，一種信心，更是一種職責。

# 目錄

《帕斯庫亞爾·杜阿爾特一家》

# 帕斯庫亞爾·杜阿爾特一家

## 重抄者注

我以爲，現在是將帕斯庫亞爾·杜阿爾特的回憶錄付印的時候了。如將它早點付印，未免失之過急。我並不想將它的準備工作做得太快，因爲每件事該快該慢，都有它自身的需要，就連糾正手稿上的一個錯別字也是如此。草草了事，絕無好處。如將回憶錄付印期往後拖延，也無理由。作品一旦完成，就該公之於眾。

下面我所重抄的這些章節，是我於一九三九年夏天在阿爾門德拉萊霍的一家藥店裡發現的（當時也不知是哪一位無知的人將它放在那裡）。從那時起，我就將它們漸次整理、抄錄，以做消遣；因爲原稿字跡潦草，頁次顛倒，並缺乏頁碼，都幾乎難以看懂。

我想開宗明義聲明一點，我奉獻在好奇的讀者面前的這部作品，除了重抄之功外，並不屬於我本人，就連一個重音符號我也沒有加以改動、增添，因爲我要尊重原作的文風。我只是對作品中某些過於刺眼的段落，用剪刀將它們剪去，去蕪存菁。這樣一來，必然會使讀者看不到某些細節了。不過，沒有這些細節絲毫也不影響作品的價值，卻可以避免讓讀者讀到一些過於刺眼的東西。這些東西（我再重複一遍）還是去掉爲好。

根據我個人的看法，這部作品的主人翁是個典型人物，這也許是我將作品公之於眾的唯一理由。不過，這個典型不值得我們學習，而是應引以爲鑑。在這種人面前，人們會這樣說：

「你看他幹了些什麼呀！他幹的事與他應該幹的背道而馳。」

我們還是讓帕斯庫亞爾・杜阿爾特自己來說吧。正是他，有許多有趣的事要跟我們談呢。

# 寄原稿時的一封信

（寄給堂華金・巴雷拉・洛佩斯）

堂華金先生鈞鑑：

隨信寄上回憶錄一份。信與回憶錄均較冗長，望原諒。由於堂赫蘇斯・岡薩雷斯・

德拉里瓦的眾多朋友中，我只對您還保留著記憶，我只好把它寄給您，以便脫手。我只要一想起這回憶錄來，就感到心痛如絞。為了避免在我傷心的時候（最近，上帝不時地讓我陷於這樣的境地），將它棄之一邊，也為了不讓某些人效法我（我已認清我的行為，但為時已晚），還是寄給您為好。

下面，我再做一點聲明。無庸諱言，往事已不堪回首。但我之所以當眾剖白，不是為了懺悔，而是傾訴一下我的衷腸，就回憶所及談談我的一生。我的記憶力一向較差，我知道，我很可能早已將許多甚至很有趣的往事棄諸腦後。但即使如此，那永難在我腦海中消失的一部分記憶，我仍將使之躍然紙上。至於那些一回憶起來就會教人心痛如絞的往事，我寧可不去敘述，將它們一忘了事。開始寫回憶錄的時候，我已充分意識到，我一生中（上帝已決定讓我早日歸天）有些事情是無法加以敘述的，這使我思之良久。我可以向您發誓，在我有限的餘生中，我不止一次想擱筆不寫，特別是當我的智力已無法讓我結束回憶錄的時候。我曾經想過，最好還是信筆而書，寫到哪裡，就到哪裡。我確實是這樣做的。我廢話連篇地寫了這上百頁的文字後，已感到厭倦，決定永遠停筆，讓您通過想像來補足我尚未談及的餘生。我想這對您來說，不難辦到。我已被囚於死牢，除了度過那十分短促的餘生外，肯定已不會再發生什麼聳人聽聞的大事了。

當我開始寫我寄給您的這部回憶錄時，有一個想法壓抑在我的心頭，就是說，已經有人知道我的回憶錄只能寫到何處。如果我不能很好地估計時間，則會半途而廢。對於這種事先已對我的行為早已做了預謀的情況，我感到怒火中燒。但今天，我這樣一個瀕於死亡的人，也只好安於命運了。但願上帝原諒我吧。

一旦將我的所作所為加以敍述後，我感到一陣輕鬆，有時甚至在良心上也不那麼負疚了。

我相信，有些話我不說你也能領會，因為這些話我自己也說不清。我走入了歧途，現在實在感到痛心。但我這一生已不再請求上帝原諒了。為什麼要請求原諒呢？該對我怎麼辦，就怎麼辦吧。這樣也許會更好，因為要不這麼辦，我很可能又會走回頭路。我也不想再請求寬恕了，因為生活教給我的東西太壞了，而我對這些壞東西的抵禦能力又實在太差。就讓一切像天書中所寫的那樣行事吧。

堂華金先生，在您收到這一包稿紙的同時，請接受我對您表示的歉意，原諒我打擾了您，就像打擾了堂赫蘇斯先生本人一樣。

即頌

臺安

帕斯庫亞爾·杜阿爾特

於梅里達

堂華金・巴雷拉・洛佩斯因無後嗣，臨終時，立一遺囑，將他的財產贈予替他料理過家務的修女。下面是他寫的遺囑中的一條：

**第四條**：在我寫字臺抽屜內用細麻繩細紮、上面用紅鉛筆寫著「帕斯庫亞爾・杜阿爾特」的那一紙卷，應立即焚燬，不准折閱，因為它有傷風化。然而，如果上天有旨，上述紙卷在未來的十八個月中未遭火焚，亦未經壞人竄改，那麼，紙卷的持有者即可將它據為己有，無須銷燬，並可按自己的意願（如果與我的意願不相違背的話）對它進行處置。

……

**一九三七年五月十一日**
**病危之際立於梅里達**

## 一

先生，我並不是壞人，雖說有多種原由使我成為這樣的人。世人種種，但在十月臨盆時，都是同樣一副皮肉。只是長大成人後，我們卻像黃蠟一般，任從命運的擺布、捏弄。人生道路各異，但最後卻得到同一個歸宿：死亡。有人鴻運當頭，走上繁花似錦的大道；有人則一生坎坷，前程荊棘叢生；有人得到命運的青睞，面對幸福的生活，發出天真的微笑；有人則在平原烈日的烤炙下，緊皺眉頭，像野獸一般在人生道路上掙扎。有人喜歡擦胭脂，抹香粉，喬裝打扮；也有人喜歡紋身以裝飾自己，給自己留下永久的標記。這一切該有多大的差異。

我已出世多年，至少已度過了五十五個寒暑。老家在巴達霍斯省的一個不為人所知的小鎮上。這小鎮離阿爾門德拉萊霍約有十公里之遙。它俯伏在一條平坦的、漫長的公路邊。這條公路長得就像死囚犯打發飢腸轆轆的時日那樣無邊無際。對於這一點，先生，您是難以想像的。

這個小鎮氣候炎熱，陽光充足，盛產橄欖與豬玀（請原諒）。房屋外牆都塗成白色。直到今天，每當回憶起這些房子，我仍感到白光耀眼。鎮上有一個廣場，全用青磚鋪地。廣場中間有一個美麗的三眼噴泉，早在我離鎮的幾年前，噴泉口已停止噴水。但噴泉上的裝飾，我們都認為十分雅致。噴泉頂上有個赤身露體的孩子塑像。他身邊還有一隻像海貝殼那樣呈波浪形的浴盆。市政廳就是在廣場邊。那是一幢高大的像香煙盒似的方形建築物。中間是一座鐘樓，內有一隻像粉餅一樣白的大時鐘，時針總是停留在九點上，好像鎮上的人已不需要它報時，只拿它做為裝飾品了。無庸細言，鎮上的人家有貧有富。和別處一樣，貧困人家總是佔多數。其中有一座兩層樓的房子，那是屬於堂赫蘇斯的。瓷磚鋪地的門廳，擺設著各色盆景，看來教人賞心悅目。堂赫蘇斯是個惜花如命的人。他吩咐他家的女傭人，要好好照顧天竺葵、天芥菜、棕櫚、薄荷等各種花草，就像對待自己的孩子一樣。那老婦人整天握著一把小鏟，忙這忙那，像慈母似的澆灌花草。無庸置疑，那些花草也是感激萬分。您看它們長得多麼枝葉繁茂，青翠欲滴。堂赫蘇斯的家也在廣場邊。這位揮金如土的大財主，除了上面說的惜花如命這一點與眾不同外，還有一點教人難以理解，那就是他家房子的正面不如人家房子美觀。他家房子正面色彩平淡無奇，砌牆的磚石未加任何粉刷。而在當時，連最窮苦人家的外牆也是經過粉刷的。他這樣做不無目的。門廳上有兩塊形狀奇異的石頭，據說貴重得很。每塊石頭的一端像古代武士的頭顱，還有枕頭和羽飾。這兩塊石頭一塊朝東，一塊朝西，彷彿各自把守一方，監視著房子兩邊的行動。廣場的後面，即堂赫蘇斯之家所在的那一邊，是一座教堂。石砌的鐘樓內掛著一隻大鐘，鐘聲怪異得難以言傳，至今乃縈迴在我的記憶中，就像在這附近的街角迴響。這鐘樓的尖頂和裝有時鐘的那座鐘樓的尖頂一樣高。每當盛夏，白鸛來臨時，牠們能辨別出前一年夏天是在哪一座鐘樓裡做過窩的。那隻跛足的白鸛，就是在教堂的那座鐘樓裡做過窩的。在牠年幼之時，被雀鷹所擾，驚得從窩裡摔了下來，但牠又掙扎著活了兩個冬天。

我家是在鎮外，離鎮上最靠外的那一排房子大約還有兩百來步路。房子很狹小，是一所平房，倒和我家地位十分相稱。由於我對它懷有親切之情，有一陣子我還以此為榮呢。其實，家裡，能看得上眼的就只有那間廚房，一進門就能看見，總是十分整潔，粉刷得雪白。地面雖然是泥地，但十分結實，還用鵝卵石鋪成各種圖案，堪與那些現代化的用瓷磚鋪的廚房地面相媲美。

爐灶大而潔淨，玻璃罩周圍放置著餐具架，上面放著裝飾用的瓷器，漆成藍色的瓦罐，還有藍色和橘黃色的盤子。有的盤子一面塗上了釉彩；有的則只畫著一朵花、一條魚；也有的盤子刻著人名。四周牆上懸掛著這樣幾件東西：一幅美麗的掛曆，上面是一位少女，坐在船上，搖著扇子。掛曆下面好像是用銀粉書寫了這樣一行字：「莫德斯托．羅德里格斯，洋貨商，於梅里達。」一張身穿閃閃發光的服裝的「草編工人」的照片；還有三、四張照片，有的很小，有的大小一般，也不知是什麼人的。我老是看到它們放在那裡，但從來沒有想起問問那是誰的。

牆上還掛著一隻鐘。這隻鐘已不值分文，因為它老是走走停停，毫無用處。此外，還有一個長毛絨製的針插，上面插著幾根別針，別針頭上鑲嵌著彩色玻璃。廚房裡的家具又少又簡陋：三把椅子，其中一把相當精緻，靠背和四條椅腿用彎木製成，椅墊是用藤條編織的；一張帶有抽屜的松木桌子，與椅子相比，顯得矮了一點，但是倒能物盡其用。人們待在廚房裡倒十分適意。入夏時，我們就不生火。每當黃昏來臨，我們就打開廚房門，坐在灶上的石頭上，十分涼爽。到了冬天，坐在炭火邊十分暖和。那炭火只要稍加照料，添點乾柴，就能終夜不滅。借助炭火發出的微光，注視著牆上的人影，倒也饒有興味。那人影來回走動，有時緩步慢行，有時雀躍嬉戲，我記得小時候看到人影就害怕。就是現在，每當回憶起當時的情影，還感到不寒而慄。

除了廚房外，家裡其餘陳設都庸俗不堪，不值一提。我們還有兩間臥室。之所以稱它們為臥室，是因為有人棲宿其中，別無其他理由。另外，還有一個馬廄。現在我常常想，這樣一間空蕩蕩的、四壁透風的草房怎麼能稱得上是馬廄呢？我妻子和我就寢於其中一間臥室，另外一間，由我的雙親佔用，一直到不知是上帝還是魔鬼將他們帶走時為止。爾後，這間房子幾乎一直空著。起初是因為無人佔用，後來有人想用房子，但只想用廚房，因為它既明淨，又暖和。我妹妹回家時總是睡在廚房裡。後來，當我有了孩子後，這小傢伙一離開母親，也總往那裡跑。說真的，這兩間房子確實不很潔淨，建造得也不好，不過也沒有什麼可抱怨的。它們還可以住人，這是最主要的。它既能擋住聖誕節時烏雲密布的寒天風雪，也能幫我們躲過八月聖母節時令人窒息的酷暑。

可是，那馬廄卻十分糟糕。它非常陰暗，牆上還散發出死牲口的臭味。馬是從懸崖上跌下來摔死的。每年五月，牲口就為烏鴉們提供牠們愛吃的腐肉。

說來也怪，也可能因為我當時年幼，只要有人不讓我聞那種氣味，我就難過得很。記得有一次，我被徵入伍，步行去首都。走了整整一天，一路上聞不到這種氣味，就只好像獵犬一樣嗅聞空氣。晚上在客棧裡睡覺時，我就聞我那條燈蕊絨褲子。這樣一聞，全身的血就暖和起來了……我把枕頭推到一邊，把腦袋枕在折疊起來的褲子上睡著了。那一夜我睡得特別香。

在馬廄裡養著一條遍體鱗傷、骨瘦如柴的小毛驢，牠幫助我們耕作。如果光景好一些（說實在話，這種情況也不常有），畜欄裡就還有一對豬玀（請原諒），有時是三隻。我家的屋後還有一塊不很大的空地，倒也很有用處。那裡有一口水井，後來我不得不將它填平，因為井裡的水十分骯髒。

在空地後面，有一條小溪。溪水有時半乾，可從來沒有滿過。水很髒，像成群結隊的吉卜賽人路過時一樣發出臭味。在小溪裡我們有時可以釣到幾條漂亮的小鰻魚。為了消磨時間，下午我常常去釣魚。我女人倒也十分風趣，她說那些鰻魚長得和堂赫蘇斯一樣肥，因為牠們吃的東西和他一樣，只是晚一天罷了❶。

我一釣起魚來，時間就悄悄地從我身邊溜走。當我收拾漁具時，天總是黑了，遠處的阿爾門德拉萊霍已經開始亮起萬家燈火了。這城市就像一隻又矮又胖的烏龜，又像一條蜷伏在地上不肯離開的巨蟒。城中的居民們肯定不知道我在那裡釣魚，也不知道我此時此刻正在注視那萬家燈火如何點燃起來，甚至我還想像他們中的許多人正在談論著我想到的事情，議論著我身邊發生的事情。城裡人總是不瞭解真情，他們常常連一個只離他們十公里遠的平原上的鄉下人在對他們胡思亂想也不知道。這個鄉下人一邊收拾他的釣竿，一邊從地上提起他那隻藤籃，裡面有六、七條鰻魚……

可是，我總認為釣魚不是男子漢消遣的好辦法。因此，我把更多閒暇的時間花在狩獵上。在小鎮上，人們都說我不是個壞獵手。要不是因為謙虛，我可以坦率地說，他們說對了。我有一隻

---

❶指鰻魚以人糞為食。

小獵狗，名叫奇斯巴，樣子長得不好看，又愛撒野性子，可是很聽我的話。我和牠常常在上午去查爾卡。這地方離小鎮有七、八公里，在與葡萄牙交界的國境線一邊。每次我們都從未空手回家。在回家的路上，那母狗總是在我前頭，並且總是在十字路口等我。那裡有一塊圓而扁平的石頭，像一把矮椅子。我對它一直像對任何人一樣留有美好的記憶。這塊石頭很寬闊，中間略往下凹，坐在上面，屁股（請原諒）有點往下陷，舒服得真不願意離開它。我經常久久地坐在十字路口的這塊石頭上，吹著口哨，獵槍放在兩腿中間，吸著煙頭，兩眼東張西望，有什麼看什麼。小母狗就在我面前，坐在牠那兩條後腿上，歪著腦袋，睜著兩隻挺有精神的栗色眼睛注視我。我對牠說話，牠就豎起耳朵，似乎在使勁地聽，以便更好地懂得我的意思；我不說話時，牠就利用這個機會跟在蚱蜢的後面奔跑了起來∶有時則只改換一下坐的姿勢。每當我離開這塊石頭上路時，不知什麼緣故，我總要回過頭來看看它，好像是在向它告別。有一天我走時，心裡是如此的難過，以致不得不折回身去，重新坐在那塊石頭上，母狗也重新又坐到我面前，注視著我。這時，我才發覺，牠的眼神就像懺悔者的眼睛一樣，又冷漠又尖利，正像有人說的，那是黃鼠狼的眼神。我不禁全身為之一震，好像有一股電流，流經全身，通過雙臂，流出體外。煙頭熄滅了。我慢慢地撫摸著夾在兩腿之問的單管獵槍。那母狗繼續專注地看著我，好像從來沒見過我似的。牠好像每時每刻都會怪罪我，說我幹了什麼壞事。牠的眼神使我動脈裡的血液沸騰起來，使我身不由己。當時天氣炎熱，熱得可怕，我的雙眼被那畜生像釘子一樣的視線刺激得瞇縫起來……

我拿起獵槍，進行射擊；我裝上槍彈，繼續射擊。母狗那發黑的黏乎乎的血在泥地上緩緩地流淌。

## 二

我小時候留下的記憶都不是美好的。我父親叫埃斯特萬·杜阿爾特·迪尼斯，是葡萄牙人。我幼年時，我已是四十開外的人了。他身高體胖，像座大山；皮膚黝黑，又黑又濃的鬍髭向兩邊耷拉著。據說他年輕時鬍子的兩邊是往上翹的。可是自從進了監獄後，他的模樣就沒有過去那樣神氣了，鬍髭變軟了。看樣子得這樣一直耷拉到進墳墓。我對他十分尊敬，也挺怕他。每次能躲開就儘量躲開他，竭力不和他打照面。他生性粗魯，脾氣暴躁，他說什麼，別人就得幹什麼，誰也不能說個不字。我對這種怪脾氣的經驗是：只有順著他才行。他生起氣來（這種情況經常發生，往往不該生氣時他也生氣），就揍媽媽，也揍我。常常為一點小事就用大棒打我們。我媽媽經常以牙還牙，拿大棒回敬他，想用這種辦法改掉他的壞脾氣。可是我因為年幼，只好逆來順受。像我這樣年幼且皮細肉嫩的孩子怎能奈何得了他！

我從來也不敢問我媽媽，父親為什麼被捕入獄，也不敢問他自己。因為我還是不要「狗拿耗子，多管閒事」為妙。就是這樣，「閒事」也夠多的了。其實此事也用不著去打聽，鎮上總不免會有一些「好心人」，特別是像我們那個人口稀少的小村鎮，總有人會來跟我把事情的原委道個端詳。原來他是因走私而被關押起來的。看來他幹這一行幹了好多年。但俗語說，「若要人不知，除非己莫為」；又說，「沒有不透風的牆」。有一天，在他毫無心理準備的情況下（俗語說，「大意失荊州」），緝私隊員們跟蹤他，發現了他的走私物品，就把他投入了監獄。這大概是很早以前的事了，因為我對此毫無印象。搞不好那時候我還沒有出世呢。

我媽媽和我父親正好相反，身體不胖，但個兒很高，又細又長。從外表看，身子骨不硬朗。臉色發青，兩頰內陷。整個模樣看起來就像個癆病鬼，要不，也和癆病鬼相去不遠。她也是生就的火爆性格，臉氣壞得不能再壞，說出來的話難聽得連上帝都不會原諒她。成天價罵罵咧咧，為一點小事就出言不遜，不堪入耳。她終年穿著一身喪服，特別忌水。打我懂事那天算起，我只見到她洗過一次澡。那一次我父親叫她醉鬼，她好像為了表示她並不怕水，才這麼做的。相反的，一見到酒她就眉開眼笑。家裡有幾個小錢，她就拿去買酒。要不就到處找她丈夫的背心，讓我去酒店替她買酒。那酒瓶總是藏在床下，不讓我父親發現。她嘴唇兩角長著灰白色的鬍鬚，頭上長著一頭亂蓬蓬的不聽話的頭髮，頭頂上挽著一個很大的髮髻。嘴巴的四周有幾塊疤痕，也可以說是幾個印記，紅紅的，不很大，像是給散彈擊中過似的。我認為那是她年輕時患過的惡性淋巴腺炎給她留下的標記。有時，夏季來臨，這些印記就會明顯起來，顏色變深，上面還長著一顆顆小膿疱。到了秋季，膿疱開始收斂，入冬就趨於消失。

我父母兩人相處得不好。一來他們受教育少，二來缺乏應有的道德品質，再加上他們總是百事不順心（該我倒楣，這種缺點，都讓我給繼承了）。這麼一來，他們倆就不考慮大局，不注意控制自己，其結果就是常常為區區小事大發雷霆。有時一吵就是幾天，沒完沒了。一般說來，我對哪一方也不支持。因為說句實在話，幫哪一方都不落好。有時看到父親在揍母親，有時正好相反，感到好笑。但我從來沒有把這當什麼正經事看待。

我媽媽斗大的字不識半升，我父親則粗通文墨，他常以此自豪。每星期一、二，他就常常憑這點教訓我母親，說她是個無知識的人。雖然這樣說有些牛頭不對馬嘴，這對母親卻是最大的侮辱。她每次總是勃然大怒。有一天下午，父親回家來，手裡拿著一張報紙，不管我們願不願意聽，便讓我們倆坐在廚房裡，聽他念新聞，然後就發一通議論。這時，我就發起抖來，因為這一通議論往往就是爭吵的前奏。我母親故意惹他生氣，就說他念的和報上說的是兩碼事，他念的新聞都是他頭腦中杜撰出來的。父親一聽，火冒三丈，於是，就像瘋子一般人叫大嚷起來，說她什麼也不懂，還罵她是個壞女人。末了他總是大聲說，要是他能說報紙上說的事，他當初就壓根兒也不會和她結婚。這一下可捅了馬蜂窩，她就罵他倒楣鬼、畜生、餓死鬼、外國佬。而他則好像是正在等她罵出這些話來似的，立即抽出皮帶，邊追邊打，弄得她在廚房裡團團轉，一直到累了才停止。開始時，我也常挨幾下揍，後來我有了經驗，學會了「要不渾身濕，別在雨下淋」的道理。只要見到情況不妙，我就立即逃之夭夭，留下他們倆……

說句真心話，我家的生活沒有一點樂趣。但既然命運不由自己選擇，萬事都是事先（早在出生前）被決定了的（例如一些人命好，另一些人命薄），我也只好聽之任之，安於自己的命運。這是不使自己絕望的唯一辦法。我年幼時，也就是在人生最受人擺布的那個階段，父母親讓我去上了一陣子學。父親對我說，為生活而鬥爭，是一件艱苦的事；還說我要為此而培養自己，以便掌握為生活而鬥爭的唯一武器——知識。他這一番話是一口氣給我說完的，好像事先背熟了一樣。我感到他的語音聽起來有些含糊不清，但道理卻是很明白的。接著，他好像有所悔悟地大聲笑了起來。最後他又慈祥地對我說：

「別放在心上，孩子……我已經老了！」

他沉思起來，並一次又一次地低聲重複著說：

「我已經老了，我已經老了啊！」

我上學時間不長。剛才我已經說過，我父親的性格有時十分暴烈、專橫，有時卻又十分軟弱、膽怯。我觀察到，一般說來，父親粗暴性格只表現在一些家庭瑣事上，而在一些原則問題上，不知是因為害怕，還是其他原因，他從不堅持己見。我母親不想讓我去上學。一有機會，甚至不分場合，她總是對我說，上學讀書也免不了要受窮。她這話恰好說到我心坎上了，因為我對上學也毫無興趣。這樣一來，兩人對付一人，隨著時間的推移，我們終於說服了父親，讓我中途輟了學。我已經能讀能寫，會加會減。這樣的文化水平實際上也夠應付日常生活了。我停學那一年是十二歲。不過，我們還是慢慢地講，一切都得順著次序，欲速則不達嘛。

我妹妹羅薩里奧出世的時候，我還十分年幼。我對那時的記憶已很模糊，因此，我不知是否能如實地敘述當時發生的事情。不過，我得努力做到這一點。因為我想，即使我講述得不確切，總比那些次主觀想像瞎估計的東西更接近於現實。我記得羅薩里奧臨盆的那一天下午，天很熱，可能是七月或八月。蟬兒吱呀吱呀地叫個不停，像一把大鋸在鋸大地似的。人們和牲口都躲在陰涼處。烈日像萬物的主宰一樣高懸當空，照亮了一切，烤炙著一切……我母親每次生育都十分困難，痛苦萬分。她生育不多，身體又很消瘦，疼痛得快不行了。這可憐的女人一向缺恩少德；再說，她又不會默默地忍受痛苦，於是，就和我一樣大叫大嚷起來。她嚎啕了好幾個小時，羅薩里奧才落地，因為（真是夠倒楣的了）這一胎是難產。有一句諺語說：「難產的女人……」下邊就不便說了，因為我寫的這些話是給文人雅士看的。替我母親接生的是個農婦，名叫恩格拉西亞，是山裡人，專辦婚喪喜慶，也會接生。她是個巫婆，是個有點神秘的女人。她帶來一種藥膏，塗在我母親的肚子上，說可以鎮痛。但我母親塗不塗藥膏都一個樣，塗了還是直著嗓門大嚎大叫。恩格拉西亞大太別無他法，只好說這是因為她不信教，或者是個壞基督徒的緣故。我母親的叫聲像狂風一樣怒號，那時節我甚至懷疑她是不是著了魔。不久，我的疑團解開了：我母親那非同尋常的哭喊聲是我新生的妹妹引起的。

這時，我父親跨著大步在廚房裡長時間踱來踱去。羅薩里奧一出娘胎，他就走到母親的床邊，不問青紅皂白，大罵她是個狡猾的母狐狸，還拿皮帶頭狠狠地抽打她。他抽打得那麼狠，以致至今我還覺得奇怪，當時他怎麼沒有把她活活打死。接著，他就離開了家，一直過了整整兩天，他才回來。回來時他已爛醉如泥。他走近我母親的床，吻了她，她也讓他吻……爾後，他就到馬廐裡睡覺去了。

## 三

人們用一隻不太深的抽屜給羅薩里奧改做了一張小床，下面墊了一隻塞滿棉花的枕頭。小床就放在母親的床邊。羅薩里奧全身被裹上棉布條，嚴嚴實實的。我常常以為這樣會把她悶死。也不知是什麼原因，當時我總想像新生嬰兒一定像牛奶一樣潔白。但自從見到我小妹妹那黏乎乎的，像煮過的螃蟹一樣呈暗紅色的身軀後，我就對嬰兒產生了壞印象。那嬰兒的頭上，就像椋鳥和還在窩裡的雛鳥的腦袋一樣，長著幾根稀疏的、過幾個月就會脫落的絨毛。一雙不能動彈的亮光光的小手，教人一看就覺得噁心。生下來三、四天後，解開布條，給她洗澡，我這才有機會看個究竟。這時看看倒沒有第一次看見時那樣教人討厭了。皮膚的顏色好像白淨了些，兩隻小眼睛（還沒有張開過）眨了眨眼皮。同時，我覺得兩隻小手好像也軟了一點。恩格拉西亞太太用迷迭香水將她洗得乾乾淨淨。這位太太別的稱號擔當不起，要說她是貧苦人的好幫手倒真當之無愧。

她用還沒有弄髒的布條又重新把嬰兒包裹起來，把那些髒污的布條丟在一邊，準備洗滌。這樣一來，嬰兒覺得十分舒坦，一覺就睡了很長的時間。家裡十分安靜，誰都不會想到，我們家裡有個小毛娃。我父親坐在地上，就坐在那個「抽屜」邊上，目不轉睛地注視著他的女兒。過了一個小時，又是一個小時，用恩格拉西亞太太的話來說，他這時的臉孔是「情人的臉孔」。這幾乎使我忘了他原來的那個模樣。過了一會兒，他就站起身來，去鎮上轉個圈子，然後在不知不覺中，在平時看不到他的時間裡，他又坐了下來，坐在那個「抽屜」的一邊，面色如此溫柔，眼神如此謙和，要是不瞭解他平時的為人，還以為他就是聖人聖羅克❷呢。

羅薩里奧小的時候體弱多病（像我母親這樣乾巴的肚子裡又能生出個胖娃娃來？），開始幾年十分難養，她不止一次差一點兒去見上帝。眼見娃兒長得不壯，我父親心情也鬱鬱不快，只好借酒澆愁。這樣倒楣的還是我母親和我。這一陣日子過得更糟。到了這樣的地步，倒使我們留戀起過去的日子來了（當時因為我們沒有經歷過比那更壞的日子，總以為那時的生活已經夠壞了）。說起來，人生也真奇幻莫測。當時那麼令人討厭的生活，後來反倒讓人留戀起來了！我母親的身體比產前更弱。為了對付父親的棍棒，她也拿起了鞭子。而我，儘管他要抓住我頗不容易，但一旦遇上他，我也就隨手操起一根棍子對付他。有一次，他把我屁股（請原諒）打得流血不止；又

---

❷聖羅克（1295～1327），法蘭西男爵，受謚為聖徒。

有一次，他給我的肋部留下了一塊好像用烙鐵烙過的傷疤。

女孩子的身體慢慢地恢復過來了。她是靠吃麵包塊泡葡萄酒慢慢康復的。那是有人替母親開的藥方。歲月總算沒有白白地流逝，這女孩子雖比一般孩子發育慢，但總算學會了走路，也開始伊伊呀呀地學起話來。那一副伶牙俐齒的樣子，簡直把我們驚呆了。

羅薩里奧度過了所有孩子都大同小異的那個時期，開始長大成人，幾乎快長成大姑娘了。我們只要細加觀察，就會發現，這女孩子比蜥蜴還要狡猾。由於我家過去從來沒有人靠耍手腕達到某種目的，這女孩子很快就成了全家的女王，並把我們每個人都管得服服貼貼的。要是她秉性善良，定能幹出一番大事業來。可是，眾所周知，上帝並不讓我家的任何人在正道上出類拔萃，因此，她很快就走上了邪路。不久，我們發現，她不是個傻瓜，但要是個傻瓜，卻還好一些，她什麼都會，就是不幹正經事。她偷盜的本領簡直可以和吉卜賽老婦相媲美。年紀輕輕，就嗜酒成性，還替搞不正當男女關係的女人拉皮條。由於誰也不去管教她，將她的聰明才智引到正道上來，她就變得越來越壞，以致有一天，這個只有十四歲的小姑娘，竟將寒舍中僅有的一點財物席捲一空，跑到特魯希略的拉埃爾維拉家去了。她這一走，在我家造成的後果您是可以想見的。我父親歸咎於我母親，她又把責任推給他……羅薩里奧一走，有一方面的變化最明顯，那就是我父親惹的禍。羅薩里奧在家時，他總是竭力不當著她的面搗亂。她這一走，也就是說，再也不會在他面前出現了，於是，他就不管時間、不顧場合地肆意搗亂。想起來也怪，像我父親這樣一個蠻不講理的頑固腦袋，能制服他的人極少，可是偏偏聽她的，只有她才能制服他。羅薩里奧只要一瞪眼，就能使他怒火頓消。就是因為有她在場，才不知免除了多少次廝打。誰又能想到，一個弱不禁風的少女居然能鎮住這麼個彪形大漢！

羅薩里奧在特魯希略混了五個月。一場高燒害得她半死不活，逼得她回到家來，臥床長達一年之久。因為她得的是惡性熱病，病得快進墳墓了。當時我父親（不錯，他確實是個酒徒，愛吵愛鬧，但另一方面，他又是個虔誠的老天主教徒）已經給她授了臨終聖餐：已經替她做了上天的一切準備。每種疾病都有它的起伏過程。在她開始康復前的那幾夜，全家人都留在家裡，我父母親心情鬱鬱寡歡。在我的記憶中，這幾個月是唯一的全家平和、未聞廝打聲的日子。老夫妻倆可真是憂心如焚哪！左鄰右舍都想方設法替她尋覓草藥。自然，我們最信任的還是恩格拉西亞太太。於是，我們就去向她求助，看看她有什麼辦法能救治羅薩里奧。上帝知道，她的醫療方法真夠複雜的。不過，考慮到人家是在專心致志地給你治病，還是應該試一試她的方法。這辦法慢是慢了一些，但是治好了。俗語說，壞草不死。我說這話的意思絕對不是說羅薩里奧是個壞人（儘管不能強迫別人說她是個好了）。吃了恩格拉西亞太太的藥，康復就只是一個時間問題了。隨著病癒，當然還需要讓身體進一步壯實起來。

羅薩里奧身體一好，趁著父母親高興的時候（對女兒病體的關心是他們倆唯一的共同點），這隻舊性未改的母狐狸就把我們窮家僅有的點滴積蓄囊裏一空，來了個不告而別，遠走高飛，逃之夭夭了。這次她上阿爾門德拉萊霍，安頓在涅貝斯·拉馬德里萊家裡。我總認為，即使最壞的壞人有時也會做出點好事來。羅薩里奧並沒有把我們忘了，逢年過節她還給我們寄點東西來，哪怕是一件背心。這看來是理所當然的，也很中我們的意，從中可以看出，她還沒有壞透。雖說表面上由於職業上的需要，她得穿著打扮得好一點，但她手頭實際上也不富裕。在阿爾門德拉萊霍她又認識了一個男人，此人使她破了產。我指的不是她名譽上的破產，那時候她的名譽早已破了產。我指的是她在錢財方面破了產。一旦喪失了名譽，財物是她唯一看重的東西。那傢伙名叫帕科·洛佩斯，諢名叫埃斯蒂勞。我得承認，這小伙子模樣長得挺俊，雖說他有一隻眼睛目光呆滯，因為這隻眼睛的眼球是玻璃做的。也不知是在哪一次奇功偉績中，他失去了一隻眼睛，即使看一動不動的人他也總是斜著眼看。他個兒很高，頎長的身材，半金黃金的頭髮，走起路來，上身挺得筆直，人們叫他埃斯蒂勞❸，真是一點也不錯。他沒有職業，就憑一張漂亮的臉蛋混日子。因為總有那麼一些蠢女人養著他，他可以不幹活。這事兒我認為不好，原因不知是不是由於我從來沒有機會去幹這號事兒。聽人說，他曾經在安達盧西亞廣場上當過鬥牛士。我不知道該不該相信這種說法，因為我以為只跟女人混在一起不是個勇敢的男子漢。由於包括我妹妹在內的女人們都對他確信無疑，於是，他也就自以為了不起。您知道，女人們對鬥牛士是十分崇敬的。有

❸西班牙文原意為「被拉長了的人」。

一次，我沿著堂赫蘇斯的霍拉萊斯莊園漫無目的地走著，正好遇上了他。這時他恰好從阿爾門德拉萊霍出來兜風，沿著小山走了約有五百來步光景。他穿一身咖啡色衣服，頭戴鴨舌帽，手拿柳條棍。我們見面時打了個招呼。他為人狡詐，見我沒有向他打聽我妹妹的情況，就老是想把話題往這方面轉，可我不幹。他可能以為我氣餒了，因為不前不後，正好我們兩人要分手各奔東西的時候，他好像不願意似的問我：

「羅薩里奧呢？」

「你一定知道……」

「我？」

「哼，我還不知道嗎……」

「幹嘛我一定得知道？」

他說話的神情嚴肅，誰都會以為他一生中從來沒有撒過謊。我討厭和他談起關於羅薩里奧的事，原因您已經知道了。

他用柳條棍輕輕地敲打著一種叫百里香的小灌木叢。

「那好吧，就讓你知道吧，你不是想知道嗎？」

「你聽我說，埃斯蒂勞，你聽我說，埃斯蒂勞！我是個男子漢，我可是說到做到的。你別惹我……你別惹我！」

「你好端端的，我幹嗎非要惹你？不過，話要說回來，你要瞭解羅薩里奧哪方面的情況？她跟我有什麼關係？她是你妹妹嗎？好吧，這又怎麼啦？如果說正經的，她是我的未婚妻。」

他那張嘴巴比我厲害得多，可要是動起手來，我可以向您發誓，以已故的祖宗名義發誓，他只要動我一根毫毛，我就宰了他。

我想使自己冷靜下來，因為我知道自己的脾氣。我手中有槍，而對方卻沒有，這樣幹起仗來不像話。

「聽我說，埃斯蒂勞，我們還是不吵為好！你說她是你的未婚妻，可以，就讓她成為你的未婚妻吧！這與我有什麼相干？」

埃斯蒂勞笑了笑，他好像真想幹一仗。

「你知道我要對你說什麼嗎？」

「說什麼？」

「你要是成了我妹妹的未婚夫，我早就把你給宰了。」

上帝知道我那天花了多大的勁兒才忍耐住。不過，不知什麼原因。那天我真不想跟他幹。我自己也覺得奇怪，他居然能那樣跟我說話。在鎮上，就是對我說那麼一半也沒有人敢。

「如果我下次出來散步時遇到你，我就在廣場上當著大家的面殺了你！」

「這真是笑話奇譚！」

「聽我說，埃斯蒂勞……聽我說，埃斯蒂勞……」

……

那天的事就好像有一根刺扎進了我的肋骨，至今仍感到疼痛。為什麼我當場沒把這根刺拔出來？這是我至今也未弄清的一個問題……過了一段時間，我妹妹得了熱病，她又回家來和我們共同生活。這時她告訴了我那次口角後的情況：那天晚上，埃斯蒂勞去涅貝斯家看望羅薩里奥，他把她叫到一邊說：

「你知道你有一個不像男子漢，甚至連什麼都不像的哥哥嗎？」

「……」

「你知道他就像兔子聽到人聲一樣趴在地上的樣子嗎？」

我妹妹當時替我說了話，不過，她的話並不管用。他已經贏了，他贏了我。這是我輸的唯一的一場。

「聽我說，小鴿子，我們還是來談點別的事吧。今天你賺了多少錢？」

「八個比塞塔。」

「就只有八個？」

「只有八個。你要多少？現在的光景不好嘛！」

埃斯勞於是用柳條棍抽打她的臉，一直打到他不想打時才住手。

後來……

「你知道你有一個不像男子漢，甚至連什麼都不像的哥哥嗎？」

……

我妹妹請求我，為了她的身體，別離開小鎮。

我又覺得肋下扎的那根刺在隱隱作痛。為什麼當時沒有把它拔出來，我至今也不知道。

# 四

我講得有些顛三倒四，請您原諒。我是以人物為主線，沒有依照時間的順序講。這樣一來，就像被追打的蝗蟲，從地這頭跳那頭，又從那頭跳到這頭。不過，我以為這樣做也未嘗不可。我這是想到哪裡，就說到哪裡，並不像小說那樣將它條理化。我的思想本來就比較紊亂，再加上我老是害怕開了一次頭給堵住，就再也講不下去了。或者說，不知從什麼地方繼續往下講。

歲月就這樣流逝著。和大家一樣，我們也沒有什麼特別的情況，我家的日子仍和過去一樣。要是我不杜撰一點消息的話，除了您能想像的那些情況外，就沒有什麼可講的了。

就在我妹妹生下來的第十五個年頭，我母親還是那副乾柴棍的模樣。那個時候，又有誰能想到，她又會給我們新添一個小弟弟呢。這老婆子肚子大了，您知道這孩子是誰的嗎？因為那陣子她和拉斐爾先生有點瓜葛，未滿十月妊娠期，我家又添了一張嘴。那可憐的馬里奧（這是我們給小弟弟取的名字）正好生在我家多事之秋。屋漏偏逢連夜雨。母親的生養正好和父親的去世巧合。要不是他死得那麼悲慘的話，那麼，冷靜地想想，倒反覺得他死的經過很好笑。在馬里奧出世的兩天前，我們把他關在壁櫥裡，因為他被狂犬咬了。開始看起來他不會發病，誰知後來他全身發起抖來，這使我們引起了警覺。恩格拉西亞太太告訴我們，我父親那眼神會使我母親流產的。由於我父親這可憐蟲已無可救藥，於是，我們就想了一個辦法，在幾個鄰居的幫助下，將他關進了壁櫥。當時這麼做，可是十分小心才行，因為他使勁地咬，誰要給他抓住，非給他咬下一條膀子不可。那時的情景，至今仍歷歷在目，回想起來，就覺得難過、害怕。天哪，當時大夥兒制服他費了多大的勁哪。他就像雄獅一樣亂蹬亂踢，並發誓要將我們全部殺死。他眼神顯出如此大的怒氣，我相信，只要上帝允許他，他真能那樣幹。在我們將他關起來的那兩天裡，他又嚎叫，又是猛踢壁櫥門，為此，我們不得不用幾塊木頭將壁櫥門加固。怪不得馬里奧出生時竟變成了一個小呆子，大概是讓父親的咆哮和母親的哭嚎給嚇壞了，第二天，也就是「魔王節」❹的夜裡，父親不喊不叫了，我們估計他已經死了，就去把他擡出來。我們發現他俯伏在地，臉部表情就像惡魔一樣教人害怕。令我吃驚的是，母親不但沒有像我們想像的那樣啼哭，反而笑了。我看

---

❹信奉基督教的國家每年1月6日為魔王節。

到父親的屍體，兩滴淚珠不禁奪眶而出，但又不得不忍住了。父親的屍體，兩眼圓睜，滿是血污，嘴巴微微張開，紫黑色的舌頭有一半露在外面。在埋葬父親的時候，神父堂曼努埃爾見到我，給我說了一番教義。他說的話我現在已記憶不多了。他給我講到來生，講到天堂與地獄，講到聖母瑪利亞，還講到對父親的懷念。我說對父親的祭祀還是不進行為好。堂曼努埃爾用一隻手莫摸我的腦袋，對我說，死神把人們從一個王國帶到另一個王國。如果我們仇恨它帶去讓上帝審判的那個人，死神就會嫉妒。當然，他原話不是這樣說的，他說的話聽起來冠冕堂皇，但他要表達的意思和我剛才說的八九不離十。打從那天起，我只要一見到堂曼努埃爾，就和他打招呼，吻他的手。但我結婚後，我女人對我說，這麼做太女人氣了。此後，我就不再和他打招呼了。後來，我獲悉，堂曼努埃爾說我像是一棵長在糞堆裡的玫瑰。那當兒我是多麼希望能把他卡死啊。後來，我慢慢地消了氣。由於我是個生性粗暴的人，不久就把這事忘了。再說，細加思考，我也不能肯定是不是正確地領會了他的意思，也可能堂曼努埃爾根本沒有說過那樣的話。人們說的話不能全信。即使他說了，有誰知道他是什麼意思！誰知道他是不是想說我所理解的那個意思！如果馬里奧在離開這「淚谷」❺時已經懂事了的話，那可以肯定地說，他離開時心情一定不痛快。他和我們生活的時間很短，彷彿他早已感覺到他將要投胎到什麼樣的家庭，並願意拋棄生活在這

---

❺基督教將人世間稱為「淚谷」，意思是人生就是受罪。

樣的家庭的機會，而寧願在地獄中與純潔無辜的鬼魂為伍。上帝有知，他真選對了自己的道路。他少活了這麼多的年月，也少受了這麼多的苦難。他離開我們時，才只有十週歲。十年的時間對每個在人世間受罪的人來說，是太短促了。對一般人而言，這樣的年齡早就會走路會說話了。可是馬里奧卻兩者都不會。這可憐蟲可能像蛇一樣在地上爬行，像老鼠一樣在喉嚨和鼻腔裡發出一陣輕微的吱吱聲。這是他學會的唯一的本領。在他出娘胎後的頭幾個年頭裡，我們就已經知道，這個倒楣鬼生下來就是個傻瓜，死時也一定是個呆子。他比一般的孩子晚了一年半才長出第一顆牙齒來，而且長得完全不是位置。於是，恩格拉西亞太太（她多次成了我家的救世主）便不得不用一根細繩將它拔掉，以免將舌頭嚼爛。正是這個時候，不知道是不是因為拔牙流血過多，而他又把鮮血都吞進肚子裡引起的，他得了痲疹，連屁股上（請原諒）都長滿了疹子。小屁股兩邊的好肉與小便和水疱上的膿血混在一起，看起來像是給剝去了一層皮一樣。當人們用醋、食鹽水給他治病消炎時，這娃兒哭得死去活來，就是鐵石心腸的人聽了也會傷心。接著他度過了一段平靜的時期，每天拿著一個他最喜歡的瓶子玩耍。有時還在屋後的那塊空地上或街門口曬曬太陽，漸漸地康復了。這娃兒就這樣時好時壞地生活著，不過，比過去確是平靜多了。就這樣一直到有一天，正當這娃兒四歲的時候，命運又和他作起對來。這事既不是他找的，也不是他願意的。他既沒有惹了誰，也沒有冒犯上帝，一隻豬玀居然咬掉了他兩隻耳朵。藥劑師堂雷蒙多給他上了一點黃色藥粉。鄰居太大們見到他塗著黃色藥粉，又失去了耳朵，都很心疼他。為了安慰他，她們常常在星期天送給他一件針織品什麼的，有時帶點杏子、油橄欖給他，也有時帶給他一點香腸吃……可憐的馬里奧，他那一雙黑色的小眼珠對這表示了多大的感激啊！如果以往的日子他過得很壞，那麼自從遭到豬（請原諒）咬後，更糟的日子還在後頭等著他呢。他像一個被遺棄的孩子一樣日日夜夜地哭嚎。本來就不耐煩的母親更對他失去了耐心，儘管此時更需要它。於是，他就成天累月地在地上滾爬，人們丟給他什麼就吃什麼，髒得就連我這樣（我幹嘛要說謊呢）從來也不洗澡的人都感到噁心。一看到豬（這在鄉下是司空見慣的），我弟弟就憤怒得像發了瘋一樣。他一邊聲嘶力竭地叫喊著，一邊趕緊躲藏起來，臉上和兩眼流露出恐怖的神情，那害怕的樣子就連惡鬼盧西弗爾降臨大地時也未見過。

我記得有一天（是個星期天），他又遇到了這種情況。當時，他是如此害怕與憤怒，以致在他逃跑時，狠狠地咬了拉斐爾先生一口（只有上帝知道是為什麼）。

自從父親去世後，拉斐爾先生就像在一塊已被征服的土地上一樣在我家進進出出。這可憐的小傢伙往這老頭子腿上狠狠地咬了一口，這在他一生中是從未有過方事。其實，要不是那老頭子用另一條腿朝他的一處傷痕使勁地踢了一腳，疼得他半死，幾乎失去了知覺，他也不會去咬他。拉斐爾的這一腳，直踢得他鮮血直流，我以為他的血都快要流盡了。那老傢伙好像幹了一件了不起的大事一樣笑得合不攏嘴。打那天起，我對他恨之入骨，我以我的名譽發誓，如果上帝不把他帶走的話，只要有一天落到我手中，我就一定要結果他的性命。

那娃兒直挺挺地躺在地上。我母親（我肯定地對您說，那陣子我看到她那下賤的樣子，真感到吃驚），不但沒有把他抱起來，反而和拉斐爾先生一起同聲大笑。上帝知道，我當然很想把他扶起來，但我不願意這樣做……當時拉斐爾先生要是敢叫我軟骨頭，那我就當著母親的面把他砸個稀巴爛！

為了忘卻這件事，我離家外出，路上遇到了我妹妹（那時她住在鎮上），我向她敘述了此事。她眼中噴發出如此仇恨的火焰，以致我以為她什麼事都會幹出來。也不知是什麼原因，這時我想起了埃斯蒂勞，我想我妹妹那次一定也是這樣對她怒目而視的，我心裡覺得好笑。

我們回到家時，此事已過去了兩個小時。拉斐爾先生正告辭要走，馬里奧仍和我離家時一樣，躺在原來的地上，低聲呻吟著，嘴啃著泥，傷痕顯得更加發紫，看起來比四旬齋時的小丑❻還可憐。我以為我妹妹會大鬧一場。她把馬里奧從地上扶了起來，讓他躺在木盆裡……那天我覺得她從來沒有這樣好看過，她身穿一套天藍色衣服。她這個從來也沒有做過母親、今後也不會成為母親的女人，她的行為舉止就像一個鄉下的母親……

拉斐爾先生走後，我母親扶起馬里奧，將他抱在懷中，就像產了崽的母狗舔小狗一樣，輕輕地撫摩著他的傷口，整整撫摩了一夜。小傢伙任她愛撫著，微笑著……進入了夢鄉，他的嘴唇上

---

❻四旬齋期間，不但禁止葷食，而且停止娛樂活動，演小丑的因此失了業。

還留有剛才微笑的痕跡。這一天夜裡，可以肯定，是我第一次見到他微笑……

# 五

接著，過了一段平平穩穩的日子。但是，正像被厄運追逐的人，就是躲在岩石下也難以逃脫一般，有一天，我們到處找他，都沒有找到。後來，發現他淹死在油缸裡了，是我妹妹羅薩里奧發現的。其姿勢就像一隻偷食的貓頭鷹給風吹進缸裡一樣，身軀倒栽在缸裡，鼻子頂著缸底。我們將他撈起來時，從嘴裡淌出的油就像金絲一樣連續不斷，一直流到肚子上。生前呈死灰色的頭髮，現在卻「油光可鑑」，亮得教人以為他死後又復甦了。這一切就是馬里奧死後給我留下的回憶。

兒子死了，我母親沒有哭。這樣無情的女人，她的心一定是鐵打的，她的眼中根本沒有眼淚為這孩子的死亡表示哀傷。至於我嘛，我可以說，我哭了，我並不以此為羞。我妹妹羅薩里奧也哭了。我對母親恨到了極點，我恨得幾乎控制不住自己了。不會哭的婦女就像不冒水的噴泉，毫無用處；也好像是天上的飛鳥，不鳴叫，上帝便會讓牠們掉翅膀，因為不需要牠們。

我想得很多，而且是不止一次地思索著。就是現在，我也在考慮。首先是我為什麼會失去對母親的尊敬，失去對她的孝心；同時，我也在想，隨著時間的消逝，我是如何失去這種感情的。

我想得很多，因為我想回憶一下，從什麼時候起，她在我心上已經不是我的母親了；從什麼時候起，她竟成了我的敵人，她已經成了我不共戴天的仇人。同一血緣人們之間的仇恨往往是最深的仇恨。我母親已成了我恨之入骨的仇人。人們一旦對血緣關係產生厭惡之情，那就會對它加倍地仇恨，我對此想得很多，但難以徹底想通。我只是肯定了一點，即我對她的尊敬早已喪失，我在她身上發現那麼多毛病，對她的尊敬之情早就消失了。至於對她的仇恨，也就是說，達到仇恨她的地步，還是以後的事（愛和恨都不是一朝一夕產生的感情）。如果說，從馬里奧死後那幾天我開始憎恨她，這在時間上差不離。

我們用麻布條把那孩子的屍體擦拭乾淨，以免他戴著滿身油污去見上帝。同時，還拿家裡的幾塊細布給他做了一套衣服，我還去鎮上給他買了一雙麻鞋、一條紫紅色的領帶，並拿這根領帶在他喉頭上打了一個蝴蝶結。那天真無邪的蝴蝶常常喜歡棲息在死人身上。

那位對馬里奧生前無情虐待、死後竟對他發起慈悲來的拉斐爾先生，幫我們準備了棺材，還像死者的未婚妻一樣來回奔忙，顯得十分殷勤而從容不迫，一會兒拿來幾根釘子，一會兒拿來一塊木板，或者是鉛皮。我們的注意力一直集中在他那殷勤而從容不迫的態度上。我當時不知道，現在仍然不知道，我為什麼會預感到，他這麼幹一定十分幸災樂禍。他當時心不在焉地說什麼：上帝喜歡他！小天使上天去了。這引起我深思。只是現在要回憶起我當時的想法已十分費勁。他一邊釘棺材板，上油漆，一邊還喋喋不休地重複道：「小天使上天堂，小天使上天堂！」他的言語就像我胸口懷著一隻鐘錶那樣敲打著我的心。這是一隻終將把我胸口砸爛的鐘，它隨著拉斐爾的言語敲打我的胸口。他的言語緩慢，說話小心翼翼，他那兩隻像蛇眼一樣濕潤的藍眼珠注視著我，企圖對我表示同情。可是在我的血液裡流動的卻是對他的仇恨……回憶起這樣的時刻，至今我仍感不快：

「小天使上天堂！小天使上天堂！」

他真是他老娘生的好兒子！這老狐狸裝得真像！別談這些，還是談點別的事吧。

關於天使的問題，我從來不知是否實有其事，我也從來沒有對此嚴肅地考慮過。有一陣子，我想像那些天使一定是金黃色頭髮，穿著長長的藍色或玫瑰紅裙子；有時我又把它們想像成白雲般的顏色，像玉米稈一般纖細的樣子。不過，有一點我可以肯定，我想像中的天使總是和我那小弟弟馬里奧的模樣不一樣。正因為這樣，我才認為，拉斐爾先生的話裡有文章。他不良的企圖就像他卑鄙無恥的人品一樣可以確定無疑。

馬里奧的葬禮就像幾年前我父親的葬禮一樣，貧乏而又單調。棺材後面送葬的人，不誇張地說，不超過五、六人：堂曼努埃爾、侍童聖地牙哥、洛拉，還有三、四個老婦人，再加上我。聖地牙哥土著十字架，吹著口哨，腳踩鵝卵石，在前面開路。棺材後面跟著堂曼努埃爾。教士的黑袍外面穿著一件白色的像理髮師用的坎肩。再後面就是幾個老太太，又是哭，又是唉聲嘆氣。看到她們那樣樣的人都把她們當成死者的母親了。

洛拉當時已成了我的半個未婚妻。我之所以說是半個，是因為事實上我們雙方都已經有意，只是我卻從來也不敢向她吐露一句情話。我怕她看不起我。只要我一打定主意，她十有八九會應允，但我總以為沒把握，感到膽怯，老是把這事往後拖，一直拖到不應該拖的時候。我當時已經有二十八歲到三十歲光景，而她呢，比我妹妹羅薩里奧還年輕一點，只有二十一歲或二十二歲的樣子。她身材細長，棕色的皮膚，烏黑的頭髮，一雙眼珠又黑又深邃，看人時目光刺人；皮肉長得緊而結實，看起來身體很壯實；胸脯發達，因此，誰都以為她已經做了母親。然而，除了以後發生的那樁我力求將它忘卻的事外，我願意老老實實地告訴您，當時她完全是個處女，就像剛剛生下來時一樣，也像一個剛進入修道院的修女一樣，對男人一無所知。對這點我必須加以強調，以免對她產生歪曲事實的看法。後來幹的事——只有上帝才知道得最清楚——她是有意識的，但對此事我敢肯定地說，她並不是出於淫慾。如果我說的不是真話，我毫不猶豫地願意讓魔鬼來懲罰我。她行動自信，無拘無束，高傲矜持，一點也不像一個貧苦的農家姑娘。她那一頭黑髮，編成一條大大的辮子，一直拖到後腦門，真是十分動人。幾個月後，當我成了能主宰她的丈夫後，我總喜歡親吻她的雙頰，真是又柔軟，又香甜，像是太陽，也像百里香，像從她嘴裡淌下的一滴滴涼涼的水珠。

閒話少說，言歸正傳。當時葬禮進行得相當順利。那墓穴已事先挖好，只要將我的弟弟的屍體推入其中，上面蓋上泥土就成。洛拉跪下時，黑色襪子上部露出了兩條像粉腸一樣白而皮肉又繃得很緊的大腿……下面的話我就不好意思說了，但不說又有一點忍不住，願上帝原諒我吧。那時，我對我小弟弟的死反倒感到高興了……那洛拉的大腿就像銀子一樣耀眼。我全身的血往腦門上湧，心跳得像要從胸口蹦出來似的。

……

我連堂曼努埃爾和女人們走了都沒見。當時我直發呆。當我恢復神志時，我發現自己坐在新挖的泥土上，坐在埋著馬里奧的屍體的泥土上面。我為什麼要留在那裡，那段時間又是如何過去的，這兩件事我沒有再去深究。我只記得，當時太陽穴還是在怦怦地跳，心還是要往外面蹦。太陽已快下山，夕陽的餘輝已落到那凄涼的柏樹上。我唯一的同伴……天氣很熱，我卻感到一陣顫抖掠過全身。整個身子就像給狠盯住了一般，呆在那裡，絲毫也動彈不得。

洛拉站在我身邊，隨著呼吸，她的胸脯一起一伏……

「你怎麼啦？」

「你不是看到了嗎？」

「你在這兒幹什麼呀？」

「這……沒有幹什麼！就在這兒……」

我站了起來，靠在她的一隻胳膊上。

「你在這裡幹什麼呀？」

「什麼也沒有幹嘛，你不是已經看到了嗎？什麼也沒有幹……」

洛拉用可怕的眼神注視著我。她的聲音好像來自遙遠的地方，也好像才從地下出來的人的聲音，從地下發出來，聽起來十分嚴厲。

「你跟你弟弟一樣。」

「我？」

「正是你，跟你弟弟一樣。」

……

接著就是一陣殘酷的搏鬥。她被按倒在地上，不能動彈，模樣顯得從來沒有過的好看。伴隨著越來越急促的呼吸，她的胸脯上下起伏……我抓住她的頭髮，將她緊緊地按在地上。她掙扎著，身子在地上滑動……

我咬她，把她咬出血來，弄得她精疲力竭，馴服得就像一匹小母馬……

……

「你原來喜歡我這樣！」

「對。」

洛拉露出她那整齊的牙齒，對我微笑……然後，對我理著頭髮。

「你跟你弟弟不一樣……你是個男子漢！」

她的話就像雷一般在雙唇中轟鳴。

「你是個男子漢……你是個男子漢！」

她的話就像雷一般在雙唇中轟鳴。

「你是個男子漢！……你是個男子漢！」

我記得很清楚，那土地十分鬆軟……地上給我那死去了的弟弟留下了六片虞美人花的花瓣：六滴血。

「你跟你弟弟不一樣！你是個男子漢！」

「你愛我嗎？」

「愛！」

## 六

自從寫完上面說的那些後已經過去了半個月。在這期間，一方面，我在受審，我的辯護律師常來找我；另一方面，我又搬了牢房，沒有一點空餘時間握筆。眼下，當我重新閱讀了這幾十頁的不太長的文字後，我頭腦中不禁思緒萬千，頭暈目眩，雖再三努力，仍不能把思路理出個頭緒來。正像您所看到的那樣，我上面說的該是多麼大的不幸！但後來發生的事卻更加倒楣。我想，當我再次回顧這樣倒楣的事時，精神上一定會垮下來。我感到吃驚的是，我的記憶居然還這麼準，我居然能把這段時間裡發生的事（對於這些事我已能回過頭來再經歷一番）一行一行地寫得一清二楚，像蠟製品一樣錚亮透明。如果在幾年前讓我回首往事的話。，那麼，此時此刻，我就不會在牢房裡寫回憶錄了。我可能會在屋後那場空地上曬太陽，也可能在小溪邊釣鰻魚，或者在山上追捕野兔。想到這些，感到又好笑，又悲傷。那時我一定會和大多數人一樣（不知不覺地），幹該幹的事，也和大多數人一樣（同樣不知不覺地），自由自在。至於未來的年華（這些年華也是在不知不覺中慢慢地度過的），只有上帝知道該有多少。這一點也像大多數人一樣。

新牢房倒更適意一點。窗外有個小花園，像一個房間一樣修整得十分乾淨。過了小花園，到山邊，中間是一塊平地，其顏色和人的皮膚一樣，呈栗色。有時騾馬隊路過那裡，上葡萄牙去。還有那些從茅舍裡出來的一溜小跑著的小毛驢。婦女和孩子們只上井邊……

我呼吸的就是牢房裡的這點空氣，吸進，呼出，分毫不漏。或許明天從牢房旁走過的趕騾人也吸的是同一空氣。我看見那隻五彩繽紛的蝴蝶，在向日葵上笨拙地盤旋、飛舞。牠飛進了牢房，繞了兩個圈子，然後，又孤單單地飛出牢房，最後，也許就會棲息在監獄長的枕頭上……

我用帽子逮住了一隻在吃我的殘羹剩飯的老鼠。我對牠瞧了瞧，然後又把牠放了。我瞧著牠一溜小跑躲進了洞穴裡。牠就從那洞裡出來，去那外鄉人辦的飯鋪裡覓食。牠在牢房中的洞穴裡只待一段時間，更多的時間是往外跑……

我要是對您說，我這時內心該有多麼的難過和悲傷，你可能會不大相信。我可以向您肯定地說，我當時懺悔之真誠比聖徒還有過之而無不及。對此，您可能會不相信，因為您所瞭解的關於我的情況都很壞，由此而得出的結論自然也是可想而知的，不過，我還是要跟您說，當然，目的也只是跟您說說而已，只是為了在我的頭腦中祛除這樣的想法，即您不會理解和相信我對您說的話。要不是因為發誓本身價值不大，我真想以我的名譽向您起誓……當時一陣苦味湧上我的喉頭，彷彿在我的心臟裡流的不是血，而是苦水。那苦水就在我胸中上下翻動。它的苦味湧到我的上顎、舌部，它猶如從墓穴中吹出來的陰風，淒淒慘慘，教人五內皆裂……

剛才我停了一會兒筆，人約二十分鐘，也可以是一、兩個小時，因為從前面的小道上（從我的窗口看得十分清楚），走過去了幾個人。從他們走過去那自然的姿態來看，可能連想也沒有想到過我會誰注視他們。走過去的兩男一女，還有一個孩子。看樣子，他們走過那裡，相當高興。兩個男人都是三十歲上下的年紀，女人年輕一些。那孩子還不到六歲，赤著腳，像小山羊一樣，在灌木叢周圍歡蹦亂跳；他穿著一件短襯衣，肚子露在外面……他往前小跑幾步，然後停下來，向飛過那裡的一隻小鳥扔石頭……儘管他和我小弟弟馬里奧絲毫也不相像，卻使我強烈地憶起他來！

那女人可能就是他媽媽。她和其他女人一樣，皮膚黝黑，全身都給人以愉快的感覺。誰只要看她一眼，就會覺得幸福……我母親與她完全不一樣。可是，我為什麼老是想起她？

請您原諒，我寫不下去了，我就要哭了……您和我一樣，我們都知道，一個會尊重自己的男子漢，絕不會像一個婦道人家那樣淚沾衣襟。

我將繼續把我的故事講下去。我知道，這樣做，心裡是很難過的。但是，不這樣做，我將更難過，因為我的心驅使我這樣做。心臟這架用以推動血液循環的機器，終將熱血飛濺……

## 七

我與洛拉的關係一直朝前發展，這對您來說，已不是秘密了。隨著歲月的消逝，也就是說，在我弟弟的葬禮之後還不到五個月（事情就是這樣），我被一個完全出乎我意料之外的消息驚得目瞪口呆。

那是聖卡洛斯節，在十二月。幾個月以來，我一直天天在洛拉家。那天我也去了。她媽同往常一樣，站起身來，走出門去。我未婚妻面色有點蒼白，表情異常。接著，我又發現她好像剛剛哭過，內心十分痛苦。那天我們之間的談話（從未十分舒暢過）像蟬兒聽到腳步聲或石雞聽到行人的歌聲一般，斷斷續續。一張口，話就好像在乾得像土牆一樣的喉嚨口給哽住了……

「你不想說就別說了。」

「我要說。」

「那你就說吧……難道我不讓你說嗎？」

「帕斯庫亞爾……」

「怎麼啦？」

「你知道嗎？」

「不知道。」

「你沒有想過？」

「沒有。」

現在想起來，我覺得連自己也好笑，這麼久才領會……

「帕斯庫亞爾！」

「怎麼啦？」

「我懷孕了！」

起先，我還有些莫名其妙。消息是如此突如其來，我不禁愣住了。人們常跟我談起的這種極其平常的事情，我卻從來沒有想到過。我現在不知道當時是如何想的……

我不禁熱血上湧，兩耳通紅，熱如炭火；雙眼則像浸了肥皂水一樣，感到刺痛……

接著是死一般的寂靜，可能足足有十分鐘。太陽穴在怦怦地跳動，急促得像一隻鐘錶，但我過了許久才覺察到。

洛拉的呼吸就像吹笛子一樣嗚嗚作響。

「你剛才說，你懷孕了？」

「是的。」

洛拉哭了起來。我過去從來沒有想到要安慰她。

「別這麼傻，一些人死了……另一些人生下來。」

那天，我心裡感到極為溫暖。也許上帝會因此而免去我將在地獄中受的痛苦。

「說起來，這有什麼奇怪的呢?你媽媽生你之前，不也懷了孕?我媽媽也一樣……」

我想方設法要給她說點什麼。我發現洛拉起了變化，好像是把她從反面翻轉到正面來了。

「大家都知道，這是十分自然的事，你用不憂心忡忡。」

我注視著洛拉的肚子，沒有任何異常之處。她髮髻蓬鬆，面色蒼白，但卻十分美麗動人。我向她走過去，吻她的面頰。她的面孔像死人一般涼。洛拉嘴上露出微笑，讓我親吻。那微笑猶如古代烈女的微笑。

「你高興嗎？」

「高興……非常高興！」

……

「你愛我嗎……就這樣？」

「愛！洛拉，就是這樣愛你。」

我說的是真話。那時我確實是這樣地愛她：她年輕，腹中有了孩子，是我的孩子。對我的孩子，我曾設想，要對他進行教育，讓他成為有用的人……

「我們馬上就結婚，洛拉。我得去搞張結婚證，不能再這樣下去了……」

「是不能了……」

洛拉的聲音好像在嘆息。

「我將向你母親表示，我會像個男子漢一樣行事。」

「她已經知道了。」

「她還不知道。」

等我想起要走的時候，天已完全黑了。

「等你媽媽來。」

「叫我媽媽？」

「是的。」

「幹嘛？」

「把這件事跟她說說。」

「她已經知道了。」

「她知道了……不過，我得親口跟她講。」

洛拉站起身來（她身材真高！）走出門去。她走出廚房門時，我覺得我從來沒有這樣喜歡過她。

一會兒，他媽媽進來了。

「你有什麼事嗎？」

「您都知道了。」

「你把她搞成這樣，看到了嗎？」

「這樣不是很好嗎？」

「很好？」

「是的，很好。您是不是認為她還沒有到年齡？」

她媽媽不吭聲了。我沒從來沒想到她會這樣溫順。

「我想跟您談一談。」

「談什麼？」

「你女兒的事。我想跟她結婚。」

「這還用說嗎？你決定了嗎？」

「決定了。」

「都考慮好了嗎？」

「都考慮好了。」

「就在這麼短的時間裡？」

「這點時間足夠了。」

「那你等一等，我去叫她來。」

老太太走了出去，過了好久，才回來。她們倆都在喘氣，她拉著洛拉的手。

「聽我說，她說要結婚，你願意嗎？」

「願意……」

「那好，帕斯庫亞爾是個好小伙子，我早就知道會有這一天的……你們倆親親嘴吧。」

「我們已經親過了。」

「再親一次，讓我看看。」

我朝姑娘走過去，親吻她。我使勁地吻她，用盡我的全部力氣，把她緊緊地朝我雙肩壓，全然置她母親於不顧。不過，這樣得到的親吻反倒有些興味索然，比起墓地上似乎已經十分遙遠的那一陣親吻要乏味得多。

「我能留在這裡嗎？」

「可以，你留下吧。」

「不行，帕斯庫亞爾，你還不能留在這裡，你不能留在這裡嘛。」

「行啊，女兒，行啊，讓他留下吧。他不是就要成為你的丈夫了嗎？」

於是，我留下了，與她過了一個夜晚。

次日黎明，我就上教堂去了，一直走到法衣室，堂曼努埃爾正在那裡準備做彌撒。這場彌撒是專門給堂赫蘇斯和兩、三個老夫人做的，為的是超渡亡魂。他見我走了進去，吃驚地對我說：

「你怎麼到這裡來了？」

「你不是看到了嗎，堂曼努埃爾？我是來跟您談一件事的。」

「時間很長嗎？」

「是的，先生。」

「你能等我做完彌撒嗎？」

「可以，先生，我不急。」

「那就請等一等吧。」

堂曼努埃爾打開法衣室的門，給我指了指教堂裡的一條長凳。那是一條所有教堂都有的木製長凳，未加油漆，像石頭一樣又冷又硬。不過，有時在這樣的板凳上卻能度過極美好的時光。

「請在那裡坐一會兒。你看到堂赫蘇斯跪下時，你也跪下；看到他站起來時，你也起來；看到他坐下時，你也坐下……」

「好的，先生。」

彌撒跟平時一樣，只進行了半個小時。但這半個小時我覺得過得特別慢……

彌撒結束後，我又回到法衣室。堂曼努埃爾正在那裡脫法衣。

「你說吧。」

「您可能已經知道了……我想結婚。」

「很好，孩子，很好。上帝創造男人和女人就是為的這個，為的讓人類能傳宗接代。」

「是的，先生。」

「好的……跟誰？跟洛拉嗎？」

「是的，先生。」

「你早就有這個想法了嗎？」

「不，是昨天才有的。」

「昨天才有？」

「就在昨天才有這個想法。昨天她跟我說她有那個了。」

「有那個了？」

「是的……」

「她懷孕了？」

「是的，先生，她懷孕了。」

「那好，孩子，這樣你們還是結婚為好。上帝會原諒你們的一切，同時，在人們面前，你們也會受到尊重。未婚生育孩子是一種罪孽，是一種恥辱。依照基督教的儀式成婚的父母生下的孩子，則是一種幸福……我來給你們辦理結婚證件。你們是表兄妹嗎？」

「不是，先生。」

「那就更好了。半個月後，你再到這裡來。我給你安排好一下。」

「是的，先生。」

「你現在上哪兒去？」

「我嘛……去幹活去！」

「你不想懺悔一下嗎？」

「好的。」

我進行了懺悔。我覺得好像全身用熱水沖洗過一樣疲憊無力……

## 八

一個多月後的一天，即十二月十二日，是瓜達盧佩市聖母瑪利亞的節日，那年正好是星期三。在辦妥了教堂所規定的一切手續後，洛拉和我結婚了。

當時，我一直心事重重，思緒萬千，害怕跨出這一步——嘿，結婚該是一樁慎重的事情呀！我確有過軟弱無力的時候。在那些時刻，可以向您肯定地說，我差一點就要反悔，打退堂鼓，想讓一切都付之東流。我之所以沒有這樣做，是考慮到不結婚，反而會變成一大醜聞。再說，結了婚也不用那麼害怕。最好的做法是我自己保持頭腦冷靜，聽之任之。羊羔被牽去屠宰場時，或許也會這樣想的。

對我來說，婚期一臨近，有時我就想，它會使我發瘋。我不知道是不是我已嗅到某種不幸在等待著我。更糟糕的是，如果我仍當單身漢，同樣的預感也不可能保證我有更大的幸福。

「我微薄的一點積蓄因舉行婚禮而花光了——一方面是結婚不合意願；另一方面，是為了讓婚事辦得和我這個人身分相稱。婚禮算不上富麗堂皇，倒和其他任何婚禮一樣，辦得還算體面。

在教堂裡，我讓人們安放了一些虞美人花和幾簇開了花的迷迭香樹，這樣讓氣氛顯得舒暢，令人愉快一些。也許正因為如此，松木板凳和青石板鋪的地面也讓人們感到並不那麼冷冰冰了。

她全身著黑，身穿合身的質地優良的亞麻布服裝，戴著她繼母送給她的紗織花邊的白面紗，手捧一束柑桔花。她風度瀟灑，為她當時所扮演的角色感到自豪，看到儼然像個王后。我穿著去巴達霍斯買來的鮮豔奪目的紅條子的藍衣服，頭戴全新的黑綢子禮帽，口袋裡放著絲綢手帕和懷錶鏈。

我敢保證說，當時我們還很年輕，又有風度，我們倆真是天賜良緣，結成了漂亮的一對。唉，在那些日子裡，我有時還懷疑自己是否幸福呢。而現在對我來說，那些日子已十分遙遠了。

塞瓦斯蒂安少爺、藥劑師堂雷蒙多和堂曼努埃爾的姐姐奧羅拉太太等參加了我們的婚禮。神父為我們祝福。最後，他還對我們說教，這比婚禮本身的時間長三倍，真使我厭煩極了。如果說，我之所以還忍受得了（上帝最清楚），原因不是別的，而是因為我認為這是必不可少的。他再次給我們講什麼傳宗接代之類的話，也講到萊昂十三世神父，還給我們講了連我自己也不清楚的聖巴勃羅和奴隸等……

事實上，這一番話，他是早就準備好了的。

在教堂舉行的儀式結束後（我做夢也不曾想到會有那麼回事），我們一起回到家裡。我家道平平，但是，我們以世上最美好的心意，為所有婚禮參加者準備了吃的和喝的，讓大家酒足飯飽，甚至還為那些該去而未去的人準備了雙份食物。婦女們可以吃巧克力煎餅、杏仁餅、餅乾和無花果麵包；為男人們則準備了小橄欖、香腸片、粉血腸、青果和罐頭沙丁魚等。我知道村鎮上有人批評我沒有請他們吃飯。去他們的！我相信要討好他們無須花多多少錢就可以辦得到，然而，我還是沒有那麼辦。因為我急於想和我妻子一起外出。我覺得只要自己良心上說得過去就行了。至於那些流言蜚語最好是不去理睬它。

宴請賓客之後，我就扶著我妻子，騎上母馬，馬上套好的馬具是從維森特先生那兒借來的。

我怕她掉下馬來，輕步緩行，還揀大路走。我們朝梅里達方向走去。在那兒，我們打算住三天，也許這是我生平中最幸福的三天。路上我們休息了六、七次，為的是吹吹涼風，緩一口氣。有一件事我仍驚訝地記得，一想起它我就得停下筆來。那就是當我們停下馬來採集雛菊，互相將它們戴在頭上。我們這對新婚夫婦，好像又突然回到了天真爛漫的童年。

到了城裡，我們騎著馬，有節奏和有規律地一溜小跑著。路過一座羅馬式的小橋時，發生了一種不祥的預兆：母馬突然受驚了（誰知道是不是因為牠看到了河的緣故）。馬的前蹄碰到了一位過路的可憐的老婦人，把她的頭部碰傷了。那馬險些兒一頭栽進瓜迪阿納河裡去。我為了救護她，很快下了馬（我若揚長而去就不是好娘養的）。但是老太太給我的唯一印象是她很不高興。我給了她一個里亞爾❼，讓她不要再聲張，還在她肩上輕拍了兩下，我就走了，趕上了洛拉。她笑了，她的微笑（請相信我）給我帶來了災難。我不知道這是一種預感呢，還是一種預示著即將發生什麼事情的「心血來潮」。嘲笑他人的不幸是一種幸災樂禍，這是一個終生不幸的人說的話。惡有惡報，善有善報嘛！另一方面，雖然不是因為怕受懲罰，但對人仁慈總不是壞事。

我們住在米爾洛旅店，住的是一個進門靠右的大房間。頭兩天，我們在一起親暱得足不出戶，。房間很好，挺寬敞；高高的屋頂由結實的栗木橫樑撐著，清潔的瓷磚過道，家具齊全、舒

---

❼西班牙錢幣名。

適，用起來使人感到高興。那間臥室就好像一位忠誠的朋友一樣使我終身難忘。床是我一生中見到的最闊氣的一張。床頭是加工過的胡桃木雕刻成的，四條褥墊是用漂洗過的羊毛做的，能躺在它上面休息夠多愜意啊！簡直就像國王的臥榻。還有一個衣櫃，既高大，又厚實，像店主婦的樣子，四個很深的抽屜，配有鍍金的拉手。還有一個大衣櫥，高達天花板，一面寬大的玻璃鏡，兩邊是為了照明而用同樣的木料做的兩隻勻稱的條形燭臺。甚至連臉盆架（一般總是質地較次）在那個房間裡也顯得好看。輕巧而彎屈的竹腿上，架著白瓷的臉盆，邊上畫有幾隻可愛的小鳥，使人賞心悅目。靠床的牆上有一巨幅四色石印畫，它象徵著基督遇難。還有一面彩色小旗，上面畫著塞維利亞的阿拉伯式吉拉爾達尖塔，紅、黃兩色的絨球；兩旁掛著一副響板；還有一副羅馬競技場的畫，雖然看起來大同小異，但總我認為它具有很大的價值。衣櫃上還有一隻鐘，一個小小的球體表地球儀，它由一個裸體人的雙臂撐著。兩個有綠色圖案的塔拉韋拉大花瓶，雖然已有些古舊，但仍光澤明亮，討人喜歡。室內共有兩張椅子，兩張有扶手，高高的靠背，由於屁股（請原諒）的磨擦，紅色的長毛絨已鬆軟了。粗壯的椅腿、坐上去覺得挺舒服，以致當我回家的時候，還老是惦念著它們，更不用說現在我身陷囹圄了。雖然事過多年，至今我還回想到它們呢。

我妻子和我兩人整整一個小時接一個小時地坐在房間裡盡情地享受著這舒適的條件。正如前面已提到過的，開始時，我們從不上街，既然我們在這個城市的其他地方得不到在這個房間裡得到的東西，那麼，在這個房間裡所發生的一切是多麼使我們感興趣呀！請相信我這種說法：令人不快的事情就是不幸。那頭兩天看起來十全十美的幸福生活反倒使我們感到驚異了。

第三天是星期六，在那位受傷老太大家屬的指點下，我們出去，正好和兩個國民警衛隊員迎面相遇。一群亂烘烘的孩子知道警衛隊員在那裡，就聚集在門口，他們發出的喧鬧聲整整一個月後還在我們的耳朵裡轟鳴。犯人的出現在孩子們中間引起多麼強烈的仇恨心啊！他們就像一群罕見的小動物，用炯炯有神的日光注視著我們，嘴邊露出不懷好意的微笑，好像在看屠宰場上正被宰殺的羊羔（他們的麻鞋染上了這隻羊羔的熱血），或者像在看一條讓馬車駛過被壓扁了的狗（他們用棍棒敲打她，看她是否還活著）；或者像在看五隻剛生下來的小貓在水池子裡淹死（他們朝這五隻小貓扔石子，他們不時地玩弄這五隻小貓，為了儘快結束牠們的生命），他們對待這些小貓那麼壞，目的是讓她們不至於過多地受罪。

一開始，警衛隊員的來臨頗使我局促不安，雖然我儘量裝得表面鎮靜，但我生怕我那驚慌失措的模樣難以裝出鎮定的神態。

跟著警衛隊員來的，是一位二十五歲上下的年輕人。他是那位老婦人的孫子，細長的身材，顯出像他那般老紀的人所特有的傲慢自負的樣子。我待人的訣竅您是知道的。最好的辦法是一面嘴上求情，一面伸手掏腰包。我讚揚他是個漂亮小伙子，同時塞給他六個比塞塔。他興高采烈地一溜煙跑了。他還祈求上帝（我敢肯定），最好是一生中能有幾次看到他祖母摔到在馬蹄下。至於那警衛隊員，誰知道是不是因為老太太那方面的人已很快地諒解了，還是別的什麼原因，只是輕輕理理鬍子，清清嗓門，向我宣講了一番騎馬太快有危險的道理，然後就走了，沒有再打擾我。

洛拉因警衛隊員的來到而大驚失色。但事實上，她並不是膽小的女人，雖然受了點驚，但沒過多久，就平靜下來了。她臉上又有了血色，目光有神，嘴唇邊又露出了笑意，整個面容又恢復到像平時那樣艷麗動人了。

正是在那個時候（我記得清清楚楚），我第一次發覺她的腹部有些異樣。看到她這個樣子，開始時我感到憂傷。但很快就平靜了下來。在這以前，我因為想生個兒子，但又看不到她肚裡有什麼動靜而感到擔憂。我妻子妊娠並不明顯，要是不知道的話，很可能根本就看不出來。

我們在梅里達買了一些家用小器具，因為所帶的錢本來不多，加上又給了被踢傷的老太太的孫子七個比塞塔。我以為把錢袋裡的錢花得分文不剩並不是謹慎人的行為，於是，決定回家去。我又為母馬配上了馬鞍和從維森特先生市場買來的馬繮，並把毛毯捲起來綑在馬鞍架上，像來時一樣讓我妻子坐在馬屁股上，便回托雷梅吉亞去。正如您所知道的，我家在上阿爾門德拉萊霍的路邊，我們又是從梅里達來的，要到家，就得穿過整排整排的房子。這樣，雖時近傍晚，但鄰居們都能看到我們到達時那「雄赳赳」的氣概，都向我們表示那時他們對我們懷有的親熱之情，熱烈地歡迎我們。我下了馬，轉過身來，照料洛拉下馬，免得她給馬踢傷。我應單身漢時一起幹活的夥伴們邀請，跟著他們飛快地來到馬爾蒂特．加略酒店。我們嘴裡唱著歌，一擁而進。店主人順勢擁抱了我，這一下我幾乎被他所使的大勁和身上散發出來的白酒味弄得暈頭轉向。

我在洛拉面頰上吻了一下，讓她先回家去和女友們打個招呼，同時等我回去。她騎上了漂亮的母馬就走了，像個女騎士那樣顯得英俊而又驕傲，好像（她總是這樣的）跟這匹畜生所闖下的第一次禍事不相干似的。

在酒店裡，人們彈奏著吉他，盡情地飲酒。我們每個人都容光煥發，興高采烈。當時只管我們自己唱歌喝酒，對周圍發生的事不問不聞；時間就這樣在不知不覺中過去了。

胡利安先生家的薩克里亞斯突然激情滿懷地唱了起來。聽他那像金翅雀一般柔軟的歌聲真是令人高興。

他在唱的時候，其他人（開始我們還保持著鎮靜）如醉如癡地默默地聽著他唱。但由於多喝了點酒，又講了那麼多話，大家就激動起來了，於是我們就開始輪流地唱。雖然我們的嗓子不太入調，但大家聚會的目的原是為了取樂，彼此都能諒解。

樂極生悲。可惜的是，歡樂的人們不知什麼時候會發生悲劇。要是知道的話，毫無疑問，我們就會避免一些不愉快的事情發生了。

我這樣講，是因為在加略酒店的晚會像老太婆夜晚念經一般，沒完沒了。我們誰也不知道到什麼時候該停止。以後的事情很簡單，簡單得像經常發生的事情那樣，但這些事情總是使我們的生活複雜化。

俗話說「禍從口出」，又說「言多必失」。事實上，這些諺語對我來說也確實有道理，由為要是薩卡里亞斯早就能聽從上帝的使喚，不多講話，少管閒事的話，那麼，就可以避免一件不愉快的事情，現在他身上也不會留著三個傷疤，替鄉親們預告天氣了。酗酒真是害死了。薩卡里亞斯誰狂歡痛飲時，為了逗大家發笑，給我們講了一個我根本不知道怎麼發生也不知其經過的關於小偷的故事。那時我敢發誓（現在我仍可以發誓），他講的故事指的是我。

我生來就不是很敏感的，但是對這種直截了當的事情（或者我認為是這樣的直截了當），我又怎能佯做不知、保持沉默而不跳起來呢？

我提醒他說話注意一點。

「說實在話，我並不認為這樣做能令人愉快。」

「大夥兒都看到的嘛，帕斯庫亞爾。」

「也許是這樣，我不否認。但我要說的是，你犧牲我一個人來逗大家大笑，是孬種。」

「別激動，帕斯庫亞爾，你知道，一激動起來……」

「再說，我認為，藉開玩笑來辱罵他人不是男子漢所為。」

「你是指我嗎？」

「不，我指的是那個省長。」

「你光會嚇唬人，其實不像個男子漢。」

「我說到做到。」

「什麼說到做到？」

「就是說到做到。」

我呼地站了起來。

「到外面去怎麼樣？」

「沒有必要。」

「裝得倒還挺神氣！」

朋友們都站到一邊。是好漢就不怕捅刀子。

我沉著地打開了折刀。在那樣的時刻，任何一個輕率的行動，一個小小的失誤，都會給我們帶來致命的後果。周圍是那麼的死寂，連蒼蠅飛過的聲音也幾乎聽得到。

我站起身來，向他撲過去。在他還沒有來得及皺一皺眉頭之前，就向他砍去……

## 九

我在三、四個摯友的陪同下，向家裡奔去，對剛才發生的情事還餘怒未消……

「真倒楣……結婚才三天。」

我們懷著悔恨的心情，低著頭，默默地走著。

「是他自己找的；我心安理得，要是他不那麼講……」

「帕斯庫亞爾，不必去想它了。」

「老兄，你知道，我感到難過！事情都過去了！」

天已黎明，金雞報曉。田野裡散發出一股岩薔薇和百里香的香味。

「你砍在他哪裡？」

「一隻肩膀上。」

「砍了好幾下吧！」

「三下。」

「出血了吧？」

「是啊，我看是出了。」

「活該！」

我從來沒有像那個晚上一樣覺得我家離得那麼遠。

「天氣很冷……」

「不知道，我不冷。」

「可能是身上發冷。」

「說不定。」

我們走過了公墓。

「待在這裡面該多難受呀！」

「夥計，幹嘛講這個，又來什麼怪念頭了？」

「你等著瞧吧。」

一棵柏樹看起來像是一個高大而乾癟的鬼影，死人的哨兵。

「這樣的柏樹真難看……」

「是很難看。」

在柏樹上棲息著一隻貓頭鷹，這隻預示不祥之兆的鳥，發出了神秘的咕咕聲。

「這隻該死的鳥！」

「真該死！」

「每天晚上都在這裡嗎？」

「每天晚上……」

「好像牠挺喜歡陪伴死人。」

「是的。」

「你怎麼啦？」

「沒有什麼!我沒有什麼事!你看不是到了嗎?就是有點緊張……」

我看看多明戈，他臉色蒼白，像個瀕死的人。

「生病了嗎?」

「沒有。」

「你害怕了?」

「我怕?我怕誰呢?」

「誰也不怕，好傢伙，誰也不怕;我只是這麼說說而已。」

塞瓦斯蒂安少爺插嘴說:

「喂，不要講了，你們現在還想出氣嗎?」

「不啦……」

「帕斯庫亞爾，你家離得還很遠嗎?」

「不遠了，幹嗎問這個?」

「沒有什麼……」

我的家好像被一隻神秘的手抓走了似的，離我們愈來愈遠了。

「說不定我們已走過你家了。」

「老兄，不會的，家裡早該點上燈了。」

我們又靜下來了。可能已離家不遠了。

「那是你家嗎?」

「是的。」

「幹嘛不早說呢?」

「為什麼要早說呢?難道你不知道嗎?」

我家裡寂靜無聲,使我感到吃驚。按照以往的習慣,女人們還在那裡,而且您也很清楚,她們總是提高了嗓門講話。

「好像她們已經睡了。」

「不,我不信,那裡點了一盞燈呢!」

我們走進房屋,確實點著一盞燈。

恩格拉西亞太太正在門口,講話發出「嘶嘶」聲,好像柏樹上的那隻貓頭鷹一樣,恐怕連她的臉也很像。

「你在這裡?」

「孩子,你不是看到了嗎,正等著你呢!」

「等我?」

「是的。」

恩格拉西亞太太講話時的神秘口氣令我掃興。

「讓我進去吧！」

「別進去。」

「為什麼？」

「就是不能進去。」

「這是我的家嘛！」

「我知道，孩子，我早知道了……但你還是不能進去。」

「究竟為什麼不能進去？」

「孩子，你不能進去，是因為你妻子身體不舒服。」

「她身體不舒服？」

「是的。」

「發生什麼事了？」

「沒有什麼事，她流產了。」

「流產了？」

「是的，母馬把她給摔下來了。」

一陣暴怒使我頭昏目眩，眼前一片漆黑，兩耳失去聽覺。

「母馬在哪兒？」

「在馬廄裡。」

朝屋後那塊空地上開的馬廄門的門框很矮，我彎腰走進去，什麼也沒看見。

母馬站在牲口槽邊，我小心地打開了折刀。在這種時刻，一腳踏空便會帶來致命的後果。

「該死的母馬！」

五更雞又叫了。

「該死的母馬！」

母馬向角落移動了一下。我靠上前去，一走近牠，在牠的屁股上狠擊一掌。這畜生已經醒了，極為不安。

「該死的畜生！」

霎時間，我撲向母馬，用折刀向牠戳去。戳了少說也有二十下。馬皮挺硬，比薩卡里亞斯的皮要硬得多。我離開那兒時，揮動了一下已感到酸痛的手臂，鮮血直濺到我的肘部。那畜生既不叫也不嘶，好像在把牠趕向公馬時一樣，只是短促而又深沉地喘著氣。

# 十

我可以肯定地說（雖然後來冷靜下來後，想法完全相反），在那個時候，只有一個想法在我頭腦裡閃現，那就是洛拉的流產最好是在她沒有結婚時發生，那就可以省去我多少苦惱、怨恨和憤懣。

打從她那次不幸的事件後，我神情沮喪，精神委靡，思緒異常陰沉，直到清醒來時，已消磨了整整十二個月的光陰。在這十二個月裡，我像靈魂出竅似的，在小鎮裡到處轉悠。該來而沒來的東西，在一年或一年不到的時間裡終於又來了。洛拉又懷孕了。我高興地感到，像她第一次懷孕時一樣，熱望和焦慮猛烈地衝擊著我。我希望時間過得快一點，但它過得實在太慢了。我的情緒仍然很壞，它如同影子一般，總是擺脫不掉。

我變得孤僻、粗暴、多疑和沉默了。因為我妻子和我母親不瞭解我的個性，我們都處在忐忑不安之中，生怕因為什麼而發生口角。我們的關係緊張得快要崩了，但又好像是我們自己樂於處在這樣的關係中。對我們來說，誰說什麼都好像是在含沙射影，都是別有用心，都是不懷好意，幾個月來我們所受的壓抑和苦悶，是您所想像不到的。

一想到我妻子可能再次流產，我就怒不可遏。朋友們發覺我變了。母狗奇斯巴（如果那時牠還活著並跑動的話），也好像並不那麼親熱地朝我看了。

我像以往那樣，和牠說起話來：

「你怎麼啦？」

母狗哀求似地朝我看看，很快地搖動著尾巴，好像是在呻吟。我看到了牠射出的令人心碎的目光。在母狗的肚子裡，也曾死過一窩小狗。由於牠無知，誰知道牠是否知道牠的不幸給我帶來了那麼多痛苦。一共是三隻小狗，都死在腹中了。三隻小狗長得一模一樣，像糖漿似的黏乎乎的，像老鼠一樣呈灰色，身上還長了許多疥瘡。人們在草叢中挖了一個洞，把牠們埋在裡面。每當我們上山獵兔子的時候，我們總是要停一會，喘一口氣。這時，母狗就懷著沒有兒子的母性所特有的痛苦表情，走近洞穴，嗅上幾下。

到了第八個月，事情就走上了正軌。在恩格拉西亞太太的指點下，我妻子的分娩一切順利。又過了好長一段時間，離產期只差一點時間了。這時一切跡象都表明，我可以不用擔心了。但我卻十分焦慮不安，急不可待，以致我當時認為，只要我能以健全的頭腦度過這段困境，我一生中就再也不會發瘋了。

到了恩格拉西亞太太說的預產期，洛拉就像鐘錶一樣準。我的兒子——說得更確切一點，我的第一個兒子，就這樣順利地出世了。簡直輕鬆得令我吃驚。在洗禮盆上，我們給他取了一個和他父親（就是鄙人）一樣的名字，叫帕斯庫亞爾。我曾想給他取名愛德華多，因為他是在這位聖人的節目裡出生的，而這是當地的習慣。但那時我妻子對我卻表示出從來沒有過的親熱，堅持取名一定要和我一樣。由於我充滿著希望，這件事她並沒有花多少時間就把我說服了。這看起來是謊言，但確是事實。我妻子對我的溫情使我像一個穿上新靴子的小孩子一樣高興。我可以起誓，我真誠地感謝她。

她生來強壯有力，產後第二天就像什麼事也沒有發生過一樣，到處走動。她給嬰兒餵奶的形象，是我一生中印象最深的事情之一。它彌補了以往經歷過的許多辛酸的時刻，它的作用越來越大。

我長時間地坐在床邊上。洛拉紅著臉，輕聲對我說：

「我已經給你養了一個。」

「是啊。」

「長得很漂亮。」

「感謝上帝。」

「現在可得小心照顧他……」

「對，這個時候要特別小心。」

「還要當心豬玀。」

我突然想起了那可憐的弟弟馬里奧，要是我的兒子跟馬里奧一樣不幸，我就乾脆把他淹死，以免讓他活受罪。

「是的，得當心。」

「還要當心，別讓他發燒。」

「是的。」

「當心別讓他中暑。」

「你說得對，還要留心，別讓他中暑。」

想起我兒子那幼嫩的軀體，還要擔受這麼多風險，我不禁全身都起了雞皮疙瘩。

「我們給他種上牛痘吧。」

「讓他長大一點再說。」

「我們讓他穿著鞋子，別讓他割破了腳。」

「到七歲的時候我們送他去上學。」

「我來教他打獵。」

洛拉笑了。她是幸福的。看到她那稀有的美色，懷抱孩子像聖母瑪利亞一樣，為什麼不能說，我也感到幸福呢？

「我們要讓他成為有用之才。」

當時，我們對於主宰一切的上帝會從我們手裡奪走孩子這點毫無所知。我們的希望、幸福和整個命運就寄託在這個孩子身上。可是，我們正在把他引向正道時，卻失掉了他。人的情感真是神秘莫測。當我們更需要他的時候，他卻離開我們了。

我也不知是什麼原因，看著孩子雖然感到幸福，但也引起了不安。對不幸，我早有預見，我不知道這對我有利還是有害。如同所有的預感一樣，這種預感經過幾個月後得到了證實，我的不幸就像流逝的歲月，接踵而至，永無止境。這時，我妻子還在說孩子的事。

「長得很胖，像一團黃油。」

她喋喋不休地老是說孩子的事，使我慢慢地討厭她了。他會拋棄我們的，會把我們置於絕望的深淵中，他會像拋棄長滿歐洲黑莓、蕁麻和癩哈蟆、蜥蜴等荒無人煙的破了產的莊園一樣，將我們拋棄在一邊。我早就知道了，對此深信不疑，因為我相信命運，相信它遲早總要發生，我對本能感到無法抗拒的確信，逼得我心情緊張。

有幾次，我像一個天真的兒童一樣，注視著小帕斯庫亞爾，片刻就熱淚盈眶。我說：

「帕斯庫亞爾，孩子……」

孩子用圓圓的眼睛微笑著對我看看。

我妻子又插嘴了。

「帕斯庫亞爾，我們的孩子長得挺好。」

「是挺好，洛拉，但願一直如此。」

「你為什麼這樣講？」

「你知道，小孩子總是很嬌嫩的。」

「你這個人，不要胡思亂想。」

「不，我不是胡思亂想，我們是得當心點。」

「對。」

「不要讓他傷風。」

「是的，否則會要他的命的。」

「小孩連傷風感冒也會死人的。」

「外面空氣不好……」

「帕斯庫亞爾，我有點害怕。」

對話慢慢地停了下來。像飛鳥和花朵一樣的小孩，吸了汚濁空氣，就會慢慢地死去。

「怕什麼？」

「你看他會丢下我們嗎？」

「你這個女人。」

「像他這麼小的娃娃是很嫩弱的。」

「我們的孩子長得挺漂亮，膚色紅潤，嘴上總是掛著笑。」

「說得對，帕斯庫亞爾，我真傻。」

她挺緊張，把孩子緊緊地摟在自己的懷裡，笑了。

「喂，你聽我說。」

「什麼事？」

「卡門家的孩子是怎麼死的？」

「這與你有什麼相干？」

「你這個人，我只是打聽打聽……」

「據說是得了鼻粘膜炎死的。」

「是汚濁的空氣引起的嗎？」

「可能是。」

「可憐的卡門，她多喜歡她的兒子！聽說孩子可愛的小臉跟他爸爸長得一模一樣，你還記得嗎？」

「我記得。」

「我好像感到要是失掉了孩子，就會處於困境，不會再感到歡樂。」

「對。」

「上帝應該讓人們知道每個孩子能活多久，把它寫在額頭上……」

「別說了。」

「為什麼？」

「我不要聽。」

洛拉那時的話比在我頭上猛擊一鋤頭還厲害。

「你聽到了沒有？」

「什麼？」

「窗子？」

「是的，窗子在吱吱嘎嘎地響，好像風要鑽進來似的。」

在微風吹動下窗子搖動的嘎吱聲和嘆息聲，混雜在一起。

「孩子睡了吧？」

「睡了。」

「好像在說夢話。」

「我沒有聽到。」

「又像在嘆氣，好像是發生了什麼壞……」

「別那麼緊張。」

「蒼天在上，要不，就挖我的眼珠……」

在臥室裡，孩子的呻吟聲如同風吹橡樹發出的哀鳴聲。

「孩子是在呻吟！」

洛拉過去看看究竟怎麼了。我待在廚房裡，抽著捲煙。每當我遇到什麼困難的時候，我總是拿出捲煙來抽。

孩子只掙扎了兩天。我們埋葬他時，他才只有十一個月。十一個月的生命，花了我們十一個月的心血，是那汚濁的空氣使他葬身於黃泉的。

## 十一

誰知道是不是上帝因我罪孽深重，而且還要繼續作孽而嚴厲地懲罰我。誰又知道天書中是不是已經寫明，我的一生將充滿不幸，我未來的歲月將充滿艱辛！

請相信我，誰也過不慣那種倒楣的日子。我們總是幻想著，熬過了這一次，該是最後一次了。然而，過了一些時候，我們不得不相信（懷著多麼悲痛的心情），更大的不幸還在後面呢……我之所以有這些想法，是因為我在洛拉流產並且和薩卡里亞斯動過武後，我原以為自己已筋疲力盡，應付不了啦，但實際情況卻是天災人禍並沒有因此而中止。

小帕斯庫亞爾離開我們的時候，三個女人總是圍著我。這三個女人和我都有某種親緣關係，有時我覺得她們如同陌路人一樣，好像跟世上其他人一樣，我和她們毫無關係。她們三個人中間，沒有一個人（請相信我）懂得以感情和行動來安慰我因為孩子死亡而引起的傷悲。相反的，她們卻好像經過協商一致似的，讓我生活得更痛苦。這三個女人就是我妻子、我母親和我妹妹。當時，我對她們與我做伴是充滿希望的，但這三個女人卻像令人討厭、存心不良的饒舌者一樣……

她們總是說：

「小天使給邪風帶走了。」

「他已離開我們，升入天堂了。」

「小傢伙是心肝，這娃兒像太陽一樣明亮！」

「但他臨死的時候……」

「我抱在懷裡時他連氣都喘不過來了！」

她們的話就像應答式的祈禱一樣，使人感到疲憊而又冗長；也像酒徒夜晚喝酒一樣，沒完沒了；又像小毛驢走路，既緩慢又令人厭倦。歲月就這樣，日復一日，週復一週地過去……那日子簡直可怕極了。我深信，是蒼天對我的懲罰，是上帝對我的詛咒。我只好逆來順受。

「是出於對孩子的親熱，」我想，「使她們變得如此冷酷無情。」

我總想裝做沒有聽見她們的話，不去理睬她們，看到她們的行為舉止，只當做木偶一般，毫不在意，不去聽她們講的話……讓痛苦像摘下來的玫瑰花一樣，隨著時間的流逝而消遁；我也像一顆寶石那樣，保持著沉默，以便少受一些痛苦。無意義的幻想對我來說沒有起別的作用，它只能使我越來越對那種生活得稱心如意的人的幸福感到眷戀。上帝怎麼會讓這種幻想在我的想像中出現呢？

我怕夕陽西下，如同怕火和怕狂犬病一樣。每晚七點左右，點燃廚房的油燈是我全天所幹的活中最使我痛苦的一件事。各種影子，忽上忽下的火焰，以及夜晚的一切聲音（這種在夜晚幾乎聽不到的聲音），如同鐵砧上的敲打聲，迴響在我耳邊，聲聲入耳。這一切都使我想起死去的孩子。

三個女人像烏鴉一樣戴著孝，默默無語，待在那裡，像死了一樣；她們像緝私隊員一樣，板著臉，各幹各的。有時倒是我先跟她們講幾句話，以圖打破寂靜冰冷的局面。

「這日子真難過。」

「是啊……」

我們大家又沉默了。

我接著講下去。

「格雷戈里奧先生不打算把母騾賣掉了，恐怕還有點用處呢。」

「是的……」

「你們去過河邊了？」

「沒有……」

「去過公墓？」

「也沒有。」

再要讓她們說話就沒有辦法了。可以說，我對她們的耐心是空前絕後的。我裝得好像對她們那異常的表現滿不在乎，這是為了不要鬧出什麼亂子來。然而，亂子還是發生了，這是命中註定的，如同疾病、火災、黎明和死亡一樣，任何人都阻擋不了。

人間巨大的悲劇往往是在不知不覺中來到的，它像狐狸一樣，邁著小心的步子，又像狡詐的蠍子，向我們猛撲過來。

「夜深了。」

「知道了。」

「貓頭鷹可能又棲息在柏樹上了。」

「那天晚上就像今晚一樣……」

「是的。」

「還要晚一點。」

「是的。」

「邪風還在田野裡吹……」

「它在橄欖樹林中散失。」

「是的。」

屋裡又陷入長時間的沉默。

「那股風往哪裡吹？」

「是那股邪風嗎？」

洛拉過了片刻後回答說，

「不知道。」

「吹到海裡去了吧！」

「把小孩都帶走了……」

被襲擊而受了傷的母獅也沒有像我妻子那樣的舉動。

「女人為什麼要生兒育女？是為了讓風把孩子帶走嗎？懲罰真夠嚴厲的！」

「一滴一滴流向水池的水能把那股邪風淹息才好呢！」

## 十二

「我真討厭你這個人。」

……

「討厭你這個男人，沒法過日子。」

……

「你經受不住夏天的太陽。」

……

「你經受不起寒冬臘月的寒冷。」

……

「我倒為此而生就像燧石一樣堅硬的胸膛。」

……

「我為此長了一張像桃子一樣鮮紅的嘴巴。」

……

「我為你，養了兩個孩子，可是經不起母馬的抖動和夜間的邪風。」

她像發了瘋，著了魔，又像一隻瞎搗亂的凶猛的野貓。說真的。那時我只好低頭不語，耐著性子。

「你像你弟弟！」我妻子的話像是捅了我一刀，而她反覺得高興。

……

在平原上意外地遇到暴風雨時，躲避也是徒勞的，走快走慢大家都一樣被淋得濕漉漉的的，弄得勞累不堪。閃電照得我們惶惶不安，雷鳴聲把我們嚇得六神無主。由於緊張，血液直往太陽穴和喉嚨口湧。

「啊呀！要是你父親埃斯特萬看到你這樣膽小怕事的樣子……」

……

「你的孩子一生下，他就死了。」

……

「你要這個女人幹什麼？看你娶了這麼個女人！」

……

還要講下去嗎？太陽普照眾生，但是它的光芒使患白化病的人深感刺眼，而黑人則毫不在乎。

「不要再講了！」

我母親不會因為我感到痛苦而指責我，依然是孩子死後留給我的痛苦。那小傢伙活著的十一個月裡完全像顆明亮的星星。

我給她講得清清楚楚，最清楚不過了。

「大火要把我們兩個人都燒死，媽媽。」

「什麼火？」

「你正在玩的火……」

我母親的表情很異常。

「你這是什麼意思？」

「我們男人的心可沒有這麼堅強。」

「你們的心毫無用處。」

「不，我們的心很有用處。」

她不理解我，我母親就是不理解我。她看著我，和我講話。唉，要是不看我倒更好！

「你看到從山上衝下來的狼，飛向天際的雀鷹耒在石縫中等候著的蟒蛇嗎？」

……

「可是人比所有這一切都還要壞！」

「你為什麼要這麼講？」

「不為什麼。」

我本來想對她說：

「因為我得把你……」

但是我欲言又止。

……

只留下我和我妹妹在一起了。她是個不幸者，是個失去貞節的女人，也是個女人的尊嚴已受到玷污的女人。

「你聽到了沒有？」

「聽到了。」

「我從來不相信。」

「我也不會相信。」

「以往我從來沒有想到我會是個壞人。」

「你不是壞人。」

山上又颳風了。那股邪風吹進橄欖樹林，將攜帶著孩子向海邊吹去。窗戶上發出的吱吱嘎嘎的聲音與風的呻吟聲混在一起。

羅薩里奧如咽如泣。

「為什麼你說自己是個壞人?」

「這不是我講的。」

……

「是這兩個女人……」

電石燈的火焰如同呼吸一樣忽上忽下;廚房裡散發出乙炔的氣味,既辛辣又令人痛快,刺激著我們的神經中樞,使我們全身感到振奮。在那段時候,我這既可憐又受折磨的軀體多麼需要刺激刺激呀!

我妹妹面色蒼白。從兩隻黑眼窩裡可以看出生活給她留下的殘酷的印記。我對她感情深厚,她對我也十分親熱。

「羅薩里奧,我的妹妹。」

「帕斯庫亞爾。」

「咱們倆過的日子太辛酸了。」

「一切都會好起來的……」

「上帝保佑,但願如此。」

這時,我母親又插嘴了。

「我看你的日子不會好起來了。」

我妻子心似蛇蠍，不懷好意地笑了笑。

「指望上帝保佑，那日子就過得更差勁了。」

上帝在天上，像鷹一樣注視著我們，洞察一切。

「但願上帝能保佑我們！」

「他也不會讓我們過好日子……」

……

## 十三

有將近一個月的時間我沒有寫東西了。我躺在草墊上，四腳朝天，眼巴巴地望著時間飛快地流逝。這時間有時像長著翅膀一樣，有時又像患了癱瘓病似的。我躺著讓想像自由地飛翔，它是唯一能在我身上自由飛翔的東西。我注視著天花板上剝落的泥灰，想像著與之相類似的東西。在這長長的近一個月中間，不顧一切痛苦和憂愁，我按自己的方式享受著過去所沒有享受過的樂趣。

當造孽人的靈魂平靜下來的時候，宛如雨水流進休閒田，能變乾涸之土為良田，使不毛之地長出纍纍碩果。我之所以這樣說，是因為即使我要花更多時間，比應該花的還要更多的時間，我仍想弄明白，平靜是上帝的恩賜，對我們這些窮人和被生活驚嚇過的人來說，是可以期待到的極寶貴的恩賜。現在我知道了，既然我內心已感到平靜，就要盡情地享受它。我怕我所剩下的時間已不多了——只剩下很少一點時間，在我死亡前，我一定要竭力過好這段平靜的生活。

要是平靜的日子前幾年就能來臨的話，至少，現在我已成了一個離群索居的人。因為我從中看到了光明和幸福。我並不懷疑那個時候也會像現在這樣，對平靜的生活深感興趣。但上帝不願讓我這樣做。今天我身繫囹圄，鐐銬在身，不知該怎麼辦才好。是痛快快地了此一生，還是繼續忍受痛苦，在死亡線上掙扎？當然，要是可能的話，我還想繼續活下去。這願望此平時過舒適生活時還要強烈，這點，您是很清楚的。

在我用以思考的這一個漫長的月份裡，對我來說，什麼都發生過：痛苦、愉快、歡樂、悲傷、自信、煩惱和絕望……

上帝，你怎麼賜予我這麼單薄的身子骨啊！當兩種心理狀態交接的時候，我抖動得像發高燒一樣。我眼睛裡噙著懼怕的眼淚。三十天來只一個勁兒地思考著一樁事情，內心深處感到無比的內疚；在這漫長的三十天裡，我只有一個念頭：像我們這樣幹過壞事的人，一定會進地獄……我羨慕那面目慈祥的隱士、天空的飛鳥、水中的游魚，甚至包括茂密的灌木叢中的害獸，因為他（牠）們回首往事，心地坦然。做過孽的人最怕回憶往事。

昨天我懺悔了。是我通知牧師來的。來了一個年老的鬍子稀疏的小個子牧師，名叫聖地牙哥·盧魯埃涅。他為人仁慈善良，但有些傷感，像隻螞蟻一樣不修邊幅。

他是一個隨監牧師，每個禮拜天做彌撒，上百個殺人犯、六個看守和四個修女都聽他的彌撒。

他進來時，我起立迎候。

「午安，神父。」

「你好，孩子，聽說你叫我。」

「是的，神父先生，是我叫你。」

他走近我，吻我的前額。已有多年沒有人吻過我了。

「叫我來是為了懺悔嗎？」

「是的，神父。」

「孩子，真使我高興。」

「神父，我也很高興。」

「上帝寬恕一切，上帝是很寬容的。」

「是的，神父。」

「看到有人迷途知返，實在很幸運。」

「是的，神父。」

「浪子回頭金不換嘛！」

他親熱地握著我的手，將我的手靠在他的黑長袍上，並且注視著我的雙眼，好像要我更好地理解他。

「信念好像是一盞明燈，在生活的黑暗中指引著我們的靈魂。」

「對。」

「對身受創傷的人來說，信念能奇蹟般地使人得到安慰。」

聖地牙哥神父激動起來了。他的聲音宛如惶惶不安的孩子一樣顫抖著。他微笑著看了看我，他的微笑如同聖人的微笑一般。

「你知道什麼是懺悔嗎？」

我不敢大聲回答，只得細聲地說：

「知道得不很多。」

「孩子，不要緊，沒有人生而知之。」

於是，聖地牙哥神父給我解釋了一些我不完全理解的東西。但是，這都是真理，因為聽起來很有道理。我們交談了好長時間，差不多談了整個下午，當我們結束談話的時候，早已日落西山了。

「我的孩子，準備接受寬恕吧。『我以上帝的名義給你以寬恕，快和我在一起進行祈禱吧。

我主上帝耶穌基督……』」

當堂聖地牙哥為我祝福時，我特別用心接受，不讓自己腦子裡產生邪念。我可以保證，我確是竭盡全力來接受它的。我當時感到非常慚愧，我以為我從來沁沒有感到這麼羞恥過。

星夜，我徹夜未眠。今天，我感到勞累不堪，委靡不振，好像挨過棒打一樣。因為我已向監獄長要來了一大堆稿紙，又因為我精神上已十分委靡，要不寫點東西，就沒有其他辦法可以讓精神振奮起來。因此，我打算重新抓住故事的線索，力爭把我的回憶錄全部寫出來。我不知我是否有足夠的力量把他寫完，這種力量對我來說是很需要的。我想到，如果把故事的經過寫得過於草率的話，那麼回憶錄就會變得殘缺不全而半途而廢。我不會倉卒行事，因為我認為，即使像我現在這樣全神貫注地一段一段地寫，也不會寫得十分清楚；要是像流水一樣，不加節制，互不連貫，那麼回憶錄就會寫得含糊不清，甚至連它的作者（就是我）也不想看它了。

對記憶所及的種種事件，要仔細地加以考慮。要是把事情搞亂了，結果就只能是撕掉稿紙，重新寫作。對這種辦法，我竭力迴避，如同躲避陷入故事的次要情節會寫得不好的危險一樣。也許您會認為，我這種想把次要的事件寫得很好，而事實上主要的事件卻反倒寫得很蹩腳的願望未免太浮誇了。也許您還要取笑我，認為我不想草草而就，想讓這回憶錄寫得好一些的願望不切實際。因為我要讓這部作品寫得比任何一個有文化素養的人一揮而就、未加修飾的作品要好。但要是你能注意到我幾乎四個月未曾停止寫作，注意到我把回憶錄看成是我一生中所幹的事情中最重要的事，那麼，你就會理解我的意思了。

事物的本來面目初次見到時總是很難認清。比如，當我們就近觀察某一事物，或對它加以研究時，初見時總有些陌生，對某些方面甚至一無所知，有時連記憶都沒有留下就忘得一乾二淨。這種情況也會發生在我們的記憶中有時會突然消失，等看到原物時才記起來。

我寫這篇文章時也是這樣，開始我以為花八天時間就可以結束了。而今（已是一百二十天的最後一天了），我只能笑我自己的無知。

我不認為敘述一個人已感到後悔的荒唐事是造孽。堂聖地牙哥神父給我講，要是這樣做能給我帶來安慰的話，就這樣做。正因為這樣做能給我以安慰，堂聖地牙哥神父可以指望，我是知道怎麼對待聖誡的。我並不認為我繼續講下去會觸犯上帝。有時，事無巨細地一點一滴地講述我過去的悲慘生活使我感到頭痛。但有時好像做為某種補償，我又為此而享受到最真誠的快意。或許正由於這樣講過之後，我就感到過去的事已遠遠地離開我，好像我所講的事情是聽來的，是某一個陌路人所講的。我過去的所作所為和我所期望能重新開始的行為，這兩者之間該有多麼大的區別呀！但是要面對現實，過去的已經過去了，已經無法挽回了。一人做事一人當，問題是要力圖避免重新犯罪。而現在我顯然是身遭監禁，卻已經很好地做到了這一點。我不想誇大在我生命最後時刻所表現出來的馴順，因為我猜想您可能會說我這麼做是「馬後炮」。希望您最好別這麼說。不過，我還是想把事情說清楚。我可以向您肯定地說，要是我的一生都像今天這樣安靜地度過，那麼，我的行為將是全家的榜樣。

我要繼續寫下去。一個月沒有寫作對一個行將結束生命的人來說是太長了，而對於一個生活迫使他不安寧的人來說則是太安靜了。

## 十四

我沒有耽誤多少時間，就準備逃離家庭。有些事是要幹就幹，不能耽擱，這也是其中之一。我打開櫃子，把錢放進錢包，乾糧放進褡褳，並把一切邪念全部拋開。

我利用夜色，像小偷一樣，手提行李，匆匆離開，走上公路，在田野裡毫不停步地走去（不知道往何處去）。我走得如此匆忙，以致天亮的時候已疲勞不堪，走過村鎮至少已有十五公里路了。我不願意停下步來，因為那裡可能有人認得我。我靠在路邊的一棵橄欖樹上，打了一個盹，吃了一點準備好的乾糧，又繼續朝前走，想儘早搭上火車。人們驚異地看著我，可能因為我像個周遊世界的人的樣子。我經過村鎮的時候，小孩子們成群結隊地好奇地跟著我，好像是在看匈牙利人或被打得頭破血流的人一樣，他們不安的目光和天真的動作並不使我感到討厭，反使我感到親切。要不是因為那時我像怕霍亂病一樣害怕女人，我就會選一點隨身攜帶的小東西給他們了。

我到了堂貝尼托才搭上火車，在那裡我買了一張到馬德里的車票。當時我並不想在首都住下，而是想到一個可以直接去美洲的地方。旅途很愉快，因為我乘坐的那一節車廂條件並不壞，同時，在火車裡看到田野像在一塊有一隻看不見的手拽著的床單上奔跑，這對我來說是件新鮮事。人們都下車了，我經過打聽才知道已經到了馬德里。我的心猛烈地跳動著，我還以為離首都還遠著呢。這種心跳總是在絕處逢生、意想不到的情況下發生。

因為我已充分注意到在馬德里有許多流浪漢，而我又是晚上到達的，這正是無賴和小偷作案的好時機。我想最謹慎的辦法是等到天亮後再去找宿處。於是，我就想在火車站上比比皆是的凳子上睡下休息，以待天明。我找了離嘈雜聲遠一點的火車站另一頭的一條凳子，舒舒服服地躺了下來，一倒下就呼呼大睡了。儘管在剛躺下時，我想模仿石雞那樣睡覺，睜一隻眼，閉一隻眼，但結果我卻睡得死死的，差不多一直睡到第二天。當我醒來時，覺得全身潮濕、冷徹骨髓。我想一刻也不能再停留了。我走出車站，一直走近圍著篝火的一群工人旁邊。在那裡，我受到了熱情的接待，篝火的熱氣祛除了我骨髓裡的寒氣。開始時的對話像垂死的人一樣，但很快就活躍起來了。他們看起來像是好人，我在馬德里所需要的正是朋友。我讓一個正從那裡路過的小廝買一公升酒，但這一公升酒我自己沒有嘗到一滴，跟我在一起的那些人也沒有嘗到。因為那個小傢伙十分狡猾，拿了我的錢後溜之大吉，連影子也不見了。他們取笑我讓這個小傢伙幹那種事，但我是有意想請他們，誠心和他們交朋友的。我一直等到天亮。天一亮我就和他們一起走到一家咖啡店。我請他們每人喝了一杯牛奶咖啡，讓他們全都很感謝我。我跟他們談起了住宿的事。他們中間一個名叫安赫爾·埃斯特維斯的願讓我住到他家裡去，一天管兩頓飯，只要十個里亞爾。要不是在馬德里我待在他家的日子裡，每天至少要另外花十個里亞爾，我認為那時候這個價錢並不算貴。我另外花十個里亞爾是每晚玩「七點半」時被埃斯特維斯贏去的，他和他的老婆在這方面都是老手。

我在馬德里沒有久待，只不過半個月。在此期間，我從事花錢不多的消遣娛樂活動，買一些必須的，而在波斯達斯街和馬約爾廣場可以買到的價錢公道的小東西。每天下午，太陽西斜時，我就到海關大街一家名叫埃登·孔塞爾脫的咖啡店去花一個比賽塔。我待在那裡，一面喝咖啡，一面聽演員唱歌。到吃晚飯的時候，我就回到小母牛街上埃斯特維斯家的閣樓去。一般情況下，我到他家的時候，他也回家了。這時，他妻子端出晚餐來，我們就一起吃飯。飯後，在兩個每晚必到的鄰居陪同下，就玩起紙牌來。我們圍著小床，把腳伸到火盆邊，一玩就玩到天亮。那種生活對我來說倒很有趣，要不是因為我已下了決心，不再回老家去的話，我真會在馬德里待下去，一直待到花完最後一分錢。

我主人的房子地勢很高，像個鴿棚，門總是關著，從不打開。火盆白天黑夜都生著火，圍坐火旁，把腳伸在桌子的圍布下，倒也是一種享受。他們為我安排的房間屋頂是傾斜的，在傾斜部分蓋了一條草席子。我不止一次地把腦袋碰在突出的橫樑上，老是沒有看到那裡有橫樑，一直到久而久之我習慣了為止。

我熟悉環境之後，就知道了房間裡什麼東西是凸出的，什麼是凹進的。到後來我就是閉著眼睛，也能摸上床，萬事都有一個習慣的過程。

他的妻子，據她自己對我講，名叫孔塞普西翁·卡斯蒂略·洛貝斯。小個子，長得年輕，一張調皮的臉，看起來討人喜歡，活潑可愛，又有點矜持。這正是馬德里女人所具有的特性。她總是厚顏無恥地看著我，跟我無話不談。但是，她很快就向我表明（那麼快，好像是我讓她盡可能這樣做的），我沒有什麼好跟她囉嗦的，我也不可能從她那裡得到什麼。她愛她的丈夫。對她來說，天底下除了她丈夫以外，再也不存在其他男人了。這真是件憾事。因為她儘管和我家鄉的女人不一樣，卻長得少有的漂亮，討人喜歡。但她對我從來沒有什麼好感；另一方面，我又膽小怕事，她就慢慢地疏遠我，而在我眼中她也變得愈來愈高貴了，以致到了這麼一種程度：在我看來，她是多麼遠不可及呀，甚至連想也不想她了。她丈夫像蘇丹一樣，醋意甚濃，對他妻子很不信任，甚至不讓她在石階上露面。記得有一個星期天下午，埃斯特維斯邀請我和他妻子一起到雷蒂羅公園去散步。在幾個小時的時間裡，他老是責怪他妻子，說她為什麼老瞧這個男人，而不瞧那個男人。他妻子倒還忍受得了這樣的指責，面部表情親切，這使我惶惑不解。

在雷蒂羅公園，我們在水池邊來回散步。有一次，埃斯特維斯和一個路過那裡的人爭論起來。他們咬文嚼字，又講得那麼快，我連一半也沒有聽懂。看起來兩人吵架的原因是因為那一個人看了孔塞普西翁一眼。更使我驚異不止的是他們只是一個勁兒地罵，卻沒有動手打起來。他們出言不遜，罵爹罵娘，又是烏龜，又是王八，還要掏出對方的五臟六腑來。奇怪的是他們誰也沒有碰一碰對方。看到這少有的做法，我深為驚訝。雖然當時我準備助我朋友一臂之力，可是在那種情況下，我自然只能站在一旁不去插嘴。最後，他們罵得厭煩了就各走各的路，沒有發生什麼意外。

這倒是一件令人高興的事！要是農村裡的人都像城市裡的人一樣對人寬容，監獄就會像荒島一樣，沒有人去了。

大約兩個星期以後，我對馬德里仍不甚瞭解（這個城市不是很快就能熟悉的），我決定繼續向已定的目的地前進。我準備了簡單的行裝，把衣物放在買來的小手提箱裡。我買了火車票，在埃斯特維斯陪送下向車站出發（是與我來時不同的車站），開始去拉科魯尼亞的旅行。據介紹，拉科魯尼亞是去美洲的輪船的匯合點。到港口去的這段旅程，比從我家到馬德里還要慢，因為這一段路程最長。但因為我是在火車上過的夜，我又不是那種因人來人往和火車聲睡不著覺的人，因此，時間過得比我想像的要快。當鄰座的人叫醒我時，火車已經到了海邊，那大海看起來遼闊無邊，深不見底，驚得我張口結舌。這是我一生中最感吃驚的事之一。

初步辦完一些手續後，我才完全意識到自己的天真幼稚。原來以為口袋裡帶的比塞塔足夠我到美洲的開支，我沒有想到海上旅行的費用會那麼貴。我到一家旅行社去，在一個窗口詢問。他們讓我到另一個窗口去打聽，我排隊少說也等了三個小時。當輪到我的時候，我走到一個職員身邊，想打聽到美洲什麼地方花錢最少，要花多少錢。他卻不吭一聲地轉過身去，又回過頭來，手裡拿了一張紙。

「路線是……票價是……每月五日、二十日從拉科魯尼亞開航。」

我想跟他說，我所要談的是關於我個人的旅行事宜，但毫無用處。他用生硬的語氣打斷了我的話，真使我莫名其妙。

「不要多講了。」

我拿了路線圖和價格表就走，腦子裡記著開航的日期，有什麼辦法呢！

我住宿的那個人家，還住著一個炮兵軍曹。他向我解釋了旅行社給我的那幾張紙上寫的內容。當他講到船價和支付辦法時，我估計一下自己身上所帶的錢，連支付一半的旅費也不夠，真是靈魂出了竅。我面臨著這個大問題，卻沒有解決的辦法。那位名叫安德里安・諾格依拉的軍曹鼓勵我去（他也到過那裡），他不停地談起哈瓦那，甚至還談到紐約。無庸諱言，我是懷著驚訝和從未有過的敬慕之意聽著他講的。但是，我知道和他談話也只是磨磨牙而已。於是，有一天我請求他別再講了，因為我留在國內的主意已定。他臉部第一次露出不解之意，但他像所有的加利西亞人一樣，是一個機智而又謹慎的人，從此就再也沒有對我提及此事。

我的腦袋因為對往後該怎麼辦考慮得太多而疲憊不堪。我決定不管幹什麼也不再回到家裡去。於是，我在那裡什麼活都幹，在車站上搬行李，在碼頭上運貨包，在鐵路飯店廚房裡幫忙。

有一段時間還在香煙廠裡當更夫。我什麼活都幹，這樣，一直到結束在海港的生活。後來，我又在阿帕查妓院裡打雜。妓院在鸚鵡街上，往左爬一段坡地就到。在那裡我的主要工作是把那些去瞎起鬨的人趕走。當然，我什麼事情都幹一點兒。

在那裡我住了一年半，另外，我離家後在外面浪蕩了半年。這樣一來，就越來越經常地想到我拋棄了的家。開始只是在夜裡，躺在他們為我在廚房準備好的床上想。久而久之，我就整小時整小時地想著家裡，以至於到後來，白天也想家了。思念之情不斷侵襲著我，以至於我覺得要不了多久就能在公路旁的小茅舍裡再與家人見面了。我想我會受到家裡人的熱情接待（時間能治癒一切）。我這種願望像生長在濕地上的蘑菇一樣，滋生得很快。我花了不少勁才借到一些錢。一個晴天，我告別了以阿帕吉為首的朋友們以後，就啓程回家去了。要不是魔鬼（我那時還不知道發生了什麼事情）利用我不在的機會在我家和我妻子身上興風作浪，應該說這次旅行有一個幸福的結果。事實上，那時我的還很年輕而漂亮的妻子，雖然受的教育不多，卻深知丈夫不在意味著什麼，這看起來也很自然。我之所以不在家裡，是因為我逃離了家門。這是我最大的罪過，是我不應犯的罪過，是甚至連上帝都要嚴厲懲罰我的一大罪過。

# 十五

自從我回家後，已經七天過去了。我妻子至少從外表看來非常親熱地迎候了我。她把我從夢中叫醒，對我說：

「我在回想接你回來的時候，我很冷淡。」

「不。」

「因為我沒有料到你會回來，知道嗎？我不相信會看到你回來……」

「但現在你該高興了嗎？」

「是的。現在我高興……」

洛拉好像很苦惱的樣子，可以看得出她完全變了。

「你一直在想我嗎？」

「一直在想念。為什麼你以為我快回來了？」

我妻子又沉默下來。

「兩年的日子是很長的……」

「是很長。」

「兩年中間，地球轉了好多圈……」

「兩圈。這是拉科魯尼亞的一個海員給我講的。」

「別再提拉科魯尼亞了。」

「為什麼？」

「我不喜歡，要是沒有這個拉科魯尼亞該多好！」

她對我講這句話的時候，語氣十分嚴肅。她的目光陰森得像黑暗中的森林。

「地球轉了好多圈？」

「是好多圈。」

「我一直在想，在你不在家的兩年中，上帝大概會把你叫走的。」

「你還想跟我說點什麼？」

「沒有什麼了。」

洛拉開始痛苦地哭。她細聲對我坦白說：

「我要有孩子了。」

「又要有孩子？」

「是的。」

我大吃一驚。

「是誰的？」

「不要再問了！」

「為什麼不要問？我要問，我是你的丈夫。」

她放大了嗓門。

「就是你這個要殺死我的丈夫！把我拋棄了兩年的丈夫！像躲痲瘋病人一樣躲開我的丈夫！」

「不要說下去了。」

是呀。我的良心告訴我，最好不要再講下去了。最好讓時間過去，讓孩子生下來……鄰居們將會議論我妻子的風流韻事，可能會對我另眼相看，看到我時可能會竊竊私語。

「你要我叫恩格拉西亞太太來嗎？」

「也已經來看過我了。」

「她怎麼講？」

「一切都好。」

「不是這個意思……不是這個意思……」

「你要幹什麼？」

「不幹什麼……最好是先把事情解決掉。」

我妻子露出懇求的表情。

「帕斯庫亞爾，你下得了手嗎？」

「下得了手。洛拉，我下得了手。難道這是第一次嗎？」

「帕斯庫亞爾，我對這孩子比對哪一個都憐愛，我覺得該讓孩子生下來……」

「好讓我出醜嗎？」

「或許是你的幸福呢，人家知道什麼？」

「人家？嘿，早晚總得知道！」

洛拉笑了。那是像一個受虐待的孩子般的苦笑，看了教人傷心。

「要是我們不讓他們知道，誰能知道？」

「大家都會知道的。」

此事我倒並不認為是壞事（上帝最清楚）。

但是，人們受習慣勢力的束縛，如同驢子總是被拴在繮繩上一樣。

要是在我個人的權益範圍內能寬恕她的話，我早寬恕她了。但是世界畢竟是世界，反潮流是徒勞的。

「最好是去叫她來！」

「叫恩格拉西亞太太嗎？」

「是的。」

「看在上帝的份上，別去叫她！又要流產嗎？生一個，死一個，把人命看成糞土。」

她撲倒在地，吻我的腿。

「假如你需要的話，我連自己的生命都可以給你！」

「要它沒什麼用。」

「因為我冒犯了你。我把眼睛和鮮血都給……」

「也不要。」

「我的胸脯、我的頭髮、我的牙齒，你要什麼我給什麼，但不要把孩子流掉，我是為他而活著的。」

最好是讓她哭吧。讓她哭個夠。直到聲嘶力竭，神經破裂。那時，她便會安靜一點，理智一點了。

我那倒楣的母親大概是給這事拉皮條的人。她躲躲閃閃，我總是看不到她。她怕真理似怕火，她竭力少講話。我從這個門進，她從那個門出（這類事過去沒有發生過，今後也不可能再發生）。她總是在規定的時間為我準備好飯菜。為了避免爭吵，她也害怕見我，想起來真教人難過。她的一舉一動都十分溫順，這倒反而使我不知所措。我從不願意和她談及洛拉的事。這是我們兩人之間的事，只能在我們兩個人之間解決。

有一天，我叫洛拉來，並對她說：

「你可以安心了。」

「為什麼？」

「因為不必再去叫恩格西亞太太了。」

洛拉像草鷺一樣亭亭玉立，考慮了一會兒。

「帕斯庫亞爾，你真好。」

「是啊，比你想像的要好。」

「也比我好。」

「不說這個了。你是跟誰？」

「不要問這個了。」

「洛拉，我要知道。」

「但是，我害怕告訴你。」

「害怕？」

「是的，怕你殺死他。」

「你那麼愛他？」

「我不愛他。」

「那麼……」

「要知道，你身上的鮮血是你生命的保證……」

那句話像是用火漆在我頭腦裡銘刻下來似的令我永誌不忘，也好像是用火漆銘刻下來後將要我和一起死亡。

「我要是向你起誓，什麼事也不會發生呢？」

「那我也不相信你。」

「為什麼？」

「因為你不會罷休的，帕斯庫亞爾，你有男子漢氣概。」

「謝天謝地，但我還有話要講。」

洛拉倒到我的懷裡。

「要是不再發生什麼，我可以獻出我的餘生。」

「我相信你。」

「目的是讓你能原諒我。」

「我原諒你，洛拉，但你要對我講……」

她的臉色變了，變得從來沒有這樣蒼白，看起來令人可怕。她那可怕的臉色是因為我回家引起的不幸造成的。我抱著她的頭，親撫她，以一個最忠誠的丈夫所具有的親熱跟她講話。她靠在我肩上，我撫摩她，理解她的遭遇和不幸。我生怕一提問她就會支撐不住。

「是誰？」

「埃斯蒂勞！」

「是埃斯蒂勞？」

洛拉沒有回答。

她死了。腦袋耷拉在胸口上，頭髮散披在臉上。她在那裡端坐了一會兒，就倒在廚房裡被人踩過的鵝卵石地上了。

## 十六

當時我不禁心潮翻滾，萬箭穿心，全身熱血上湧。

我出去尋找殺害我妻子的兇手，玷汚我妹妹的無恥狂徒，去尋找給我帶來無限痛苦的那個人。我花了很多工夫，才知道他已逃亡在外。這個無賴得悉我回家的消息後，便逃之夭夭了。四個月沒有在阿爾門德拉萊霍露面。我出去逮他，我去過涅貝斯家，見到了羅薩里奥。她變化多大呀！蒼老了，臉上布滿過早出現的皺紋，眼窩黑黑的，披頭散髮。她曾經是那麼漂亮，而今一看到她就令人傷心。

「你來找什麼？」

「找個人。」

「見到對手就逃跑的絕不是男子漢。」

「對。」

「明知對手會找上門來，卻不在家恭候的也不是男子漢。」

「對，那麼他在哪裡？」

「不知道，昨天就出去了。」

「哪裡去了？」

「我不知道。」

「你不知道？」

「不知道。」

「你敢肯定地說嗎？」

「就像現在是白天一樣肯定。」

她講的可能是真的。羅薩里奧為了照料我，回家來對我表示過親熱，她把埃斯蒂勞丟在一邊。

「你知道他離這兒很遠嗎？」

「他什麼也沒有跟我說。」

我沒有其他辦法，只得耐著性子。用犧牲不幸者來消除對卑劣者所產生的狂怒的做法，不是男子漢的行為。

「那事兒你早就知道了嗎？」

「知道了。」

「為什麼一直不吭聲？」

「該對誰講呢？」

「真的，跟誰也不好說……」

事實上，她確實沒有人可講。有的事不是所有的人都感興趣的。有的事，就像耶穌殉難時背著十字架一樣，只有自己一個人承擔，無法對其他說。我們不能把發生的事情全都告訴別人。在絕大多數情況下，人們不懂甚至也不理解我們。

羅薩里奧和我一起回到了家裡。

「我一天也不願意待在這裡，夠煩的了。」

她回到家裡，變得又膽怯，又靦腆，表現出從未有過的謙恭和勤快。她體貼入微地照料我，唉！真糟糕，對此我一直沒有能向她表示感謝，以後也做不到這點了。她總是為我準備好乾乾淨淨的襯衣，給我料理房間內的一切家務，要是我回家遲了，總是準備好熱騰騰的飯菜。這樣的生活真令人高興！白天日子過得像羽毛般輕鬆，夜晚則像在修道院一樣安安靜靜地度過。那種種邪念（平時總是緊隨著我），好像已離我而去了。在拉魯尼亞的不幸的日子也好像已是遙遠的過去了！那動刀子的歲月也好像在記憶中消失了。對洛拉的懷念曾在我心中留下了那麼深的傷痕，現在也正在癒合。

過去的種種正慢慢地被遺忘。這樣一直延續到厄運來臨。這厄運好像一直在跟隨著我，它又死灰復燃，給我帶來了災難。

在馬丁內特酒店裡，塞瓦斯蒂安少爺對我說：

「你看到埃斯蒂勞了嗎？」

「沒有，你為什麼問這事？」

「沒有什麼，聽說他在鎮上。」

「在鎮上？」

「人家這麼說。」

「你不要騙我！」

「嘿，別這樣，是人家這麼說的，我就告訴你了，為什麼要騙你呢？」

我沒有顧得上想一想他這話的確切性，就閃電般地跑回家去，一路上也顧不上腳踩在哪裡。我在門口碰到了母親。

「羅薩里奧在哪裡？」

「正在裡面。」

「一個人嗎？」

「是的，你要幹什麼？」

我沒有回答，走進廚房，在那裡見到她正在搬沙鍋。

「埃斯蒂勞在哪裡？」

羅薩里奧吃了一驚，擡起頭來。至少從外表上看，她十分鎮靜地回答說：

「你為什麼問我這事？」

「因為聽說他在鎮上。」

「在鎮上？」

「是人家告訴我的。」

「沒有上這裡來。」

「真的嗎？」

「我敢發誓。」

「不用對我發誓了，這是真的。不過，他雖然還沒有來，但稍過一會兒會來，這也是確信無疑的。」

他被我母親攔在門口。

「帕斯庫亞爾在家嗎?」

「你找他幹嘛?」

「沒有什麼,只談一件事。」

「一件事?」

「是的,是我們兩人之間的事情。」

「進去吧,他在廚房裡。」

埃斯蒂勞哼著小調,沒有脫帽就進來了。

「你好,帕斯庫亞爾。」

「你好,帕科。請脫下帽子,你是在別人家裡。」

埃斯蒂勞脫下帽子。

「你要我脫帽我就脫。」

他想保持鎮靜、沉著,但沒有辦法控制住自己。可以看得出他有點緊張,惶惑不安。

「你好,羅薩里奥。」

「你好,帕科。」

我妹妹膽怯地對他笑了笑,這引起了我的反感。他也笑了笑,但在笑的時候,嘴邊好像沒有血色。

「你知道我來幹什麼嗎？」

「你說吧！」

「我讓羅薩里奧跟我走。」

「我早估計到了，埃斯蒂勞，你不能把羅薩里奧帶走。」

「不能帶她走？」

「不能。」

「誰敢阻攔？」

「我！」

「你？」

「是我。你認為我沒什麼了不起？」

「沒什麼了不起。」

那時，我像蜥蜴般冷靜。我清楚地權衡過我的行動會造成的後果。我理了理衣服，估計了一下距離。為了不再像上次那樣讓他溜走，我沒有讓他繼續說，用一張小板凳重重地朝他臉上打去，把他打翻在地。他像個死人一樣，撞到煙囪的圍罩上。他打算從地上坐起來，拔出刀子，臉上露出一股令人吃驚的怒火。但他背部的骨頭已折斷，不能再動彈了。我把他拎起來，放在公路邊，對他說：

「埃斯蒂勞，你殺害了我的妻子。」

「她是隻母狐狸。」

「不管她是什麼，是你殺害了她，你還糟蹋我的妹妹。」

「我找到她時，她早已臭名昭張了。」

「什麼臭名昭張？是你毀了她！你還不給我住口！是你自己找上門來的。我本不想傷害你，也不曾想打斷你的肋骨。」

「我的傷總有一天會好的，到那一天，哼！」

「到那一天怎麼樣？」

「我會像對瘋狗一樣，打你兩槍。」

「你別忘了，現在你可在我的掌心之中。」

「諒你也不敢殺死我！」

「不敢殺死你？」

「不敢。」

「為什麼這麼說？你太自信了。」

「因為那個人還沒有生下來呢！」

這小子正在氣頭上。

「你想走？」

「我想走就走。」

「現在就走！」

「還我羅薩里奧！」

「不行。」

「還給我，要不我打死你。」

「別說打死我，眼前這一身傷就夠你受的了。」

「你不願意把她還給我？」

「不。」

埃斯蒂勞竭盡全力，想把我摔倒在地。我抓住他的脖子，又把他摔在地上。

「你給我滾！」

「我不。」

我們互相扭打著。我打倒了他，用膝蓋頂住他的胸口，逼他坦白。

「我答應過不把你殺死。」

「答應誰？」

「洛拉。」

「那麼，她是愛我的。」

太無恥了，我用力踩了他一下……他胸部發出了像烤肉鍋上一樣的聲音……嘴裡噴出了鮮血。我站起來時，他有氣無力地把腦袋倒向一邊。

## 十七

我被監禁了三年，漫長的三年，吃盡了苦頭。開始我以為三年是熬不過去的，事後想想簡直是一場夢。三年的時間裡都得在獄中製鞋車間裡幹活，天天如此。休息的時候，只能在院子裡曬曬太陽。當時，我對太陽真感恩不盡。我眼巴巴地盼著時間一小時一小時地過去（其實這對我並不是件好事）。因為我表現良好，未等期滿就出獄了。

平時我很少表現得太壞，但正如我對您說過的那樣，厄運纏身，它像一顆掃帚星一樣緊隨不捨，把好事變成了壞事，以致我得不到任何恩惠，一想起來就難過。更糟的是，我不但得不到恩惠，反而走上了邪路，蛻化變質，越變越壞。如果我表現得不好，根據判決我得在欽契拉蹲二十八年監獄。那樣，我就可能像所有的囚犯一樣，早就腐爛發臭了，或者早就悶得發瘋了，絕望了；我也會詛咒所有的神聖，把一切都罵得狗血噴頭。但是，不管怎麼樣，我還是待在獄中繼續洗刷自己所犯的罪過，這樣，我就不會再當殺人犯，不會再陷囹圄了（這是真的）。這樣我就會像生下來時一樣，腦袋穩穩地長在兩隻肩膀上，除了我原來的罪過外，不會另犯新罪了。如果我和大家一樣不好不壞，表現一般，那麼，二十八年的刑期也可能會改為十四年或十六年。那樣一來，當我獲釋的時候，我母親可能已正常死亡；我妹妹羅薩里奧可能已失去了她的青春美貌，隨著她的美貌消逝，她也就不會有危險了。而我（這個可憐的、不幸的、屢遭失敗的我，未能引起您和社會同情的我），也許會溫馴得像隻綿羊，柔和得像條毛毯，可能會永遠擺脫重新犯罪的危險，說不定到時候，我會安安隱隱地找個地方過日子，找點活兒幹幹，餬餬口，以便忘記過去，只向前看。搞不好這時候我已經過上那樣的日子了……

可是，當時我表現得太好了。我使出吃奶的勁兒表現自己，逆來順受，常常超額完成交給我的任務，最終感動了司法當局，受到了典獄長的好評，替我說了好話……把我釋放了。人們給我打開了大門，將我這個對壞事毫無抵抗能力的人置於邪惡之中。他們對我說：

「帕斯庫亞爾，你刑滿了，你可以重新生活，重新奮鬥，重新去忍受一切，重新和大家交談與交往了。」

他們以為幫了我的忙，其實，這是斷送了我。

我第一次寫這一章的時候（還有下面的兩個章節），沒有想到這樣的哲理。但是，有人把我寫的偷走了（我自己也弄不清楚，為什麼要偷我的）。此事說起來您會不信，也許會感到驚奇，因為當時，他們毫無理由的胡作非為使我痛心；另一方面，我又得老調重彈，感到膩煩、窒息。但那時，對於寫過的內容還記憶猶新，種種想法信手寫來倒十分順筆，這樣，我才把它又重寫了一遍。因為，我並不認為違背人們意願的行為都該懲罰。對我這樣一個神經脆弱的人來說，該懺悔的事太多了。當然，這不包括我犯的許多過錯。不管我有多少過錯，我都把它們清清楚楚地寫下來，以便讓您評判。

我從獄中出來後，發現大地一片淒涼，比我想像的要淒涼得多。我被囚禁時，我想像中的田野（您不會知道為什麼），像草原一樣一片碧綠茂盛，像麥田一樣肥沃美麗；農民們繁忙地耕種。他們起早摸黑地愉快地幹著活兒，邊幹邊唱著歌，頭腦裡不想壞念頭，地邊放著酒桶，隨時都可以喝。但我見到的原野卻是荒無人煙，像墓地一樣死寂無聲，像過去聖母節後的鄉村小廟一樣孤孤單單……

欽契拉是一個破爛不堪的窮村莊，村民們像所有的曼卡人一樣，好像被深重的苦難和憂傷壓得擡不起頭來似的。他們和其他所有的村民們一樣，已不指望世道會有多大變化。我在那兒沒有多停留，只待了等火車的一會兒時間。火車將送我回家，回到我的親人身邊。我將在原來的地方重新看到我們家的房子在陽光下像珍珠一樣閃閃發光，看到我的親屬們。他們以為我要過很久才能回來，沒有想到我很快就回到了他們的身邊。我又要看到我母親了。也許三年的時間，上帝使她變得溫和了，我也要看到我妹妹了。我那親愛的妹妹，她見到我，肯定會高興得跳起來。

火車誤點了，晚了好幾個小時。說來也怪，像我這樣一個在獄中待了那麼長時間的人，竟連火車晚點幾個小時也等不及了。但事實確實如此。當時我等得很不耐煩，一肚子無名火，好像一筆重要的生意沒有做成而浪費了我的時間似的。我在車站來回轉了一圈，上了趟酒館，又在附近一塊地裡蹓了一會步，火車還沒有到，連影子也看不到，還遠著呢！看來還要繼續晚點。這時，我想起了監獄，從車站建築物的後面可以遠遠地看到它。看上去它很淒涼，但是裡面卻擠滿了許許多多不幸的人。光他們的遭遇就足夠寫上幾百頁的了。我又想起典獄長來，想起了最後一次和他見面的情景。他是個禿頂的小老頭兒，花白的鬍鬚，長著一雙天藍色的眼睛。他叫堂孔拉多，我像愛父親一樣愛他，我感謝他，他多次規勸我，安慰我。我最後一次見他是在他的辦公室裡，是他叫我去的。

「可以進來嗎?堂孔拉多?」

「進來!孩子。」

他的聲音因年邁體弱多病而顯得嘶啞。當他親切地稱我們為孩子的時候，聲音好像顯得特別柔和，但是也有點顫抖。他讓我坐在桌子的另一邊，遞給我一個羊皮大煙袋，還拿給我一本做捲煙紙用的書。

「抽枝捲煙好嗎?」

「謝謝，堂孔拉多。」

堂孔拉多笑了。

「和你談話，最好面前有許多煙霧，這樣可以少看幾眼你那醜樣兒。」

說著，他放聲大笑，笑到最後引起一陣劇烈的咳嗽，咳了好長時間，最後都咳得喘不過氣來了，臉脹得通紅，像隻西紅柿。然後他伸手從一隻大木箱裡拿出兩隻杯子和一瓶白蘭地。我驚呆了。他一向對我很好（這是真的），但是從來沒有像這樣好過。

「這是怎麼回事啊，堂孔拉多？」

「沒什麼，孩子，沒什麼……來！喝一杯……為你的自由乾杯！」

他又咳了起來。我正要問他：

「為我的自由乾杯？」

他打手勢讓我不要再問。這次正好相反，不是大笑引起咳嗽，而是因為笑停止咳嗽。

「是的，你們這些小搗蛋還真有點運氣！」

他笑著，為能告訴我好消息，為我能自由地走在大街上而高興。可憐的堂孔拉多，多好的人啊！但是，如果他知道，對於我來說最好還是不離開監獄，那他又會怎麼想呢？當我再一次到欽契拉那間房子的時候，他兩眼含著熱淚，坦率地對我說（那雙淚汪汪的眼睛顯得更藍了）：

「好吧！現在談正經的！你念念……」

他把釋放的命令放在我眼前。我難以相信自己看到的東西。

「看完了沒有？」

「看完了，先生。」

他打開一個文件夾，取出兩張一樣的證件，這是出獄許可證。

「這是給你的，拿著，有了它，你可以想到哪裡就到哪裡。在這兒簽上名，不要塗改。」

我把證件折疊好放進書包裡……我自由了！當時，我真不知是怎麼想的，連自己也說不清。

堂孔拉多卻一本正經地對我進行了一番要忠誠老實、要養成好習慣的說教。同時，還對我提出四點忠告。這些忠告我要是能謹記在心，往後也就不會鬧出這麼大的不愉快的事了。他一說完話，就像聚會結束時一樣，代表一個名叫「促成囚犯新生婦女委員會」的慈善機構發給我二十五個比塞塔。這個機構設在馬德里，是專門為了救濟我們這號人而設立的。

他按了一下鈴，進來一個獄吏，堂孔拉多和我握手告別：

「再見，孩子，願上帝保佑你！」

當時我欣喜萬分。他轉過臉對獄吏說：

「穆尼奧斯，你把這位先生送到門口。先把他帶到管理處。已經發給他八天的救濟金了。」

打那以後，我再也沒有見過穆尼奧斯，堂孔拉多倒是見過，是獲釋三年半後見到的。

火車終於來了。世上的一切或遲或早都會來到，除了被侮辱的人的寬恕外，但它好像離得越遠越舒坦。我在自己的鋪位上安頓下來，顛簸折騰了足有一天半，才到了對我來說是十分熟悉的那個小村鎮的火車站。一路上我一直在想像這個小村鎮的樣子。車站上連個人影也沒有見到。若不是上帝知道我已回來，恐怕沒人知道。可是（我也不知道為什麼有這樣怪僻的想法），我老是想像著，當我到車站的時候，月臺肯定會擠滿了歡樂的人群，他們高舉雙手，揮動著手帕歡迎我，到處都在呼喚我的名字。我到達車站時，一股刺骨的寒風像一把尖刀刺進我的心臟。車站上空無一人，又是晚上，站長格雷戈里奧先生提紅綠指示燈，剛剛指揮火車出站。

這會兒他一定會向我轉過來，認出我並且向我祝賀……

「活見鬼，是帕斯庫亞爾，你幹嘛在這兒？」

「是我，格雷戈里奧先生，我自由了。」

「得了，得了！」

說著，他轉身進了自己的小房子，沒有再理我。我想對他大聲喊：

「格雷戈里奧先生，自由了，我自由了！」因為我認為他沒有覺察到這一點。可是，我愣了一下沒有這麼做。

我氣得面紅耳赤，差點兒氣哭了。格雷戈里奧先生對我的自由竟然無動於衷。

我背著行李，離開了火車站，抄了一條小路，直奔通向我家的公路。這樣走就無須穿過村鎮了。我上路了，心裡很難過，滿心的喜悅被格雷戈里奧先生幾句不冷不熱的話給趕跑了。於是一連串的不吉利的想法，不祥的預感接踵而至，我不禁思緒萬千，想擺脫它們也辦不到。夜晚是明亮的，萬里無雲，一輪明月像一隻聖餅懸掛在半空中。寒冷向我襲來，但我對此未加思索。

前面不遠，就在小路的右邊和大路的中間有一塊墓地。它的樣子變化不大，和我離開時一樣，上面蓋的還是那幾塊黑色的土坯，旁邊那棵義大利柏樹也依然如故，它的樹枝上仍然棲居著那隻愛咕咕叫的貓頭鷹。就在這塊墓地裡安息著我那脾氣暴躁的父親、天真無辜的馬里奧、被我休棄的前妻和喜歡插科打諢的埃斯蒂勞。此外，裡邊還有我兩個孩子腐爛了的屍骨，一個是流產的，另一個就是小帕斯庫亞爾。他只活了十一個月，那可真是旭日方升的時候啊……

就這樣，我孤身一人，又是在晚上，灰溜溜地回到了村鎮。路上什麼也沒有碰到。第一眼見到的就是墳墓，這使我心灰意懶，感到不是滋味。就好像上帝早就給我安排好了似的，故意這樣做，使得我想到，我們這樣的人實在太少了。

我的身影一直在前邊，它很長、很長，有時它緊貼著地面走，有時與大路拉成一條直線，一會兒又爬上墓地的圍牆，彷彿想去探頭張望一下。我跑了幾步，影子也跟著我跑。我停它也停。我眼望天空，萬里長空，雲絲不掛。那身影一直緊隨不捨，陪同我走到村鎮。

我突然害怕起來，原因我自己也說不清。我想像著死人的骷髏在看著我走過，嚇得頭也不敢擡。我加快了腳步，好像身子變輕了，肩上的箱子也輕了，好像那時候的力氣比任何時候都大似的。接著，我就像一條逃命的狗一樣沒命地奔跑起來。我像瘋子，像野馬一樣奔跑著，跑到家門口時，已經累癱了，連一步也不能挪動了……

我把箱子放在地上，坐在上面。周圍一片寂靜。羅薩里奧和我母親可能正在家裡酣睡呢。儘管我離她們近在咫尺，可是她們絲毫也不會想到我已回到家，已獲釋了。誰知道我妹妹上床前有沒有為我祈禱啊（念她最喜歡的禱文），祈求早點釋放我。也說不定她尚未入睡，在為我的不幸而傷心，正想像我躺在牢房的木板上思念她。我一生中唯一的誠摯的愛就寄予她。也許她此時已被噩夢驚醒……

我回來了，已到那兒了，自由自在，身體健康，滿面紅光像一隻蘋果。為了安慰她，鍾愛她，迎接她的微笑，我準備重新開始一切。

我不知道怎麼辦才好，想敲門……那她們會受驚的，因為沒有人半夜三更叫門。也許她們連門也不敢開。但是不能老待在那兒啊。總不能坐在箱子上一直等到天亮啊。

這時，從公路上走來兩個人，邊走邊高聲談話。他們漫不經心地走著，好像很高興。他們從阿爾門德拉萊霍來，說不定剛剛約會過未婚妻。我很快認出了他們：馬蒂納脫的弟弟萊昂和塞瓦斯蒂安少爺。我連忙躲了起來。我也不知為什麼怕他們看見，就迅速地躲在一邊。

他們從我家門前一擦而過，離我很近，所以他們的談話我聽得很清楚。

「你知道帕斯庫亞爾的情況嗎？」

「他只不過做了我們每個人都可能做的事。」

「他是為保護他女人。」

「當然囉！」

「他被送到欽契拉去了，要乘一天多的火車，已經去三年了。」

聽了他們的話我非常高興。一個立刻想跑到他們面前擁抱他們的念頭在我腦子裡一閃而過……但是，我認為還是不這麼辦為好。監獄的生活使我變得遇事沉著冷靜了，不像以前那麼容易衝動了。

我等他們走遠。估計他們已走遠了，我才從藏身的水溝裡爬出來，重新回到了門前。箱子放在那兒，他們沒有發現。如果他們看到了，他們會走過來的。那我得跟他們打招呼，解釋一番，否則他們會認為我藏起來是為了迴避他們。

這事我就不再多想了。於是我靠近門，敲了兩下。沒有回音。等了幾分鐘還是沒有人回話。我又敲了幾下，這次敲得比較重。裡邊的紅燈亮了。

「誰呀？」

「是我。」

「誰？」

是我母親的聲音，我聽到很高興，為什麼要說謊呢？

「我，帕斯庫亞爾。」

「帕斯庫亞爾？」

「是的，媽媽，是我。」

她開了門。在油燈下她活像個巫婆。

「你想幹什麼？」

「怎麼，我想幹什麼？」

「我問你想幹什麼？」

「我想進來，還能想幹什麼！」

她完全變了。她為什麼要這樣待我？

「您怎麼了，媽媽？」

「沒有什麼，你為什麼要這樣問我？」

「你看您是給嚇呆了。」

我敢肯定，當時我母親不想再見到我。往日對她的仇恨重又湧現在我的心頭，我竭力擺脫它，想把它拋到腦後。

「羅薩里奧呢！」

「走了。」

「走了？」

「是的。」

「到哪兒去了？」

「阿爾門德拉萊霍。」

「她又上那兒去了？」

「又去了。」

「和人姘居？」

「是的。」

「和誰？」

「這與你有什麼相干？」

這時，我好像感到天要塌下來壓在我的頭上似的，眼前漆黑一團，什麼也看不清楚了。我想這是不是在做夢。我們兩個沉默了一會兒。

「她為什麼要走？」

「你不是看到了嗎？」

「她不想等我回來？」

「她又不知道你能回來，她常講起你……」

可憐的羅薩里奧，這麼好的姑娘，你過的是什麼樣的苦日子！

「你們缺吃的嗎？」

「有時候是這樣。」

「她是因為這個走的？」

「誰知道！」

我們又沉默下來。

「她還來看您嗎？」

「來，經常來，因為他也在這兒。」

「他？」

「是的。」

「他是誰？」

「塞瓦斯蒂安少爺。」

這時我真想死，或者回到監獄裡去，就是讓我出錢重進監獄我也幹。

## 十八

羅薩里奧得知我回來，就來看我了。

「昨天聽說你回來了，你不知道我多麼高興啊！」

聽了她的話我非常高興。

「是的，羅薩里奧，我知道，我想像得出來。我也很想見到你。」

我們倆相敬如賓，好像十分鐘前才認識似的。我們兩個想隨便一點。過了一會兒我沒話找話地問：

「當時你怎麼又想起來要走呢？」

「原因你不是知道了嗎？」

「走得這麼急？」

「是相當急。」

「就不能等我回來了？」

「我不想等了。」

她的話有點不順耳。

「我不想再繼續受罪了。」

這個我知道，這可憐蟲確實受夠了。

「帕斯庫亞爾，咱們別談這些了。」

羅薩里奧像往常那樣微笑著，但是她的微笑是所有心地善良而又身遭不幸的人才有的那種苦笑。

「咱們談點兒別的吧……你知道嗎？我給你找了一個對象。」

「給我？」

「是啊！」

「一個對象？」

「是啊，哥，幹嗎這麼大驚小怪的」

「不……我覺得很稀奇，還有誰家姑娘會愛我呢？」

「總會有人愛你的，我不是很喜歡你嗎？」

我知道妹妹對我非常親熱，她剛才對我的一番表白更使我高興。她對我的關心，幫我找對象，更使我喜悅。請再往下看（您看看事情的發展）：

「對象是誰？」

「恩格拉西亞太太的侄女。」

「是拉埃斯佩蘭薩？」

「對。」

「好漂亮的姑娘！」

「你結婚以前她就默默地愛上你了。」

「這麼長時間她怎麼不吭一聲呢？」

「你想要她怎麼樣？每個人都有自己的性格。」

「那你跟她怎麼說的？」

「沒有說什麼，只說你總有一天會回來的。」

「我回來了……」

「感謝上帝！」

羅薩里奧為我找的對象確實是個漂亮姑娘。她不像洛拉那種人，而是有點介於洛拉和埃斯特維斯的女人這兩種人之間。甚至可以說有點像（請注意）我妹妹那種類型。當時她年齡在三十歲到三十二歲之間，保養得不太好，看起來不那麼年輕。她是個虔誠的教徒。像她這麼信教的人在當地實屬罕見。她有了信仰後，就像吉卜賽人那樣對生活隨波逐流。一想到宗教她就說：

「萬事都由天定嘛，幹嘛要改變上帝的旨意？」

她和她的姑媽恩格拉西亞太太住在一個小山上。恩格拉西亞太太是她已故父親的同父異母妹妹。因為那姑娘幼年失去雙親，就由姑媽撫養。再加上她天生性情溫順，膽子小，從來沒有人看見或聽見她跟其他人吵過嘴，更沒有和她姑媽頂撞過，她一向尊敬姑媽。她一貫衣著整潔，臉蛋紅彤彤的像個蘋果。那以後不久，她就成了我的妻子（我第二個妻子）。她把我家裡搞得那麼有條理，許多地方都變得沒有人能認出來了。

當我和她第一次見面的時候，我們兩個都比較緊張。雖然雙方都知道對方將要說的話，但都暗暗地注視著對方，好像在窺視對方的行動似的。當時就只有我們兩個人，但這也一樣，我們待了足足有一個多小時，沒有人開口，好像隨便哪個先開口都要費很大勁兒似的。最後還是她先開了「火」：

「你回來長胖了。」

「可能是吧……」

「大夥兒也這麼說……」

「臉上看上去最明顯。」

我暗暗地使勁想表現得和氣些，但是做不到。我呆若木雞，感到巨大的壓力，壓得我喘不過氣來。不過，對此我卻保留著我一生中最愉快的記憶，失去它對我來說是最大的痛苦。

「那個地方怎麼樣？」

「很不好。」

她好像在沉思，誰知道她在想什麼。

「你想念洛拉嗎？」

「有時候想，我為什麼要撒謊呢？因為我一天到晚都在胡思亂想，我想念所有的人，你知道嗎？連埃斯蒂勞都想。」

拉埃斯佩蘭薩的臉色變了，變得有點蒼白。

「你回來了我很高興。」

「是的，拉埃斯佩蘭薩，你一直在等我，我也很高興。」

「我等你，你感到高興？」

「是啊，難道你沒有等我？」

「是誰對你說的？」

「你看，我什麼都知道。」

她的聲音在發抖，無疑這也感染了我。

「是羅薩里奧說的吧？」

「是的，你認為有什麼不好嗎？」

「沒有什麼。」

她的眼圈紅了。

「你對我有什麼想法？」

「你希望我想什麼？什麼也不想。」

我慢慢地靠近她，吻了她的手。她也讓我吻。

「拉埃斯佩蘭薩，我和你一樣，自由了。」

「和我二十歲時一樣自由。」

拉埃斯佩蘭薩羞怯地看著我。

「我還沒有老，必須設法生活下去。」

「對。」

「我還得找個工作，要個家，安排好我的生活……你真的在等我？」

「嗯！」

「那你為什麼不對我說呢？」

「我已告訴你了。」

真的，她已經告訴我了，但是我喜歡她再重複一遍。

「你對我再說一次。」

拉埃斯佩蘭薩的臉又紅了，紅得像隻辣椒。她說話吞吐斷續，她的嘴唇和鼻翅就像陽光沐浴下的朱頂雀頭上的羽絨一樣鬆軟，說話的時候，像被微風吹動的樹葉一樣輕輕地扇動著。

「帕斯庫亞爾，我一直在等你，為了讓你能早日回來，我天天為你祈禱，上帝聽到了我的聲音。」

「是真的……」

我又吻了她的手。我就只有這點勇氣，不敢吻她的臉。

「你喜歡……你喜歡……」

「嗯。」

「你知道我要說的是什麼？」

「知道，你別再說了。」

突然她容光煥發，激情滿杯。

「帕斯庫亞爾，吻我吧！」

她的聲音變了，連忙把臉捂起來，像羞得見不得人似的。

「我等你等得好苦啊！」

我對任何女人也從來沒有像對她那樣親暱，那麼尊重。於是我熱烈地吻了她，吻了她那麼長時間，當我的嘴唇離開她時，在我的心裡湧現出對她的一片柔情。

## 十九

我們結婚兩個月後，我發現我母親跟我在入獄前一樣，仍喜歡耍手段、玩花招。她孤僻、冷漠的舉止使我厭惡，說起話來指桑罵槐，惡語傷人。尤其是當她跟我說話的時候，那副腔調和她的為人一樣虛假。儘管我母親和我的妻子表面上還合得來（她又有什麼辦法呢），但是也對她很反感。一天，拉埃斯佩蘭薩實在忍受不下去了，把問題跟我提了出來，我感到她們之間有點水火不相容的樣子。解決的辦法，我看只有分開，「隔土」相處。所謂「隔土」相處，可以指兩個人分居在兩個相隔很遠的地方。但是仔細一想，讓一個人在地面上採土，另一個人長眠在二丈深的地下，也可以叫「隔土」相處……

分居兩地的想法，曾在我頭腦裡出現過多次。我想搬到拉科魯尼亞，或馬德里或離首都近一點的地方去。但問題是（誰知道是因為膽怯，還是下不了決心），我一拖再拖，拖到最後，當我外出旅行時，我竟想到要將自己和自己的軀體以及對往事的回憶「隔土」相處……但是世界之大，我仍無處逃脫自己的罪過……面對良心的譴責，在這小小的地球上，我又能遷向何處？

我很想把我和自己的命運分開，把我和我的名字以及對往事的回憶分開，把我的軀體和我自己分開。甚至把我和已經與命運、往事的回憶和軀體分開了的那一部分再「隔土」相處，那所剩就無幾了。

在可能的情況下，最好是能像死人一樣離開人間，像被大地吞沒一樣突然消失，像一縷青煙一樣消散在空中。但這種機會實在難得。如果得到這樣的機會，我們就會變成自由的天使，會避免繼續陷在錯誤和罪孽的泥坑裡，會把我們從罪惡之軀中解脫出來。要不是有人經常提醒我們不要忘記自己的罪惡之軀，要不是經常有人沉渣泛起，通過感官刺激我們的心靈，我可以向您肯定，我們早就把這罪惡之軀棄之腦後了……悲慘的過去就像麻瘋病一樣在心靈裡散發著惡臭。很久以來，新的希望又像夭折的嬰兒一樣，誕生不久就遭死亡；因擺脫不掉厄運的糾纏，我們的一生充滿著痛苦。

死的念頭像所有最壞的想法一樣，經常像惡狠和毒蛇一樣悄悄而來。那些使我們感到惶惑不安的念頭絕非產生於一朝一夕，突然而至的想法會使人一時感到窒息，但是事過境遷，往後我們仍能過安分日子。而那種逼得我們神經錯亂、悲慟萬分的思想卻總是慢慢地到來，人們好像沒有任何感覺，就像薄霧浸濕田野，結核桿菌侵襲肺部一樣。死的想法已是命中註定，不停地緩緩發展，前進的步伐像脈博跳動一樣，既有節奏又有規律。今天我們或許覺察不到，也許明天、後天，一個月也覺察不到。可是，一個月後，我們開始覺得吃飯不香，睡眠不甜，開始身受其害了。隨著歲月的流逝，我們會變得孤僻，離群索居。各種念頭像開了鍋似的在頭腦裡翻滾，很可能把我們的腦袋攪破。這樣做的目的說不定就是讓我們不再去絞盡腦汁。也許幾個星期以後，我們仍舊是依然故我，而我們周圍的人對我們孤僻的性格和奇怪的為人已習以為常，不感到驚奇了。可是總有一天，邪念會像樹木一樣茁壯生長起來。我們變得見了人連招呼也不打了，而人們也覺得我們與眾不同，整天像熱戀著的人似的與大家疏遠。於是我們會感到疲憊不堪，人一天天消瘦下去，又粗又硬的鬍子也慢慢變軟了。我們有切齒之恨，眾人的目光使我們難以忍受，良心也在責備我們，可是，沒有關係，還是讓它責備的好。

當我們使勁地看一樣東西時，眼睛裡彷彿就會有一種毒液使我們疼痛難忍。敵視我們的人們已發現我們處境困難，他們很自信，相信直感。不幸的來臨有時並不使人感到痛苦，感到反感，反而覺得高興；另一方面，我們的心靈卻嚮往溫情……當我們聽到刺耳的聲音從夢中驚醒並像狗子一樣奔跑時，我們已經中了邪，已經無可救藥了。我們此時已頭暈目眩，跌倒在地，而且，這一輩子別想再爬起來……或許在一頭栽進地獄之前，還能最後爬起來一會兒……事情真夠糟的了。

我母親總喜歡試探我的脾氣究竟壞到什麼程度。就像蒼蠅聞到死屍的臭味一樣越長越大，我的脾氣也越變越壞。我的脾氣壞到了極點。有時我的頭腦中會產生極壞的念頭，而我自己也對自己的膽量感到吃驚。我對母親連看也不想看一眼。往後的日子天天如此，每天總感到內心深處隱藏著極大的痛苦，不祥之兆就像烏雲一樣擋著我們的視線……

我決心動武那天，儘管我感到精疲力竭，我確信，我的惡行將玷污這一日子。我還確信，想到我母親的死，我並不因此而感到震驚。這是命中註定的事，一定要發生，而且確實發生了。我是此事的肇事者，我想躲避它，但是已躲不掉了。恰恰相反，這時，我對事情即將按照我原來的估計和考慮那樣發生，反而感到快慰，就像一個農夫在考慮他的麥田一樣。

一切都已準備就緒。我度過了許多個漫長的不眠之夜，反覆思考著這個問題，目的是給自己鼓勁，給自己打氣。我把柴刀磨得又亮又好，刀片就像玉米葉子一樣又長又寬，刀片當中還有一道槽……珍珠母製的刀柄，使它顯得更加精緻耀眼……當時只等確定動手的日期了。其次，就是猶豫不決，畏畏縮縮。無論如何一定要堅持幹到底，要保持沉著……另外，就是動作要迅速。幹完後，逃之夭夭，逃得越遠越好，逃到拉科魯尼亞去，逃到任何人也不可能知道的地方去。這樣我可以平安地生活，同時還希望人們把此事忘掉，這樣我就可以回來重新生活了……

我沒有受到良心的譴責，沒有理由會發生這樣的情況。良心只譴責那些不正當的做法：比如用棍子打孩子，擊落一隻燕子……但是，像我這樣心懷刻骨仇恨，頭腦已被十分固執的念頭緊緊纏住而變得麻木不仁的人，在幹這樣的事時就永遠不會後悔，永遠也不會受到良心的譴責。

那是一九二二年二月十二日。那年二月十二日正好是星期五。那天和往常一樣，陽光明媚，天氣晴朗。我記得在廣場上好像從來不像那天那樣有那麼多孩子玩玻璃球和擲羊骨❽。對那件事我想了很久，力求思想上取得勝利，我果然做到了。看來，那時我想後退已是不可能的了。後退對我來說也將是致命的，它可能導致我死亡，說不定我會自殺，說不定最後會投瓜迪亞納河自盡或臥軌身亡……不行，後退是不可能的，應該繼續向前，永遠向前，一直幹到底，這是一個自尊心的問題。

我妻子可能已覺察到了什麼。

「你想幹什麼？」

「不幹什麼。怎麼了？」

---

❽遊戲名，將羊骨向上拋扔，看落點而定輸贏。

「我也不知道，好像好有點反常。」

「別胡說八道！」

為了使她平靜下來，我吻了她。那是我最後一次吻她。當時我遠遠沒有想到那是最後一次，如果當時我知道，我會發抖的。

「你為什麼吻我？」

我給她問得愣住了。

「我為什麼不能吻你？」

她的話使我想了很多。看樣子好像她已知道將要發生的一切，好像她已知道得一清二楚似的。

夕陽又落在每天落山的地方。黑夜來臨了……我們吃完晚飯，……她們上床睡覺了……我和往常一樣，坐在灶前撥弄炭火。我有好久沒有到馬丁納特的酒店去了。

時機到了，我等待這麼久的時機終於到了。應該竭力克制自己，以最快的速度速戰速決。夜是短暫的，在一夜之間該辦的事應當辦完，同時要在天亮以前離開村鎮幾西班牙里❾。

我豎著耳朵聽了好一會兒，周圍沒有一點聲音。我走近我妻子的房間，她睡著了，我沒有驚

---

❾一西班牙里約合5.5公里。

動她。這時，我母親一定在打盹兒。我走回廚房，脫掉鞋子。地是冰冷的，地上的石子刺痛了我的腳掌。我從皮套裡抽出刀，它在柴火的映照下閃著寒光。

她蓋著被單，臉緊貼著枕頭躺著。只要我朝她撲過去，一刀砍下去，她就再也不會動彈了，可能連吭一聲也來不及……我只要一伸胳膊就夠著她了。她睡得死死的，對將要發生的事一無所知（上帝啊，被殺害的人總是對他們即將遭遇的命運一無所知的）。我很想下決心，但是這個決心總是下不了。我幾次剛把手臂舉起來，就又放了下來。

我想先閉上眼睛再砍下去。不行，閉著眼睛砍等於不砍，太冒險，會砍空的……應把眼睛睜大，全神貫注地幹。要沉著，沉住氣。好像一到我母親身邊就沉不住氣了似的……時間在一秒一秒地過去，我卻像一尊塑像似的站在那兒一動也不動，下不了動手的決心。我膽怯了。不管怎麼樣，她畢竟是我的母親，是生我的女人，就憑這點，也得原諒她……不，絕不能因為她生了我就原諒她。她只是把我扔進塵世，卻沒有給我任何好處，絲毫也沒有……

再不能浪費時間了，應該立即做出決定。有一陣子我站在那裡像睡著了似的，而手裡卻拿著刀活像個罪犯……我使勁克制自己，恢復並集中自己的精力。我真想儘快地幹完，趕快跑出門去直到累倒在什麼地方。我心急似焚。此時，我已感到筋疲力盡，我在她身旁已站了足有一個多小時了，像是在守護她，讓她靜靜地睡覺似的。可我是要殺她啊！是要結果她的性命，將她刺死啊！

大概又過了一個多小時。不能幹，絕對不能幹，我幹不了，幹這號事絕不是我力所能及的，這事真使我不知所措。我想溜掉，但出去的時候也許會發出聲音，她會被吵醒，會認出我來。不，走是不可能的，看來我是徹底完蛋了……唯一的出路還是幹。為了儘快地幹掉她，應毫不手軟地給她一擊。可還是不行啊……我好像陷進了泥塘，越陷越深，不能自拔，沒有任何解脫的辦法。污泥已漫到了我的脖子，我很快就會像一隻貓一樣被悶死……但我已沒有勇氣殺人，我好像癱瘓了……

我轉身要走，地板咯吱響了一下。我母親在床上翻了個身。

「誰？」

這時，確實再也沒有別的辦法了。我猛地朝她撲去，緊緊地按住她。她拚命地掙扎，掙脫了……她抓住了我的脖子，像個囚犯一樣大喊大叫。我們展開了搏鬥，異常地激烈，激烈得難以想像。我們倆像猛獸一樣吼叫，唾沫四濺……我一回頭，看到我妻子，她的臉嚇得像死人一樣蒼白，站在門口不敢進來。她手裡端著一盞煤油燈。藉著燈光我看到了我母親的臉。她的臉像神父的法衣一樣呈深紫色……我們繼續搏鬥著，我的衣服給撕破了，弄得袒胸露懷。這該死的老太婆比惡魔的力氣都大，我必須拿出男子漢大丈夫的氣魄來才能制服她。我抓住了她十餘次，都給她掙脫了。她抓我，對我拳打腳踢，還咬我。她一下咬住了我一個乳頭（左邊的），一口咬了下來。這時候，我才將刀尖刺進了她的喉管。

我把她放開，逃了出去。在門口碰到我妻子，我把她手裡的燈吹滅了，便朝田野跑去。我一口氣跑了好幾個小時，一停也沒停。野外很涼爽，一股輕鬆的感覺傳遍我全身。

這時，我可以喘口氣了……

## 重抄者加的另一個註

帕斯庫亞爾·杜阿爾特回憶錄的原稿就到這兒。此後，是他已無法繼續書寫，還是寫了後遺失了，這個問題我始終沒有弄清楚。

我已說過，回憶錄的原稿我是在阿爾門德拉萊霍藥店裡得到的。藥店老闆堂貝尼克諾·博尼利亞先生爲我繼續尋找原稿提供了不少方便。我把藥店像翻一隻襪子一樣翻了個身。我東尋西找，瓷罐底下、小口瓶的後面、櫃子的上上下下、裝有碳酸鹽的箱子，都找遍了……我學到了許多動聽的藥名，諸如薩卡里亞斯軟膏、牧夫座軟膏、御夫座軟膏、松脂、樹脂、豬油麵包，月桂漿果，還有用來治療產毛動物疾病的「慈善」膏等。我翻找時，芥末粉嗆得我咳嗽不止，纈草熏得我胃部痙攣，氨氣熏得我流眼淚。儘管我把所有的東西都翻遍了，嘴裡還不停地祈禱，祈求聖人幫忙，但我要找的東西很可能根本就不存在，因爲我壓根兒就沒有找到它。

缺少帕斯庫亞爾·杜阿爾特最後幾年的情況，這確實是個大問題。不過，我們不難估計，他後來很可能又回到欽契拉監獄去了（從他的回憶錄中可以推斷出來）。他在那兒可能待到一九三五年或一九三六年。內戰開始之前他才被釋放，這一點似乎沒有疑問。但他在他的家鄉發生的十五天革命期間幹了些什麼，沒有辦法查清楚。另外，如果把岡薩萊斯·德拉里瓦先生被謀殺的案子除外，那麼，我們對他的所作所爲，包括他的罪行也一無所知（我們書中的主人翁就是這一案件的主犯，已供認不諱）。當然，他的罪行已昭然若揭，無可挽回。但是，我們不知道帕斯庫亞爾爲什麼那麼固執，對以後發生的事緘口不言。只是有時興之所至，略言一二，但這種情景很少發生。假如他被處決的時間推遲，也許在他的回憶錄裡會談得深透一點，但事實上並沒有推遲，因此，關於他生前所作所爲這個空白只有通過人們的傳說加以填補了。這樣做，對此書的真實性，當然會有所影響。

帕斯庫亞爾·杜阿爾特給堂華金·巴雷拉先生的那封帶有附言的信，和回憶錄的第十二、十三章是同時寫的，因爲唯有這兩章和寫信用的墨水都是深紫色。這表明，帕斯庫亞爾始終沒有像他在回憶錄裡說的那樣停止寫作，而是精心撰寫了那封信，以便在適當的時候，讓它起到應有的作用。同時還告訴我們，我們的主人翁並不像第一眼看上去那樣傻乎乎的，那樣健忘，這點是可以確信無疑的，因爲這一切都是獄警隊長塞薩萊奧·馬丁親口對我們說的。他受帕斯庫亞爾所託，將他的這卷回憶錄從巴達霍斯監獄轉移到巴雷拉先生在梅里達的家裡。

爲了進一步弄清主人翁最後一段時間的生活情況，我設法給堂聖地亞哥·盧魯埃涅和塞薩萊奧·馬丁寫了信。堂聖地亞哥·盧魯埃涅是當時監獄的牧師，現在是巴達霍斯教區的神父，堂塞薩萊奧·馬丁是當時巴達霍斯監獄的獄警隊長，現在任貝西拉（萊昂）哨所的指揮官。這兩個人因職業的關係，當犯人被處決時都在現場。下面是他們的回信。

於馬加塞拉（巴達霍斯）

一九四二年一月九日

敬愛的先生：

收到您十二月十八日顯然是耽擱了的來信，以及隨信寄來的關於不幸的杜阿爾特的回錄打印稿三五九頁。這都是由堂戴維弗萊雷·安古洛轉給我的。他現在是巴達霍斯監獄牧師，是鄙人年輕時在薩拉曼卡神學院時的同學。為平息翻騰的心潮，我一折開信就暫寫這麼幾句。願上帝保佑，等明天看完信和回憶錄後，再遵照您的旨意和我的意願繼續寫下去。

（10日，我繼續寫。）

我剛把信一口氣看完。儘管依據埃羅多德❿的說法，杜阿爾特這樣的回憶錄不是什

---

❿埃羅多德（公元前 485?～425?），古希臘著名歷史學家。

麼形式莊重的讀物，但您沒有想到它給我的印象是多麼深，在我的心靈上留下了多麼深刻的痕跡，多麼明顯的印記。對鄙人說來，看到他臨終時懺悔的言詞，就像一個農夫收割自己的黃燦燦的莊稼一樣高興。當讀到一個被大多數人視為鬣狗一般（我被叫進監獄時也有同感）的人所寫的東西時，不可能不留下深刻的印象。他雖貌似凶殘，但從他靈魂深處卻可以看到，他原來只是一隻溫順的羊羔，是一隻被生活所驚的羊羔。

他那視死如歸的態度堪稱典範，只是到他生命的最後一瞬間，才有些垂頭喪氣，茫然若失。當然，要是能更勇敢些，這可憐蟲的內心也就不會那麼痛苦了。

為他超渡亡靈的時候，他那鎮定自若的態度令我吃驚。他被帶到刑場時，還當眾宣告：讓上帝實行它的意願吧。他對上帝如此順從，真使我目瞪口呆。可惜的是，死刑奪去了他生命的最後時刻。不要，他真會像聖人一樣死去。他死前的表現對我們在場的人都堪為表率（我剛才已說過，我們看後，都有些情不自禁），對我這個專治靈魂創傷的人說來，也是我所見到的例子中表現最好的一個。但願上帝將他列入聖人行列！

順致崇高的敬禮

牧師　盧魯埃涅

一九四二年一月九日於馬加塞拉

附言：

關於照片的問題，十分遺憾，未能滿足您的要求。此事如何解決，我也無可奉告。

這是第一封信。第二封信是這樣的：

敬愛的先生：

您十二月十八日的來信已收到了。首先敬祝您和以前一樣身體安康。我一切尚好（感謝上帝保佑），只是全身像棍棒一樣感到僵直。生活在這樣的氣候裡，又能指望什麼呢！現在我來答覆您來信詢問的事。我認為沒有任何理由阻止我為您效勞，即使有，我想您也會諒解的。來信中談到一個叫帕斯庫亞爾·杜阿爾特的人的情況，我已回憶起來了。因為他是被我們看守時間最長，也最有名的囚犯。關於他的頭腦是否健全的問題，即使為我提供名醫，恐怕也不能證實。不過，他的所作所為確實證明了他有病。懺悔之前，他一切如常。但是第一次懺悔以後發現他深感內疚和惶惑不安，他想通過自我制裁來消除這樣的心情。這麼一來，星期一他說殺了母親，星期二又說殺了托雷梅希亞伯爵，星期三又說不知殺了什麼人。另外，這個不幸的人故意在幾週內不進餐。他消瘦得如此迅速，以至於我認為劊子手不費吹灰之力，就能將絞索套在他的脖子上。但是在那樣的情況下，這可憐的帕斯庫亞爾還發瘋般地天天堅持寫作。由於他從不打攪別人，再加上典獄長心地善良，總讓我們為他提供他繼續寫作所需要的一切。他為人自信，從不後退。有一次他把我叫到跟前，從一個開口的信封裡拿出一封信給我看（他對我說，如果您想看，可以看）。信是寫給住在梅里達的堂華金．巴雷拉．洛佩斯的。他跟我說話的口氣，我始終沒有弄清楚是祈求還是命令：

「當人們把我帶到刑場時，請您收起這封信並把這包稿紙整理一下，轉交給這位先生。您懂我的意思嗎？」

接著他又補充了一句。說話時，兩眼緊盯著我，他那神秘的眼神使我震驚：

「上帝會獎賞您的……因為我會這樣祈求他。」

我照他的託付行事，因為我看這麼做沒有什麼不好，我一向是尊重死者意願的。

對於他的死，我只能告訴您一切正常，當然也很不幸。開始時，儘管他感到沮喪，還是當眾大聲地說：「讓上帝實行他的意願吧！」這使大家目瞪口呆。但很快他就失去了自制力，一見到絞刑架，就昏倒了。他甦醒過來時大聲地說，他不想死，還指責人們沒有權力這樣對待他，這樣對待他的人該受到控告。在那兒，他最後一次吻了聖地亞哥神父遞給他的十字架。聖地亞哥神父是監獄裡的牧師，他本人就是一個聖人。帕斯庫亞爾不顧四周圍觀的人們，口吐白沫，蹬著雙足，醜態畢露地死去了。他死時向大家表明了他怕死。

如果有可能的話，我希望您在出書後寄給我兩本。如果您認為合適的話，另一本寄給行刑隊長。他跟我說過，如果您認為合適的話，連郵費一起付給您。

祝您愉快。

此致

敬禮

塞薩萊奧．馬丁

這封信耽擱了好久才收到，因此收到這兩封信的時間相差較大。這封信是從巴達霍斯寄給我的，一直到一月十日，星期六，也就是前天才收到。

看了這兩位先生的信，我還能補充什麼呢？

一九四二年寫於馬德里

（屠孟超．徐尚志．魏民譯）

《爲兩個亡靈彈奏瑪祖卡》

# 為兩個亡靈彈奏瑪祖卡

李德明　譯

細雨連綿，下個不停；雨點懶洋洋地滴落下來，它的耐性是那樣大，好像要下一輩子似的。雨點滴落在和天空同樣顏色，介於淺綠和淺鉛灰兩種顏色之間的大地上；遠方的山界許久以前就失去了蹤影。

「許久以前，是不是說好幾個小時？」

「不是幾個小時，而是幾年。自從拉薩羅．科德沙爾死後，這座山界就消失了。看來，我們的上帝不想讓任何人看到它。」

拉薩羅．科德沙爾死在摩洛哥，當時他被派駐在蒂茲—阿薩。據最可靠的消息說，他是被塔佛爾希特部落的一個摩爾人殺害的。拉薩羅．科德沙爾很會搞女人，他也有這種癖好。他長著一頭紅髮，藍眼睛。拉薩羅．科德沙爾死時很年輕，還不滿二十二歲，可是，方圓五、六萊瓜❶，甚至更遠的地方，只有他一個人善於征服女人。那個摩爾人趁他不備時對他下了毒手，摩爾人是他在無花果下搞那種髒事時打死他的，誰都知道無花果樹蔭下很適宜悄悄地幹那種勾當；若是面對面地對拉薩羅．科德沙爾下手，不管是誰，摩爾人呀，阿斯圖里亞斯人呀，葡萄牙人呀，萊昂人呀，都對他奈何不得。自從拉薩羅．科德沙爾被害以後，那座山界就消失了，永遠消失了。

雨不緊不慢地下著，好像從拉蒙．諾那托聖神日❷，也許在那之前就開始下了，而今天已經是馬卡里奧聖神日❸了，這是打牌走運，抽彩中獎的日子。已經九個多月了，牛毛細雨一直下個不停，雨點滴落在田野的小草上和我家窗戶的玻璃上，細雨連綿，但天氣並不冷，我是說不很冷；我如果會拉小提琴的話，一定整個下午、整個下午地拉小提琴，可是我不會；我如果會吹口琴的話，一定整個下午、整個下午地吹口琴，可是我不會。我只會吹風笛，但風笛不宜在房間裡吹。我不會拉小提琴，不會吹口琴，再加上不能在屋子裡吹風笛，我每天下午便在床上和貝尼希亞（我在下面將介紹貝尼希亞是何許人也，這個女人有栗子那樣的奶頭）搞那種髒事，若在首都完全可以去電影院看莉莉．朋斯這個頗有名氣的年輕女高音演員在《夢漫漫》中扮演女主角，這些都是報上說的，可是這兒沒有電影院。

---

❶西班牙里程單位，每萊瓜約為5.5公里。
❷每年的8月31日。
❸每年的5月10日。

公墓裡有一眼清泉，它洗刷著死人的遺骨，也洗刷著死人之異常冰冷的肝臟；人們給這眼清泉起了個名字，叫米安蓋依羅。痲瘋病人為了減輕病痛，都到這眼泉水裡洗澡。烏鴉棲落在夜間夜鶯孤零零地啼鳴的那棵柏樹上，啾啾地唱著。現在已經沒有痲瘋病人了，而以前，這種病人很多，他們像貓頭鷹那樣啼叫，互相通報著，說傳教士在尋找他們，為他們驅災贖罪。

一般說來，每年的約瑟聖神日❹一過，青蛙便甦醒過來，呱呱的蛙聲告訴人們，春天正邁著艱難的腳步，帶著它那不幸的信息姍姍地走來。青蛙是具有魔力，甚至可以說近似神力的小動物。用五、六隻青蛙頭和安息香花一起熬製的藥液可以提神，治癒情婦的小恙或下身疼痛。青蛙這種動物很難馴化，這是因為快要馴化成功的時候，牠們便失去了耐性，一下子撐裂開肚皮。玻利卡波是全國最佳馴蛙師；他不單單馴化青蛙，還有烏鴉、負鼠、狐狸，以及其他動物。玻利卡波什麼都馴化，甚至包括野狠和猞猁，當時這後一種動物還是很多的；唯一一種他從未馴化過的是野豬，因為野豬是一種智商不高的動物，既不聽管教又沒有頭腦。這位一隻手上缺少三個指頭的巴加涅依拉人玻利卡波居住在塞拉·德·坎帕隆小鎮上，他常常跑到公路旁觀看開往聖地牙哥的公共汽車，車上總是有兩、三個神父坐著吃乾無花果。玻利卡波被馬咬了右手，從而失掉了食指、中指和無名指，然而，他用小拇指和大拇指什麼都能幹。

---

❹即3月19日。

「我不能吹風笛，也不能拉手風琴，可是，不會吹不會拉，又有什麼可遺憾的？」

在奧倫塞，在帕羅恰的妓院裡，有一位盲人手風琴師，他可能已經死了，對，對了，我現在記起來了，他在一九四五年春天，即希特勒死後一個星期就死了，他演奏「哈瓦」曲和進行曲供那些甘當烏龜的人消遣娛樂，我這裡說的是當時的情況；他的名字叫高登西奧·貝拉，進過神學院，失明後，我是說快失明的時候，他被神學院趕了出來。

「他手風琴拉得很嫻熟吧？」

「當然囉，好極了！他的確是一位真正的藝術家，手法細膩、俐落，有感情，深沉、激昂。」

高登西奧在其謀生的妓院裡演奏的曲目單十分豐富，但是其中有一支瑪祖卡舞曲，即〈我親愛的馬利婭娜〉，他只拉過兩次，一次是在一九三六年十一月「蠻子」被害時，另一次是在一九四〇年莫喬被殺時。除此之外，他再沒有拉過。

「再沒有拉過，再沒有拉過，這事我知道得很清楚，知道得再清楚不過了；那支馬祖卡舞曲頗為悲哀，催人淚下。」

貝尼希亞是高登西奧的外甥女，加莫索九兄弟、巴加湼依拉人瑪利卡波和已故的拉薩羅·科德沙爾的遠房表妹。在那一帶，除了卡羅波一家以外，我們或多或少都有親緣關係，卡羅波家每個兄弟的額頭上都毫無例外地有一塊豬皮樣的胎記。

細雨輕柔地滴落在阿爾內戈河上，這條河的水流推動著水磨，驅趕著癆病患者，那時馬爾蒂尼亞村的瘋婆子卡塔利娜·巴茵特赤著身子在埃斯巴拉多山崗上散步，兩隻奶頭濕漉漉的，頭髮一直披散到腰間。

「快走開，你這個心腸狠毒的娘兒們，十惡不赦，你一定會被扔到地獄的油鍋裡挨炸！」

細雨輕柔地滴落在貝爾木河上，河水奔騰呼嘯，唱著哀歌，吻舔著櫟樹，那時法比安·明蓋拉，也就是被稱為死神之鳥的莫喬，在沙石上磨著他的折刀。

「快走開，快走開，你這個壞蛋，到了陰間一定會有人找你算帳不可！」

卡山杜費爾人蒙萊多認為，法比安·明蓋拉是個貨真價實的私生子，私生子有九大特徵。

「從什麼地方可以看出來呢？」

「別著急，你慢慢就會知道了。」

加莫索九兄弟中的老大名叫巴爾多梅羅，對了，他已經死了，應該說他活著時叫巴爾多梅羅·馬爾維斯·溫德拉，或者巴爾多梅羅·馬爾維斯·費爾南德斯，有的人把他叫做費爾南德斯，反正都一樣；可是，他的綽號「蠻子」叫得更多些，因為他性格堅韌，誰都不怕，不管是活人還是死人。一九三三年的老聖地牙哥聖神日❺那天，在德塞得依拉斯，即從拉古迪尼亞到拉林

❺即6月25日。

的公路上靠近克萊多依拉古墓遺址的地方，「蠻子」奪了兩個民警的槍，把他們的雙手反綁在身後，然後連同滑膛槍一起送交兵營。在兵營裡，先說要打他一頓棍子，後來沒有那樣做，兩個民警也給放了，說這兩個人是大笨蛋，沒有腦子；警察不是當地人，誰也不知道他們是從哪裡來的，他們走了以後，再也沒有消息。「蠻子」在胳臂上刺了一個十分引人注目的圖飾，一條紅藍相間的蛇盤繞在一個赤身裸體的女人身上。

「蠻子」是一九〇六年出生的，那一天正是國王阿方索十三世舉行盛大婚禮的日子。他二十二歲同洛利妮亞．莫斯克索．羅德里蓋斯完婚，這個女人的性格是那樣倔強，不得不用棍子降服她。洛利妮亞死得很慘，一頭受驚的黃牛把她頂在王宮大門上，又用蹄子胡踢亂踩。洛利妮亞死時丈夫已不在人間，那時她已經孀居四五年了。「蠻子」只有弟弟而沒有妹妹。加莫索九兄弟的父母，或者說巴爾多梅羅．馬爾維斯．卡薩雷斯，即「兜肚」，和特雷莎．溫德拉（或費爾南德斯）．瓦爾杜依德，即「潑婦」，在一九二〇年那次發生於阿爾巴雷斯站的火車相撞的大事故中不幸遇難，當時死者逾百，火車剛剛駛出拉索山洞，旅客大都窒息而死，於是山洞變成了一個無底墓穴，一個永遠也填不滿的墓穴；那一帶人說許多人還活著時就被埋掉了，這樣可以在事故報告中省去許多說明，然而這種說法大概不可信。

加莫索兄弟中的二弟是塔尼斯，人們都叫他「魔鬼」，因為他一眨眼就能生出個壞主意來。塔尼斯和奧倫塞的一個緝私隊員的女兒羅莎．羅孔結了婚。羅莎喜歡飲用茴芹酒，整天沒早沒晚地睡大覺；這裡應該說清楚，她人並不壞，但是茴芹酒常常飲得過量。塔尼斯像他的大哥、三弟和表弟巴加涅依拉人玻利卡波即飛鳥、青蛙及小獸的馴化師一樣，既耕田又養畜；他們也都愛好或者說有興趣和獸類打交道，但並沒有下決心以此為業。他們追捕野馬很有辦法，把牠們圍圈在山上打好記號，野馬飛奔掀起陣陣塵埃，發出一聲聲氣惱或是恐怖的嘶叫，汗流浹背，或者說汗淋如雨。塔尼斯很有手腕，和外鄉人打賭沒有不贏的。

「老鄉，你輸了四個雷阿爾，掏錢吧，和我們喝一杯去，在這裡我們無意和任何人結怨結仇。您應該永遠記住我的話，這些話能給您很大的慰藉：但願上帝永存。烏鴉永遠歌唱，酷夏一過便是嚴冬。」

天氣轉暖時，當然現在氣溫還不很高，「魔鬼」便喜歡和卡塔利娜·巴茵特，即馬爾蒂尼亞村的瘋婆子一起，脫得光光的，到路西奧·莫羅水磨大壩那兒洗澡，把她那半似長蛇半似山貓的肉體佔為己有；這裡用「佔有」這個詞兒，只不過是們都那麼說而已，塔尼斯並非以暴力佔有，因為她既不掙扎逃脫也不認為那是受折磨，而是每每潛入水中她都格格地笑個不停。馬爾蒂尼亞村的瘋婆子不會游泳，看她踏著舞步沉到水下很是令人愜意。

貝尼希亞的奶頭像烤栗子一樣，這點大家都知道，聖胡安一帶的栗子熟透了時就是那個樣子。貝尼希亞的血液裡總是燃著火焰，她從來不知道疲倦，從來不表現出厭煩。貝尼希亞長著一雙藍眼睛，在床上總是一副歡快、活躍的表情。貝尼希亞結過婚，對了，也許現在她還沒有和那個製做木偶、半似女人模樣的葡萄牙人離婚，此人常常到萊昂這邊來；但是，她逃離了丈夫，住到自己家鄉這邊來了。

貝尼希亞的母親是高登西奧，即帕羅恰妓院拉手風琴的盲人琴師的表姐。貝尼希亞·塞加德·貝拉步履矯健，臉上總是掛著笑容，好像心中有什麼高興事兒似的。她母親識字，也會書寫；貝尼希亞則不會，常常發生這種情況，也就是在家庭境況走下坡路，而誰也無能為力時，這個家最後破產，只能找出幾顆別人以前送的金豆子變賣維持生活，而現在很可能連一顆金豆也沒有了。貝尼希亞的母親叫阿德加，她手風琴拉得幾乎和弟弟一樣好，把波爾卡舞曲〈凡菲內特〉拉得有感情，有聲色。

「說到底，我是維拉爾·德·蒙德村人，這個村子坐落在薩爾諾索山和埃斯巴拉多山之間，那裡的孩子吃多少奶我都瞭如指掌。您，堂卡米羅，出生在一個整天吵架的家庭裡，這會有報應的。您的祖父用棍子把佩得利尼亞河上的磨坊主人胡安·阿米耶羅活活打死了，之後他不得不離開家長達十四年，他逃到巴西去了，這些您都知道得一清二楚。說到底，我是維拉爾·德·蒙德村人，這個村子就在西爾瓦博亞和利克貝洛過去一點點的地方，就是說翻過兩道山樑，但是，我的亡夫，我是說西得朗·塞加德，他是卡蘇拉克人，這個村子在波爾特利納山腳下，和薩莫羅斯毗鄰，但是兩村居民幾乎連招呼都不打，他們互不往來，看來這對他們無關緊要，他們就是不喜歡來往，甚至連上帝的意志都不放在心上。我把這些事講給您，是讓您看到我這個人是可信的，我並不是外人，而現在到處都是壞人。如果我不發誓說我們之間有親緣關係，上帝會斥責我的！您的祖父在伊莎貝爾二世時就去了巴西，想來已是百年以前的事了。您的祖父的風流韻事可真不少，請您原諒，人們都這麼說，他跟瑪內齊婭·阿米耶羅斯打得火熱，瑪內齊婭·阿米耶羅斯是胡安和另外一個我記不清叫什麼名字的人的妹妹，可能叫佛朗西斯科，對，是叫佛朗西斯科，這個人只有一隻眼睛，這並不是說他的另外一隻眼睛瞎了，而是說他只長著一隻眼睛，這隻眼睛長在前額正中，生下來就是這樣。您的祖父和瑪內齊婭·阿米耶羅斯經常在寶沙松林的一個洞裡鬼混，他們在洞裡用乾草築窩，用木頭烤臘腸吃、暖身子，一天夜裡，瑪內齊婭的兩個哥哥在格拉維利尼奧河的拐彎處等著您的祖父，一個手拿砍刀，另一個手握鐵棍，人們說他們要打死他，可是，您的祖父催馬衝上去，把他們撞倒了。一隻眼睛的佛朗西斯科扔下鐵棍瘋也似地跑了，但是胡安卻面對面地站到您祖父眼前，兩個人廝打起來。胡安照著您祖父的腰狠狠砍了一刀，可是，堂卡米羅，他個頭兒並不高，卻很勇猛，他不顧暈眩，抓起那個屁滾尿流逃跑的弟弟扔下的鐵棍，把胡安打倒在地。人們說，給死者解剖時，發現他的肺部已慘不忍睹，簡直變成了一灘水。那一棍打得很重！」

加莫索的三兄弟名叫羅克，他雖然不是修士，但是人們都叫他克梅沙尼亞修士，不知道為什麼。克梅沙尼亞修士的那個「傢伙」特別大，這遠近有名，甚至在萊昂地區的朋費拉達都有人知道。克梅沙尼亞修士的「傢伙」很可能和布西尼奧斯的聖米格爾教堂神父的「傢伙」一樣大，後者將在本書的以後章節中出現。旅遊的人經過這裡時，如果想讓他們大吃一驚的話，常常帶他們去觀看卡爾加多依羅山坡上的修道院遺址——那裡的羊腸小道清晰可見——以及羅克的那個大「傢伙」。

「喂，羅克，把你知道的東西跟這兩位先生講一講，他們是從馬德里來的一對夫婦。喝一杯甘蔗酒吧！」

「應該喝兩杯。」

「好吧，兩杯就兩杯。」

這時，羅克便解開帶子，把那個「傢伙」掏出來，於是這東西像狐狸似的吊到膝蓋那裡。羅克雖然已經習慣了；但幹這種事時畢竟有些緊張。

「夫人，請您原諒，他很少讓它這樣曝光。面對不熟悉的人，更……」

羅克的妻子，也就是阿維拉依奧斯人切洛·多明戈斯，當丈夫讓她分腿，準備幹那種事時，她就在那「傢伙」上套一塊餐巾，不讓它完全進去，以免傷了自己。

「我的老天！但願上帝讓我們這些女人懺悔，阿門，耶穌！」

阿德加對發生的事知道得很清楚，但在很長一段時間裡守口如瓶。

「如果我們身上的血液都是一樣的，您不可能默不作聲呀！」

「我不能默不作聲；先生，我也不想默不作聲，我保持沉默已經很長時間了！喝杯葡萄酒，好嗎？」

「好。太感謝了」

看著那一串串雨點輕輕地落下來，真是別有一番情趣，而這一串串雨點不就是連禱嗎？毛毛細雨不緊不慢地灑落在田野裡、房頂上和窗戶的玻璃上。

「那些證件是我弟弟塞孔迪諾從卡爾瓦利尼奧法院偷出來的，對，應該說是書記員有意讓他偷出來的。這個書記員是胡里安·莫斯特依龍，但是人們都叫他科戈·德·馬拉尼斯；此人曾在緝私隊當過兵。因為我弟弟對錢看得並不很重，給了他五個比索讓他去『作惡』，又給了五個比索讓他去『行善』，也就是說給了他十個比索。殺害『蠻子』的兇手已經死了，死了好久了，這事您比我知道得清楚，我就不說了。卡蘇拉克的男人都是些出名的漢子，所以我們女人和他們處得很好，我是說維拉爾·德·蒙德和附近幾個村子的女人，因為女人所希望得到的，歸根結柢是男人的愛撫。莫喬是從遠處來的，對了，他的父親，他們的家，在這兒已住了很多年，但他們是從遠處來的，在我們眼裡他們多半是馬拉加臺利亞人，但我不敢肯定，是的，人們都這麼說，我不想騙您。如果您要我孫女安赫拉給您做女僕的話，要知道她才十二歲，還沒有開始幹女人的那種髒事呢，我將把那個已經死了的、殺害『蠻子』的兇手的證件，還有皮靴都送給您，雖然不值幾個錢，這我知道，但終歸是個紀念品吧。我弟弟把煙草裝在皮靴裡，這樣看上去很好玩；堂席爾維奧，卡瓦耶達的聖馬利亞教堂的神父，對，他的親戚聖者馬爾維斯就是卡瓦耶達人，有一天甚至這樣對他說，如果不莊莊重重地把靴子埋掉的話，他就要進地獄。他根本沒有理會這些話；我弟弟塞孔迪諾對地獄毫不畏懼，他想，與其說上帝是死亡和飢餓之友，毋寧說是生存和食物的保護者。再喝一點吧，天氣太冷了。」

婊子兒子的第一個特徵就是頭髮稀少，法比安·明蓋拉的頭髮就很少，東一根西一根的。

「是什麼顏色的？」

「聽說隨天氣變化而變化。」

老四和老五，就是說塞萊斯蒂諾和塞費利諾，是一對孿生兄弟，他們在奧倫塞神學院學習時就當上了神父，人們說，他們在品質上受到了良好的教養。人們把塞萊斯蒂諾叫「玉米穗」，他在塔博亞德拉的聖米格爾教堂供職。塞費利諾則被稱做「耗子」，曾在薩佩亞烏斯的聖安德亞教堂任神父，這個地方屬於拉依里茲·德·維加管轄，現在調到卡瓦耶達的聖馬利亞教堂去了，接任已故的堂席爾維奧；卡瓦耶達屬於皮尼奧爾·德·塞亞管轄。

是的，看著雨不停地下也是一大樂趣。雨點滴滴答答，冬天下，夏天下，白天下，夜裡下，雨點打在田野上，滴在罪惡上。雨為男人而下，為女人而降，為牲畜而落。

對「蠻子」巴爾多梅羅不能正面頂撞，因為他像薩古梅依拉山上的野狼一樣凶殘；他的二弟「魔鬼」塔尼斯憋著氣能把一個彪形大漢高高舉起來；他的三弟克梅沙修士，或者說羅克，有些羞怯；他的兩個孿生弟弟「玉米穗」塞萊斯蒂諾和「耗子」塞費利諾唱彌撒，這一點誰都知道，他們的棋術很有造詣。「玉米穗」是獵手（獵兔子和花頸鴿子），「耗子」是漁夫（打帶魚、鮃魚，有時走運能打到鱸魚）。除此以外，他還有四個兄弟。

阿德加是個舉止謹慎的人，但是待人人慷慨大方，年輕時一定熱情奔放，性慾強烈，喜歡聚會。

「據說我的亡夫和另外好幾個人，一共有十二、三個，也是殺害『蠻子』的那個已死的兇手殺害的，人們都說那個狗娘養的，請您原諒我用這個詞兒，簡直和獵槍結下了不解之緣。我對這件事知道得不很確切，但是那個死鬼被殺時，我在奧塞依拉皇家聖瑪利亞教堂的耶穌像前為他點燃了一枝蠟燭。有的人死了令人悲哀，但是也有的人死了卻教人高興，您說是不是？還有的死人令人望而生畏，比如淹死的人、得瘟病死的人，而另外一些人則讓人忍俊不禁，特別是那些吊死的人被風吹得來回搖動時。我小時候，在寶沙．德．豐多看見一個吊死鬼，小孩子拉著他的雙腳打秋千玩，而他卻沒事兒似的；民警來了以後，把小孩子都趕跑了。法官先生十分嚴肅，是個謹慎的卡斯蒂利亞人，名字叫堂萊昂，對於開玩笑的事絕對不能容忍，這我記得很清楚。現在，風俗習慣都變了，變化真大呀！」

拉薩羅．科德沙爾的形象還沒有從人們的腦海裡消失。阿德加是唯一一個瞭解那些事情的女人。一天夜裡，他從上布萊依拉下來，一邊唱著一邊往下走，拉薩羅．科德沙爾總是唱歌，他外出時唱歌，返回時也唱歌。他走到格魯斯．德爾．齊斯克時被一個漢子截住了。

「我一個人，您也是隻身弔影。」

「走開，我可不想吵架，我走我的路，礙您什麼事？」

兩個人說著說著就吵了起來，後來竟然互相掄起了棍子，你打我一棍子，我打你一棍子，打了一百甚至二百棍子，拉薩羅．科德沙爾把那個人打得直不起腰來，後來又把他的兩手綁在身後，並且把他本人的棍子插上，放他回去了。

「走吧，回去讓你夫人解開。往後再別和老實人打架了，記住這個教訓。」

當時，還能看見那座山界；若不是因為那個摩爾人下毒手，那座山界永遠不會消失。在這兒，無花果樹長得不好；我如果是個大富翁的話，一定找個無花果樹長得茂盛挺拔的地方，買上一百棵以紀念拉薩羅．科德沙爾，這個小伙子很有魅力，讓每一隻鳥兒都吃到無花果。很遺憾我沒有錢，什麼事也做不成，不能到外邊見世面，不能給女人買金銀首飾，不能買無花果樹……你不會拉小提琴，又不會吹口琴，所以每天下午都在床上度過。貝尼希亞簡直像頭聽話的母豬，你讓她做什麼，她從不說一個「不」字。貝尼希亞不識字也不會拉手風琴，但是她年輕，會煎蛋餅，心情好的時候也會讓人高興，她的兩個奶頭像栗子一樣香甜，個大而且堅硬。阿德加對有多少人吊死記得再清楚不過了。

「布西尼奧斯的聖米格爾教堂神父的傻兒子，也就是彼杜埃依羅斯那個人笨蛋，不是自己上吊死的，而是做為試驗被人吊死的。布西尼奧斯的聖米格爾教堂神父名字叫堂梅列希爾多．阿格列克山．芬特依拉，以身材魁梧、四肢發達而遠近聞名；堂梅列希爾多的那個『傢伙』聳起時，但願上帝原諒我！就好像長袍下面支著一根松樹樁子。神父先生，您這個樣子去哪兒呀？鬼烏龜，我看看教民們能不能幫我弄軟了（如果和他搭話的是女人，他則稱呼鬼婊子）！請您原諒我，堂卡米羅！您聽我說，我想給您弄點臘腸嚐一嚐，我勸您多吃臘腸，臘腸是補身子的。我的亡夫西得朗渾身是勁，就是因為他把臘腸整根整根吞下去；我告訴您吧，殺害我亡夫的那個死鬼，如果不是像宰殺狐狸那樣殺害我亡夫的話，根本殺不死他。您一定會說是從他背後下的手，沒讓他看見；如果讓他看見的話，那個死鬼和幫兇一定會遠遠地逃離他。」

布西尼奧斯的聖米格爾教堂神父簡直被蒼蠅包圍了起來，這也許是因為他身上有甜味的緣故吧。

「他不討厭蒼蠅？」

「當然討厭，但是他能忍受，不然，有什麼辦法呢？」

「活寶」在加莫索兄弟中排行老六，他叫馬蒂亞斯，對紙牌算命術略知一二，也會玩雜耍。馬蒂亞斯曾在奧倫塞的聖母瑪利亞教堂當過看守，但是，後來他的頭腦變得聰明一些了，便到卡瓦利尼奧的「安息」棺材廠工作，日工資很高。「活寶」很活潑，跳舞有節奏感，唱歌聲音動聽，從不走調，玩臺球總是贏（有時一連幾個月贏到一千比塞塔或更多）。「活寶」風趣詼諧，經常用德國人的聲調講「傻蛋和精靈」的故事。「活寶」是鰥夫，妻子普利妮亞死於肺病，據說是巫婆傳染給她的。普利妮亞是老大的妻子洛利妮亞．莫斯克索的妹妹，她們家裡的女孩子都活不長，還沒有滿足丈夫的要求就一個個死去了。

「一定弄得家破人亡了吧！」

「還不至於，影響不大。」

阿德加去拿臘腸，她還想再弄些白酒來，阿德加的臘腸和白酒都是上乘之品，營養價值很高。

「他們拿彼杜埃依羅斯那個大笨蛋做了試驗，又拿我的亡夫做了試驗，不過是用另一外一種方法；壞人總是有的，只是在戰爭年代有些人更壞罷了。上帝一定會懲罰他們的，事情不能就這樣繼續下去；他把許多壞人召了去，安詳地死在床上的人不多。您已經看到了殺害『蠻子』和我亡夫的那個死鬼的下場。他殺人太多了，太多了，他最後也沒有活下來；血債要用血來還。您比我知道得清楚，您如果不願意，那就別說出去好了，那個殺害『蠻子』和我亡夫的死鬼後來被他的親戚圈了起來，最後淹死在寶沙．德．加戈水泉裡，我其實也沒有必要講這些。人們都把羅莎利婭．特拉蘇爾費叫做瘋婆托拉，因為她不知道羞恥，而且向來如此。羅莎利婭．特拉蘇爾費解開衣領，把兩個奶頭露出來，對那個到處殺人的死鬼說道：『過來，吃一口吧，這沒有什麼關係，我們要的是活下去。』而她現在是這樣說的：『那個死鬼吃了我的奶頭，這是真的，他還吻了我身體的其他部位，但是我活了下來，另外，我洗得乾乾淨淨，把奶頭洗了，把下身洗了，甚至把意志也洗了。』聽她講述這些，真有趣！」

加莫索的每個兄弟都有自己的綽號；這樣的事並不是總有的，但是可能偶爾有之。胡里安·馬爾維斯·溫德拉或費爾南德斯，也就是說胡里安·加莫索，被人叫做「機靈鬼」，因為他行如光，動如星。「機靈鬼」在羌塔達有個鐘錶店，對了，其實那鐘錶店是他妻子的，所以他在兄弟中離開家鄉最遠，但是生活條件不錯。「機靈鬼」和羌塔達鎮上的鐘錶店老闆娘、寡婦皮拉爾·毛列·佩爾娜斯結了婚；其實，這個寡婦只不過是個間接繼承人：皮拉爾的前夫，也就是店主烏爾瓦諾·達佩納·埃斯卡依隆，得了腹痛病死了以後，鐘錶店就由兒子小烏爾瓦諾繼承了，但是小烏爾瓦諾總是病懨懨的，不久便得了貧血病死了，這樣鐘錶店就轉歸了皮拉爾，當時的財產繼承法有這樣的規定。「機靈鬼」和皮拉爾有五個兒子和三個女兒，一個個都長得身強力壯，紅光滿面。「機靈鬼」當店主的可能性是微乎其微的，這再清楚不過了，不過，這對他關係不大，只要在鐘錶店當個合夥經營人，孩子能吃飽穿暖，能上學，他也就心滿意足了。

「那個殺害『蠻子』、我的亡夫和另外十二、三個人的死鬼嘬了瘋婆托拉的奶頭，這個狗娘養的現在已經死了，但是並沒有被埋掉。堂卡米羅，有一個女人，總有一天我會告訴您她是誰，只要您知道是我在講話，而上帝並不希望我講得太多就夠了，她把他的屍體從墓裡偷回家，別人永遠不會知道她為什麼要偷屍體，當然她本人也不會說出來。應該貼著地面，貼著地面總比浮在水上好。瘋婆托拉一點兒也不瘋，她很有主意，我想，她現在還和她的女兒埃德爾米拉住在一起，她女兒在沙利亞和一個警察結了婚。她也就是我這個年齡，頂多比我大一、兩歲，我們之間的關係一直很好。我們女人都被人嘬過奶頭，我們的奶頭就是讓人嘬的嘛，誰也不能去掉我們的這種嗜好，重要的是不能把奶頭弄髒了：這個小伙子在草垛上、那個年輕人在廐棚裡、神父在聖器室裡、趕集的人在灶前、磨坊主人在磨坊、陌生人在山上、丈夫隨時隨地……重要的是不能把奶頭弄髒了。我的這兩個奶頭，生我女兒貝尼希亞時那可是地地道道的奶頭，託上帝的福，又大又硬，奶水特別多，蛇也嘬過我的奶頭，不過我的亡夫用鋤頭一下子就把蛇頭劈成了兩半，打死了。這裡都是死人，飢餓的風在櫟樹中呼嘯，奏著〈國王進行曲〉❻。」

雨點滴落在皮尼奧爾的十字路口和阿爾瓦羅納小溪上，那一帶野狼成群，羅基尼奧的牛車在車道上滾動著，車軸的吱吱呀呀聲嚇得野狼不敢靠近。冬天裡，蛞蝓變成了水，躲藏在含有糖分的野櫻桃樹根下方。煉獄裡的亡靈也像痲瘋病人一樣，飲用米安蓋依羅的泉水，他們壓倦時便在上帝的陪伴下漫步河邊。貝尼托·加莫索的外號是「南蠍」；他的長相真像一隻大蠍子，儘管沒有毒。「南蠍」是個聾啞人，但十分聰明；他很會做家具、刨木頭、飼養家兔、煎蛋餅，他的疋餅煎得和貝尼希亞一樣好。他沒有結婚，和哥哥馬爾蒂斯住在卡爾瓦利尼奧，在棺材廠裡做工，他掙的錢足夠花銷。「南蠍」每個月都到城裡逛一次妓院，花多少錢都不在乎。九弟薩路斯蒂奧也

---

❻西班牙國歌。

和「活寶」、「南蠍」住在一塊兒。薩路斯蒂奧這個可憐的小弟弟，性格天真，身體虛弱；他什麼都會做，而且毫不費力。「活寶」不想再婚，因為他不知道弟兄們的境況將會怎樣。

「我這樣不是很好嘛，說一千道一萬，我的弟兄們也是上帝的人！」

人們把馬維爾斯九弟，或者說最後一個弟弟稱做「牢騷狂」，因為他整天用他那蟋蟀一樣細小的聲音抱怨這個抱怨那個，大概是因為內臟疼痛而說不出來吧。

阿德加看不到大海死不瞑目。

「死倒沒有什麼關係，糟糕的是讓大家都知道，糟糕的是給活著的人留下笑柄；我比那個死鬼多活一天就心滿意足了，而現在我比他多活了好多天。殺害我亡夫的那個死鬼已經死死的了，而我還活著；重要的是看著別人怎樣一個個地死去。現在，我所希望的是在看到大海之前不要死去，我想大海一定很美。瘋婆托拉對我說過，大海起碼有奧倫塞那麼大，也許還要大。殺害『蠻子』和我亡夫的那個死鬼已經死了，我對此感到莫大的安慰。應該離水近一些，水比空氣重要，瘋婆托拉很會馴化小鳥和其牠小動物，而且馴化得和巴加涅依拉人玻利卡波．奧本薩一樣好。她馴化鷓鴣、烏鴉……鷓鴣比烏鴉還蠢笨，她還馴化癩蛤蟆、山羊，山羊比較容易馴化，也馴化石貂、蝙蝠，動物沒有她不能馴化的。瘋婆托拉還會恐嚇母雞，閹割長蛇，用劈成兩半的辣椒擦狐狸屁股，讓牠不停地跳來跳去。只有她那個村子裡的鄰居才是好人，真可笑，瘋婆托拉比男人有本事。我們女人都偶爾幹過那種下賤事，那是司空見慣的，年輕的時候，什麼都不在乎。天真爛漫的小伙子呀，如果是個色鬼，那就更好了，只要在身邊，天氣不很冷，又不哭鬧。男人們尋找大奶頭的山羊，抓住犄角，美美地蹭一陣，那也是常有的事。對了，瘋婆托拉和狠幹那種事，這事誰也不相信，可是確有其事，我親眼看過。野獸對瘋婆托拉百依百順，因為在羅倫西尼奧·德·卡斯弗蓋依羅聖神節的那場暴風中，她母親在馬背上受了孕；每年這樣的暴風雨來臨時，都要死一、兩個卡斯蒂利亞人、吉卜賽人、黑人和神學院學生，暴風雨殘酷無情，破壞性極大。瘋婆托拉有一枚奧卡利納笛子，暴風雨一來，她就吹響笛子通知沒有防禦能力的小動物：田鼠、多腳蟲、豆蜘蛛、蝸牛等等。」

巴加涅依拉人玻利卡波不姓奧本薩，而是姓波多莫利克，奧本薩是他祖母的姓，他祖母是個很能幹的女人，不過脾氣暴躁。

卡羅波兄弟的額頭上都有一塊豬皮樣的印記，每個人都有，猶如工廠產品的商標或者壞人標籤。莫喬的身上流淌著卡羅波家族的血液，他不是一個誠實可靠的人。誰也不知道卡羅波一家人是從哪兒來的，反正不是本地人，大概是從馬拉卡台利亞來的吧，這個地方比朋費拉達還遠，他們可能是逃荒或者躲避法律制裁才遷到這裡，這是盡人皆知的。法比安·明蓋拉，也就是莫喬，無時無刻不磨他那把折刀，刀刃時時閃著寒光，說不定哪一天會讓某個人吞下它。卡羅波一家既不耕田也不養畜，卡羅波一家人都是鞋匠兒，人們把坐著幹活的，或者至少不淋雨的人都稱做鞋匠兒，當然他們當中包括鞋匠，但也包括裁縫、藥店店員、理髮師、書記員和其他從事既不需要土地也不需要力氣的工作的人。婊子兒子的第二個特徵是額頭上有一道凹槽，你沒有看過法比安·明蓋拉的前額嗎？對了，他就是這樣。

蒙喬·雷克依索·卡斯博拉多被人稱做「懶蟲」蒙喬，因為他除了到處閒逛和遊玩以外什麼也不幹。他和拉薩羅·科德沙爾格洛瓦斯一塊兒參加過梅利穌亞❼戰爭。在本書前面可能沒有提到他的第二個姓，但是他逃出了摩爾人的包圍圈，保住了生命，儘管丟了一條腿。「懶蟲」蒙喬總是受雇於荷蘭輪船，因而得以周遊世界；他最喜歡瓜亞基爾。

「有這條長短一致的假腿，活得也不錯吧，請不要相信這種謊言。新大力士島是太平洋中的一個島，英國人用大砲，對，是用大砲，把這個島擊沉了，因為島上的土著人要實行十進位制，在他們眼裡，拖著假腿是出身高貴的象徵；他們想讓我當總理，但是我對他們說，我不願意當總理，寧願返回故土。」

「懶蟲」蒙喬有一副古代探險家的相貌，他是說謊大王，戀愛狂，固執不化，惰性十足，喜歡傳播流言蜚語。據「懶蟲」蒙喬自己透露，他在巴斯蒂亞尼尼奧海岸看到一棵非常奇怪的樹，叫「歐姆利爾」，每到秋天，被悲淒打落的樹葉軟綿綿地打起了皺褶，好像蝸牛肉似的，然後變成蝙蝠，沒有眼睛，翅膀上畫著一顆血紅色的人頭。颳風時，它們可以離開地面，變成活物飛起

❼港口城市，位於摩洛哥的地中海岸邊，其主權一直屬於西班牙。

來；如果不颳風，必須讓這些樹葉變成的蝙蝠貼在地面上，直至餓死，因為打死它們會帶來災禍。然而，如果貼在地面上，則不會發生任何不幸，天不會塌下來。

阿德加是「懶蟲」蒙喬的好朋友，甚至有那麼一段時間兩個人還談過戀愛，而現在已有好多年沒有見面了。

「您看，堂卡米羅，您別笑話，我不時想到您在嘲笑我。最好忍受著點兒，讓那些已經做過懺悔的、被判處死刑的人死了以後再死一次。那些死人的眼睛、額頭和心臟都畫著死神，所有的人都希望他們死去，是這樣，這是上天的法律：使別人流血的人，他自己最終也會流血，並且會淹死在血泊之中。另外，這種人沒有任何退路，因為世界的大門對他關閉著。應該靠近空氣，空氣要比死神有用得多。面色蒼白如土的死神到處播種死亡的種子，人們已經厭煩它了，報仇的時刻來臨時——這種時刻最終會來臨的，因為有上帝的幫助——要為每一個蒼白如土的死者——他們痛哭過，但是依然活著——種上一棵榛子樹，這是為了記住血債，同時也是為了讓野豬高興。這兒種了好多榛子樹！那些蒼白如土的死者這樣告訴尚未輪到償還血債的人：讓我們接受訓誡吧！不，先生，他們回答說，那些榛子樹是野生的，是它們自己長出來的，是為了讓野豬吃到鮮榛子。」

阿德加講完這最後幾個字時聲音已經嘶啞了。過了一會兒，她嚥下一口口水，微微笑了笑。

「請您原諒。您想讓我用手風琴拉奏波爾卡舞曲〈凡菲內特〉嗎？我已經老了，但是還能拉得出來。您等著瞧著。」

阿德加拉得很好，有風格。

「您拉得很好。」

「已經不如從前了，自從我的亡夫被殺害以後，我的腦袋裡總是亂糟糟的，這個樣子誰能拉手風琴呀。我只是隨便拉一下罷了，我像一架自動鋼琴……您讓我痛痛快快地哭一場嗎？我馬上就完。」

阿德加掉下了兩、三滴眼淚。

「殺害我亡夫的那個死鬼被打死以後，我本以為可以高高興興地喘口氣了，可是事與願違。以前，我滿腔怒火，現在則蔑視一切；我的體力都耗在這上面了。以前，我沉默不語，現在則開口說話，我也許講得過多了。所謂手風琴，就如同喝泉水一樣；這幾天口渴，過幾天又不渴了。我覺得我唯一可以做得好的事就是蔑視，學會蔑視可費了我不少力氣。現在，我像上帝那樣蔑視一切，這一點我可以對上天發誓。主要的是應該知道這一點可能使一個女人頭痛，儘管現在還沒有這樣。我是這個地方的人，誰也不能把我趕走；我死了以後，要變成泥土，讓莊稼長得好一些，我要變成荊豆的金色花朵，好吧，我死以前到底會發生什麼事，那就等著瞧了。」

阿德加沉靜了一會兒，又斟滿兩杯白酒，一杯是給她自己的，另一杯給我。

「乾杯。」

拉蒙娜小姐的家宅後面有一座花園，這花園一直伸到河邊，裡面有蒲草，有蕨類植物，有皮筏子，有鮰魚，還有人在那兒自殺過；十一年當中有三個人自殺，這不算多。這個地方自殺的人不是很多：一個是無依無靠的老人，一個是失戀的姑娘，另一個是喜新厭舊而內心感到內疚的已婚女人，誰也不知首拉蒙娜小姐的母親是有意投河自殺還是上天授意的。

「你與我和卡山杜爾費人萊蒙多都是表兄表妹關係，你和他是姨表，我和他是姑表。你和我是親戚的親戚，你想一想，咱們就是親戚吧？在這裡，咱們大家都是親戚，只有卡羅波一家除外，他們是從另外一個世界飛來的，現在人口多得像一棵茂盛的大樹。」

拉蒙娜小姐看上去三十歲的樣子，也許多一歲半歲的。她表情高傲，有怪癖，很自信，不大合群，靦腆、神秘。拉蒙娜小姐有一雙康波斯特拉山雀那樣又大又黑的眼睛，面色黝黑，大概是有墨西哥人的血統吧，卡山杜爾費兄弟的祖母或曾祖母是墨西哥人。拉蒙娜小姐曾經談過三次戀愛，最後出於尊嚴仍然孤身一人生活著。拉蒙娜小姐會作詩，能用鋼琴彈奏小夜曲，家裡有兩個老年男僕和兩個巫婆一樣的女僕，這幾個僕人都是她從父親那兒繼承來的，她父親堂布雷希莫·法拉米尼亞斯·霍辛相信招魂術，喜歡彈奏班卓琴，死的時候還是後勤長官呢。拉蒙娜小姐的四個僕人簡直是四大災難，也就是說四個廢物，不過，不能把他們趕出家門，讓他們餓死，窮困潦倒。

「你們不能走，在這兒住下去吧。我來給你們料理後事，反正你們也活不多久了。」

「謝謝，小姐，上帝會報答您的慈悲心腸的。」

拉蒙娜小姐從她父親手裡繼承了一輛莊重的黑色「帕蓋特」和一輛漂亮的白色「伊索塔—法蘭奇尼」，兩輛汽車一直放在車庫裡。拉蒙娜小姐會開車，在那一帶她是唯一有駕駛執照的女人，但是她從來沒有把車開出車庫一步。

「太耗油了，還是放在那兒生鏽吧。」

拉蒙娜小姐的客廳裡掛著兩幅費爾南多·阿爾瓦雷斯·德·索托馬約爾的肖像作品，一幅是她本人，穿著當地服裝，另一幅是她母親，肩上搭著西班牙披巾。

「你們母女長得很像，是吧？」

「不知道，我沒有見過我母親。」

「也罷，反正都一樣，肖像總是要畫得相像的。」

卡山杜爾費人萊蒙多是莎爾瓦多拉的兒子，而莎爾瓦多拉是我母親的妹妹，卡山杜爾費人萊蒙多有學問，儀表堂堂。他每次看望我們的表妹拉蒙娜小姐時，都要給她帶上一枝白色茶花。

「喂，蒙齊婭，我這是讓你知道我愛你，永遠把你記在心上。」

「太謝謝你了，萊蒙多，你不該這樣費心。」

拉蒙娜小姐有一條綿毛狗，一隻土耳其貓，一隻身體巨大、羽毛艷麗的赤鶉鶉，一隻綠色鸚鵡，一隻猴子，一隻烏龜和兩隻天鵝，這兩隻天鵝在花園的池塘裡游來游去，有時竟游到河邊，但是每次都游回來。拉蒙娜小姐很喜歡動物，唯一不喜歡的是那些或多或少有點兒用途的動物，像奶牛啦，肥豬啦，母雞啦；馬兒除外，拉蒙娜小姐有一匹棗紅大馬，這匹馬說不定有二十歲了。

「馬兒和男人一樣，瀟灑、輕浮，有的感情高尚。」

除了鸚鵡之外，拉蒙娜小姐的所有動物都有自己的名字：狗叫瓦爾德，和她睡在一起；貓叫金格；赤鶇鶥叫拉貝喬；猴子叫赫萊米亞；烏龜叫夏洛帕；馬兒叫卡魯索；兩隻天鵝分別叫羅慕洛和雷莫。貓已被閹割了，因為一天夜裡牠發情，跑出家門，第二天早晨才回來：髒藏、悲淒，並且有傷。拉蒙娜小姐決定了的事絕不更改。

「可憐的小動物；再不能發生這種事了，把牠閹了吧！」

當然囉，說閹就閹了，從那以後貓兒再沒有跑出家門，跑出去幹什麼呀？那隻赤鶇鶥有藍、白、紅三色羽毛，像法蘭西的國旗一樣，其間夾雜著幾根綠色和黃色的飾羽。這隻小鳥每天都待在一根棲木上，被一根長長的鏈子鎖著；赤鶇鶥一會兒跳下來，一會兒跳上去，一會兒吊掛著，一會兒又厭煩而莊重地從棲木底部往上攀爬，牠懶洋洋的，一副無可奈何的樣子。猴子經常手淫，不住地咳嗽，烏龜只知道睡大覺，瀟灑的天鵝在池塘裡無精打采地游來游去。在拉蒙娜小姐家裡，唯一不被憂傷的指頭指點的就是那匹馬兒了。

「萊蒙多，你別笑話我。我一個人生活，並不覺得有什麼不好，我一直一個人生活，這麼多年已經習慣了……問題是我每天都覺得魂不附體，好像腦袋不是長在自己的脖子上，已經失去了理智一樣。每過一天，我們就遠離自己一程，同時對我們自己的厭煩也增加一分。你說，我是不是應該搬到馬德里去住？」

上帝讓雨點滴落在罪人身上，以示懲罰；大地染上了天空的那種輕柔淡雅的顏色；空中沒有小鳥飛過，連一隻小鳥也沒有。我既不會拉小提琴，也不會吹口琴，又找不到櫃子的鑰匙取出珍藏在裡面的集郵冊，於是每天下午就和貝尼希亞躺在床頭，朗誦胡安·拉雷阿❽的詩作，聽探戈舞曲。貝尼希亞前一天去了奧倫塞，帶回一個咖啡壺送給我；這東西很實用，每次可以煮兩杯咖啡，一杯給我，另一杯給她自己。

「還想喝嗎？」

「再喝一杯吧。」

糟糕的是貝尼希亞身強力壯，性情歡快，兩隻奶頭黑而大，堅硬而甜蜜。貝尼希亞有一雙藍眼睛，喜歡指手畫腳，橫躺在床上，很會做愛，什麼都得聽她的。貝尼希亞既不識字，也不會寫字，但總是自信地微笑。

「我們跳個探戈吧？」

---

❽胡安·拉雷阿（1895～1980），西班牙詩人。

「不跳，我身上冷；你過來。」

貝尼希亞身上總是暖烘烘的，不管天氣多冷，她都是這樣；貝尼希亞是一架供暖機器，是一架製造歡樂的機器。我不會拉小提琴，不會吹口琴，這倒令我高興。

「親我一下。」

「好。」

「給我一杯白酒。」

「好。」

「給我炸一根臘腸。」

「好。」

貝尼希亞像一頭溫順的母豬，對任何事都不說一個不字。

「今天留在這裡和我一塊兒過夜吧。」

「不行，『耗子』加莫索要去看我，他在聖亞德里安教堂當神父，對了，他現在是卡瓦耶達的聖瑪利亞教堂的神父了，他每個月的第一個星期二都去我那兒。」

「好吧！」

拉薩羅·科德沙爾是被一個摩爾人在無花果樹蔭下殺害的，那人用銃槍突然對他開火，拉薩羅·科德沙爾根本沒有料到，一下子就死去了。當子彈從太陽穴射進腦袋時，拉薩羅·科德沙爾還在想著阿德加如何赤身裸體仰面躺在山坡上曬太陽；我們都是從年輕時代走過來的。今天，那棵無花果樹仍然生長在痲瘋病人清洗皮膚病痛的米安蓋依羅泉水邊，它的樹枝曾經變成過長矛，弗蓋羅阿一家用這種長矛把佩托．布爾德洛塔的七個妙齡女郎從摩爾人手中解救了出來。今天誰也不記得這段歷史了。佛朗塞洛斯草原上的砍柴女工瑪拉卡——對於她，阿德加的一位朋友在他撰寫的一本書中做過介紹——一共生了十二個女兒；她們在十歲以前都失去了貞操，以出賣肉體謀生。其中一個叫卡爾洛塔，堂娜羅莎咖啡館的老闆娘埃爾維拉曾在奧倫塞城裡的貝羅娜妓院見過她。米安蓋依羅泉水清澈，但是不能飲用，連小鳥都不能喝它的水，因為泉水沖洗著死者遺骨、死者肺葉和亡靈的貧困命運，泉水載運著痛苦。

盲人高登西奧很聽話，拉起手風琴來從來不知道疲倦。

「拉支進行曲吧，高登西奧！」

「您說拉什麼，我就拉什麼。」

盲人高登西奧就住在他供職的地方，也就是說在帕羅恰妓院裡，這樣可以節省房租。他在樓梯底下的更衣室裡放個草墊子，睡在上面；高登西奧的小狗窩總是暖烘烘的。那裡沒有光線，這是事實，可是他不需要光線；對於盲人來說，有沒有光線都一樣。

「能發現點什麼吧？」

「不知道，我覺得發現不了什麼。」

早晨，高登西奧拉完琴以後，大約五點或五點半的樣子，便去阿爾馬古拉大街的梅塞德斯教堂聽彌撒，然後回來躺在床上，一直睡到中午。他死的時候，妓女們給他買了一個花圈，並且請人為他做了彌撒；她們沒有去墓地，因為警察當局不讓。

「您的祖父跑到巴西已經好多年了，這事千真萬確，那是在您的祖父把胡安．阿米耶羅斯殺死，把佛朗西斯科嚇跑以後，他給了瑪內齊婭五萬雷亞爾的響噹噹的硬幣——那真是一筆可觀的錢呀——另外用五萬雷亞爾買了M．Z．A．股票，還寫了一封信，把她介紹給《我們先輩之財產》的作者堂莫德斯托．費爾南德斯—貢薩雷斯，那篇文章署名是卡米羅．德．塞拉，他經常用這個筆名在《西班牙和美洲畫報》和《西班牙郵報》上發表作品。瑪內齊婭去了馬德里，在聖馬爾科斯大街開了一家名叫奧倫塞的酒館，她乾淨利落，又不怕吃苦，所以積攢下不少錢，逐漸富了起來，最後和議會官員堂萊昂．羅加．伊巴涅斯結了婚，婚後生了八女二子。幾個女兒都找到了稱心如意的丈夫；兒子呢，一個當了技術員，另一個給法院當代理人。堂萊昂和瑪內齊婭的一個孫子，即他們的四女兒瑪魯希塔再婚之子，竟然在共和時期當上了副秘書長，一九四九年死在委內瑞拉的巴爾基西梅托。他還是共和派議員，活著時叫堂格拉羅．克梅沙尼亞．羅加，而把阿米耶羅斯這個姓放在了第四位。瑪內齊婭總是收拾得乾乾淨淨，著裝整潔，她的兒孫們雖然在這方面不及她，但也個個都是一副好模樣。副秘書長的一個女兒，也就是瑪內齊婭的曾孫女阿依德．克梅沙尼亞．貝滕古特，曾在五十年代被選為巴爾基西梅托美女。」

有的笨蛋走運，有的則倒楣，從世界成其為世界以來就是如此，而且將永遠如此。羅基尼奧·博倫就是一個不幸的笨蛋，他被鎖在一隻櫃子裡長達五年之久，據說是不讓他打擾別人；把他放出來的時候，他簡直像一隻蜘蛛，面色蒼白，毛髮長得要命。

「這對他有什麼關係！您沒有發現他那麼笨嗎？」

「哎呀呀，我不知道……他大概早就想伸伸懶腰，呼吸一點空氣啦。」

「很可能！我不能否認這一點！」

羅基尼奧·博論的母親認為笨蛋沒有感覺，不知道疼痛。

「可憐的笨蛋呀……」

以前還能夠帶他們去朝聖，可是現在這麼缺吃少穿，誰也不願意見到他們。現在，他們用別的東西消遣娛樂，低聲嘟噥，一遍一遍地訴說著苦痛，訴說苦痛時，也是低聲嘟噥，在這裡沒有必要提高聲音。教堂司事的葡萄架上吊掛著一串害獸，看上去猶如幾副錨鉤任憑風吹雨淋，散發出腐肉味。馬爾蒂尼亞村的瘋婆子卡塔利娜·巴茵特趁人看不見時走進教堂司事的葡萄園裡，掏出奶頭給那些死獸看。

「喂，喂，現在是壞人當道呀。聖猶大，你這個光輝的使徒，讓我擺脫痛苦，心情高興高興吧。喂，喂，聖猶大，雨水把什麼都沖走了。聖猶大，你在天堂，讓處在苦痛之中的我得到一點安慰吧。喂，喂，清風把什麼都吹走了。」

教堂司事常常用石塊把馬爾蒂尼亞村的瘋婆子趕走。

「滾開，令人作嘔的瘋婆子！還是讓魔鬼去看你的奶頭吧，別來打擾正派人！」

瘋婆子收起奶頭，格格地笑起來。然後她淹沒在雨氣中，順著路往下走去，她總是笑著，每隔三、四步便回過頭去看一眼。

卡塔利娜．巴茵特天真無邪，並不是令人畏懼的暴躁型瘋子，她的生活充滿突發事件，也充滿惰性，要想不吃飯活活餓死可不是件容易事；她經常咳嗽，並且咯血，但是每年約翰聖神日❾一到，雲漸漸飄離天空，她的病情就好轉一些。卡塔利娜．巴茵特大概有二十二歲的樣子，最喜歡在路西奧．莫羅的水磨坊的池塘裡脫光身子洗澡。

布西尼奧斯的聖米格爾教堂神父整天被一群蒼蠅圍著，至少有一千隻蒼蠅在他身邊飛舞，為他做伴，據說蒼蠅肉很甜，具有糧食一樣的營養價值。一天，布西尼奧斯的聖米格爾教堂神父去奧倫塞照相，照相之前被關在黑屋子裡長達半小時之久，才使蒼蠅安靜下來，睡過去。

「為什麼不往他身上噴灑滅蠅藥呀？」

「不知道，也許是不習慣用滅蠅藥吧。」

布西尼奧斯的聖米格爾教堂神父和一位獨臂老婦人住在一起，老婦人渾身散發著怪味，一刻

❾即12月27日

也離開不咖啡酒，每天都喝得醉醺醺的。

「多洛雷斯。」

「堂梅列希爾多，有什麼事？請您吩咐吧！」

「這塊麵包太硬了，你吃了吧！」

「好的，先生。」

幾年以前，多洛雷斯的胳臂上生了個癤子，也許是惡性潰瘍，醫生為了避免出現併發症，把她送到醫院截肢，於是，那隻胳臂被鋸掉了。

「一個女人少隻胳臂反倒自理得格外好，人們對此非常氣憤，據說她不幹活。」

布西尼奧斯的聖米格爾教堂神父體大如牛，聲似雄獅。

「我們男人應該像上帝要求的一樣，不應該掩飾自己、嘮叨、讓人家討厭，不然就更被人嘲笑，成為別人的笑柄。」

布西尼奧斯的聖米格爾教堂神父每天都酒足飯飽。

「在整個四旬齋期間，我要像聖母要求的那樣嚴格節食，人們怎麼不提這個呀！」

「有的人正是這樣問自己：人們怎麼閉口不說這個呀？」

布西尼奧斯的聖米格爾教堂神父還喜歡別的東西，這沒有必要在此詳細交代了，人是控制不住肉慾的，只是他善於偽裝，把自己打扮成正人君子。

「在這裡，說三道四的人太多了，他們不知道羞恥。」

「您說得對，先生，他們信口開河，胡說八道，根本不顧事實。」

聽說布西尼奧斯的聖米格爾教堂神父堂梅列希爾多．阿格列克山已經有十五個私生子。

「女人們那樣糾纏，他何罪之有？」

女人們總像發情的母狗那樣跟在布西尼奧斯的聖米格爾教堂神父的屁股後面；她們講述著各自的優點，不管白天黑夜總是圍著他轉。

「勞駕，問一下，堂梅列希爾多，您為什麼這樣耐心地對待她們呀？」

「為什麼不應該耐心對待她們呀？她們很可憐，她們只想得到一點點慰藉。」

巴加湼依拉人玻利卡波在塞拉．德．坎帕隆小鎮的住房，在他父親死的當天第二層就塌了下來，人被壓在下面。上帝喲，我們還算萬幸，安全無恙！倒是沒有死人，但是不少人不是斷了骨頭就是了破了頭，人們垂頭喪氣，心灰意冷。據說是房樑鬆動，因此地板斷裂，我們都掉到了底層的畜欄裡，臉上沾滿了牲口糞。人們把他父親已經四分五裂的遺體重新拼湊起來，不然，這個可憐的男人飛向天堂時，很可能缺胳臂少大腿。

「不能把屍體放在外邊，不然就淋濕了，你沒有看見都快淋濕了嗎？快移到牆根去吧。」

這次房子倒塌使玻利卡波丟失了三隻已經馴化了的負鼠，那幾隻小鼠很聽話，還會踏著鼓點跳舞呢。

「真是幾隻難得的小動物，再也找不到那樣的動物了。」

玻利卡波的父親活到九十歲，因飲酒過度死去；現在的年輕人酒量都不大，這位老人嗜酒成癖，不過他如此高齡才過世，酒量該不會對他有什麼嚴重的危害了；現在年輕人的酒量都不大，可是以前幹活要花大力氣，男人們不僅喝酒還要抽煙，他們敢於與野豬比試高低，用砍刀把這種野獸一劈到底。

「那是什麼時代呀！」

「您以為那是真正的有所作為的時代嗎？」

玻利卡波的父親貪圖安逸，揮金如土，玻利卡波的父親在世時名字叫堂貝尼格諾．波多莫利克．圖彼斯蓋多，出生在一個財產殷實的家庭裡；這個家後來破落得一文不名，那是後話了。堂貝尼格諾有許多近似病態的嗜好，他疑心病重，懷疑背叛他的人無處不在。堂貝尼格諾一直認為在所有母獸中，甚至包括蛇類在內，女人是最大的妓女，最不守貞節。堂貝尼格諾的妻子叫多洛特婭．埃克斯波希婭，是巴加涅依拉人，女傭出身，長相俊秀，身材纖細，婚前曾是一個頗為神秘的女人；他們只有一個兒子活了下來，就是最小的玻利卡波，其餘十一個都流了產，也就是說在胎兒時就夭折了。多洛特婭是一個美貌過人的女人，堂貝尼格諾疑心很重，他看到許許多多男人管不住自己的妻子，當了烏龜。

「我簡直被當成莽夫傻漢了。我能饒恕這種人嗎？那個女人和她媽媽是一路貨色，不知羞恥，對於她的媽媽，沒有人知道任何東西！有些事情最好不知道，知道了反而令人傷心。」

堂貝尼格諾的嫉妒勝過日本人，而且只是出於懷疑，因為他從來也沒有發現他想要發現的東西，他讓多洛特婭受了苦，把她關在房間裡長達十二年之久，只給她一點麵包和涼水，從玻利卡波出生就一直這樣對待她，直到她忍受不住，用玻璃劃破動脈血管自殺身亡，太可怕了，怎麼會想到用這種法子自殺呀！一位曾是神學院學生的人看管和監視多洛特婭，這個人說話口吃，滿臉雀斑，名字叫路易西尼奥·博塞洛，外號「鴨子」。堂貝尼格諾把他雇來，交代完任務以後就用鐮刀把他閹割了，讓他打消邪念，免得做出不忠的事來。開始，小伙子很氣憤，過了一段時間他看到事情已無法挽回，也就平靜下來，慢慢地消了氣，聽話順從了。

「這樣也好，失去了機會，也就脫離了危險，再說，這裡吃得還算好。」

堂貝尼格諾不打算為他妻子舉行隆重的葬禮，於是，卡瓦耶達的聖瑪利亞教堂神父，即「耗子」塞費利諾，不得不出面干預，以避免鬧出笑話來。在突尼斯，則為雷利婭·赫納依娜公主，即亞基默德·帕吉亞的妻子，舉行了隆重的葬禮。

「好吧，我認為應該為她舉行隆重的葬禮。」

「耗子」塞費利諾，或者說「耗子」加莫索，每個月的第一個和第三個星期二都去看望貝妮希亞，晚上到，第二天天不亮就離開。表面上一切如故，誰都不必干預別人的生活，如果是神父，就更不必了；神父也是男人，男人需要女人，這沒有什麼不好。貝妮希亞在床上熱情奔放，很喜歡搏鬥。

「哎呀呀，堂塞費利諾，您太讓我高興了！摟緊點兒，摟緊點兒，快，快！哎喲，哎喲！」

貝妮希亞對堂塞費利諾一向十分敬仰，從不以「你」稱呼他。

「過來點兒，我來把您那個東西洗一洗。堂塞費利諾，您知道得真多！您越來越年輕了！」

「哪裡，哪裡……」

實行什一稅和實物稅的時候，對了，現在已經沒有什一稅和實物稅了，教民們送他什麼，比如雞呀，蛋呀，臘腸呀，成筐的菜果呀，或者他釣到了魚，他都要給貝妮希亞送去一份。

「我們大家都得吃飯呀，我們的上帝懲罰吝嗇，吝嗇是天地不容的大罪。再說，西班牙土地上的東西就應該屬於西班牙人。」

貝妮希亞生來是個感恩戴德的人。

「我把什麼都獻給您，好嗎？」

「過一會兒。」

蒙喬．雷蓋依索，也就是「懶蟲」蒙喬，這個在梅利利亞戰役中同位薩羅．科德沙爾在一條戰壕戰鬥過的戰友，講話總是很穩重的。

「過去，在家庭內部互相尊重，互相關心，裡裡外外乾淨整潔。我表姐赫歐希娜，您認識她，她用紫茉莉花，也就是毛茛煮水，讓第一個丈夫喝了，結果中毒身亡，而她對第二個丈夫則實行一種特殊的控制手段，即每個星期六都讓他吃『小橄欖果』瀉肚子，請注意，其實那不是橄欖果，而是另外一種東西。請把假腿遞給我，掛在衣架上，我想取點煙葉去。謝謝，我表妹阿德拉，赫歐希娜的妹妹，沒有一天不吃草藥和駱駝蓬籽，這兒不出產這種東西，我幾年前給她帶回一鐵筒，她種在花盆裡，『歐姆別爾』樹葉像空袋一樣，或者說像空陰囊，很是神秘。我的這兩個表姐妹的母親，對，也就是我的姨媽米卡埃拉，她是我母親的姐姐，每天晚上都在廚房的角落裡逗我，而那時我的外祖父正在講述甲米地⑩戰役的慘敗。以前，在家庭內部，人與人之間都和睦相處，互相禮貌謙讓。」

新大力士島屬次卡蒂卡斯群島，它沉沒的時候，「懶蟲」蒙喬發現一種酷似藥用牡丹形狀的小島，身上沒有羽毛而是光閃閃的淺綠色肉皮，當地人稱這種島是「治癒的小耶穌」，他不知道為什麼叫這種名字，只知道那裡的人用這種小島給情婦寄送書信，給妻子送不了信，給未婚妻也送不了信，只能給情婦送信。「懶蟲」蒙喬帶回來一對，但是半路上死掉了，小鳥受不了紅海上的航行。

瘋傻女人做事要比瘋傻漢子好，因為她們專心致志。我們都知道卡塔利娜·巴茵特是瘋婆子，不然就不會叫她馬爾蒂尼亞村的瘋婆子了，但是，那個「傢伙」吊在那兒，總是晃來晃去

---

⑩菲律賓呂宋島的一個城市。1898年，西班牙海軍在此被美軍戰敗。

的。

「您怎麼知道？」

「這和您有什麼關係？」

連綿細雨毫不仁慈地，也許是十分仁慈地滴落在那座消失的山界以內的大地上，山界以外發生什麼事不得而知，不過，這無關緊要。連綿細雨滴落在肉體或鮮花生長時發出那種聲響的大地上，空中有個痛快的亡靈在遊蕩，呼喚隨便哪一顆心臟收容他。你和一個女人同床共臥，當她生下兒子或者女兒，這個女兒還沒有長到十五歲就和萊昂的一個游手好閒的男人私奔時，雨點依然如故，不停地滴落在山上。我們處在一切的中間階段，開始就是一切的中間階段，誰也不知道結尾之前將發生的情況。兩條狗剛剛在雨下交過尾，現在一個面向東方，另一個面向西方，等待著興奮激起的血流返回原處。

「喂，如果有瓦爾德⓫那樣的『傢伙』就好了！」

「你別那麼不知羞恥，蒙齊婭。」

拉蒙娜小姐喝了杯巧克力飲料壓驚。

「上帝會報答你的，萊蒙多，和你在一起我舒服極了。」

---

⓫小狗名，後文還會提及。

拉蒙娜小姐沉思片刻之後，臉上露出了笑容。

「喂，如果你那個『傢伙』能像汽車那樣有四檔就好了！」

「你別那麼不知羞恥，蒙齊婭。」

拉蒙娜小姐披頭散髮，兩隻奶露在外面，向下垂著，她用眼睛望著表哥萊蒙多，後者坐在搖椅上，捲著煙。

「你這個傻子！我們女人赤身裸體時想說什麼就說什麼；被窩裡的話不算數。我穿好衣服，就不再說話了！」

馬爾科思．阿爾必德．莫拉達斯兩條腿都沒有了，整天坐在一個橘色的四輪箱子裡。箱子前面有一顆綠色的五角星，並且寫著她的姓氏的起首字母M．A．M．，每個字母都用金色小釘勾勒出來。馬爾科思．阿爾必德被一條瘋狐狸咬了雙腿之後便癱瘓了，後來雙腿開始腐爛，只好進行高位截肢。馬爾科思．阿爾必德臉上流露出厭煩的表情，生活無聊，誰都會厭世的，不幸的遭遇會使所有的人都產生這種情緒。馬爾科斯．阿爾必德聲音混濁，猶如在吟誦聖詩，他說話像是一隻破鼓。

「您看看，九年了，我一直瘋瘋癲癲的。這九年間，我失了記憶、理性和意志，還有自由。這九年間，我母親、我老婆和我兒子，一個接一個地死去了；後來，我的雙腿又被鋸掉了。我母親在前廳上吊自殺，我老婆被一輛貨車軋死，我兒子死於白喉，如果上帝幫忙讓我有一點錢的話，他本來會得救的……我什麼也不知道，因為沒有必要給瘋子做任何解釋，人變瘋了，也就沒有義務盡他的職責了。」

牛車的中軸就是上帝的風笛，牛車沿著土路滾動，發出嘶啞的聲音，把巫婆和煉獄中的幽靈驅趕得遠遠的，牛車的中軸也是世界和寂寞的心臟。我給馬爾科思·阿爾必德送去科魯尼亞工廠產的六枝雪茄煙。

「很香，你抽一抽就知道了，都是精心製作之品。」

「太感謝了，這是我有生以來收到的最珍貴禮物。」

馬爾科思的木刻作品別具一格，聖母像呀，聖神像呀，形象都十分逼真。

「那麼我給卡米羅聖神雕刻一幅像吧，您拿去做紀念，好不好？」

「太好了。」

「喂，卡米羅聖神有鬍子吧？」

「老實說，我不知道。」

四旬齋期間，帕羅恰的顧客稍減。四旬齋期間，高登西奧出於尊重宗教節日的緣故，暫停拉手風琴。

「一個人做到有禮貌並不花什麼力氣，我是說，不該觸犯上帝。」

在奧倫塞，四旬齋期間，天氣還是很冷的，有時甚至下雪，從米尼奧河時時襲來飽含凡士林味的潮氣。高登西奧很喜歡聽阿奴霞西翁．莎瓦德爾的聲音，很富有旋律感，他也喜歡她那彈性十足的奶頭和臀部。太美了！

「今天夜裡可能沒有人來睡覺，那你就等我吧，我一定來。」

阿奴霞西翁出生在拉林，她從家裡逃出來想見世面，但是並沒有走出很遠；她現在不敢回家，怕父親敲碎她腦袋。阿奴霞西翁受乾淨，熱情。她從廚房出來時，女管家問她：

「你去哪兒？」

「我給高登西奧擠奶去，這個不幸的男人真可憐；今天夜裡他簡直是個死人，死透了！他很煩悶……」

「去吧，快去吧；有人找你的話，我通知你好了。」

高登西奧把身體的各部位洗淨坐在床頭等她。他抽著煙，身邊點著燭光，但是他看不見。他做完那些幾乎習慣了的淫蕩「雜耍」以後，總是說一聲「謝謝」。

「謝謝，阿奴霞西翁，讓上帝報答你。」

早晨五點半高登西奧去梅塞德斯教堂聽彌撒，他的那位善良情婦不願意陪他前往。

「我不去，你自己去吧。你回來時在這兒會找到我的，別拖太長時間，路上小心些。」

阿奴霞西翁很可能對高登西奧有感情，每天都有稀奇古怪的事情發生。

多年以前，在共和時期，即在「蠻子」奪下兩個警察的槍枝前不久，加莫索兄弟，加莫索三個大哥哥和我們幾個朋友一道去蘇雷斯山上的馬場。蘇雷斯山坐落在利米亞那邊，靠近葡萄牙邊界，我們去那兒換換空氣，活動一下筋骨，幫馬爾維斯親戚一把。他們住在布里尼德洛，生活沒有保障，幾乎只靠在洛維奧斯，或者說豐德維拉的聖佩拉約·德·阿拉烏克索教區與葡萄牙人搞走私交易過活。

「我們並不像薩布塞多的蓬特韋德拉人，既不偷馬，也不給馬做標記，但是我們很願意去那個地方。」

就是那次遠征，巴加涅依拉人玻利卡波·波多莫利克·埃克斯波希丟了三個指頭，人要倒楣，不出一分鐘就會斷送一切，但是世界並不因此就停止轉動。「懶蟲」蒙喬已經用上了假腿，若是用上等材料製做假腿，尺寸又合適，根本看不出是假的。「魔鬼」塔尼斯·加莫索總是有使不完的勁兒，他的力氣大極了。塔尼斯只要在額頭或脖頸上給馬兒一拳，就會把它打翻在地，據說他能夠阻斷馬兒血液的流通。他的弟弟克梅沙尼亞士，即羅克，每場賭博必贏，他把您知道的那東西擺在桌面上，就說押四十個硬幣，整整四十個硬幣，您如果不相信的話，我請大家在這兒吃晚飯。布雷希莫·法拉米尼亞斯·霍辛已經當上了後勤學院學員，應該對他使用尊稱「堂」；堂布雷希莫·法拉米尼亞斯·霍辛是班卓琴師，他長得像美國人，嗜酒是後來的事了。那時，盲人高登西奧的眼睛還沒有瞎，在神學院裡；馬爾科思·阿爾必德的腿也沒有踞掉，更沒有進瘋人院；後來拋下寡妻阿德加的美男子西得朗·塞加德還沒有死去，他活著，而且活得很好，剛剛結婚。

「還有誰沒到?」

「還能有誰沒到呢?」

「蠻子」巴爾多梅羅.加莫索主持會議，他連襯衣都沒穿，為的是讓大家好好看看身上的紋身和這圖飾象徵的權威:女人象徵財產，蛇象徵意志，這很清楚;蛇盤繞在女人身上，這就是說，意志控制著財產，男人是生活的勝者。

「都到齊了吧?」

「為什麼不到齊呢?」

鞋匠兒們不騎馬。我們沒有讓法比安.明蓋拉，即莫喬，跟我們一道來馬場;卡羅波兄弟的額頭上都長著一塊豬皮，那東西用來點燃混合炸藥倒不錯，對了，可是額頭上有豬皮的人並不適宜跟在馬後面到山上去，也不適宜夾在我們中間。再說，卡羅波兄弟並不是本地人，我們不用棍子攆走他們就不錯了。他們如果不高興的話，那就不高興好了，世界照常轉動，誰也不能讓世界停止轉動。婊子兒子的第三個特徵是面色蒼白，跟死人一樣。對，或者說，跟法比安.明蓋拉一樣。

「到蘇雷斯去有三天路程，這條路我們都熟悉，三天路程累不死人。」

安蒂奥基亞城被埋在，也就是說沉睡在安德拉湖底，多少世紀以來一直為它的殘酷罪行贖罪。一個主人並不能用牧羊人的肉滿足自己的肉慾，儘管以後可能用腰帶勒死他，因為上天戒律絕對禁止這樣做；一隻狼不能騎到母鹿身上去，一個女人不能給另一個裸著身子的、懷孕的或患痲瘋病的女人戴花環。安蒂奧基亞的亡靈要在約翰聖神日的夜裡搖響鐵鐘，請求寬容，然而對他們來說，這一天卻遲遲不來，永遠不來，因為他們被永遠囚在地獄裡。凡是穿越安德拉湖的人都會失去記憶，我不知道是從這兒往那邊走，還是從那邊往這兒走，而且在阿爾杜斯王⑫尋找聖格利亞爾⑬時，他的士兵竟然變成了蚊子；安德拉湖裡全是蚊子，還有青蛙和水蛇。

「可是，那湖是不是在我們去的路邊上？」

「對，到了那兒我們就可以放心了。」

從開始到布里尼德洛的旅途生活是歡快的、舒服的，沒有發生大的問題；在毛利里略內斯，也就是說旅程的第二天，「懶蟲」蒙喬在酒館裡和別人吵了一架，沒有大動干戈，可是「魔鬼」塔尼斯還是出面做了調解，在那裡沒有發生任何不可收拾的事情。

「有的人只有喝醉了才開心，最好讓他們多呼吸一點空氣。」

蘇雷斯馬場很荒涼，但是個很有吸引力的地方。到蘇雷斯馬場去的只有我們兄弟幾個人，因

---

⑫阿爾杜斯王，公元前6世紀時統治威爾斯。

⑬傳說是耶穌最後的晚餐使用的杯子。

為沒有必要帶別人去。奧倫塞省是加利西亞地區野馬最少的省份；在金鎖山、飛機塔山和豬山上有一些，不過那已是蓬特韋德拉管區了。我們的親戚馬爾維斯很高興，端出醇香的老酒招待我們。蘇雷斯的野馬都有鬍鬚，野馬都有鬍鬚，是烈性馬。在蘇雷斯一帶，人們把馬場、野馬場，把追捕、圍闕和剃毛做標誌的地方統統稱為馬場；在其他地方，把馴馬叫做圍闕、剃毛、打印。布里尼德洛的馬爾維斯兄弟共三人，是塞貢多、埃瓦利斯托和卡米羅，他們是羅克的兒子；羅克是「兜肚」的弟弟，他和當地一位姑娘結了婚，後來兩個人又分了手；羅克不想回皮尼奧爾，現在和一個葡萄牙女人住在埃斯佩列羅，也就是聖費茲·德·加萊斯教區，行政區叫恩特里莫，離得並不遠。羅克和幾個兒子的關係還不錯，而且每年在羅莎聖神日那天都打發給妻子送去幾隻母雞，他是打發葡萄牙女人送去的。馬場遠征軍由「鑾子」指揮。

「指揮的事交給你了，我們跟著你，聽你的。」

「好。」

第二天一大早，天還沒有亮，我們便出發去山裡，我們這些和馬兒打交道的人，一個個洗漱乾淨，消除了疲勞；我們的坐騎也都吃飽喝足，在暖烘烘的馬廐裡休息了一夜，圈馬有一個秘訣，要沉著、耐心，不能讓野馬受驚跑散；開始，把野馬趕到一起，小聲馴導，讓牠們慢慢安靜下來，我們的小馬兒，太好了！喂，老實點兒！安靜些兒，餓了吧！天亮以後，把一群群的野馬趕到馬場，這時便可以大聲呼叫，揮棍掄棒了。

十二、三個人騎著馬，趁著黎明前的黑暗追捕上百匹，也許不到一百匹的驚恐萬狀的野馬，那可真是緊要關頭呀，心都提到了嗓子眼兒。

「截住！」

「從下邊往上趕！」

「小心，別讓牠跑了！」

玻利卡波措手不及，一頭小馬闖過來咬他一口，咬他一隻手，只給他留下兩個指頭。玻利卡波用手帕把傷口緊緊包住，把傷手插到衣兜裡，忍受著劇痛；一招不慎，痛失全局，不過，太陽依然東升西落，走它的路，彷彿什麼也沒有發生。玻利卡波落在後面，回到布里尼德洛以後，馬爾維斯兄弟的母親用一種老處方給他治：草葉、鮮牛糞、女人尿、蜘蛛網、黃土和糖，讓狗把傷口舔乾淨。

把牲口趕到馬場以後，頭一、兩天最好不餵牠們水，讓牠們鎮靜下來。之後，把受孕的母馬分離開來，剛剛分娩過的母馬也要分開，弱馬和殘馬則要放掉，讓野狼處置牠們吧（現在通常送進屠宰場），最後把剩下的馬一個個弄倒，剃毛打印記。三、四個身強力壯的漢子，有膽量的男人，「蠻子」、他的弟弟塔尼斯、西得朗和馬爾維斯家中最小的弟弟卡米羅一起幹，並不怎麼困難，問題是不能大意。堂布雷希莫·法拉米尼亞斯坐在由於天長日久已變成綠色的石柱上，彈奏班卓琴，高登西奧半似驚愕半似嫉妒地「看著」夥伴們飛馬奔跑，「懶蟲」蒙喬吊著那條精心製做的假腿騎在馬上，揮舞大棒，轟趕馬群。克梅沙尼亞修士、馬爾科思．阿爾必德、塞貢多、埃瓦利斯托，還有我，注意觀察四周，照著篝火，端著酒囊喝葡萄酒，等著合適的時間給馬剃鬃毛。

「玻利卡波呢？」

「他去布里尼德洛了，聽說他受了傷。」

剃馬鬃，越快越好，絕不能慢吞吞的；要早點結束，越早越好。每頭牲口可以剃下一磅鬃毛，也可能少一些；馬鬃長而乾淨，一把一把的，和新鮮的牛犢肉一樣值錢。克梅沙尼亞修士一直看著我。

「在這裡，我們大家都變成了古欣德人，好吧，反正都一樣，一些古欣德人的成分多些，另一些人成分少些；我們大家都長著嘴能吃飯，一個個身強力壯，家裡的成員都這樣。我們是七尺大漢，體重都在五個阿羅瓦⓮以上。挺得住，沒關係！」

馬爾科思．阿爾必德習慣咀嚼葡萄牙煙葉。

「最糟糕的是口水，把什麼都吐掉了；不過，咀嚼煙葉比抽煙葉好，不損傷肺部。」

像其他牲口一樣，馬兒也要用熱烙鐵湯印標記。馬爾維斯．德．布里尼德洛兄弟的標記是

⓮重量單位，每阿羅瓦合 11.5 公斤。

L，即母親羅莎．洛萊塞斯姓中的第一個字母。馬的每隻耳朵上也要燙印標記。瘦弱多病的牲口，我是說那些將被餓狠吃掉，在飢餓和寒冷中死去的牲口，每年都多達千頭以上，對這些牲口則不必做標記，為什麼呢？凶猛的矮馬大部分是栗色的，也有黑色和雜色的，身高還不及兩個瓦拉⑮，絕不能圈起來，不然的話，用不了半天工夫便會因為鬱悶非病即亡。西得朗．塞加德累了時便放聲唱歌，據說唱歌對肺部和喉嚨都有益處。

羅賓．列寶桑把以前發生的事寫完之後，便高聲朗讀起來，接著站起身。

「看來咖啡和白蘭地我都喝多了。再說，今天晚上我還要去看望羅西克萊爾，給她送點精製巧克力去，讓她長胖些。」

羅西克萊爾是護士，很會打針，她一直給拉蒙娜小姐注射鐵、鈣和保肝藥劑，讓她增強體力。拉蒙娜小姐喝了「得思齊恩」葡萄酒，貧血、體弱、衰竭，吃膠囊藥物、速鈣片。聽說羅西克萊爾的情夫不止一個，不過她對此守口如瓶，這種情況有什麼可張揚的。當別人不注意的時候，羅西克萊爾和拉蒙娜小姐一塊兒跳舞、親暱；小狗瓦爾德也乖乖地讓她撫摸、溺愛，小狗很聽話，很溫順。

「羅西克萊爾，別走，再待一會兒吧。」

---

⑮長度單位，每瓦拉合0.8米。

「你表哥萊蒙多今天夜裡不來嗎？」

「來不來和你有什麼關係？來蒙多完全可以和我們兩個一塊睡嘛。」

「對，這也是……他已經不是第一次弄得我們兩個精疲力竭了。」

「羅西克萊爾，閉上你的嘴，別那麼風騷。」

「我就應該是我，蒙齊婭。還有，我不願意聽到你叫我風騷娘兒們。」

「請原諒。」

羅西克萊爾和拉蒙娜一塊兒吃了晚飯，也在那兒待到很晚。

「夜都這麼深了，你還走呀？」

「沒關係；今天該輪到你和羅賓舒舒服服地過一夜了。」

「可是，你不想學點新東西嗎？」

「不想學。」

內戰期間，羅西克萊爾的父親曾在奧倫塞被遊過街，最後被律師堂赫蘇斯．曼薩內多殺害，這位律師以殺人著稱，誰也不會給自己的女兒起羅西克萊爾這樣的名字呀，玩火者必自焚；應該給女孩子起聖母、女聖徒那樣的名字，不要起世俗的、讓人捉摸不定的名字．羅西克萊爾、阿瑪內塞爾、奧羅拉⑯……對，奧羅拉還可以說得過去，亞特莫斯引拉、維納斯，太荒唐了！羅西克萊爾的父親當過銀行的出納員，這個可憐的男人，就是因為沒有心眼才被人殺害了。

「堂娜阿爾塞妮亞，您是不是認為事情像您說的那樣？」

拉薩羅·科德沙爾被殺害了，那是他倒楣，他輕信別人，對摩爾人不應該懷有一點信任，因為他們在感情和性格上都是狡猾的，誰也不知道殺害拉薩羅·科德沙爾的那個摩爾人叫什麼名字，當時前者在無花果樹下做愛，腦海中想著赤身裸體的阿德加，不過，這並沒有什麼關係。拉薩羅·科德沙爾很會用彈弓射石，百發百中。

「你大概射不中電線桿上的小鴿子吧？」

「射不中？」

拉薩羅·科德沙爾拿起彈弓，啪的一聲！電線桿上的小鴿子粉身碎骨，從空中散落下來。

「你大概射不中那隻黑貓吧？」

「射不中？」

拉薩羅·科德沙爾拿起彈弓，啪的一聲！黑貓兩眼冒金星，腦袋開了瓢。

「是不是魔鬼呀？」

「我想不是，這一帶很少有魔鬼。」

拉薩羅·科德沙爾被殺害時，那座山界就消失了，從那個不幸的日子開始，誰也看不見山界

---

⑯在西班牙語中，這三個字都有「黎明」之意。

了，我覺得山被移到很遠很遠的地方去了，也許移到了通向薩那布利亞路上的坎達和帕多爾內洛西處莊園那裡。在格魯斯．德爾．喬斯克，迎著拉薩羅．科德沙爾的面走上去的那個已婚男人沒有估算好距離，上帝喲，那個人怎麼如此厚顏無恥呀！當了烏龜，也不該那樣厚顏無恥呀，應該有禮貌，謹慎、順從，做一個有人格有風度的烏龜真不是件容易的事呀。

「我走我的路；請您閃開一點，我可不是來打架的。」

那個男人沒有躲開，當然囉，他被打傷以後，又被綑綁起來送回家裡，羞怯得擡不起頭來。蒙喬．雷克依索曾經和拉薩羅．科德沙爾一起在梅利利亞打過仗，但是他活著回來了，雖然腿瘸了，但保住了生命。

「我不知道那條腿哪裡去了，我想是被人扔掉了；我認為把人家的腿踞掉了，腿應該歸還本人，就是用大鹽醃起來也好呀，可以做為紀念物保存起來嘛。」

「懶蟲」蒙喬橫渡紅海時，他的一公一母兩隻信鴿死掉了；被治癒的小耶穌是隻充滿幻想的小鳥，很膽弱，只會傳送愛的信息，一把牠從島上帶走，便會悲痛死去，患感冒死去。盲人高登西奧做完彌回來時都快凍僵了。

「太冷了，阿奴霞西翁，這簡直是到世界末日了。」

「還沒有到那種地步，過來，躺在被窩裡，我馬上給你弄杯熱咖啡。」

雨已經下了兩百個日日夜夜，天得不到喘息，地得不到休息，塞克索的那隻母狐狸已經老了，並且患有風濕病，人們說牠活厭了，站在巢穴的出口處有氣無力地咳嗽。我若是像古人那樣會彈奏聖詩——現在已經沒有聖詩了——就可以每天下午以此消磨時光了，可是我不會。我若是像堂布雷希莫·法拉米尼亞斯那樣會彈奏班卓琴，也就用它消磨時光了，班卓琴不也是個很好的伴侶嗎，可是我不會彈。我只會吹風笛，站在樹下吹風笛也別有一番情趣，與此同時小伙子們歡快地叫喊著，姑娘時緊時慢地呼吸著，焦急地等待著甜蜜而令人勞神的夜晚到來。我不會彈奏聖詩，也不會彈奏班卓琴，又不能在房子裡吹奏風笛，只好每天下午找個人躺在床上幹那種髒事，有時單獨一個人，問題是我的腰彎不到那種程度，就差那麼一點點夠不到。可能誰也夠不到，我常常這樣安慰自己。貝妮希亞性格歡快，但是從來不知疲倦，也令人厭煩。貝妮希亞很會做蛋餅，她有兩隻栗子樣的奶頭，看著她煎蛋餅時把兩隻奶頭露在外邊，很是愜意。

「貝妮希亞。」

「什麼事？」

「把報紙遞給我，給我斟杯葡萄酒。」

「我馬上去。」

安德拉湖裡的青蛙要比加利西亞、萊昂、阿斯圖利亞斯、葡萄牙和卡斯蒂利亞的其他青蛙歷史古老；歷史如此悠久、身分如此顯貴的青蛙，在普羅旺斯的瓦爾河和圖盧羅爾河，在匈牙利的巴拉頓湖和愛爾蘭的蒂帕雷里，以及在沃特福德兩個郡的池塘裡，已經不復存在。我們的上帝耶穌源於白鴿，而他的聖潔之母源於百合花和純淨的兜帽。安德拉湖裡有一隻青蛙，名叫利奧爾塔，從牠派生出九個不同但又互為親戚的家庭，他們是：馬爾維一家、塞拉一家、塞加一家、法拉米尼亞斯一家、阿爾必德一家、貝拉一家、波多莫利克一家、雷克依索一家和列寶桑一家；人們把這一大群人統稱為古欣德人，他們如果齊心合力幹點什麼，沒有幹不成的。

看著貝妮希亞赤身露體地斟酒很有意思，那時雨點不停地從天上滴落到地上，滴落到痛苦、不幸、焦慮的心田上。

「把酒澆到你的奶頭上。」

「我才不幹那種事呢。」

據一五九五年威尼斯出版的聖篤會修士阿爾納多．維昂的作品《生命的十字架》稱，愛爾蘭阿馬主教聖馬拉吉亞在他的教皇大事記中明白無誤地說道，二〇五三年，如果上蒼願意的話，耶穌將回到人間：「人們將把安德拉湖淘乾，而代之以湖區被災難和瘟疫洗劫。當湖水完全枯竭以後，人們就要刨挖大地尋找礦產，乾枯的大地於是將被飢餓和死亡征服。」

我們這些古欣德人很喜歡在朝聖時打鬧，這有什麼不好！還喜歡在教堂前廳和公墓裡跳單人舞，有時手裡握著棍棒。我不會拉小提琴，不會吹琴，不會彈奏聖詩，也不會彈奏班卓琴，我只會吹風笛，真糟糕。高登西奧在帕羅恰那裡拉手風琴，拉華爾茲和進行曲，有時還拉一、兩首探戈曲，供別人消遣娛樂；但他就是不拉瑪祖卡曲《我親愛的瑪利亞娜》，這支瑪祖卡曲他只拉過兩次，一次是一九三六年「蠻子」死時；另一次是一九四〇年法比安·明蓋拉，即卡羅波·莫喬死時；除此之外，他再也沒有拉過。

「供顧客消遣娛樂？」

「我看是，高登西奧一直在用心鑽研樂譜。」

他的妹妹阿德加也拉手風琴，她拉波爾卡曲〈凡菲內特〉、〈我的愛〉和〈巴黎，巴黎〉。

「殺害我亡夫的那個死鬼活著時從來沒幹過正經事，您看見了他的下場。殺害我亡夫的那個死鬼不是古欣德人，但願上帝原諒我，他是外地人，這就是我們對流浪漢發善心的報應，如果他父親來要施捨，我們把他打個稀巴爛，就不會使給他吃飯的人流血喪命了；後來，事情被遺忘了，可是我還記得，在那一帶，人們談論得很多，所以應該把事情記在心裡。堂卡米羅，您是古欣德人，是古欣德人當然好，我的亡夫就是古欣德人，是古欣德人有好處。可是，這也要付出代價，不管你願意與否，那個男人死了以後依然是男人，我們女人留下來看著這個死人，把事情講給兒女們聽。我告訴您一件事，這件事所有人都知道了，而您還不知道，因為您不常到這邊來，不過，我已經說出一大半了，請您記住：我把殺害我亡夫的那個死鬼挖了出來，一天夜裡，我跑到卡爾瓦利尼奧公墓把那個死鬼偷了回來，把他拖回家裡，將腐肉切下來餵了豬，後來我宰了那頭豬，吃了肉，把前肘放在一邊，腦腸和頭放在另一邊，這樣一直吃到最後。古欣德人高興極了，他們沒有作聲，卡羅波兄弟生了疑心。但也沒有作聲，因為他們如果聲張的話，誰也不會理睬；這是上天的戒律，我認為他們遲早要離開這裡，有的已經走了，一些人去了瑞士，另一些人去了德國，我總覺得他們會死在天涯海角，被中國人吃掉。」

「還有莫喬吧？」

「他跑到什麼地方去了？」

婊子兒子的第四個特徵是情婦眾多，法比安．明蓋拉是一個令人讚嘆的美男子。法比安．明蓋拉這個在所到之處播種死亡的死鬼，至少和瘋婆托拉，也就是羅莎利婭．特拉蘇爾費，分文不花地同居了四年之久。他觸摸瘋婆托拉，即羅莎利婭．特拉蘇爾費的臀部，嘬她的奶頭，還打罵她，至少從一九三六年到一九四〇年期間他們住在一起，他是殺害「蠻子」、殺害阿德加亡夫、殺害另外十二、三個人的死鬼。

「你還是不作聲好，不然，我可能把你打發到那個我已經把另外一些人打發去的地方，他們沒有一個人得以回返，這一點你知道得很清楚。」

那個死鬼使羅莎利婭．特拉蘇爾費，即瘋婆托拉懷了三次孕，這三次她都去接生婆達密亞娜．歐塔利洛，即「洋姜」家裡打了胎，是用歐芹做的打胎藥。

「許多年來我一直想自食其力，不願意過妓女生活，我不想和婊子兒子生孩子。也許上帝總有一天會讓這種生活結束。」

羅莎利婭．特拉蘇爾費，即瘋婆托拉，總是這樣反覆述說著。

「他到處尋找我，這是實情，他走遍了他要去的地方。但是，我依然活著，並且把自己洗得乾乾淨淨，莫喬像死人的蛆蟲一樣，死人給這些蛆蟲提供食物和住房。」

馬爾科思．阿爾必德的輪椅好像一輛馬車，除了音樂以外一應俱全。

「我現在要重新油漆一下，那顆星星已經模糊不清了，但是鐵釘還能用得上，在我瘋了的時候，對我來說什麼都一樣，但是現在不同了，現在我要把東西弄得好看一些，就像上帝要求的那樣。綠色油漆好看，這我知道，但是乾了以後，就顯得遜色了。」

馬爾科斯．阿爾必德坐在輪椅裡很舒服，只是有點兒寂寞，對，誰都忍受不了寂寞，但是他很舒服，有的人則不舒服。

「我來畫個卡米羅聖神像，把那個『傢伙』畫得大大的，這樣，人們看到卡米羅聖神像時一定會驚愕。」

我們不得不用擔架把巴加涅依拉人玻利卡波從布里尼德洛擡回來，他手上的傷還沒好，被小野馬咬了以後又大病一場，現在還發高燒。

「燒得厲害嗎？」

「還好，不太厲害。」

那裡的馬爾維斯兄弟的媽媽羅莎．洛萊塞斯不讓他走。

「他身上流淌著我兒子一樣的血液，待在這裡沒有關係，但是讓他走山路，身體一定會吃不消。你們應該讓他至少睡上兩天。」

「好吧。」

我們這些馬場人，或者說古欣德人，分別住到了布里尼德洛、普謝多和塞拉，馬爾維斯兄弟住在他們的表兄弟家裡，玻利卡波也留在了那裡，西得朗·塞加德和他的後來失明了的小舅子高登西奧住在那獵人兼走私犯烏爾瓦諾·拉丁家裡，此人是斜眼，斜得比誰都厲害。

「西得朗，不要看他的臉，斜眼人不能理解正常人的感情。」

布雷希莫住到盲人佩貝尼奧·列吉亞斯的家裡，主人只收一個比塞塔的床位錢，馬爾科思·阿爾必德和蒙喬去了普謝多，住在拉烏倫蒂尼婭姐妹家裡，我和羅賓·列寶桑到了塞拉，看望我的親戚溫塞亞一家。

「你們兩個就住在這兒吧，房子很寬綽，留下來給我們做伴。」

溫塞亞兄弟和他們的母親住在一起，老母親多玲達已經一〇三歲了，她時時抱怨全身發冷，家裡的女僕熬製的咖啡酒比誰都好。

「那個女人叫什麼名字？」

「不知道，那個可憐的女人是個啞巴，當然囉，她不會告訴我們她叫什麼名字。她不是本地人，看她的長相像葡萄牙人，但或許也不是那裡的人，她沒有身分證明，和我們住在一起已經很久了，五十多年了，她從來不『說』別人的壞話，沒有損害過任何人。在村子裡，我們叫她啞巴，這不是綽號，她真是啞巴。」

啞巴熬製咖啡酒時很認真，您如果願意的話，請記下來。在沙鍋裡加入下面這些東西：一鍋醇香的蒲萄燒酒，兩磅烤熟的咖啡豆，四磅冰糖，兩把核桃，當然囉，要剝了皮的，還要用手掰碎些，以更充分利用其營養成分，另外加進兩隻苦味桔的果皮。以後，用一根榛木棒不停地攪動兩個星期，天亮時順時針攪動一百次，天黑時逆時針攪動一百次；最後粗包裝紙過濾，裝瓶，並且至少存放一年。有的人把酒裝在大口瓶裡，用蠟封嚴，也有的人根本不過濾，逕直裝在櫟木大桶裡讓其醇熟。每當我和羅賓咂著舌頭喝酒時，啞巴都露出一副異常興奮的表情；人們說，啞巴一高興就禁不住放幾個長長的響屁，很有意思。

洛利妮亞．莫斯克索．羅德里蓋斯，即巴爾多梅羅．加莫索的妻子，對了，巴爾多梅羅．加莫索就是巴爾多梅羅．馬爾維斯．淵德拉或費爾南德斯，外號叫「蠻子」，她帶著五個活蹦亂跳的孩子，好像她給他們的臉上抹了油似的，一個個油光閃亮。然而，羅莎．羅孔即「魔鬼」塔尼斯的妻子的五個孩子，則屁股露在外邊，嘴唇上掛著兩道鼻涕，上帝的創造物情況不一，茴芹酒也不是白喝的。

「你想喝杯茴芹酒嗎？」

「已經到吃飯的時候了？」

路阿維拉依奧斯人切洛．多明戈斯，也就是幸運的聖卡拉亞斯副主教羅克的妻子，在這個苦難深重的塵世上受盡了煎熬。

「切洛，你別唉聲嘆氣的，有了總比沒有好些。」

「人們都那麼說。」

切洛·多明戈斯很會幹廚房的活，她製作的腌肉餅美不勝收，一隻肘子，她剁成三、四塊，燉煮之前放在炭火上烤黃，還有雜碎，當然是牛雜碎而不是羊雜碎，羊頭羊排，這些都是她的拿手好菜。

「日本人嫉妒心很強，您說是嗎？」

「問我這個幹什麼？」

「不幹什麼，我聽人家這麼說。」

堂貝尼格諾·波多莫利克·圖彼斯蓋多整天嘮叨說他能活一百歲，可是九十歲上就死了，他喝的葡萄酒多得身體都盛不下了。

「您不是說誰也沒有看見他喝醉過嗎？」

「那種事還用我說呀？大家都看見他喝醉過，他喝酒從不避人。您別聽別人那一套。」

雖然堂貝尼格諾最後幾年有些駝背，但一直像個英武的兵士。

「『鴨子』！」

「您吩咐吧，堂貝尼格諾！」

「你站到爐架上，不烤得流油別下來。」

「是，先生。」

「鴨子」路易西尼奧．博塞洛像頭閹過的牲口那樣順從聽話，往他身上發洩憤怒再好不過了。

「『鴨子』！」

「您吩咐吧，堂貝尼格諾！」

「把褲子脫下來，我要在你屁股上打兩棍子。」

「是，先生。」

「鴨子」路易尼西奧．博塞洛在神學院時，夥伴們都往他的床鋪上撒尿，他因此常常著涼。

「『鴨子』！」

「您吩咐吧，堂貝尼格諾！」

「你給夫人送麵包和水了嗎？」

赫歐希娜，即「懶蟲」、瘸子蒙喬的表姐，她的第二個丈夫也奄奄一息了。

「得早一些下手，我已經不年輕了，住在這窮鄉僻壤總得有個男人呀。我們女人，儘管一而再，再而三地喪夫守寡，但絕不應該孤單單地一個人過日子。」

蒙喬總是懷著親切的感情談起赫歐希娜的母親，也就是他的姨媽米卡挨拉。

「她一直對我很好，我小時候，每天夜裡她都逗我；以前，家庭比現在要和睦得多。」

阿德拉和赫歐希娜是親生姐妹，但是除了嗜酒好煙和愛睡行軍床外，沒有絲毫相似的地方。

「女人就為這些活著呀？」

「當然囉，我們生活在這個世界上，絕不是為了傳宗接代。」

阿德拉和赫歐希娜很想讓拉蒙娜小姐在唱機上放卡洛斯·加爾德爾的探戈曲：《桃花》、《郊外的旋律》、《下山去》。

「我多麼希望變成男人，和女人跳探戈呀！」

「別胡思亂想了！」

前一年的一天晚上，阿德拉和赫歐希娜與拉蒙娜小姐、羅西克萊爾跳了探戈。

「我可以脫掉連衣裙嗎？」

「隨你便！」

我的姨媽薩爾瓦多拉，即卡山杜爾費人萊蒙多的母親，孤身一人住在馬德里，對村子裡的事，什麼都不想知道。

「連親戚家裡的情況也不想知道？」

在我媽媽的族系上我還有三個姨媽和一個舅舅，他們是薩爾瓦多拉姨媽、格列托舅舅，他們的配偶都先後死去了，赫蘇莎姨媽和埃米莉塔姨媽仍然單身。格列托舅舅一有空就彈奏樂器，或者說他一個人就是一支爵士樂隊。

「可是，他多大年紀了？」

「不知道，七十六、七歲或者七十六、九歲吧。」

赫蘇莎姨媽和埃米莉塔姨媽把時間都花在祈禱、議論是非和撒尿上，她們兩個小便失禁。赫蘇莎姨媽和埃米莉塔姨媽不和格列托舅舅說話，對了，不是不說話，而是她們討厭他，恨他，恨得要命，她們從不掩飾這一點。

「最好男人都上吊死了。格列托每天就知道彈呀拉呀，我們一刻也不得安寧，他有意不讓我們安寧！他明明知道我們有頭痛病！」

我有兩個姨媽和舅舅住在同一幢房子裡，姨媽住在比較潮濕的樓下，舅舅住在比較乾燥的樓上。格列托舅舅厭倦時就嘔吐，他把指頭放到嘴裡，把腸子吐到臉盆裡或立櫃後面，聽說他把吐腸子當做一大樂趣。格列托蜜月之遊去了巴黎，一到那兒，妻子就病倒了，他把她送到醫院裡，說看到病人就噁心，他是從領事的信中得知自己已成經成了鰥夫的。

「可憐的洛爾德斯沒有活多久，那是實情，可是，不管怎麼說，我盡了我的力，我把她送到一家很好的醫院裡，並且預付了各種費用，包括葬禮，都是她的命不好。」

我的外祖父母在經濟上很有些地位，開皮革廠和棺材廠，棺材廠是製造地獄用品的地方，然而我的姨媽和舅舅把遺產都揮霍了，現在窮得分文沒有，過著朝不保夕的生活。

「我不知道什麼最糟糕，是飢餓還是骯髒；男人們寧願骯髒，而我們女人寧願挨餓，也許有的妓女不這樣。」

在教堂司事的葡萄園裡吊死的那些母獸一天比一天難看，漸漸腐爛了。馬爾蒂尼亞村的瘋婆子一邊吃榛子，一邊把奶頭掏出來給那個死去的狐狸精看。

「滾開，瘋婆子，你一個人犯的罪惡比所多瑪⑰和蛾摩拉⑱加在一起還多！把你那東西收回去，向我的耶穌請求饒恕吧，你這麼淫亂，真該受到譴責！」

一天，教堂司事用石塊擊中了卡塔利娜·巴茵特兩隻奶頭中間的部位，她口吐鮮血；教堂司事笑得死去活來。

「我的上帝，打得太準了！差一點打穿她的肺葉！」

馬爾蒂尼亞村的瘋婆卡塔利娜·巴茵特跳進路西奧·莫羅磨坊的池塘裡，她像一頭失群的孤羊，像天使一樣的沒有任何原罪的羔羊。

「水涼不涼？」

---

⑰據《聖經》稱，所多瑪是約旦河谷地的古城。由於居民作惡、淫亂，被神毀滅。只有羅得及其女兒得到天使指點，才得以逃生。羅得的妻子不聽天使的話，變成了鹽柱。

⑱據《聖經》稱，蛾摩拉是巴勒斯坦的古城，和所多瑪一起毀於天火。

「不涼，先生；不太涼。」

如果看到一群蒼蠅飛過來，你就會知道：布西尼奧斯的聖米格爾教堂神父一定在蒼蠅中間，他身上的肉大概比蜜餞還甜。

「多洛雷斯。」

「聽您吩咐，堂梅列希爾多。」

「這酒簡直變成酸醋了，你喝了吧。」

「是，先生。」

多洛雷斯擡起臂肘，毫不猶豫地一飲而盡。多洛雷斯只有一隻胳臂，喝醉了便保持不住身體的平衡。

「有些日子她一直斜著身子，據說是她的身體一邊輕另一邊重。」

堂梅列希爾多以那個「傢伙」巨大和堅挺而遠近聞名；他如果不當神父的話，完全可以在朝聖時向信徒講述他的幸福經歷，並以此謀生。

「先生們，女士們，請進來看看耶穌大敵的這個地地道道的器官，請原諒，我說它是伊比利亞半島上最大的器官！諸位請不要擁擠，大家都可以進去，那東西不會隨著時間的推移而變小的！」

不過，當然了，出於對眾人的尊重，有些事情神父是不能做的。

「多洛雷斯。」

「聽您吩咐，堂梅列希爾多。」

「這些蘋果都爛了，你吃了吧。」

「是，先生。」

「你再給我送爛蘋果，我就統統塞到你屁股裡。」

「是，先生。」

羅馬尼亞的卡洛爾國王訪問貝爾格萊德，王儲米格爾陪同。

堂貝尼格諾的溫順男僕路易西尼奧．博塞洛和聖米格爾教堂神父家裡的女傭多洛雷斯是這樣兩個人物，好像是生活在斥責聲中，一隻憤怒的手，比鐵鉤還鋒利的手，比馬蹄還厲害的手，時刻懸在他們頭上，說不定什麼時候打將下來，降服他們。

「馬蹄應該踢在小肚子上吧？」

「往要害地方上踢！」

我要在紙上記下來，我得向科魯尼亞表兄再要些雪茄送給馬爾科思．阿爾必德，做為對那座卡米羅聖神像的報答，神像很可能成為一件藝術珍品。去蘇列斯馬場時，我和馬爾科思．阿爾必德之間你我相稱，後來戰爭爆發了，發生了一些事，再加上沒有處理好，現在時而以「你」，時而以「您」相稱，在眾人面前，我們以「您」相稱，我以「你」稱呼他要比他用「你」稱呼我的時候多。我一定記住向科魯尼亞表兄再要些雪茄，馬爾科思·阿爾必德是個好青年，他坐在輪椅裡一定很厭煩。

「小星星已經看不清了，我得重新油漆一下；綠色油漆好，人們都這麼說，但是，和別種顏色的油漆一樣很容易褪色，還得漆一遍。」

唱機比留聲機好，豪華而更現代化，唱機沒有喇叭，聲音是從四周的細孔傳出來的。羅西克萊爾有幾位阿根廷親戚，他們把唱機叫做「自動唱機」，手搖唱機要比留聲機更古老。卡山杜爾費人萊蒙多送給我表妹的唱機是「奧德昂」牌「卡德特」型的。如果想聽激蕩靈魂的音樂，比如蕭邦的波蘭舞曲《明月，為埃莉莎升起》，還是鋼琴好；然而如果聽令人煩惱、半瘋半癲的音樂，則應該用唱機，這樣聽起來更神秘，更激蕩情感。要是聽《風帆華爾滋》這類稱不上「陽春白雪」的音樂，鋼琴和唱機的效果便是一樣的。那架鋼琴很小，瘢瘡木框架，象牙鍵盤，是拉蒙娜小姐從她母親手上繼承下來的。她很喜歡彈鋼琴，並且彈得很有風格。去年冬天的一個傍晚，拉蒙娜小姐對羅西克萊爾說，她們兩個在一起跳舞已經跳厭了。

「別和那個猴子逗著玩，逗著玩是開心，不過會使人背運，再說它也有病。」

「可憐的赫列米亞斯！」

拉蒙娜小姐的鋼琴是「克拉梅爾」牌的，有兩個銀製蠟臺，那是裝飾物；以前人們的生活比現在好。

「當然咯，不過，以前人們也是要死的。」

「這一點我倒不那麼有把握。」

羅賓．列寶桑常常給羅西克萊爾送些精製的巧克力去。

「收下吧，把你那兩隻奶頭保養得硬硬的，硬奶頭能激起我的性慾。」

「住嘴，豬玀！」

羅賓．列寶桑經常把詩集借給拉蒙娜小姐。羅莎利婭寫〈沙爾河畔〉時已經住到了馬坦薩那裡，在西火車站那裡，離烏利亞河很近。〈沙爾河畔〉是用正統西班牙文寫成的，而〈新的角鬪〉則是用加利西亞文，這兩首詩都很優美，有靈感。〈沙爾河畔〉是羅莎利婭死前不久發表的，她活得不長，還不到五十歲。羅賓．列寶桑估計羅莎利婭像書上所說的，不是生在聖地牙哥，而是生在帕特隆，她生下不久就被抱走了，說是為了減輕那位禮神父汚辱了的母親的痛苦；如果人們知道，隨著時間的推移那個小姑娘將成為國內最偉人的詩人，也許不會那麼匆匆行事、魯莽無禮了；她險些被置於死地。

「都是蠢驢！」

「唉，以前也發生過這種事兒。」

羅賓．列寶桑認為羅莎利婭和貝克爾有過愛情關係，但是他沒有掌握真憑實據。貝克爾和羅莎利婭的年齡差不多，但是死得早一些，他們兩個人的身體都不好。拉蒙娜小姐很喜歡〈我的故鄉風情〉那首詩，那是古羅斯⑲的作品，他是塞拉諾瓦人，去蘇列斯經過那裡，他是羅賓的叔伯爺爺。

「也許你就是由此對讀書產生興趣的吧。」

「就算這樣吧！」

堂拉蒙．卡瓦尼亞斯的〈海風〉寫得非常優美；堂拉蒙．卡瓦尼亞斯是亞羅薩河口附近的坎巴多斯人，身體很好，那時我們已經進入二〇世紀中葉，我很高興，因為詩人越來越少了，現在詩人也不如足球運動員和軍人多。羅西克萊也喜歡詩，儘管不那麼強烈。卡山杜爾費人萊蒙多一邊刮鬍子，一邊吟唱〈神聖的心〉。

「你就會這麼一首詩？」

「你為什麼這樣問呀？」

「不為什麼……」

勞科酒店的雜碎很有味道，比墨斗魚烹調得好。萊蒙多和我們的表妹只有一起旅行時才睡在一起，復活節期間他們去了里斯本；萊蒙多去看望我們的表妹時，總是給她帶去一棵白色茶花。

「喂，蒙齊婭，我是要讓你看到我瞭解你的愛好，永遠不忘記你。」

---

⑲古羅斯（1851～1908），西班牙詩人。

對羅克西萊爾，萊蒙多卻只贈送精製的巧克力，對每個人要贈送各自喜歡的東西。被稱為莫喬的法比安．明蓋拉總是在芬科酒館裡打牌；卡羅波兄弟每局都輸得很慘，額頭上那塊豬皮印記皺起來，滿嘴血口噴人，加莫索兄弟的父親「兜肚」一直這麼說，輸者自毀；也就是說，輸得越多，自毀得越慘，或者說，不是掉到水溝裡把腦袋摔成兩半，就是在薩古梅依拉山野狼活動的地方或其他地方被人往腹部捅一刀。萊蒙多喜歡騎馬逛山，如果雨下得不大，上午便和拉蒙娜小姐一塊兒散步；我們表妹的坐騎「卡魯索」雖然很老了，但還能堅持得住。

「瘋婆托拉能和薩古梅依拉山的野狼幹那種髒事嗎？」

「我的天，你想到哪兒去了！」

那個外鄉人看到被稱為莫喬的卡羅波兄弟背後沒有一個人。婊子兒子的第五個特徵在手上，雙手柔軟、潮濕、冰冷，法比安．明蓋拉的手好像沾過口水一樣。

「我本不願意擡高聲音說話，但是您如果不把輸的錢付給我的話，我就把您的嘴巴撕成兩半。」

勞科酒館的那隻貓沒有名字，老闆娘只說一聲「小貓」，牠就知道是叫牠。在莫喬往外掏錢時，那個外鄉人撫摸著小貓，但眼睛並不看牠。

「把錢放在桌子上，我有興趣時再來拿。」

莫喬忍氣吞聲，因為沒有一個人出來站在他那邊，他得不到保護，也外配外人保護。法比安．明蓋拉，或者叫莫喬，像卡羅波的每一個兄弟一樣是坐著幹活的，「鞋匠兒」不騎馬也不耕田。莫喬是裁縫，兼賣些小百貨，線軸呀，膠木鈕扣、金鈕扣呀，棉織襪子呀，手帕什麼的，卡羅波兄弟不是本地人，鬼知道他們是從什麼地方冒出來的。

「把錢放在大家都能看得清的地方，比索呀，比塞塔呀，帕塔卡[20]，讓大家看得見，放好錢，您就請便吧。老闆娘，把酒端上來，我是說這不麻煩的話，我不想麻煩任何人。」

每到星期天，莫喬都用「歐美嘉」牌髮膠把頭髮梳理得光潔油亮，戴上閃光的綠色蝴蝶領結，綢手帕用別針固定在衣兜上，不讓別人偷去。

「看他打扮得像個人似的！」

「我也這麼看，這種人真討厭。」

婊子兒子的第六個特徵是從來不正面看人看東西，法比安．明蓋拉就是在黑暗的地方也不正面看人。拉蒙娜小姐的鸚鵡比任何人都老朽，拉蒙娜小姐的鸚鵡吃花生，念誦「神聖念珠」的連禱，萬能的聖母喲，為我們祈禱吧，仁慈的聖母喲，為我們祈禱吧，忠誠的聖母喲，為我們祈禱吧，聖母這個詞兒用得太多了，這如同把修女請到家裡來訓教步入歧途的姑娘走上正路。拉蒙娜小姐有四個傭人：布芬利奧．多亞德，八十二歲，是坎波桑科斯人；安東尼奧．維加德卡波，八

[20]均為錢幣名。

十一歲，森列人；普利妮亞·科萊克，八十四歲，巴尼奧斯·德·莫爾加斯人；還有莎貝拉·索拉辛，七十九歲，聖克里斯朵瓦爾·德·塞亞人。那隻鸚鵡比最年長的傭人年齡還大，在那裡，誰都不死。謹慎的聖母喲，為我們祈禱吧，尊敬的聖母喲，為我們祈禱吧，宣講布道的聖母喲，為我們祈禱吧，這裡的聖母多得簡直不可勝數，這如同把耶穌教士請來訓教艮家的紈褲子弟。拉蒙娜小姐的四個傭人半聾半瞎，有的嚴重些，有的輕微些，還患有哮喘病和風濕症，而且每個人的病情都差不多；實際上，他們都已經成了廢物，但是總不能把他們都扔到油鍋裡炸了，也不能餵野狼，或是讓毒虱吃掉。

「這是慈善人應該背的包袱，我早就知道這一點；一想到在喪失殖民地之前，這些老廢物胸部的心臟曾經為愛情劇烈跳動過，我就感到痛心，真是活見鬼！鸚鵡從古巴帶到這裡時就已經很老了，我不知道牠是怎麼樣適應這裡的氣候的。」

阿德加記錄著死人的數目，總得有人記錄死神不停地砍殺了多少生命。

「彼杜埃依羅斯大笨蛋不是自己上吊自殺的，而是被人做為試驗品吊死的，但不是有意吊死他的，只是失手所致；魔鬼有時也使人無意識地吊死人，這一切都應該歸罪於命不好，彼杜埃依羅斯大笨蛋是做為試驗品被吊死的，是開玩笑時被吊死的，但他真的死去了，聽說是一時失手使他喪了命。」

人們開玩笑把羅克·加莫索稱做克梅沙尼修士，彼杜埃依羅斯也是開玩笑時吊死的，死後立即被埋葬了，法院書記員不知道在檔案上如何記這一事件。

「怎麼寫呀？」

「隨便寫點什麼好了。只不過是一樁不幸的事件，可憐的大笨蛋總是遇到倒楣事、不幸事，有的人生得逢時，有的人則生不逢時，這就是事情的全部。」

布西尼奧斯的聖米格爾教堂神父堂梅列希爾多·阿格列克山·芬特依拉為他的兒子彼杜埃依羅斯大笨蛋安排了三場彌撒，但是他沒有告訴任何人為什麼要做彌撒。

切洛·多明戈斯給他的丈夫羅克·加莫索生了六個兒子。

「幾個兒子和他們的爸爸一樣吧？」

「當然了，有其父必有其子。」

切洛把幾個兒子都收拾得乾淨淨，她為有這樣的兒子感到驕傲。

「再說，我有充分的理由感到驕傲，難得女人有七個這樣的男子漢守在自己身邊，看到羅克和幾個兒子，我心中有說不出的高興。」

格列托舅舅的妻子洛爾德斯舅媽很快就死去了，連蜜月都沒有度完。洛爾德斯死在巴黎，因為法國人很少洗臉，於是把天花傳給了她；阿德拉認為並不是這種病把她送進墳墓的。

「那是根本不可能的，因為洛爾德斯小姐，但願她安息，是出生在閏年，誰都知道閏年出生的人不會得天花。」

「但是，你說的那是規律嗎？」

「我敢肯定是規律。」

格列托舅舅把洛爾德斯舅媽丟在半路而自己隻身回來時，當時還活著的外祖父母傷心極了。

「可憐的洛爾德斯，真讓格列托傷透了心！洛爾德斯不是什麼了不起的女人，那是實情，但是，她完全可以多活幾年。我們這兒的工廠本來可以給她造一副棺材，兒子的媳婦死了應該有棺材嘛，核桃木的英式一號棺材，並且鑲嵌上青銅，保護好邊角。可憐的洛爾德斯喲！這麼年輕就被上帝召去了！」

洛爾德斯舅媽被埋在一個很普通的墓穴裡，因為格列托舅舅支付了葬禮的費用，不過沒有定下墓穴的位置，法國人是很看重這一點的，領事說這和格列托舅舅沒有什麼關係；一個人死在國外，總有關照不周的地方，不瞭解人家的風俗習慣嘛。」

「法國人信天主教吧？」

「對，信天主教，我看他們是信天主教，當然囉，他們是按他們自己的方式信天主教的；只有英國人和德國人信奉新教。」

「這我知道。」

加莫索的兩個孿生兄弟，「玉米穗」塞萊斯蒂諾是獵手，「耗子」賽費利諾是漁夫，他們分別在塔博亞德拉的聖米格爾教堂和卡瓦耶達的聖瑪利亞教堂當神父，這後一座教堂隸屬皮尼奧爾地區管轄；「耗子」以前曾經在薩佩亞烏斯的聖亞得里安教堂供職，那裡隸屬拉依里茲·德·維加地區，即大名鼎鼎的游擊隊領導人「大墨斑」塞爾索·馬西爾德的家鄉，這個人一直在游擊隊裡活動，一九四八年誤入埋伏圈，從而全軍覆沒。這支游擊隊和埃斯特萬·科爾蒂沙斯領導的游擊隊毫無聯繫，後者以置辦捕魚汽艇為業，兼任長槍黨莫爾加多斯地方的頭目，一九四六年在莫爾加多斯被抵抗戰士擊斃。「大墨斑」和外號叫佛塞利亞斯的貝尼格諾·加西亞·安特拉德，在奧爾德內斯一帶也打過游擊，佛塞利亞斯是第四縱隊司令，一九五一年他在科魯尼亞遭到重創。「耗子」每個月的第一個和第三個星期二都去看同貝妮希亞，這是雷打不動的規定；貝妮希亞很會做愛，但她是一個受人尊敬的女人，她總是以「您」稱呼「耗子」，對了，以「您」稱呼塞費利諾，分手時，她總要吻一下他的手。

「堂塞費利諾，您走好啊，滿足了吧？」

「滿足了，親愛的，上帝會報答你的，我滿足極了。」

神父也是上帝的造物，他們和蜘蛛、鮮花以及歡跳著離開校園的女孩一樣，上帝知道怎樣饒恕人們的罪惡。

「堂塞費利諾，快點！別離開我！哎呀，哎呀！」

貝妮希亞有一雙碧藍的眼睛，奶頭像栗子那樣大，貝妮希亞不識字，然而她憑藉那顆機靈的腦袋安排生活中的一切：愛情和煩惱，生與死，好與惡，總之，一切的一切。卡山杜爾費人萊蒙多的床上功夫要比「耗子」過硬，據說他上過大學，這一點可以看出來：他在聖地牙哥上學時，曾在彭巴爾、瑪卡娜、葡萄牙女人和洛拉大媽等幾家妓院學得好多技巧，應該說他有了良好的訓練。「耗子」是漁夫，常常給貝妮希亞送去一、兩條鱒魚。

「喂，咱們完了事……對了，你該會理解我的意思吧……去把這兩條魚炸了，你一條，我一條。」

「好，堂塞費利諾，聽您吩咐。」

「玉米穗」是獵手，「玉米穗」渴了時，去別的飲水槽喝水。

「費娜。」

「堂塞萊斯蒂諾，聽您吩咐。」

「我給你帶來一隻兔子。咱們明天晚上一塊吃吧。」

「堂塞萊斯蒂諾，我現在正來月經。」

「那有什麼關係，我在你眼裡不是一個重要人物。」

費娜是寡婦，膚色黝黑，婀娜多姿；費娜三十歲或三十二歲的樣子，她是蓬特韋德拉人，風騷淫蕩，她在那裡已經定居了一段時，她一來便住了下來；大家叫她蓬特韋德拉女人，也叫她母豬瑪利尼婭，誰也不知道為什麼這麼稱呼她。

「喂，把你的騷勁兒拿出來呀！」

「好吧。」

人們都說費娜在盛怒之下殺了丈夫，但那不是實情，當烏龜的丈夫比雄獅還凶猛。費娜一直對神父懷有特殊的興趣，據說她有這種癖好：每當看到個不甚年長的神父，便欣喜若狂。

「他們是真正的男人，另外，他們從來不知道疲倦，渾身有使不完的勁兒，和他們在一起，太讓人高興了。」

費娜並不像貝妮希亞尊重堂塞費利諾那樣尊重堂塞萊斯蒂諾，她也以「您」稱呼他，可是並不經常這樣，激動的時候便忘記了。

「可是，你這個混球，都是你把我刺激起來的……請原諒堂塞萊斯蒂諾，上帝會饒恕我的，我快喘不過氣來了。」

牛車沿著土路滾動，車軸發出的刺耳的旋律誰也學不會，那旋律告知死神趕快逃走，山狼嗥，野豬叫，但是大地毫無懼色，它好像處處是膽。

「滿足了吧？」

細細的雨滴把信念、希望和仁愛帶給玉米和黑麥，帶給美德和與其相伴的惡習，有時也單單帶給惡習，帶給溫順的奶牛和山狐，細細的雨滴也許根本沒有攜帶信念、希望和仁愛，這誰也不知道，誰也沒有注意這一點，細雨不停地下著，世界繼續旋轉：一個男人放高利貸，一個女人用一隻死兔磨擦陰部，一個小男孩吃青澤李撐死，羅賓．列寶桑送精製巧克力給羅西克萊爾，羅西克萊爾總是逗引那個名叫赫列米亞斯的淘氣猴子，一個小女孩被馬踢死，阿基米德說過給我一個支點那類的話，等等。細雨不緊不慢地下著，雨滴懶洋洋地澆在世界上，山界那一邊已經一無所有，當拉薩羅．科德沙爾在摩爾人居住的地區被殺害以後，我們上帝就把一切都抹掉了。費娜的亡夫叫安東．貢蒂米爾，他身體一直不好，整天無精打采，病恙恙的，另外，他說話口吃得很厲害，費很大勁兒才能講出一句話來。費娜冷眼對待他，恥笑他，她不該這樣做。

「我是要讓你知道你像個大傻蛋；人家方濟各會的修士比你胖多了，至少有你兩個重。他的知識不多，這是實情，誰也不是生來就什麼都會的，可是人家愛學習呀。」

安東把臉脹得通紅，狠狠地打了一棍子，正好打在胸骨上；為了回報，她操起鍋來，劈頭砸過去。

「你真有狗膽呀，鬼烏龜！」

費娜走開了，她擡起一側臀部，好像要放屁似的，她的腳步很重，啪的一聲關上了門，多凶呀！

「你如果願意，得親自來請我。」

拉蒙娜小姐的家在梅索斯．德．萊依諾村外，如果從拉林方向來，則在馬路的左側。梅索斯．德．萊依諾是一個新居民點。先前，人們把這個居民點叫做索斯．德．莫列，因為建設薩莫拉至聖地牙哥幹線公路，即五二五號公路時，首先來此造房開店的人都是鄰村莫列的人，莫列也隸屬皮尼奧爾地區，如果朝卡斯蒂利亞方向走，它則坐落在公路的右側。梅索斯·德·萊依諾這個名字是後來起的，它和天堂王國[21]、加利西亞王國和西班牙王國毫無關係，它之所以叫這個名字，是因為當地一位最殷實的商人名叫何塞·布朗科·加利西亞，外號叫堂何塞·德·萊依諾。拉蒙娜小姐的家不算古老的望族，其家史大概不會超過兩百年，然而卻很有聲望，很神秘，在那裡發生過許多愛情故事、瘟疫和災禍。拉蒙娜小姐的家很顯赫，至少在當地是如此，而在顯赫的家庭裡，總是發生不幸的事端。拉蒙娜小姐的母親在阿斯內羅斯河淹死了，這條河根本沒有多少水，壓根兒沒人知道她淹死是有意還是無意。拉蒙娜小姐的長滿桂樹和繡球的花園一直伸延到河邊，那裡很容易滑倒和失腳；有時，池塘裡的兩隻天鵝，即羅慕洛和雷莫，也跑到河裡去，人們都說是天鵝帶回了厄運。費娜的丈夫安東在奧倫塞站被火車軋死，當時有許多人在場。

「怎麼沒來得及躲開呀？」

「我怎麼知道？那個可憐男人做事從來不動腦子。」

在丈夫還活著的時候，費娜就已經給堂塞萊斯蒂諾用野兔烹製佳肴了。費娜總是盡力使神父們高興，讓他們體會到她多麼和藹可親。我母親的家，對了，現在是我舅舅和姨媽的家，在阿爾瓦羅納，即聖胡安·德·巴蘭教區。格列托舅舅不睡覺時便彈琴作樂，喝老窖白酒，他喝的酒全

---

[21] 在西班牙文中，「萊依諾」有「王國」之意。

是從芬科酒館賒來的，有錢時才還帳。赫蘇莎姨媽和埃米莉塔姨媽不祈禱時，便喃喃自語。

「她們的小便情況怎麼樣？」

「哎呀呀，太可怕了！赫蘇莎姨媽和埃米莉塔姨媽至少有二十年的小便失禁史了。」

我覺得洛爾德斯舅媽埋在巴黎是她的福分，說實在的，我不知道為什麼總是這麼想；我的外祖父母卻說，她死也應該死在加利西亞。

「這件事無關緊要，這是顯而易見的，可是其他事也並非很重要，但多少還留在人們的記憶裡。您應該知道，法國人把死人裝在什麼樣的棺材裡！大概是用石頭一樣堅硬的纖維紙做成的！」

赫蘇莎姨媽和埃米莉塔姨媽除了詢問哥哥格列托是否按照宗教禮儀舉行了葬禮以外，從來不跟他說一句話。

「去你們的吧！我怎麼做，是我的自由。」

「老天爺，怎麼這樣說話呀！」

赫蘇莎姨媽和埃米莉塔姨媽每次和他相遇時，都把眼睛移向一邊，格列托舅舅則打響口哨，成心氣她們。

「唉，上帝喲，上帝喲！我們到底做了什麼缺德的事，要背上這麼個十字架呀！」

我的舅舅和姨媽互不講話，他們曾經為了各自應該在公墓佔據什麼位置爭吵過一次，最後竟然惡語相傷，雖然沒有高聲吵罵，出言不遜卻是實情。格列托舅舅把姨媽氣惱以後，還對她們放了一個大屁，一個簡直能把人熏倒的響屁，赫蘇莎姨媽和埃米莉塔姨媽放聲哭了起來。

「世界是不是到了末日？」

「我看是到了。」

格列托舅舅彈琴，他的琴彈得相當好，並且時而用口哨，時而哼唱助興，格列托舅舅不懼怕孤寂，琴絃幫助他驅走寂寞帶來的痛苦。赫蘇莎姨媽和埃米莉塔姨媽下午一定要吃些薄脆之類的小點心，這種食品很便宜，而且十分可口。法比安·明蓋拉，即莫喬，不能走進下面這些人家的家門：我舅舅和姨媽的家，拉蒙娜小姐的家，萊蒙多的家，某個古欣德的家；即使不發生什麼事——其實發生了許多事，也最好還是不進去，待在外邊。這並非因為他是外鄉人，他輸牌時讓他把錢放在桌子上的那個漢子才是外鄉人呢，誰也沒有強迫他忍氣吞聲，更沒有把他趕到門外；在這裡不會發生任何針對外鄉人的事情。婊子兒子的第七個特徵是說話時操著笛子一樣的聲音，法比安·明蓋拉就是用笛子的最高音說話的，高得和修女們誦唱教義時的聲音一樣。堂赫蘇斯·曼薩內多雖然很有才華，但他是一個臭名昭張的殺人兇手；他現在很可能在地獄裡被烈火永遠永遠燒烤著，阿門。堂赫蘇斯是死在床上的，對，他死在床上，可是身體腐爛，渾身散發著臭味，兒子們都離得遠遠的，實在忍受不了那股味，一個個在手帕上灑滿香水，堂赫蘇斯死時不但感受到肉體痛苦，靈魂也十分內疚。上帝無情地懲罰了他，雖然沒有使用棍棒。莫喬呀，連屍首都沒有留下來，當然談不上保存了。

「冷不冷？」

「不太冷，哪一天早上都比今天冷。」

貝妮希亞是架生產熱能的機器，有她陪伴在旁，你會感到無限快樂，你聽著，我來告訴你：正因為我們都喜歡你，看到你既不會拉小提琴也不會吹口琴才高興呢，貝妮希亞像一盤石磨，從不停歇。

「把那張報紙遞給我，好嗎？」

「要報紙幹什麼？」

「真的，我都看過了。」

貝妮希亞像個剛剛生過崽子的母狼那樣甜蜜，她喜歡為大家做好事。

「床上給我留出位子，好嗎？」

「好的。」

貝妮希亞能夠憋著氣不呼吸，可以堅持一分鐘，真怪。你應該憋著氣，把她當做死人那樣爬上去，死人的身體冰冷，而她不然，全身像火一樣燃燒著；等她突然甦醒過來，比任何人都急促地大口喘氣時，便奔騰起來，能顛散你的骨架，啃咬你的脖頸，你一定要注意。

「把窗簾拉上，我想睡一會兒。」

拉蒙娜小姐小的時候被帶去洗過海水浴，因為她的膚色很難看，那是在坎巴多斯，即阿羅薩河口附近。她有表哥表妹住在那裡，他們姓門德斯·科塔巴，她的表哥表妹很多，都很熱情親切。九個表哥很淘氣，整天捉螃蟹玩，他們吃著麵包加牛奶。兩個孿生的小表妹，梅塞斯德和貝婭特利茲，梳著長辮，戴小眼鏡，兩個人都很頑皮，有時爬到房頂上亂跑亂跳，沒人管她們。

「管她們幹什麼？你怎麼推，那兩個小女孩也不會掉下來。」

在坎巴多斯，海水漲潮和退潮至少有三米，甚至四米之差。海水退下去時，漁夫們站在淤泥裡，周圍滿是活螃蟹、覓食的海鷗和死貓，幾乎每次都有一、兩隻死雞。多明戈斯寡婦的後代就住在坎巴多斯海邊的「古巴珍珠」酒館裡；老闆娘堂娜皮拉爾對她很好。那時，他們總把拉蒙娜小姐叫做蒙齊妮亞，現在很少叫這個綽號了。每天早晨七點鐘就把蒙齊尼亞帶到托哈，必須充分利用時間，在坎巴多斯，不能一個人洗海水浴，豪華而令人神往的小汽艇穿過海面，船頭劈開大海，煙柱順著船尾飄向後方，很有浪漫情趣，有時還能看到海豚；下午四點從托哈返回來。洗海水浴的最佳時間是在卡門聖母給大海賜福之後，也就是七月十六日以後。蒙齊尼亞每次洗三個療程的海水浴，每個療程洗九次，中間休息三天，海水浴期間還要服用「司可特」口服液，這是有益於造血和神經系統的補劑。海水浴之前，要連續三天用卡拉瓦尼亞泉水洗腸，這樣洗海水浴才能有效果，然後每天喝一小袋軟包裝汽水，以便除去味覺。拉蒙娜小姐每當回憶那段生活時，總是不寒而慄，少女生活要比成年女人生活艱苦得多。

「我最希望你把我抱到床上，萊蒙多……已經有一個星期甚至一個多星期你沒抱我了。小時候我感到很厭倦，感到非常厭倦，現在我已經加入了老年人的行列，說話間就變成老太婆了。你再加些白蘭地，給我也加一點。為什麼不再帶我去一趟里斯本呀？」

卡山杜爾費人萊蒙多染上了陰虱，不知道是怎麼染上的，有一天他經過奧倫塞，在帕羅恰妓院玩了一會兒，他是去了那兒，可是那兒的女人很講究衛生。萊蒙多什麼也沒有對我們的表妹說，事情很難解釋清楚，再說女人們對這種事很厭惡，都躲得遠遠的；萊蒙多使用了殺虱劑，這種藥藥力最強，不但見效快，而且經濟，也可以用英國的油劑，誰都知道那是什麼藥，這種油劑不留汚跡，氣味像薰衣草，不難聞，可以即刻殺死各類寄生蟲，還有一種「神油」，最大的優點也是不留汚跡，而且氣味好聞，萊蒙多選用了殺虱劑，因為這是國貨。

「我現在有些擔心，我常常心動過速，心臟跳得太快。」

「是不是抽煙過多了？」

「誰知道呀，可能是吧！」

第十五旅旅長堂羅赫利奧·卡里達特·皮塔將軍，戰爭伊始就在科魯尼亞被槍斃了，後面我們將要簡單介紹這件事：他的兒子帕科在一九四〇年或一九四一年從美洲返回西班牙，想和游擊隊建立聯繫，可是被當局逮捕了。住在布里尼德洛的馬爾維斯一家，即羅克和他的三個兒子，塞貢多、埃瓦利斯托和卡米羅，曾經參加過貝爾梅斯游擊隊，他們還算走運，活著回到了家裡。塞拉地區和巴特倫達地區隔著利米亞河相望，那裡的居民既不是加利西亞人，也不是葡萄牙人，講的語言與其說是加利西亞語，還不如說是葡萄牙語，他們不講西班牙語，也不懂西班牙語。邊界守衛得並不很嚴實，走私牲畜很方便，邊界一帶的孩子們去葡萄牙那邊的巴拉德拉小學念書，我那些住在布里尼德洛的馬爾維斯表兄弟隨貝爾梅斯游擊隊到過阿斯圖利亞斯。

對馬爾科思·阿爾必德來說，事情進展得很不順利，失去了雙腿雖然也能活著，但還是有腿好一些，不但可以到處走走，而且什麼事都能做。馬爾科思·阿爾必德坐在輪椅裡，用罐頭盒當尿壺，馬爾蒂尼亞村的瘋婆子把尿壺拿到小溪去洗，不讓它留下尿跡，馬爾蒂尼亞村的瘋婆子心腸很好。

「你看這雨還要下很長時間吧？」

「親愛的，這我可不知道；我也喜歡出太陽，不過您別以為太陽會出來。」

「鰺魚」佩貝尼奧和「活寶」馬蒂亞斯·馬爾維斯在同一個棺材廠，即「安息」棺材廠做工。「鰺魚」佩貝尼奧當助理電工，他總是張著嘴巴，若說他不是傻子，他起碼不會用鼻子呼吸。人們都管佩貝尼奧·波沙達·科依雷斯叫「鰺魚」，因為他長得很像這種魚。「鰺魚」佩貝尼奧小的時候患過腦膜炎，走路左右搖晃。他現在對性問題、性話題談得很多：話題和問題是同一種意思，性問題是從性話題派生出來的。

「是不是這樣？」

「不是，我認為不是這樣；但是您不能否認人們對這個問題談得很多。」

問題是「鰺魚」佩貝尼奧喜歡猥褻小男孩，而其他人則喜歡挑逗身體飽滿、乳房碩大的女人。他先是給孩子們糖塊吃。互相建立了信任之後，他便開始碰觸他們的臀部、大腿和「小雞兒」，他恨不得辦一所神學院。佩貝尼奧的父母看到他是個半呆子，不怎麼關心他，這事是有的。

「那個傢伙是能夠自理的，這一點你會看到的；這些小男孩很有本能，像蛇一樣機靈。」

「是嗎？」

「當然了，有過之而無不及。」

「鰺魚」佩貝尼奧是在沒有家教的情況下，也就是在上帝的放縱下長大的，到了年齡又像其他男人一樣結了婚，婚後生了兩個女兒，這兩個傻女兒還不到週歲就一命嗚呼了。他的妻子（我實在記不起她的名字了，就在嘴邊上，可是想不起來）和一個祖籍是阿斯托加的貨郎私奔了，現在仍然和那個人住在一起。「鰺魚」佩貝尼奧在沒有妻子，重新獲得了自由之後，臉上露出了幸福的表情。

「他媽的……還是一個人好！」

一天，「鰺魚」佩貝尼奧正在和西蒙希尼奧，即「小綿羊」幹那種髒事時被人當場捉住，當時，那個六歲的小啞巴被他弄得半死。人們先是把他押到監獄，後來又送到瘋人院，在路上，對他拳打腳踢，皮鞭加大棒，但他們並不想打死他，只是尋開心罷了。他的妻子得知了……等一等，他的妻子叫孔塞布西翁．埃斯蒂維爾．格列山德，我現在記起來了，對，沒錯，他妻子叫孔塞布西翁．埃斯蒂維爾．格列山德，人們都叫她孔齊婭．德．科娜，她什麼也不想知道，反正對我來說都一樣；他最好死掉，得麻瘋病死掉。

「我不恨他，我可以對天發誓，反正對她來說都一樣，他非得麻瘋病不可，他就是死了我也不會為他戴孝的，放心好了。」

孔齊婭．德．科娜自和那個阿斯托加人私奔以後，變得又漂亮又歡快，簡直成了另外一個人。

「女人越變越好看嘛！」

「當然了，男人也一樣！」

「活寶」馬蒂亞斯生活很好，不想再結婚了。

「我如果有孩子，還得照顧他們，可是，正因為我沒有孩子……普利妮亞心腸好，確實心腸好，不過身體很弱，總是嘮叨自己有什麼病；女人最討厭的事不是有沒有病，每一個女人都有病，這是盡人皆知的事，糟糕的是她總在你耳邊嘮叨有這種病有那種病，連上帝也忍受不了呀。」

「活寶」馬蒂亞斯喜歡跳舞，打牌、變戲法，也玩臺球和骨牌，會講笑話，喝有一定甜度的茴芹酒，吃椰絲餅和奶油咖啡小餅。兩個小弟弟和馬蒂亞斯住在一起；「南蝎」是個啞巴，很聰明，「牢騷狂」身體不好，天真爛漫。「南蝎」貝尼托每個月去逛一次妓院，他幹活掙錢就是為了這個；「牢騷狂」薩路斯蒂奧從來不走出家門，整天唉聲嘆氣。普利妮亞生前非常漂亮，但她是纖弱型的美女，而她的妯娌、「蠻子」的妻子洛利妮亞則是潑辣型的佳人。在這一帶，這兩種類型的美女都很多，洛利妮亞是被黃牛頂在牆上撞死的。「機靈鬼」胡里安被人稱為西奧。西奧·馬爾維斯·溫德拉，或費爾南德斯，在羌塔達鎮開鐘錶店，他的妻子皮拉爾·毛雷·佩爾納斯把頭髮染成金黃色，她長得豐滿，很引人注目。她愛束橡皮寬腰帶，這樣一來必須使用好多爽身粉，橡皮腰帶才不至於貼在總是潮乎乎的皮膚上，當然囉，腰帶上有許多小孔。皮拉爾的第一個丈夫是個嫉妒狂，既不讓她染髮又不讓她束寬腰帶。

「不能，絕不能，正派的女人就應該順其自然，一開始就染髮束寬腰帶，誰知道最後會走多遠呀！」

「可是，你聽我說，我姐姐米拉格露絲也束橡皮腰帶呀！」

「那是她丈夫的事！你姐姐米拉格露絲做些什麼和我有什關係！我所關心的是你做什麼。」

皮拉爾·毛雷的第一個丈夫烏爾瓦諾·達佩納患結腸病，那是腸絞病，死的時候滿嘴吐糞。丈夫一死，她便感到一身輕鬆；有的人死了，是給其家屬留下了安寧。小烏爾瓦諾參加了父親的葬禮，這個孩子躲在門簾後面，把什麼都看得一清二楚，他問母親：

「媽媽，媽媽，爸爸怎麼用嘴吐大便呀？」

皮拉爾．毛雷剛剛度過法律規定的喪期，便同「機靈鬼」結了婚。

「親愛的，我吃點你的奶好嗎？」

「隨你吃好了，我的大王，你知道，我的一切都是你的，現在只差辦手續了，我的奶頭乃至我的整個身子都已經屬於你了。」

「太好啦！」

在再結婚之前，皮拉爾．毛雷把頭髮染成金黃色，並且買了橡皮寬腰帶。有些事情，包括最隱私的事情，別人是不過問的。小烏爾瓦諾在其同母異父弟弟出生時便升了天，看來他母親和繼父沒有耽誤很長時間。小烏爾瓦諾是貧血症死去的，他很小的時候就得了這種病，而且病情很重，他母親給他吃迷迭香花加玉米餅和虱子都不見任何效果。

「一個女人為了自己的兒子有什麼不能做的呀？」

「是這樣。」

皮拉爾．毛雷是順產。

「這有什麼可驚訝的，我們女人就是生孩子的嘛，讓世界傳宗接代，這種事稱不上是什麼功績。」

聖者費爾南德斯並不是聖神，而是個老虔誠。我的親戚聖者費爾南德斯生在莫依別那個地方，即皮尼奧爾管轄的卡瓦耶達聖瑪利亞教區，那一天是一八〇八年的使徒日㉒，卡洛斯四世剛剛放棄西班牙王位。「埃斯帕薩」百科全書上稱他生在萊昂省的塞亞，這不是事實，在介紹堂莫德斯托·費爾南德斯·貢薩雷斯即筆名為卡米羅·德·塞拉的那個詞條理，說他是卡瓦耶達·德·阿維亞人，這也不對；卡瓦那·德·阿維亞在里瓦達維亞附近，離這兒很遠。聖者費爾南德斯是我曾祖父堂貝尼托和曾祖母堂瑪利亞·貝尼塔的兒子，前者是醫生，後者無業，他們是在法王路易十六被處死那一年，即一七九四年的五月二十六日結婚的。「埃斯帕薩」把他稱為修士胡安·聖地牙哥，這也是錯誤的；正確的說應是修士胡安·哈科博，雖然涵義一樣，但字面表達還是有所不同㉓，他的父親給他起這個名字是為了紀念盧梭㉔。我的曾祖父是百科全書專家，家中曾保存著達蘭貝爾㉕的八、九封信和狄德羅㉖的三、四封信，內戰開始以後，我的姨媽赫蘇莎和

---

㉒即6月25日。

㉓「哈科博」是「聖地牙哥」的暱稱。

㉔盧梭（Jean-Jacques Rosseau, 1712～1778），法國作家，他的全名是讓·雅克·盧梭。其名字的西班牙文讀法是胡安·哈科博。

㉕達蘭貝爾（d'Alembert, 1719～1787），法國數學家。

㉖狄德羅（Diderot, 1713～1784），法國哲學家。

埃米莉塔才把這些信件燒掉，因為一位真正的聖神，耶穌教神父聖蒂斯特萬說那兩個人都是不敬神明的異教徒，勸他們把信毀掉，以保持心靈的純潔。

「這些不共戴天的仇敵施展各種陰謀詭計，讓我們迷失方向，離開正確的道路。」

「是這樣，神父。」

「另外，據我看，那些信是用法文寫的。你們快快擯棄這些個犯罪機會吧！」

「是的，神父。」

神父聖蒂斯特萬吸了一口鼻煙，一連打了三個噴嚏，耶穌！耶穌！耶穌！噴嚏打得山響，他把最後一口酒喝到肚子裡，特意把長袍斜穿在身上，露出一副威嚴的表情，像個保護平民的議員。

「把信都扔到火堆裡！」

「哪個火堆，神父？」

「隨便一個火堆。」

「好的，神父！」

桑坦德地區的著名家教學家，尊敬的多明我會修士，神父達尼爾·阿維利亞諾沙，不僅是一位高級布道家，還是地理學會成員，他預言第二五八八八號彩票將在聖誕節搖獎時中頭獎，結果他猜中了。卡山杜爾費人萊蒙多不再用殺虱劑了，拉蒙娜小姐鬆了一口氣。

「我還以為你不愛我了呢，親愛的，我以為已經不能得到你的歡心了，這些日子你把我折磨得好苦呀！」

「你說到哪裡去了，小傻瓜，實際上，我遇到了一大堆問題和傷腦筋的事。」

「可不可以講給我聽一聽呀？」

「不能講，不能講給你們聽，你們是不會理解的。」

「莫非是有關政治方面的事兒？」

「現在別再提它了，重要的是我們現在又重新在一起了。」

阿德加對古欣德人的歷史瞭如指掌，有的人把他們稱為莫蘭人，這沒有多大區別。

「您的親戚聖者費爾南德斯是您祖母羅莎的弟弟。在大馬士革，叛徒們把您的親戚聖者費爾南德斯折騰了一通之後，又從鐘樓頂端把他扔下來，他苟延殘喘了幾個小時才死去。您的親戚聖者費爾南德斯臨死時依然表示自己信仰天主教，那些叛徒們對他說：『你這個基督教走狗，信什麼教呀！』對此，他是這樣回答的：『他媽的，誰也改變不了我的信仰！』您的親戚聖者費爾南德斯一向是個性格溫和的人，在殉教之前，您的親戚聖者費爾南德斯已經有了好幾個兒子，有人說十一個，他每次到西班牙來都使一個女人懷孕；為了辨認這些兒子——有時是需要辨認的——他燒熱一隻小鐵杯，在每個兒子的左側奶頭下方燙出個印記來。對那個最小的兒子我還記得一清二楚，他叫福圖納托·拉蒙·馬利亞·雷依，您的親戚聖者費爾南德斯把他送到聖地牙哥育嬰堂，並且給他留下一筆數量可觀的錢，讓人幫助撫養。福圖納托的父親被上帝召到天堂去以後，貝亞雷斯山區的一位名叫佩得羅的先生把他帶到奧倫塞來，送到一個村子裡，那村子叫什麼名字我記不清了，大概叫莫烏拉或洛拉達吧。那孩子離開聖地牙哥時叫福圖納托·拉蒙·馬利亞·雷依，後來便改名叫拉蒙·伊格萊希亞。於是，他父親聖者費爾南德斯留下的讓他成年以後的繼承數以百萬計的財產落到了別人手中，對於繼承財產這種事，您的親戚們都不怎麼放在心上，當然囉，有的人好一些。」

格列托舅舅很講究衛生，處處謹慎，整天用酒精擦手，手指擦得血紅血紅的。

「照著基本原則去做，你有什麼困難呀？」

「是的，沒有什麼困難。」

格列托舅舅總是戴著手套，彈奏樂器時也戴著，手套內側撒著一層除汗劑，這樣可以避免手套黏在瘦削的指頭上。

「我們生活在烏煙瘴氣的環境裡，千萬注意別染上霍亂、痲瘋、破傷風、壞疽病和鼻疽病一類的傳染病，不然，染上一身病，活著還有什麼意思呀？」

格列托舅舅把肚皮露在外邊，面朝著風向（他吐痰時轉過身去），用新割的蔬菜嫩葉擦屁股。

「無論我們採取多少防護措施，都是不夠的。」

「大概是這樣吧。」

赫蘇莎姨媽和埃米莉塔姨媽每次做祈禱時——口中唸誦著十五件神秘的聖事——總要從第一件念到最後一件，念到最後一顆念珠撥完，而到最後常常厭倦地睡過去。赫蘇莎姨媽和埃米莉塔姨媽厭倦得像牡蠣那樣蜷起身子，好像打了痲藥似的，她們唯一能夠多少排解一下厭倦情緒的是想到格列托舅舅對她們怎樣怎樣壞，總之，他是他，他下地獄才好呢！

赫蘇莎姨媽和埃米莉塔姨媽用聖器室笛子那樣的聲調說話，好像要宣講精神修練似的。

「我們可憐的哥哥在世界末日的最後審判那天得向我們的上帝認罪！」

「到那時候我們每個人都是逃不脫的，或多或少都受到審判。」

「所以應該有一個善終，卡米羅，你可要注意呀。菲萊塔死得那麼突然，甚至來不及做懺悔，千萬別忘了這個教訓！」

「忘不了，忘不了，放心好了，姨媽，放心好了，我早就注意到了。」

兩位姨媽不認識「鰺魚」佩貝尼奧，只聽人家提起過他，但是不認識。有些人從人生舞臺走過時能夠引起別人注意，儘管他們本人並不想引起別人注意；而另外一些人雖然處心積慮地想名留青史，但誰也沒有注意到他。孔齊婭·德·科娜日漸漂亮和歡快了，年輕女人孀居以後常常發福，大自然十分聰穎，常常在性慾的苦痛外面塗上一層油彩，讓我們繼續生活下去。孔齊婭·德·科娜像吉卜賽女人那樣敲響板。

「你在什麼地方學的?」

「在我自己家裡，只要有耐心，就能學會;敲響板這種事如同呼吸一樣，最後自然而然就學會了。」

孔齊婭·德·科娜唱歌謠有情有感，聲調動聽。孔齊婭·德·科娜是一架生命機器，而「鰺魚」佩貝尼奧卻相反，是一架死亡機器。有些事情就是不好擺弄。孔齊婭·德·科娜目光高傲無恥，她很可能是某位伯爵或將軍的女兒，那些一度興旺發達的家庭後代總是要把那個時期的傲氣表現出來。孔齊婭·德·科娜攤開四肢睡覺，那也是一種可以信賴的待徵。

「她的頭髮像蠶絲，走起路來東搖西擺，您注意到沒有?如果孔齊婭·德·科娜有文化素養，一定會走得更遠，當上客棧的老闆娘，當上理髮師、商店主人，或者從事其他類似的職業，可是孔齊婭·德·科娜不識字，不得不忍受。」

「親愛的，要有耐心!」

「你說得對，耐心和健康是吵架的本錢呀。」

有那麼一段時間，孔齊婭·德·科娜在幾座遠方城市(巴利亞多利德、畢爾巴鄂和薩拉戈薩)之間遊逛，給畫家當模特兒，後來不幹了，因為從事這種職業依然不得溫飽，整天光著身子很不值得。

「再說，那些人把你當成玩物，死死地盯著看，很讓人生氣。」

赫蘇莎姨媽曾經有過未婚夫，是藥劑師，對了，那時他還沒有畢業，有兩門功課還沒攻下來，他名字叫里卡多·巴斯蓋斯·維拉里尼奧，死於內戰，他參加了加利西亞紅旗縱隊，一九三八年新年那天在特魯埃被打死，和他一起遇難的還有他上司巴爾哈·德·吉羅加司令。埃米莉塔姨媽也有過未婚夫，名字叫塞爾索·巴列拉·費爾南德斯，是技術員，此人後來拋棄了她，和一位喜劇演員結了婚，可是埃米莉塔一直原諒他。

「心腸狠毒的女人，毒蝎一樣的女人，在那種女人面前男人不戰而敗。塞爾索人很好，但是那個陰險的女妖精施展伎倆，滿口花言巧語，欺騙了他，可憐的塞爾索呀！」

上面說的這些並不是實情，赫蘇莎姨媽和埃米莉塔姨媽從來沒有過未婚夫，她們倆個人從年輕時就隻身一人過日子。羅賓·列寶桑站到鏡子前面，一邊精心修飾一邊說道：

「我一直堅持說那兩個人是她們的未婚夫，我心地善良，我不想改變我的觀點。問題是赫蘇莎姨媽和埃米莉塔姨媽，完全可以當那個藥學專業的大學生和技術員的媽媽了。人家怎麼說，我們沒什麼關係，我只是不想背叛自己的良心。」

「玉米穗」塞萊斯蒂諾，或者叫他堂塞萊斯蒂諾，塔博亞德拉的聖米格爾教堂神父，有長處，也有短處，他和瑪莉加·魯貝依拉斯的關係很密切，後者是土諾斯人，已婚，年輕，人家說她是明加拉貝依沙人，她丈夫是一個地地道道的「烏龜」。堂塞萊斯蒂諾和瑪莉加在鐘樓上幽會，那裡雖然並不舒服，但是十分安靜。

「那裡空氣流通嗎？」

「空氣呀，流通。」

「豬崽」桑托斯．科福拉六十二歲，如果上秤稱的話，體重最少也有十阿羅瓦，他總想讓還不滿二十歲的妻子瑪莉加．魯貝依拉斯在夫妻關係上忠實於他。

「你胡說什麼呀！」

「我不知道怎樣對您說，唉，讓她一走了事嗎？」

「豬崽」既不想鬧得滿城風雨，又不想失去瑪莉加，當然咯，他肚子氣得鼓鼓的，不知怎麼報這個仇。

「我一定和那個混帳修士算帳，上帝會讓他得到報應的！」

時間這把掃帚把皮尼奧爾的鄉親一掃而光，時間一架從不停歇的收屍機。我的血統高貴的舅舅格拉烏迪奧．蒙德內格羅在內戰結束前不久老死了；他這個人很奇怪，始終保持著他的體型，說話不擡高嗓門，對任何事情都不感到驚奇，就是日和北極光——內戰期間發生過一次北極光——也絲毫打動不了他。當人們告訴他說，「豬崽」已經去過奧倫塞，準備染上陰虱對那個外號叫「玉米穗」的神父報仇時，他認為那是最自然不過的事情。

「聽說今年得陰虱的人很多，鐘樓裡爬滿了陰虱，但願上帝保佑我們！」

外祖母特雷莎有兩個妹妹，即馬努拉和帕，還有一個弟弟，叫馬努埃爾。特雷莎．費爾南德斯，也就是「皮諾莎」，和她的瞎父親住在一起，她是馬努埃拉的女兒，「串子」格拉烏迪奧．歐德羅和他的弟弟「砍刀」馬努埃爾是佩帕的兒子。格拉烏迪奧舅舅有兩個十分可憐的瞎女兒，馬努埃爾舅舅大半輩子都是在醉醺醺的狀態下度過的；他臨死時，還有二百來件襯衣沒有穿用，全部寄給了在蒙得維的亞經商兒子小馬努埃爾。馬努埃爾．費爾南德斯，也叫「莫拉娜」，是馬努埃爾的女兒，她對我們一直很好，因為外祖母給她免除了一筆不知道是什麼樣的債款，很可能是地租。外祖母是聖者費爾南德斯的外甥女。後者被稱為拉蒙．伊格萊希亞的福圖納托．拉蒙．馬利亞．雷依，也就是聖者費爾南德斯的勇猛兒子，跟尼科拉莎．佩雷斯結了婚，生有七個女兒：安東尼奧，在古巴和何塞發．巴雷拉結了婚，他們的兒子何塞．拉蒙住在紐約；奧爾滕希婭，在古巴和胡里奧．富思特斯結了婚，他們的子女德力雅、瑪魯哈和佛朗西斯科住在紐約；梅爾塞德斯先是和依爾得豐索．費爾南德，後是和何塞．烏塞巴結了婚，首婚有一個兒子，即胡里奧，住在維維哥，和多洛雷斯．拉莫斯結了婚（生有一兒一女，兒子阿爾豐索和孔塞布西翁結了婚，家住巴塞羅那，我不記得孔塞布西翁姓什麼；女兒梅爾塞德斯和馬西米諾．拉戈結了婚，住在維哥），二婚生有五個孩子：瑪魯哈和胡斯托．努涅斯結了婚，住在奧倫塞（他們的兩個兒子，胡利奧和霍爾赫，住在馬德里）；安東尼奧和阿烏羅拉．德爾．里約結了婚，住在奧倫塞（他們生有兩個兒子，何塞．路易斯和瑪利亞．路易莎．孔薩雷斯結了婚；羅伯托和埃利莎．坎巴結了婚）；瑪蒂爾德和羅曼．阿隆索結了婚（他們有兩個兒子，卡洛斯和皮拉爾．希門內斯結了婚，阿爾瓦羅未）；何塞，未婚，住在馬德里；拉蒙和涅．佩拉依拉結了婚，住在科魯尼亞。聖者費爾南德斯的第四個孫子是塞薩爾，他和薩拉．卡爾巴利約結了婚，他們都已經過世，生有一子，叫塞薩爾，只有他一個人姓雷依，其他人都姓伊格萊希亞；塞薩爾和貝妮格娜結了婚，我也不記得貝妮格娜姓什麼，他們有兩個女兒，即格爾德斯和拉格爾。然後是奧倫蒂諾，他和路易莎．諾沃亞結了婚，生有兩個女兒，卡門和阿道夫．恰莫羅結了婚，皮拉爾和佛朗西斯科．蘇埃依羅結了婚。倒數老二是瑪利亞，她的亡夫叫何塞．多利沃，生有五個子女：安赫林內斯和何塞．羅德里格斯結了婚；拉斐爾和阿烏羅拉．佩雷斯結了婚；埃烏拉莉亞，未婚；路易莎和塞拉芬．弗萊依羅結了婚；薩拉和阿杜羅．卡薩雷斯結了婚。最小的妹妹是埃爾米呢亞，她的丈夫坎迪多．瓦爾卡塞爾已經過世，他們有四個孩子：安東尼奧和多洛雷斯．德．坎博結了婚；瑪蒂爾德、馬利亞．德爾．皮拉爾和安東尼奧三個人沒有結婚。家庭如同大海，永遠不會枯竭，既沒有源頭，也沒有終點。

綿綿細雨滴落在家庭上、人們身上、馴服的和野生動物身上，滴落在男人身上和女人身上、父母身上和兒女身子、健康人身上和病人身上、埋葬的死人、被流放的犯人和旅行人身上。綿綿細雨如同血液在血管裡流動一樣。綿綿細雨如同菽豆和玉米生長一樣，如同一個男人跟在一個女人身後一樣，最後弄得她筋疲力盡，或者因為煩惱、愛情、高燒而死。綿綿細雨也許就是上帝吧。，他想就近監視世人，可是誰也不知道是否果真如此。「鰺魚」佩貝尼奥在醫生、律師和法官的干預下離開了瘋人院，年輕人傾心於實驗和理論，把行為和淚素聯繫在一起，這是盡人皆知的。

「到底是怎麼回事呀？」

「不知道，我是只把人家對我說的話記錄了下來。」

緊生、律師和法官問「鰺魚」佩貝尼奧是否願閹割（誰割去性腺，誰就擺脫了危險），他回答說願閹割，好吧，有那麼大的好處，何樂而不為呢。醫生、律師法官都說，那就把他的睪丸割掉吧。

「那麼，他們有沒有對他說有關新陳代謝和痛苦的進行性缺鈣現象？」

「可能說了，我記不清了。」

有些人是這樣死的，另外一些人是那樣死的，不是死於戰爭時期就是死於和平時期，死於疾病、災禍和不慎，在這裡沒有固定的模式，也不允許你進行選擇，不可能有一個總的框框。有的男人是在英勇保衛碉堡、高舉戰旗、高呼愛國主義口號時死去的，但是也有男人帶著滿腦子夢幻手淫時心臟突然停止跳動而身亡，在我的家鄉沒有仙人掌這種摩爾人地區特有的植物；風衣、仙人掌屬於無花果、驢子、蜥蜴、山羊和灰塵，灰塵太多了，真不應該跑到這兒來死。塔弗爾希部落的摩爾人都是女人氣很重的人，對了，他們搞同性戀，對他們怎麼說都不過分。拉薩羅·科德沙爾有一雙藍眼睛，一頭辣椒顏色的頭髮，拉薩羅·科德沙爾一邊在腦子裡盡情地想像著赤身裸體的阿德加，一邊做愛，上帝喲！這是他的習慣，沒有哪個年輕人像他這樣想著女人的模樣做愛。很遺憾，拉薩羅科德沙死掉了，有些人死了要比別人留下更多的悲傷，也有的人死了卻令人興高采烈。卡羅波兄弟的前額上都有一塊豬皮那樣粗糙的皮膚，好像吃毒草的反芻動物特有的印記。

「你能辨認毒草嗎？」

「能，先生，從氣味的顏色上辨認，也有的從聲音上辨認，對了，就是在颷風時，這種草發出一種響聲。」

戈雷齊奧．通達斯扛著棺材，手上拿著一瓶汽油和一口袋刨花，向山上走去。

「戈雷齊奧，你去哪兒呀？」

「到山上去，把聖靈埋掉。」

「我的天，你在說什麼呀？」

「那好，天黑時你就知道了。」

天黑以後，戈雷齊奧．通達斯找到一處比較理想的地方，那是一孔山洞，裡面長滿了蕨類植物，還殘留著孤狸活動的痕跡。他鑽進棺材裡，把刨花蓋在身上，又在上面燒了汽油，澆了好多汽油，然後劃著火柴。他死去了，全身抽搐，但是沒有張開嘴巴，據說是聖靈給了他力量。孔齊婭．德．科娜在山上布網捕兔時發現了他。

「他死時是什麼樣子呀?」

「挺漂亮,真的,全身都燒焦了,但是很漂亮。」

大家對戈雷齊奧.通達斯的做法議論紛紛。

「人們為了留名簡直都不知道做什麼好了。」

男人是一種古怪的動物,總是逆著做事,從出生那一天起就和自己作對。你喜歡那個瘦女人嗎?就是那個梳著辮子,到河邊洗衣服的女人。喜歡?那你就和她結婚好了,不過,你得做好心理準備,忍受她的連珠屁,女人結婚以後放屁多,誰也不知道為什麼會這樣,也許是大自然的規律吧。你喜歡那個體態豐滿的女人嗎?就是那個戴綠頭巾,到店裡買辣椒的女人。喜歡?那麼你給她一槍,打死算了,你要像魔鬼勾魂那樣快些跑掉,不要被她纏住。她是不是陰虱那樣的女人?對,她纏人那股勁兒就像陰虱,今年的陰虱特特別多。不會是蜘蛛吧?不是,親愛的,你這個人怎麼這樣傻呀,為什麼說是蜘蛛呢?當然是陰虱呀!你喜歡那個膚色黝黑的女人嗎?就是那個穿長裙,用頭頂著奶罐的女人。喜歡?那你得趕快逃掉,她很可能是一個「蝎子窩」。男人是一種奇怪的動物,總是看不清真面目。拉薩羅.科德沙爾被偷偷殺害了,當場一命嗚呼,一個小伙子在無花果樹下做愛,根本沒有幹別的什麼壞事,便被活活打死,這是什麼事呀!真正的男子漢不應該幹那種勾當,戰爭就是戰爭,這話是對的,我們對這一點知道得很清楚,但是在戰爭中不能正面對人開槍,正面開槍是不道德的,也不能背後下毒手,沒有一具屍體像堂赫蘇斯.曼薩內多的屍體那樣臭氣熏天，真是報應，他兒子在屍體上灑了很多香水，仍然無濟於事。

「你去參加堂赫蘇斯的葬禮嗎？」

「不去，我看他的靈魂得不到拯救更好，哪有這樣的死人呀！」

技術員塞爾索·巴列拉每天上午都要去畢爾巴鄂咖啡館喝杯苦艾酒，有時去「女長官」酒吧喝這種酒，他和瑪魯哈的關係已經斷了好久，儘管有人說他又和她恢復了來往。在內戰爆發前的一個月或一個半月，在畢爾巴別咖啡館的平臺上有兩個人被開槍打死；給這兩個人送葬時又有兩個人被打死，於是當局宣布取消聖體節的一切活動。人們的心情十分激昂，大聲狂呼，揮舞棍棒，甚至開槍射擊。瑪魯哈·博德隆·阿爾瓦雷斯，人們都叫她小瑪魯哈，是朋費達這個地方的一頭母獅，她就是從埃米莉塔手中奪走塞爾索·巴列拉的那個喜劇女演員的，對了，她雖然是喜劇演員，但看上去一點兒也不像。塞爾索本想和埃米莉塔重歸於好，可是時間過了那麼久，已經不可能了，這種事情說冷下來就冷下來，倒塌的房屋很難重新建立起來。

「算了，算了吧；我還是和我姐姐赫蘇莎住在一起好了，我把全部生命都獻給了祈禱和慈善事業。」

「好吧，隨你的便好了。」

巴爾多梅羅·馬爾維斯，也就是「蠻子」，額頭上有塊星形斑記；不是所有的人都能看見，不過那斑記是存在的，管它看見看不見呢！「蠻子」額頭上斑記的顏色變化不定，有時紅似尖晶石，有時黃得如同黃玉，有時又像翡翠一樣碧綠，有時還像潔白的鑽石，等等，等等。「蠻子」的那塊斑記改變顏色時，不管什麼顏色，這種顏色也好，那種顏色也好，誰也別看，最好是畫十字，躲到一邊去。「蠻子」在那一大堆加莫索兄弟中擁有絕對的權威，在人數更為眾多的古欣德人（有人稱他們莫蘭人）中間也是如此。如果世界不是變得如此混亂，那麼，沒有「蠻子」的允許誰也不敢移動一步。拉薩羅·科德沙爾被殺害以後，最近處的那座山界便消失了，可是事情依然混亂不堪，一個餓死鬼，一個外地移民之家的倒楣霉鬼，割斷了「蠻子」的生命進程。那一天「蠻子」額頭上的斑記沒有改變顏色，魔鬼趁機偷偷地把他殺害了。在這幾座山上是不能白白殺人的，殺人者必自斃，有時死得晚一些，不過死是一定的。「蠻子」巴爾多梅羅的妻子洛利妮亞·莫斯克索一直點燃著山野法規的火：殺人者，償命；您沒有殺人嗎？殺了，殺了就得償命，我們沒有任何理由饒恕殺人犯。洛利妮亞是個凶猛型的美女，她越是激憤，越顯得漂亮。對「蠻子」應該從背後下手，在夜裡下手，對「蠻子」不能正面衝撞，因為他的眼睛令人畏懼，那是野狼一樣的眼睛。「蠻子」是被一個誰也不願意記起的死鬼殺害的，有的人連他的名字都不願提及，想漸漸地忘掉他；殺害「蠻子」的這個死鬼還殺害了阿德加的亡夫和另外十一、二個人，我的一位親戚把殺害「蠻子」的那個死鬼圈了起來，讓他像匹老馬似的死在寶沙·德·加戈水泉裡了。野狼衝來時，母馬都把頭朝向內側，圍成一圈，保小馬駒，還常常尥蹶子不讓野狼靠近，有時甚至把野狼踢得頭破血流。老種馬得不到保護，也沒有力量自衛，常常被野狼撞倒，野狼先是撞倒老種馬，然後把牠吃掉，野狼看不上的，狐狸卻求之不得，而狐狸丟棄的，烏鴉則可以用來充飢，這種小動物只好逆來順受，有的烏鴉會唱歌，很好聽。在阿利亞里茲，幾年前，即普里莫·德·里維拉㉗當政期間，有一位共和黨人教烏鴉唱《馬賽曲》，他這樣做也許是有意氣神父，那個人的名字叫萊昂希奧·科烏特羅，是瞎子埃烏拉里奧的兄弟，像槍桿一樣又高又瘦，一臉麻坑，在宗教遊行時到處觸摸貴婦們的身體，他看不見，是憑氣味，但是從來不會弄錯。里卡多·巴斯蓋斯·維拉里尼奧是內戰時死的，心臟被子彈打穿了（人們都這麼說），戰爭就是這樣。凶殘的殺人犯馬努埃爾·布蘭科·羅馬桑塔曾經在這幾座山上活動過，這個野狼一樣的人連殺了十幾個人。獨眼龍、六指手「結巴」菲利皮尼奧很瞭解過去發生的事。

那個凶殘的殺人犯經常和兩個巴西亞人，即堂赫納羅和堂安東尼在一起，這兩個人失去理智時也變得和狼一樣；那已經是好多年以前的事了，少說也有一百年或者更久些，不過這一帶人還都知道。殺人犯殘酷地打死了十三個人，九個女人和四個男人。一天夜裡，月光使他大發雷霆，於是殺了跟他生有一子的妻子馬努埃利妮·加西亞，把兒子羅申廸尼奧也殺了。他說是帶馬努埃利妮亞去桑坦德，那地方很遠，在卡斯蒂利亞海邊，教她在一個神父家裡當傭人，但是，到了一個叫馬亞達雅利亞地方，在經過雷冬得拉樹林時，一下子就把母子兩人殺了，然後甚至把他們吞

---

㉗普里莫·德·里維拉（1870～1930），1923年至1929年任西班牙政府首相。

到肚子裡。殺人以後，他安靜了一段時間，好像沒事似的，後來又失去了理智，把馬努埃利妮亞的妹妹貝妮蒂尼亞．加西亞及其兒子法魯吉尼奧也殺死了，那孩子還在吃奶呢，全身魚腥味，他是在科爾戈．德．博．依把他們殺死的，科爾戈．德博依就在阿魯亞斯過去一點距離，但還沒有到特蘭西雷斯的地方。凶殘的殺人犯個頭兒不算高大，應該說是矮小，另外，他滿口沒有一顆好牙。凶殘的殺人犯殺了很多人，何塞發．加西亞也死在科雷喬烏索的路上了。她的兒子何塞西尼亞奧也同時喪了命。托尼尼娜．魯亞和她的兩個女兒佩雷戈利娜和瑪利卡死在一個叫做雷博得恰奧的地方，殺人兇手很喜歡托尼尼娜，癡情地愛上了托尼尼娜，兩個人在山上相遇，他常常把身上的那東西掏出來給她看。他還殺了另外四個人：希拉．米利亞拉多斯，她是恰瓜索索那個地方的女豬倌；秋恰．倫寶．塞爾曼，她是從亞斯．德．薩爾謝斯方向走來時被殺的；還有在普拉多．阿瓦爾一帶鬼混的福科．納維亞烏斯和一個名叫貝尼托妮亞．卡爾多埃羅斯的老廢物。

每當有人邀請「結巴」菲利皮尼奧喝一、兩杯白酒時，他就以笑表示感謝。

「讓上帝來世報答您，阿門。」

塔尼斯．加莫索飼養三條大狼狗：凱瑟、蘇丹和莫里托，這幾條狗健壯凶猛，她們是那樣忠於主人，帶上牠們可以走遍天涯海角。

「帶上這幾條狠狗，可以走遍天涯海角，你放心好了，有牠們在，連獅子都不敢靠近一步。」

塔尼斯·加莫索的狠狗長著絲綢般的「毛髮」（綿羊才長皮毛呢），全身雪白，頭上和頸部有些栗色斑點。塔尼斯是從萊昂弄來這幾條狠狗的，加利西亞有許多狗都很溫順、敏捷、警覺，有放牧狗、山狗、看場狗，還有獵狗，可是品種並不像萊昂那兒的狗純正，據說很多是雜種。

「一條九星期的小狗，你要價多少？」

「一分錢也不要，我不賣，你如果對我發誓好好待牠，我願意白送給你。」

塔尼斯·加莫索被人稱做「魔鬼」，因為他跑起路來賽過自行車，且不說他是去做好事還是壞事，行動迅速是真的。羅莎·樓孔是塔尼斯·加莫索的妻子，她愛喝茴芹酒，整天對著壺嘴兒喝。羅莎·樓孔的父親叫「褲頭」埃烏特洛，是奧倫塞歷史上最壞的緝私員，再沒有比他更壞的緝私員了。

「他不得好死的，等著瞧吧，說不定哪一天要挨槍子兒的。」

村裡的人都怕「褲頭」，儘管並不和他來往。

「和他不能交朋友，他心腸不好，給他點錢，打發走了事。」

去年，在帕羅恰妓院裡，「褲頭」往盲人高登西奧身上吐痰，因為後者不給他拉〈我親愛的瑪利亞娜〉那首瑪祖卡曲子。

「我只拉我喜歡拉的曲子；你可以向我身上吐痰，也可以打我，那是容易的事，因為我沒有眼睛，但是說到拉曲子，我如果不願意，就不能逼迫我拉；當然咯，我不願拉，誰說也不行。那支曲子不是什麼人都能聽的，只有我知道什麼時候該拉，曲子是什麼意思。」

「葡萄牙女人」瑪爾塔拒絕和「褲頭」睡在一張床上。

「我就是餓死也不和你睡覺。你為什麼不往你女婿身上吐痰呀，混帳？你怕他打你吧？」

帕羅恰為了避免爭吵，把「褲頭」趕到大街上。

「你給我滾出去，到大街上呼吸呼吸新鮮空氣吧，小混蛋，你真是個小混蛋，腦袋清醒了再回來。」

塔尼斯．加莫索比任何人的力氣都大，他為自己有那麼大的力氣感到高興。他年輕時，令朝聖的人不寒而慄。如果不是因為茴芹酒的話，他和妻子羅莎本來會生活得很好；妻子心腸好，作風正派，糟糕的是喜歡喝茴芹酒。幾個孩子骯髒汚穢，皮靴破露，他們一共有五個孩子，都是隨便長大的，沒有人怎麼關照他們。「魔鬼」塔尼斯也沒有太用心，他把時間和精力都放在跟馬爾蒂尼亞村的瘋婆子卡塔利娜．巴茵特一起游泳上了，兩個人赤條條地跑到路西奧．莫羅水磨坊的池塘裡，天氣熱，就應該找涼爽舒適的地方嘛。馬爾蒂尼亞的瘋婆子不會游泳，說不定什麼時候會被淹死，暴屍水面。

「挺有意思，是不是？」

「哪裡！可憐的卡塔利娜！她在哪些事情上傷害過你？」

「魔鬼」塔尼斯．加莫索也喜歡抓著櫟樹打秋千，這樣可以不得疥瘡，還喜歡在空中揮舞那根打架用的棍棒，質地十分堅硬，上面用刀子刻著他的姓名的縮寫。

「我把你那『傢伙』當做紅果一劈兩半，好嗎？」

「你別傻了，『魔鬼』，別開那種玩笑。」

「好吧。那麼，我把你的肚皮當做輪胎扎一針，好嗎？」

「給我住嘴，他媽的！」

阿德加的臉色十分蒼白。

「你不舒服了？」

「沒有，您等一會兒，我找點白酒來。」

「您聽我說。殺害我亡夫的那個死鬼，無論是現在還是來世都不得安寧，血債要用血來還，我們沒有任何理由饒恕他的殺人罪行，這是山野法規。殺害我亡夫的死鬼一定原來不住在這裡，但是，上帝知道他們很早就學會了當地的習俗。說明殺害我亡夫的那個死鬼——他父親是豐塞巴頓人，他們是從那兒趕到阿斯托爾加來的——家從什麼地方來的檔案，是科索．德．馬拉尼斯授意讓人偷出來的，科索．德馬拉尼斯是卡爾巴利尼奧法院的書記員，以前在緝私隊服過役，一次在蓬特韋德拉一帶和走私犯交火時受傷成了瘸子，我是說他授意我的弟弟塞孔迪諾偷出來的，這一點您早就知道了，因為我當時就明白無誤地告訴了您。堂卡米羅，您是古欣德人，或者說是莫蘭人，您是明白人，幹那種事是要有報酬的，這我知道，有時甚至得用生命做代價。以後找一天我把偷莫喬屍首的事好好講給您聽，但願上帝讓您聽清楚。卡羅波兄弟都氣死了！再喝一杯嗎？」

婊子兒子的第八個特徵是那「傢伙」軟而小，在帕羅恰妓院裡，妓女們都笑法比安·明蓋拉的「傢伙」不頂用。

「真像聖母的小天使！真像聖母的小天使！」

蒙喬·萊蓋依索，也就是「懶蟲」蒙喬，滿腦子都是幻想，他可能很有詩人的天才。

「您如果同意話，我用假腿在地板上給您畫幾個八字吧，為了討夫人歡心，我有什麼不可以做的呀！」

「懶蟲」蒙喬像一個失寵的的紳士，一個生不逢時的，我的上帝，先天不足的勇士。

「我表姐赫歐希娜在第一個丈夫阿道夫過世以前就和卡梅洛·門德斯有來往，後來找了個適當機會便和他結了婚。我的表姐赫歐希娜和表妹阿德拉一向行為不軌，認為生命短暫，應該充分享樂。那對治癒了的『小耶穌』鳥兒，在我過紅海時死去了，我想，這也好，不然，我的表姐妹也會炸著吃了，那倒更讓我生氣，說得確切些，讓我頭痛。米卡埃拉姨媽，您已經知道，就是我表姐妹的母親，也喜歡猥褻，我感激她，我小的時候，她讓我把手從裙子開口處伸進去，摸她的肚皮和大腿，但是她不脫內裙，米卡埃姨媽不脫內裙，在這方面她很迷信。我可以再喝杯咖啡嗎？謝謝。我的表姐妹有時同拉蒙娜小姐和打針護士羅克萊爾跳探戈舞。我表姐赫歐希娜跳熱了，就要求她們允許她脫掉衣服。我可以脫掉連依裙嗎?隨你脫好啦。我可以脫掉內裙嗎?隨你脫好啦。蒙齊婭,你喜歡我嗎?住嘴,婊子,躺到床上!把燈關上嗎?不關。」

「懶蟲」蒙喬在女人群裡講話時總是用假嗓子,聲音尖利。

「女人就是怪!您說,是吧?」

「不見得,因人而異。」

公墓裡有一孔神水之泉,能治療昏厥,而又不燒壞衣服,比聖水還有效果,這是因為泉水在流出水面之前,也就是說在地下管道流動時——穿行於田鼠、蚯蚓和邪癖之間——上帝就為它賜了福;人們叫它米安蓋依羅水泉,喝涼的泉水可以緩解痳瘋病患者的皮膚腐爛,雖然不能完全治癒,但是能夠減輕病痛。

「我覺得所有女人都可以直接去天堂。」

「我不相信;我想有一半要下地獄,被扔到油鍋裡。有的因為當過妓女,有的因為是吝嗇鬼,還有的因為形容污穢,有些女人太污穢了,法國女人和摩爾女人並不走得很遠。」

雨點滾落在拉蒙娜小姐的房頂上,也滴落在房子的四周、走廊和玻璃上。雨點滴落在伸向河邊花園裡的杜鵑花、柏樹和愛神木上,一切都是濕漉漉的,大地上的水比土還多,十年多一點的時間裡有三個人自殺,還不算多,他們是:一個再也無法忍受痛苦的老太婆,一個玩紙牌(那純粹是陷阱)連女兒都輸掉的推銷員,一個別人說她奶頭永遠長不大的妙齡少女。

「我和你是親戚，在這裡除了卡羅波兄弟那幾棵毒草以外，我們大家都是親戚。你如果願意的話，我讓侍者給咱們煮點巧克力，你為什麼不留下來吃晚飯呀？」

堂布列希莫，即拉蒙娜小姐的亡父，活著時很會用班卓琴彈奏狐步舞曲和查爾斯頓舞曲。

「我父親心腸好，這我早就知道，但是他也有怪癖，我總認為他是半個瘋子，誰也不著跟我講，但是，我覺得探戈舞曲要好聽得多，是一種極好的伴舞曲子。」

巴羅哈㉘的《冒險家沙拉卡因》是一部寫得非常漂亮的小說，繪聲繪色，有情有景，我記不得把這本書借給誰了，借書經常出現這種事，借出去就等於丟了，羅賓·列寶桑借書是還的，我也許沒有把那本書借給任何人，而是放在哪個箱子裡了。真的，這個家亂七八糟。

「你為什麼不留下來和我一道吃晚飯？我有一瓶白蘋果酒，是人家從阿斯圖利亞斯給我捎來的。」

那時，綿綿細雨依然在下，不知道什麼時候開始的，也不知道什麼時候結束，誰也不關注世界在有節奏地、不停地運轉：一個男人控告另外一個男人，然後，當那個人死在水溝裡或公墓的圍牆上時，良心上並不感到有虧；一個女人把裝滿溫水的瓶子隨便塞到身上的什麼地方，這也和任何人沒有關係；一個小孩從樓梯上掉下去當場摔死；羅西克萊爾依然和猴子嬉戲，猴子咳嗽得

---

㉘巴羅哈（1872~1936），西班牙作家。

日甚一日，你看看這些怪毛病！卡羅波兄弟的額頭上都有一塊豬皮樣的斑記，他們先輩也許有誰是野豬，這一點盡人皆知。盲人高登西奧有興致時——若不是強迫他——還是拉瑪祖卡舞曲〈我親愛的瑪利亞娜〉的，沒有眼睛是一回事，沒有興致又是另一回事，高登西奧有一張豐富的節目單。人們反覆無常，許多時候不知道點什麼節目，您沒有看到那支瑪祖卡舞曲只能在某些莊重場合彈奏嗎？那支瑪祖卡舞曲就像唱彌撒一樣，有國家的時間、地點，儀式必須莊重。手風琴是一種感傷樂器，拉不好本身就很悲痛，人們對什麼都不尊重了，看來我們已快到世界末日了。巴加涅依拉人玻利卡．波多莫利斯克．埃斯波西多的一隻手上少了三個手指，那是他一天和親戚去馬場，在蘇雷斯山上被一匹種馬咬掉的。巴加涅依拉人玻利卡波住在塞拉．德．坎巴隆，他父親死的那天房屋頂倒塌，結果三隻馴養得服貼聽話、活蹦亂跳的負鼠跑失了。巴加涅依拉人玻利卡波用小指和大拇指什麼都能做，一個人什麼都能適應，玻利卡波常常跑到公路上去，開往聖地牙哥汽車上總有兩、三個神父不住地吃榛子和乾無花果，他們滿臉傻氣，鬍鬚胡亂地刮了一下，不時偷偷地露出神秘的微笑，好像在打著壞主意。內戰之前，神父們坐在公共汽車上大口大口地咀嚼臘腸，打嗝放屁，引起哄堂大笑。堂馬利亞諾．維濟瓦爾是上下排氣的是有名的神父，在全省沒有一個人能與他媲美，戰爭剛剛開始堂馬利亞諾就死了，他跑到鐘樓上去修理大鐘，一隻腳踏空掉到前廳的棺木上，後腦勺開了花。當馬利亞諾如果吃得好，能在六個小時或更多的時間裡連續打嗝放屁。

「這個屁是放給那些異教徒的！」

「好了，堂馬利亞諾，您這樣會患疝氣的！」

「我患疝氣？絕對不會！這個屁是放給那些新教徒的，他媽的！讓路德見鬼去吧！」

世界上最好的臘腸（當然囉，人們都這麼說，也許還有好的），是阿德加做的那種。

「我亡夫的氣色非常好，因為他能整根吞食臘腸，把細繩割掉，把臘腸塞到嘴裡吞下去。可憐的西德朗，安息吧！他是多麼喜歡我的臘腸呀！他有時對我說：臘腸從我那『傢伙』頂端跑出來，親愛的阿德加，還是給你吃吧。好吧！殺死我亡夫的那個死鬼從來沒有吃過那麼好的臘腸，殺死我亡夫的那個死鬼，是外地來的餓死鬼。」

阿德加製做臘腸有一條嚴格的規矩，首先必須是當地品種並且用當地方法飼養的肉豬，即豬的飼料應該是玉米，用捲心菜、土豆、玉米麵、乾麵包、菜豆以及其他所有能夠熬煮的、營養價值高的東西熬煮得糊糊的；豬還要呼吸鮮空氣，到山上散步，拱土尋找蚯蚓和其他小蟲子。豬必須用熟鐵器而不是鋼刀屠宰，按照眾所周知的習慣，也就是說，要下手狠，誰也沒有過錯。製作上等臘腸首先要把里脊肉剁好，適當加些前肘肉和排骨肉，一定注意不要摻雜進碎骨，多加些淡花椒粉，再加少許辣花椒粉、鹽、蒜末和一定量的水；耐心攪拌以後，再存放一天。第二天早晨，先生著品一下味道，然後炒熟了再嚐一嚐，看看味道如何，缺什麼佐料補加一些，總免不了缺什麼佐料的。第三天，再攪拌一次，第一四天則可以把肉灌住腸子裡去，最好用肛腸，爾後按照需要一節一節地用細繩繫好。最後把灌好的臘腸放在灶上燻烤兩、三個星期，直至變硬為止，堅硬了，就是燻烤好了，可以食用了；櫟木燻烤臘最好，別有風味。馬上食用的要吊掛起來，需要保存的，仔細洗乾淨以後還要塗上一層油。

「我亡夫的身體抵抗力很強，因為他能整根地吞食臘腸，有時割掉細繩，有時連細繩也不割，臘腸頭朝外，整根吞下去，有時一天能吞下五根臘腸，他屏住呼吸，根本不會卡在嗓子裡。」

卡杜恰和蘇阿爾瓦里沙那邊有幾條小溪，雨點滴落在小溪的水面上，那時天空有一個剛剛過世的小男孩的幽靈掠過，小天使，回到天堂去吧！孩子們死了，幾乎在人們不知曉的時候死了，他們死了，安息了，糟糕的是大人，他們要東奔西跑，付出大筆開銷，醫生呀，藥劑師呀，神父呀，比較好的棺木呀，守喪呀，唱彌撒和做祈禱呀，現在還要有口頭遺囑什麼的，為此常常發生爭吵……朋費拉達人瑪魯哈·博德隆過去曾和技術員塞爾索·巴列拉，即埃米莉塔姨媽原來的未婚夫有過關係，瑪魯哈不是喜劇演員，但是看上去很像，當然也像首飾店老闆的情婦。瑪魯哈頭髮金黃，睫毛很長。

「她把嘴唇塗得跟心臟一樣紅吧？」

「沒有，為什麼問這個？」

「在男人面前抽煙吧？」

「不在男人面前抽煙。」

瑪魯哈有一副討人喜歡的面孔，走起路來步履矯健，有派頭，從這裡可以看出她是個優良「品種」。瑪魯哈胸部比較豐滿，男人一般都喜歡胸部豐滿的女人，只是她的聲音不美，說話像烏鴉叫一樣。瑪魯哈確實在男人面前抽煙，也確實把嘴唇塗得心臟那樣紅，她用「米切爾」牌的唇筆之王。塞爾索．巴列拉本來沒有錢，但也要花一些以滿足她的嗜好，喝杯苦艾酒呀，買盒糖果呀，還買女士包、耳墜什麼的，而且開銷越來越多，最近連一文錢也剩不下了，欠一屁股債，瑪魯哈則禮尚往來，給他剪指甲，洗腦袋。

「和那個粗鄙的女人相比，你更喜歡我吧？」

赫蘇莎姨媽的未婚夫里卡多．巴斯蓋斯．維拉里尼奧，被殺害時只差兩門功課就當上藥劑師了。

「不殺害他也可能殺害別人呀，您說，是吧？都是我的命不好。」

「哪裡，我不知道該對您說什麼好，是您的未婚夫命不好。」

「是這樣，您說得對。」

戈雷齊奧．通達斯肩上扛著一根釣魚竿，沿著另一個世界的邊緣往下走去。

「戈雷齊奧，你去哪兒呀？」

「我去貝倫．德．猶得亞釣聖嬰去。」

「我的天，你這是在說什麼呀！」

「天亮時你來看看就知道啦。」

細雨連綿，新的一天就要降臨了，細雨滴落在戈雷齊奧．通達斯的頭上。他坐在河邊的一塊岩石上，在靜靜地釣鱒魚，好像死人一樣。

「戈雷齊奧，你是不是死了！」

「我是死了，已經死了六個多小時了，誰也不來看我一眼。聖嬰被人們托上毛驢，帶到埃及去了，據說他在這兒待不慣。」

人們以為我們古欣德人和莫蘭人是一樣的，其實並非如此，那是人們弄不清楚親緣關係，我們都是亞當和夏娃的後代（埃米莉塔說明費拉達的女人不是亞當和夏娃的後代，朋費拉達的女人是猴子變來的，謝天謝地），並不是所有古欣德人都是莫蘭人，但所有莫蘭人都是古欣德人，事情再清楚不過了，不過，我們有什麼辦法呀！實際上，什麼也不清楚，我們莫蘭人比古欣德人少，我們完全可以比古欣德人多，結果我們少，莫蘭人就是我們這些姓馬爾維斯、塞拉和法拉米尼亞斯的人，其他人雖然是親戚，但不是莫蘭人，這部分人和那部分人具有同等重要性，我們都吃得很好。在「安息」作坊裡，即我們祖輩的棺材工廠裡，曾經有一位義大利人，誰也不知道他是怎麼來的，他已經死了，我的幾個表兄弟用火漆封住了他的屁股，並且用細麻繩縫牢，然後綑在卡瓦耶迪尼亞村附近，即離奧塞依羅教堂神父住地遠一些的一棵大樹上。我已經忘記他叫什麼名字，但我記得清清楚楚，放掉他時他大發雷霆，真的，他真不該忍受那種討厭的玩笑。可憐的洛爾德斯舅媽的屍體可能只有到最後審判那天才會收攏完整，因為她被胡亂扔在了巴黎的一個萬人坑裡。格列托舅舅彈奏爵士樂，而且彈奏得有聲有色，每年的二月十一日，即與他的亡妻同名的宗教殉難者犧牲的那天，他同時彈奏多種樂器：小鼓、大鼓、定音鼓、手鼓、三角鐵和鈸，可能還有其他樂器；那個有點學歷到處殺人的壞蛋堂赫蘇斯．曼薩內多死時，就連他的兒子都不為他組織樂隊吹打。

「瘋婆托拉能和綿羊幹那種髒事嗎？你說說看。」

「什麼！幹那種事有什麼不好！更糟糕的是她還和法比安．莫喬睡覺呢，這事你是知道的！如果一個女人不要臉，什麼事她都能幹出來，而且一輩子改不了。」

婊子兒子的第九個特徵是吝嗇，法比安．明蓋拉很窮，但是他有那麼多的積蓄，完全可以成為一個大富豪。

「那麼，他掙那麼多錢都幹了什麼呢？」

「誰也不知道，也許他掙的錢並不像人們傳說的那麼多。」

談到音樂，堂布雷希莫．法拉米尼亞斯．霍辛是堂法烏斯蒂諾．桑塔利塞斯．佩雷斯的知音，後者是旁德人，他十分欣賞後者知識廣博，會唱愛情歌曲，會彈奏搖把琴。

「那才是真正的藝術呢，而班卓琴吱吱呀呀的，太刺耳了！我如果像我的朋友法烏斯蒂諾那樣會彈奏，早就把班卓琴扔到大街上了！」

堂布雷希莫最喜歡聽堂加依費羅斯的愛情歌曲了。

「我不知道中世紀是什麼樣子，到處都是乞討施捨的神父、癩頭癩腦的紳士、痨病纏身的行吟詩人和行竊搶劫的朝聖者，這些人比比皆是，無惡不作。這是好多好多年以前的情形，但是很可能要比現代好，儘管現代有無線電、飛機和其他發明，堂桑喬的愛情歌曲也很動聽。」

堂娜普拉．加羅特，即帕羅恰，天氣不好時總是圍著一條馬尼拉大披巾，只要電閃電鳴，帕羅恰就去尋找她的大披巾。每個人都有自己懼怕的東西和恐懼的方式，她用大披巾把腦袋包得嚴嚴的，趴在床上，最好是木床而不是鐵床。她在黑暗中屏住呼吸，像死人一樣一動也不動，閉著眼睛，結結巴巴地低聲誦念禱祠，祈求聖母保佑，直至危險過去。平時，她對自己的東西看得很嚴，而這種時候就可以任意偷拿了，並且不會被她發覺。帕羅恰的大披巾遠近有名，堂娜普拉年輕時至少照了二十張或裸體或包著頭巾的藝術照片：把一隻奶頭露在外面，手裡拿著花瓶；把兩隻奶頭露出外面，站在畫有埃及金字塔的布景前；躺在長沙發上，一條腿搭在另一條腿上；屁股對著鏡子；把富有雕像美的、嬌柔的雙肩露出來，站在埃菲爾鐵塔前，等等。這些照片都是在拉馬斯．德．卡爾瓦哈爾大街的門德斯照相館拍的，她用實物付給主人門德斯照相費用，太可怕了，時間過得真快！帕羅恰的馬尼拉大披巾是奶油色的，邊穗寬大，上面用五顏六色的絲線刺繡的中國人像至少有三百個，每個人都是一副象牙臉，修士堂希爾維里奥說那是賽璐珞臉，其實不是，是象牙臉，有的在散步，有的搞雜技，還有的打著傘不讓太陽曬著，等等。

「帕羅恰的那個馬尼拉大披巾，值多少錢呀？」

「不知道，我看少不了；很可能那在奧倫塞省是首屈一指的馬尼拉大披巾了。」

佩貝尼奧·波沙達·科依雷斯得了腦膜炎，已經擡不起頭來了，死倒是沒有死，這是實情，可是有點神智不清，活像一條鰺魚，人們都管佩貝尼奧叫「鰺」，因為他像鰺魚，「鰺魚」佩貝尼奧在「安息」棺材廠做工，當助理電工，也很會打包；人們都說「鰺魚」佩貝尼奧女人氣，對，這話說得不錯，他是個地地道道的同性戀者，他最喜歡幹的事莫過於耍小男孩，不管白天黑夜都把西蒙希尼奧，即「小綿羊」帶在身邊，對聾啞人他就更加放肆了，以致達到了無以復加的地步。「鰺魚」佩貝尼奧倉卒地結了婚，最後妻子孔齊婭·德·科娜逃離了他，這很自然，是屢見不鮮的事。「鰺魚」佩貝尼奧從監獄裡出來了，因為他同意割掉睪丸，這樣做是有道理的。手術後，「鰺魚」佩貝尼奧並沒有改邪歸正，醫生、律師和法官都說他手淫，而手淫應該使人變得安穩些，另外，他全身骨頭疼痛，頭痛得更厲害。

「佩貝尼奧，骨頭痛嗎？」

「有點痛，先生。」

「腦袋呢？」

「也有點，先生。」

「不過，只好忍受啦。」

「我知道，先生。」

給「鰺魚」佩貝尼奧注射激素，讓他病情好轉，可是效果並不理想，注射激素大概是一種試驗吧。

「他不害怕嗎？」

「當然害怕；但他一走近小男孩，摸著孩子的屁股就忘掉害怕了。警察抓住他的時候，他對警察局的頭頭說：是西蒙希尼奧先掏出『小雞兒』讓我摸的，我本來不想摸。」

牛車在土路上慢慢地轉動著，車軸發出吱吱呀呀的響聲，響聲鑽進耳朵裡，牛車車軸的響聲消失以後，耳朵裡的吱吱呀呀聲仍然嗡嗡作響，牛車車軸的響聲總有另一輛車的車軸響聲作答，起碼有它自己的回聲相伴，而如果回聲睡去了，上帝則會奏起他的小提琴和它交談。貝妮希亞有兩隻栗子一樣的奶頭，像栗子那樣堅挺，和栗子一樣的顏色，貝妮希亞是高登西奧的外甥女，後者是帕羅恰妓院拉手風琴的盲人琴師。

「高登西奧，你如果拉一段瑪祖卡舞曲，我給你一個比塞塔。」

「那得看拉哪一段瑪祖卡舞曲了。」

貝妮希亞不識字，她沒有必要識字；貝妮希亞性格歡快，她走到哪裡就把生命帶到哪裡。

「你想扳手腕嗎？你如果贏了，我就讓你吃我的奶頭，但要是輸了，你得讓我揪你的那個

『傢伙』，直到你喊爹叫娘，好嗎？」

「我不幹。」

貝妮希亞是一架既享受歡樂同時也製造歡樂的機器。貝妮希亞每當積攢了一點錢，就給人買件禮物，咖啡壺呀，煙盒呀，對於男人必須多多關照。

「我們跳一支探戈曲子吧？」

「不跳；我太累了，過來，和我一塊兒坐一會兒。」

貝妮希亞每個月的第一個和第三個星期二都接待卡瓦耶達的聖瑪利亞教堂神父，即「耗子」塞費利諾·加莫索，把日子固定下來，只有所得而無所失。

「喂，堂塞費利諾！你越來越讓我舒服了！但願上帝原諒我！別害怕！」

貝妮希亞喜歡光著身子忙廚房裡的活兒。

貝妮希亞很會炒菜，煎魚呀，拌涼菜呀，她拌的涼菜既好吃又有營養，裡面有捲心菜包里脊肉、火腿、蒜瓣、歐芹、葱頭、香料和雞蛋。神父「耗子」是漁夫，對貝妮希亞很有禮貌，捕魚的人作風一般都很正派。貝妮希亞有一雙碧藍的眼睛，她像一盤水磨，從不停止轉動。

「在你身邊給我留個地方，好嗎？」

「好的。」

貝妮希亞說，聖羅丹在巴爾科·德·瓦爾德歐拉斯、佩廷甚至魯比亞納一帶殘殺撒拉遜人。

一天，聖羅丹往恩西尼亞·德·拉斯特拉斯山上走去，碰見兩個相貌超群的摩爾姑娘。儘管他騎馬窮追不捨，卻怎麼也趕不上她們；馬跑得那麼快，他的骨架都要顛散了；聖羅丹看到無望趕上兩個漂亮姑娘，便大聲詛咒起來，摩爾姑娘頓時變成了兩塊岩石，兩塊雪白晶瑩的岩石，直到現在還一左一右地守在路兩旁。

「我覺得在那兩塊岩石上看見了聖羅丹的幽靈，我設法逃開，但是怎麼也逃不脫，對了，我也不想逃脫，因為我很平靜，心情也很高興。聖羅丹說話有點古怪，我總覺得他魂不附體。」

「那麼，聖羅丹給你講的是卡斯蒂利亞語㉙還是加利西亞語？」

「給我講的好像是拉丁語，不過我聽得懂。」

貝妮希亞的母親阿德加知道許多當地流傳的故事，許多神話。她也拉手風琴，拉得乾淨俐落，有感情。她拉得最好的曲子是〈凡菲內特〉這支波爾卡舞曲。

「您的外祖父曾和幾個女人談過戀愛，事情鬧得滿城風雨，甚至出了人命。瑪內齊婭·阿米耶羅斯是個很精明的女人，您的外祖父很有眼力。她相貌好，腿長，頭髮像蠶絲一樣。人們都說，誰都想看上她一眼。您的外祖父用棍子把瑪內齊婭的哥哥胡安·阿米耶羅斯打死了。這倒無關緊要，兩個男人打架，如果沒有人及時勸阻，常常會發生這種事。他是在格拉維利尼奧河的拐

---

㉙卡斯蒂利亞語是純正的西班牙語。

彎處把他打死的，不過，他對瑪內齊婭很好，這姑娘去了西班牙首都，在那兒開了一家小店，發了大財。您的外祖父在巴西待了幾年，臨行前對他的正式未婚妻，即後來成了您外祖母的姑娘說：『特雷莎，你等我嗎？』她回答說：『等，一定等。』這樣他就去了大洋彼岸。在那兒當了十四年的美洲人，回來時才結婚，他沒有給妻子寫過一封信，但是他一直記著自己說的話。我再給您斟點酒嗎？」

傻子羅基尼奧．博倫曾被關在彩色鐵櫃裡——海藍色、金色、橘色和菜綠色——長達五年之久，他母親的心情很不好。羅基尼奧．博倫的母親認為傻子比一般人，甚至比野獸更凶野。

「上帝既然創造了他們，總是為了點什麼吧？」

羅基尼奧．博倫的母親每次燙傷時，或者滾開的油濺到身上，或者削土豆劃破手，都拿傻子出氣。

「你看什麼呀，傻子，你比傻子還傻三分。」

羅基尼奧．博倫的母親叫塞孔蒂娜，她心腸狠。

「喂，親愛的，上帝把這個傻子打發到我這兒來：都是我的罪過呀，讓我背上這麼個沉重的十字架！羅基尼奧，快點，別傻愣著。」

羅基尼奧的母親在沒人看見的時候也抽煙，抽的都是從芬科酒館拾來的煙頭兒。她是酒店老闆娘雷梅迪歐斯的好朋友，她幫助她洗衣服，宰雞鴨，送信，她也抽玉蘭葉。塞孔蒂娜養著一條狗，這狗吃爛煙頭，總是一副醉相，整天處於半昏迷狀態，女主人情緒好的時候，這個小動物也會得到優待。人們說羅基尼奧之所以那個樣子，是因為他母親餵養他時，每天夜裡都有一條蛇去吸她的奶，可憐的羅基尼奧常常挨餓，我不敢說沒有這種事，但是我認為他生下來就傻，這可以從他的眼色看出來。

「你知道用一個硬幣能幹什麼嗎？」

「知道，先生，可以治馬蜂的蜇傷。」

「褲頭」埃烏特洛把頭髮剪得很短，像刷子一樣，他總是緊皺眉心，額頭又窄小，一副粗俗模樣。

「埃烏特洛，人家都說『葡萄牙女人』瑪爾塔不願意和你睡覺，因為你往高登西奧身上吐痰。」

「說這種話的人一定是婊子養的，堂塞爾萬多，請原諒。」

堂塞爾萬多不允許任何人在他面前講髒話。

「別激動，你這個狗屎不如的『褲頭』，當心我把你剁了。」

埃烏特洛安靜了下來，因為堂塞爾萬多是省議員，埃烏特洛很知道同這樣的的人要保持一定的距離。

「埃烏特洛，到煙攤去給我買一本捲煙紙。」

「買紫竹煙攤的？」

「最好買玫瑰煙攤的。」

費娜最高興男人粗野地騎她，而騎手最好是一位中年神父，年紀不要太輕，也不要太大，塔博亞德拉的聖米格爾教堂神父即「玉米穗」塞萊斯蒂諾，是在床上征服女人的能工巧匠，費娜·拉蒙德的亡夫安東·貢蒂米爾，這個在奧倫塞火車站被一輛貨車軋死的可憐結巴，一直沒能征服自己的妻子。

「方濟各修士的那個『傢伙』比你的兩個還長，沒用的東西，你能幹什麼呀。」

費娜很會炖兔肉，塞萊斯蒂諾不管她是不是在月經期間。

「小兔子還有血呢，你知道，我是從來不限制你的。」

法國人信奉天主教，按照他們自己的方式信奉天主教，和我們西班牙人不一樣。他們給洛爾德斯舅媽染上了天花，然後扔到了萬人坑裡，當然咯，是在死後扔的，法國人從來不拐彎抹角，而是直言不諱。洛爾德斯舅媽是度蜜月時死去的，從暖烘烘的洞房一下子轉到了冷冰冰的墓穴，這好像朋松·杜·特拉爾㉚的一部小說的名字，一個人什麼時候死，死在什麼地方，都是上帝安排好的。法國人給她染上了天花，格列托舅舅只好當鰥夫了。

---

㉚朋松·杜·特拉爾（1829~1871），法國作家。

曼努埃利尼奥·雷梅塞依羅·多明蓋斯把一隻烏鴉蛋放在腋下孵化，全部問題就在於安安靜靜地待著，不把蛋弄破。曼努埃利尼奥·雷梅塞依羅·多明蓋斯被關在監獄裡，原因是他用棍子打死過一個人，朝聖時棍飛棒舞，這您是知道的，可是，據說有一根棍子塗了毒藥，於是造成了慘案。

「種下了災難？」

「對，先生。種下了災難。人們永遠無法知道上帝什麼時候就想出個新主意來，因為他情緒多變，反覆無常。」

停了一會兒之後，堂格拉烏迪奧·多皮科問道：

「喂，您剛才說的事，是從哪兒販來的？」

「我的天，怎麼這樣問呀？這和您有他媽的什麼關係呀？」

曼努埃利尼奥·雷梅塞依羅·多明蓋斯仔細地照顧剛出殼的小鳥，現在，這隻小鳥成了他的好伴侶。

「小烏鴉叫什麼名字呀？」

「蒙喬，和我那個死於百日咳的表哥名字一樣。好聽嗎？」

「好聽，這個名字很漂亮，可是不知道小鳥招人喜歡不？」

「那還用說呀！」

一大早，蒙喬就從窗欄鑽出去，飛到外邊。

「牠扇動兩隻翅膀，太討人喜歡了，真像一個小魔鬼，聰明極了。」

傍晚，太陽快落山時，蒙喬回到家裡，牠每次都準時飛回來，不是落到曼努埃利尼奧的頭上，就是落在他的肩上。

「每次都回來嗎？」

「每次都回來，先生，我覺得牠不會飛到別的地方去。牠每次都給我帶回一件禮物，玻璃杯呀，蝸牛呀，栗子什麼的……」

曼努埃利尼奧教蒙喬打哨，牠現在已經會幾小節〈我親愛的瑪利亞娜〉了！盲人琴師高登西奧只有在特定的場合才拉這支瑪祖卡舞曲。

「高登西奧，把那支瑪祖卡舞曲拉給我們聽聽，好不好？」

「住嘴，懶蟲！」

蒙喬還會說話呢，曼努埃利尼奧很想讓牠學會寒暄問候：早安，堂克里斯朵瓦爾；下午好，堂娜麗塔；昭安，卡斯托拉，祝您萬事如意。曼努埃利尼奧的一個老熟人馬梅爾托·帕依松也有一隻烏鴉，會按照字母順序說出奧倫塞行政區的地方來：阿利亞里茲、旁德、卡爾瓦利尼奧、塞拉諾瓦，等等。教烏鴉說話要比學烏鴉說話容易得多，烏鴉會預測陰雨、疾病和死亡，用七十多種不同的叫聲表達不同的意思。

「我現在很想飼養一隻朱頂雀，這種鳥兒會唱祝福歌，可是，到什麼地方去弄朱頂雀蛋呀？」

費雷依拉維利亞人阿得利安．埃斯特維茲是佛茨市的一位有名的潛水員，他在佛茨河口處的水底下發現一艘德國潛水艇和全部船員的屍體。阿得利安．埃斯特維茲既勇敢又會游泳，人們都管他叫「鯊魚」。「鯊魚」是「蠻子」巴爾多梅羅的朋友，他讓後者陪他到安德拉湖去一趟。

「在桑地亞斯我有一位親戚，他一定知道安蒂奧基亞城裡埋在什麼地方，他是那兒的人，一定知道。我陪你去，我不下水，但我陪你去，我的唯一一個條件就是你不要打死青蛙，因為青蛙都是我的表姐妹。你可以發笑，這沒有關係，但是安德拉湖中的青蛙確實是我的表姐妹，我可以對你發誓。」

「蠻子」巴爾多梅羅在胳臂上刺了一幅紋身圖，一個赤身裸體的女人被一個長蛇纏繞著，女人象徵走運，蛇代表靈魂的三大威力。

「對此我一竅不通。」

「這裡面有學問。」

「鯊魚」想潛到湖底，躲過加利西亞人德希奧㉛的羅馬士兵以及威爾斯國王阿爾圖斯㉜的忠

---

㉛德希奧於公元 249～261 年間繼承羅馬帝國皇位。

誠戰士的血跡，去偷盜安蒂奧基亞城的大鐘。

「我知道有三副惡咒，可是那也值得，安蒂奧基亞的大鐘價值連城。」

一天夜裡，夜鶯啼鳴，貓頭鷹哀叫，星星在天穹閃爍，「鯊魚」撲通跳到水裡，他全身一絲不掛，胸部用紅赭石畫一個斜十字。

「十字會被水沖掉吧？」

「不會，我看不會，十字不怕水沖。」

「蠻子」端著獵槍站在岸邊，當時只有他一個人在場。「鯊魚」每一分鐘或一分半鐘浮出水面換一次氣，然後再潛下去。

「挺得住嗎？」

「暫時沒問題，只要身上不冷就沒問題。」

「鯊魚」這樣浮出潛下足有一百次，他覺得身上冷了，受不住了。

「大鐘不很深，不過很牢，最大的那鼎鐘的鐘舌上吊著一隻狼，這事也奇了！狼已經被魚吃掉了一半身子。你不要告訴任何人我們來過這兒。」

「放心好了。」

---

㉜阿爾圖斯為公元4世紀的威爾斯國王。

溫塞亞一家的無名啞巴女傭是被狗咬死的，死得很慘。溫塞亞一家的無名啞巴女傭可能是葡萄牙人，她的長相很像葡萄牙人，她比誰都會煮咖啡酒，有技藝，待人也親切。溫塞亞兄弟的母親多玲達對於女傭的死十分悲痛，她都一〇三歲了，有些事總得有個人手幫忙料理呀。

「我們到奧倫塞去，在帕羅恰妓院暖和一下身子。」

「好吧。」

聖地牙哥人堂埃烏赫尼奧·蒙德羅·里約斯的女婿，即馬拉加臺利亞人（對了，他不是馬拉加臺利亞人，而是阿斯托加人）堂曼努埃爾·加西亞·普列托㉝執政期間，溫塞亞一家的那位無名啞巴女傭和民警的一個警官有過一個孩子，這個警官穿胸衣，名字叫多羅特歐。

「他是哪兒人？」

「不知道，他自己說是塞拉諾瓦那邊的人，也就是說是拉米蘭內斯人，不過，我看他是阿斯圖利亞斯人，只是他不願意說出來罷了，有些人很怪，這您是知道的。」

多羅特歐經常做瑞典體操，高聲朗誦埃斯普隆塞達㉞的詩作〈海盜之歌〉：每夥海盜十門大炮，順風揚帆潛逃……多羅特歐不喜歡光顧酒館，也不去朝聖，不值班時便留在軍營裡閱讀一些

---

㉝曼努埃爾·加西亞·普列托（1859～1938），曾4次出任西班牙政府首相。

㉞埃斯普隆塞達（1808～1842），西班牙著名浪漫主義詩人。

詩人的作品，像埃斯普隆塞達啦，努涅斯．德．阿爾塞㉟啦，坎波阿莫爾㊱啦，安東尼奧．格里洛㊲啦，人們都說，多羅特歐警官也喜歡和女人發生肉體關係。他之所以挑選了溫塞亞一家的啞巴女傭，是因為她行為謹慎，不會把事情透露出去，對了，她不會把事情透露出去，這與其說她行事謹慎，毋寧說她是啞巴，不過，反正都是一樣。多羅特歐留著小鬍子，留著狠狗凱瑟那樣的鬍子，很能引起女人的注意。啞巴女傭很傾心於他，這是多羅特歐說的，多羅特歐一碰到她身子，她便四處抓撓他，發出一些奇怪的呀呀聲。

「那她不是像老鼠嗎？」

「不對；應該說像綿羊。」

多羅特歐和啞巴女傭生的兒子現在在阿利亞里茲有一輛出租汽車，生活很好，他的太太是接生婆，三個孩子都在聖地牙哥上學：女兒學藥學，大兒子學師範，二兒子學醫。曼努埃利巴奧．雷梅塞依羅．多明蓋斯很不走運。現在失去了自由，在這個世界上，有的人運氣好一些，有的人壞一些。

---

㉟努涅斯．德．阿爾塞（1834～1903），西班牙浪漫主義詩人。

㊱坎波阿莫爾（1817～1901），在西班牙民間享有盛譽的詩人。

㊲安東尼奧．格里洛（1945～1906），西班牙詩人。

「什麼時候能出來?」

「誰也說不清。」

在阿格羅聖蒂尼奧山上有一隻母狐狸，專門吃雛雞，不喜歡母雞，看來牠嫌母雞老。

「他媽的，這隻母狐狸真有公主小姐的派頭呀!以前的母狐狸卻比牠凶，但也是有什麼就吃什麼呀!」

「對，以前是那樣。」

堂格拉烏迪奧．多皮科．拉布涅依羅住在堂娜埃爾維拉夫人的店裡，由此人們都說他和老闆娘有關係，不過很隱蔽;堂格拉烏迪奧和卡斯托拉也有關係，這個女傭是堂克里斯朵瓦爾送給他的。

「送給他的?」

「對，你會聽懂我的意思的。」

多羅特歐警官除了朗誦詩露以外，還彈奏豎琴，華爾茲是他的保留節目。「殺人兇手」馬努埃爾．布蘭科．羅馬桑塔像狼一樣吞食活人，一位中國醫生使他免遭絞刑，說是中國醫生，其實既不是醫生也不是中國人，而是催眠師，是英國人，他叫菲力浦，在阿爾及爾當生物電學老師。中國醫生寫了一封信，西班牙司法部為這封信委實大亂了一陣，伊莎貝爾二世㊳女王得知科學的長足進步以後，赦免了這個罪犯。野狼是不堪忍受鐵窗生活的，馬努埃爾．布蘭科．羅馬桑塔被關了一年，就因為沒有自由而憂傷致死。有的人對監牢很敏感，甚至一死了之，麻雀也是這樣。在阿利亞里茲的聖維里斯莫·德·埃皮涅依羅斯堂每個二月二十九日，即閏年的二月二十九日，都為那個狠人的亡靈做彌撒，這種傳統在內戰開始以後才丟掉。聖維里斯莫·德·埃斯皮涅依羅斯教堂的大鐘是那樣神奇，太陽照到它時便鳴響起來，不知道的人還以為是別的什麼東西呢。

「格列托舅舅。」

「有事說吧，親愛的卡米羅。」

「給我十個雷阿爾？」

「不行。」

「那就六個吧。」

「也不行。」

我舅舅和姨媽的家在阿爾瓦羅納，牆壁上爬滿了常青藤和香豆，寬敞明亮，現在幾乎東倒西歪了。

「你還記得那隻烏鴉偷吃瞎子森德里茨的飯嗎？他是世界上最壞的瞎子，上帝打發一隻小鳥偷吃他的飯，以此懲罰他，他險些餓死。」

---

㊳伊莎貝爾二世，1830 年至 1904 年在世。

堂格拉烏迪奧．多皮科．拉布湼依羅在學校當老師，好像和老闆娘埃爾維拉夫人有關係，這方面的情況已經介紹過一些了。

「卡斯托拉很風騷，我早就知道，但是她比我小三十歲，有很大的優越性，我不把她趕到大街上去，是想把你拴在這兒，你永遠愛我嗎？」

「親愛的，永遠愛你，永遠愛你，我不知道說過多少次了……這誰都知道！」

堂娜埃爾維拉和堂格拉烏迪奧只有躺在床上時才以「你」相稱，表面上卻保持著適當的距離。堂格拉烏迪奧難得和卡斯托拉睡一次，堂娜埃爾維拉對他們兩個人監視得很厲害，但他確實可以做到的是，在走廊裡和她相遇時摸摸她的乳房和臀部。

「堂格拉烏迪奧，別動手動腳的，您這樣能解決什麼問題呀？到了星期日什麼都是您的了。」

堂格拉烏迪奧和卡斯托拉星期日下午在臘羅公路上的食品店幽會。店老闆是堂格拉烏迪奧的朋友，他把鑰匙交給他，那兒有彈簧床、洗手間。堂娜埃爾維拉給堂克里斯朵瓦爾更多的自由，她對他並沒有多少感情。

「堂克里斯朵瓦爾，您算走運，想和我睡覺的話，只要推門進來就行了！」

「住嘴，別那麼放肆！快去幹你的事吧。」

曼努埃利尼奧．雷梅塞依羅．多明蓋斯的朋友馬梅爾托．巴依松準備去當足球運動員，可是，這個想法夭折了，他發明了一樣東西，因而不得不放棄當足球運動員的想法。

「你從來沒有想到當神父？」

「沒有，夫人，從來沒有想到。」

「懶蟲」蒙喬是個撒謊大王，瘸子一般都愛說謊，當然有的瘸子不這樣，但說謊是一般的規律。

「我表姐赫歐希娜在她的第一個丈夫阿道夫在世時，就像『瘋婆』卡塔利娜．巴茵特一樣光著身子去路西奧．莫羅水磨坊的池塘裡洗澡，有一條鱒魚瞪著眼盯著她的奶頭，直到我表姐離開時牠才動一下身子，我表姐的奶頭很好看，奇怪的是一條鱒魚像小伙子那樣怔怔地看著她的奶頭。」

阿道夫．佩諾塔．阿烏加萊瓦達外號叫「小丑」，他曾經是瑪利亞．阿烏希利亞多拉．波拉斯的未婚夫，後者看到他活不長便拋棄了他。

「這傢伙已經是個快死的人了，我知道得很清楚，只要摸摸他的雙手就知道了。」

「懶蟲」蒙喬也看到過一隻負鼠和一隻兔子爬到岸邊的岩石上，興奮甚至貪婪地觀看我表姐的奶頭。

「你看看，這些小動物都是如此，這是牠們的本能呀！」

瑪利亞．阿烏希利亞多拉．波拉斯做出那個決定是有充分理由的。

「那傢伙都是快死的人了，只要看看他那失去光澤的皮膚，只要摸摸他的兩隻手就知道了，我把他推給了赫歐希娜，讓她去給他守喪吧，別讓死鬼髒了我的身子，好了，我對死人可不感興趣。」

「可是，瑪莉亞．阿烏希利亞多拉，你身子還乾淨嗎？」

「住嘴，小孩子，吃你的奶去吧，這和你有什麼關係？」

「瑪利亞．阿烏希利亞多拉，別激動！別那麼大聲和我講話！」

「小丑」阿道夫於是和赫歐希娜結了婚，但是他沒有活多久，天意讓他活得比預料的長些，不過，眼睜睜地看著自己的妻子和別人尋歡作樂，他實在不堪忍受此辱，便鑽到大衣櫃裡，在掛衣服的橫樑上吊死了，有人說是他妻子用草煮水把他毒死的，這可想而知，法官打開衣櫃門，死人一下子倒在他身上，嚇得他魂不附體。

「他媽的，居然有這樣尋死的！他竟以這種方式歡迎我！」

卡邁洛．門德斯幫助赫歐希娜料理後事，當法官不注意時，他伸手去摸赫歐希娜。

「別動手動腳的，門德斯，把死人擡走以後，我們有時間玩的。」

「好吧，親愛的，你知道，你怎麼吩咐我就怎麼做，你的意志就是我的意志。」

「懶蟲」蒙喬很有感情地談論著他的表姐赫歐希娜、表妹阿德拉以及兩者的母親。

「她就像我的母親。米卡埃拉姨媽對我一直很好，她喜歡我，我小的時候，她給我買《迪克·吐賓歷險記》，家裡只有我們兩個人時，她常常逗弄我。她問我：『小流氓，舒服嗎？』聽到這話我的心都要跳出來了。」

許多人參加了阿道夫的葬禮，這種不幸的人很有同情者。陪同送葬的人談論凱爾特·德·維哥足球俱樂部，談論小寡婦人多麼好、多麼迷人。

「那麼，他妹妹呢？」

「這怎麼好比呢，兩個人根本不一樣。」

「懶蟲」在摩爾人居住區失去一條腿，他從梅利利亞回來時安了假腿，但他很高興。

「你這麼不幸；怎麼還樂呵呵的呀？」

「我笑是因為，如果給我安一個假靈魂就更糟了。」

在我家住的房子裡，有三頂白色的卡洛斯分子的貝雷帽年復一年地隨便扔在地上，每頂帽子都用金線繡著邊飾，那是我媽媽的一位舅舅，堂塞維利諾·洛沙達留下來的，他曾晉升為卡洛斯軍隊的陸軍上校，在奧爾德內斯和阿蘇亞地區打仗，這兩個地區住於坦伯列河兩岸、杜布拉谷地和梅利德平川之間。在那裡，內戰臨近結束時，被稱為「佛塞利亞斯」游擊隊員貝尼格諾·加西亞·安特拉德和曼努埃爾·朋特糾合在一起，有些地方很適宜有火藥味，流血。狂歡節時，我舅舅格列托把堂塞維利諾的三頂貝雷帽拿到大街上踢來踢去，後來又被蟲子蛀得到處是洞，在我家裡，東西被蛀是很自然的事，在我家裡，厭煩和懶惰是兩大藝術。

「赫蘇莎。」

「說吧，埃米莉塔。」

「媽媽從羅馬帶回來的那串銀製念珠，連教皇萊昂十三世都讚不絕口，你還記得放在什麼地方嗎？」

「哼，你還問我呢！幾百年前我就沒看見了，很可能早丟了。」

「說不定。」

赫蘇莎姨媽和埃米莉塔姨媽白天黑夜地做祈禱，一刻不停地嘮叨，小便失禁，她們不知道怎樣才能看到希望之光，信奉使她們得到一點點安慰，然而對慈善卻一無所知。格列托舅舅壓煩極了，整天「嘔吐」，不是吐在便盆裡，就是「吐」在立櫃後面。

「太舒服了。」

格列托舅舅的那條狗名叫維斯波拉，牠只吃主人噁心時吐出來的或者有滋有味地咀嚼之後又反芻出來的東西，只吃格列托舅舅用這種方法「排出」的東西。有時，維斯波拉一副吃驚相，做出怪臉，看來是格列托舅舅的嘔吐物臭氣衝天。格列托舅舅手很巧，會彈奏爵士樂，他如果是黑人就更好了，彈奏爵士樂，或者其他什麼東西，譬如長笛、十二絃琴什麼的，鰥夫應該是最好的樂師，可以為曲調增加一點興味。

「我不懂。」

「當然咯！為什麼一定要懂呀！親愛的朋友，有許多事情確實不懂，只好聽之任之。」

「我知道。」

聖者費爾南德斯和他的七位殉難夥伴（在這裡沒有必要列舉他們的名字，還是把這件事留給他們的親戚去做吧），躺在大馬士革的巴博·吐馬天主教區的聖地西班牙修道院裡，百科全書提供的材料幾乎都是錯誤的，但是這無關緊要，因為費爾南德斯不是什麼了不起的聖神，我們家只有他是這樣的人物。聖蒂斯特萬神父這個鄉巴佬，不是吸鼻煙就是吃姨媽們做的蛋餅。

「堂歐布杜利奧，再喝一杯吧？這種東西提神。」

「好吧，親愛的女友，如果你們高興的話……」

聖蒂斯特萬神父不知道什麼是憐憫。

「最後審判那天，我們這些主持正義的人將在歡聲笑語中得到自己的補償，而在地獄裡的人將被拋到油鍋裡，永遠遭受煎炸。親愛的赫蘇莎，給我一塊餅乾好嗎？上帝會報答您的。我們將理直氣壯地對他們說：你們不是想享受塵世的榮華富貴，得到罪惡的肉慾快感嗎？這就是對你們的獎賞！壞蛋，在油鍋裡好好炸一炸吧，我們的幸福是永存的！親愛的埃米蘇塔，給我一小塊蛋餅，好嗎？上帝會報答您的。」

聖蒂斯特萬神父沒有資格當耶穌教會的成員。他倒像慈善學校的教授，再說，他身上的氣味並不怎麼好，一股山羊羔味，或者說公山羊味。

「那是因為他確實像聖神那樣生活，不注意個人衛生，不懂得尊重別人。」

「當然咯，很可能是這麼回事。」

「很可能是，親愛的女友，很可能是！請告訴我，你們這些人如果失去了靈魂，就是把沒藥和麝香噴灑在行屍走肉和破爛衣服上，又有什麼用呀？」

「說得好！」

「說得太好了！我們要把拯救靈魂當做一項偉大事業來做，而把充斥這個可鄙世界的虛榮和奢華拋到九霄雲外。」

「我的耶穌，上帝喲……」

一九三五年，西班牙郵政航空公司沒有發生一起事故，儘管在其六年服務中飛行的距離足以繞地球一百二十周。馬梅爾托．巴依松發明了一種飛行器，取名為「燕子」，實際上它很像蝙蝠，有踏板，有固定齒輪，但是仍然起了「燕子」這麼個名字。

「我之所以起這個名字，是因為燕子是一種最善於飛翔的小鳥兒，看到牠飛來心中便倍感歡暢，赫蘇莎小姐，如果上帝幫忙，我很快會像燕子一樣飛到天上去，您注意到這點沒有？我最好從聖胡安．德．巴拉教堂的鐘樓上跳出去，借用一點起飛慣性。」

「親愛的馬梅爾托，別幹那種傻事，那不是找死嗎！」

「不會的，小姐，您等著瞧吧！」

一九三五年復活節後的第一個星期日，做過大彌撒之後，馬梅爾托便登上聖胡安教堂的鐘樓，然後爬到他的飛行器的翅膀上，往空中一跳，結果非但沒有飛起來，反而撲通一聲栽到了地上。許多人跑來看熱鬧，有些人甚至從卡爾瓦利尼奧、羌塔達利拉林趕來，人們看到馬梅爾托癱在地上，立刻騷動起來，跑東奔西地忙碌著。

「安靜，安靜！」神父堂羅莫阿爾多說道，「他剛剛做了懺悔，領受了聖餐，現在就要去天堂了，你們拿塊石頭墊在他頭下，讓他安詳地嚥下最後一口氣吧。應該好好地料理他的後事！」

「我說，可不能這樣！最好把他送到奧倫塞去，看看醫院能不能搶救過來！」

「你們願意怎麼辦就怎麼辦吧，如此魯莽行事，出了事我不負任何責任。」

堂羅莫阿爾多說話是很注意分寸的，然而教民們卻把他的話當做耳旁風。他們找來一床毯子，把馬梅爾托包起來，用出租汽車送到了奧倫塞；那時他已經奄奄一息，但是由於手術順利，不幾天便開始脫離了危險。

「你的燕子在哪兒？」

「你的燕子早就摔得粉碎了，問這個幹什麼？」

「不幹什麼，快讓我恢復健康吧，我還要再試飛一次。我覺得是齒輪轉動裝置發生了故障。」

「好啦，別再幹那種蠢事了，你這是揀了一條命，可別再天天和上帝作對了。」

波拉斯的遺孀堂娜瑪利亞．阿烏希利亞多拉．毛倫塞，那個藉口阿道夫活不長而拒絕和他結婚的姑娘的母親，是一位身材肥胖的夫人，一位真正肥胖的女人。她顴骨隆起，走路瘸拐，但步履迅速，並且伴隨著各種條件反射和多種「排氣」現象，其次序是這樣的：走兩步，心跳五次，流鼻涕，停下腳步，咳嗽，放連珠響屁，嘴唇抽動，停下腳步，部分排出腹部的脹氣，嘆息，嗝著獨唱，停下腳步。這樣日復一日，月復一月，年復一年，周而復始。她使用有名的粗銼銼掉腳繭、雞眼和修剪厚厚的指甲，一點兒也不感到疼痛，這是她的一大樂趣。

在米尼奧河下游，即從奧倫塞到卡斯特列洛的路上偏南一點，在拉維達和里維依羅兩片谷地中間的地區，還保存著特列列古堡，那裡住著死去的摩爾人；特列列是托恩市的一個地方，屬聖馬利亞．德．安赫爾教區管轄。在加利西亞仍然居住著許多摩爾人，但是見不到他們的影子，因為他們都已經死去，非魔即妖，在地下活動。在特列列古堡裡住著的是全地區最富有的摩爾人，他們在外號叫「葡萄牙人」的魔法大師阿布．阿拉－阿齊茲．本．梅魯安的統治之下，此人是蒙弗爾特省省長，獨眼、紅髮，患有痲瘋病，但是他具有「點石成金」的法術。石塊呀，金龜子呀，虞美人呀，手鐲呀，什麼東西都能變成金子，遍地都是。索布拉多．德．比斯波的車夫巴夫利奧．里瓦德洛，為了不讓基督教徒看見，趁著黑夜給摩爾人送葡萄酒，做為報答他可以得到石板，在回來的路上，這些石板慢慢地變成金子；摩爾人讓巴西利奧發誓不把此事告訴任何人，如果不恪守諾言，石板將重新變成原來那種模樣。巴西利奧的妻子卡西爾達．戈爾古弗，為突然得到那麼多黃燦燦的金子而驚愕不已。

「一定是走私賺來的，」她對丈夫說，「你騙不了我，緝私隊非來抓你不可，不把你打個稀巴爛才怪呢。」

「不會的，親愛的，」巴西利奥回答說，「這錢我賺得光明正大，但是我不能告訴你是怎麼賺來的。」

卡西爾達再三堅持、央求，並且威脅他，巴西利奥受不了奉承和辱罵，最後道出了真情。

「但是，你不能告訴任何人，不然的話，如果摩爾人知道了，連一分錢也不會給我。」

卡西達本來很謹慎，但還是說走了嘴，摩爾人終於知道了，他們當然要懲罰巴西利奥。

從那以後，古堡的大門對他緊閉不開了。巴西利奥把妻子痛打一頓，但金子還是不見了蹤影，過了幾年，他因勞累和窮困而死去。

「再給我一杯白蘭地，好嗎？」

「好。」

拉蒙娜小姐穿的晨衣很漂亮，布料不厚，但很漂亮。

「我倒願意全身一絲不掛，但是我怕冷。」

「不會的，親愛的。」

拉蒙娜小姐認為人生短暫，轉眼就是百年，這是不可抗拒的自然規律。

「親愛的萊蒙多，太讓人悲傷了，你不能懷疑這一點。一個女人到了二十五歲就成老太婆了，而男人卻不然，他們的青春年華可以長些，能延遲到三十歲，很多人到三十五歲。親我一下嗎?我今天很傷心，不知道發生了……你認為我是個浪蕩女人，那就大錯而特錯了，萊蒙多，起碼小狗和你一樣給我以樂趣。但是我更愛你，可憐的瓦爾德!你們男人太反覆無常，你更是如此，不過，由於我對你也是很任性的，所以可以說我得到了補償。我們女人比男人寂寞，因而同性戀的女人多於男人，我如果知道不會著涼，就赤條條地躺在床上，一個月也不起來。」

卡山杜爾費人萊蒙多不說話了。

「再給我斟點酒，好嗎?」

「好。」

「你請我吃龍鬚菜罐頭，好嗎?」

「親愛的萊蒙多，謝謝你要我請你吃晚飯。」

人們都說，英式餅乾廠的老闆娘堂娜麗塔·弗萊依列每天都把她的二婚丈夫折騰得精疲力竭，這不是事實。誰也不能把堂羅申多·維拉爾·桑特依羅怎麼樣，包括做愛在內，他按照自己的方式行事。但是，堂娜麗塔有點瘋狂倒是真的，甚至可以說她一見到堂羅申多就發狂。堂娜麗塔胖得要命，每天丈夫在她身上爬上爬下兩次就夠耗費力氣的了，而堂娜麗塔是頭母獅，從來不會疲倦，有時根本不必在床上，隨便什麼地方都行。

路易西尼奧．博塞洛是堂貝尼格諾的被閹割了的男傭，他在戰爭期間死去了，但是屬於正常死亡，先是失明，後來又得了肺炎，最後一命嗚呼。人們都叫路易西尼奧．博塞洛「鴨子」，但那是出於好心，並非惡意。

「『鴨子』！」

「堂貝尼格諾，請您吩咐。」

「你瘸著腿走，堅持到最後。」

「好的，先生。」

阿德加對山上發生的事很熟悉。

「對大笨蛋彼杜埃依羅斯是一時失手，這個可憐的人像罪犯一樣死掉了，上吊可不是開玩笑的事，一旦上吊就無法挽救了。把大笨蛋彼杜埃依羅斯吊死了，但不是有意，可是卻把他吊死了，這件事必須必從有意還是無意上分析，他父親是布西尼奧斯聖米格爾教堂神父，他對兒子的後事料理得很圓滿，做了三次彌撒，葬禮也很隆重。」

「褲頭」埃烏特洛可以自由出入帕羅恰妓院，但是在那裡不能隨隨便便。

「你要麼幹點什麼，要麼走開，不能到這裡來聊大天。」

他的女婿塔尼斯．加莫索不跟他說話。

「我岳父真是個老混蛋，如果不是為了羅莎，我早就讓他的腦袋開瓢了。不能相信這種人，常言說得好，你讓他一寸，他就要進一尺。」

「葡萄牙女人」瑪爾塔寧可挨餓，也不和「褲頭」同床睡覺。

「我寧願餓死，討飯。埃烏特洛討厭極了，一刻也不讓人閒著。」

堂娜麗塔的第一個丈夫是商人，高身量，肥頭大耳，他感情脆弱，悲觀厭世，最後用獵槍自殺了。堂娜麗塔的第一個丈夫活著的時候叫堂格列門德，但人們都稱他「富翁」。堂格列門德·巴里茲·卡爾瓦略是蒙德維萊索村人，這個村子隸屬里約斯地區，歸卡斯特列洛市聖埃烏弗米亞·德·皮奧內多教區管轄，位於諾弗列山的南側。他從事鎢的生意發了財，但是，錢對他毫無價值，糟糕的是堂格列門德日甚一日地悲觀厭世。一天，他實在忍受不住了，把獵槍塞滿了散彈，舒舒服服地坐在客廳裡的扶手椅上，把雙筒槍口塞到嘴裡，扣動扳機，腦袋立刻開了花，最大的一塊頭骨只有青洋李子那麼大，腦漿濺到燈罩上，不得不用除污劑擦掉。堂格列門德和堂娜麗塔一共有七個孩子，那時都還很小；堂娜麗塔守寡時最多也就三十二、三歲，她總找人打架，這是因為身體感到飢渴的緣故。堂娜麗塔在她的精神指導者堂羅申多·維拉爾·桑特依羅神父那兒找到了慰藉，在那之前她就和他有了關係。

「羅申多，你怎麼不脫掉長袍呢，咱們按照上帝的意願結婚吧！」

「不幸的女人，我擔任這麼高的聖職，哪能結婚呀？這你還不知道嗎？」

「這有什麼關係！你撤回貞節願，不就行了嗎！」

堂羅中多怒容滿面。

「我的上帝喲，為什麼季初齋日有那麼多的清規戒律呀？」

埃尼斯·加莫索的大黃狗萊昂和馬里涅依羅·沙爾都很凶猛、忠實、聽話，帶上牠們可以閉著眼睛走路，狼呀、野豬呀什麼的都不攻走近你。塔尼斯還養了好條牧羊小狗，一個個聰明、活潑、淘氣，牠們如果知道身後有靠山，甚至敢於向山上的野獸挑戰。塔尼斯很有養狗經驗，會飼養又善於馴化，狗也給他帶來了不少益處。

「他的其他嗜好可就提不起來了。」

「我知道，親愛的，我知道！」

在勞科酒館裡，卡山杜爾費人萊蒙多、羅賓·列寶桑和一位卡斯蒂利亞人正在說話。後者使用一種印著斜十字的名片，名字是用花體字製作的：托里心奧·德·莫格羅維霍一德·布斯蒂略·德·奧羅。

「過去是貴族吧？」

「在他被警察逮捕之前，我們以為是這樣的，他被逮捕的原因是騙了奧倫塞一位老闆娘的錢。」

「我的上帝！」

「您早該聽說了，他的真實名字是托里比奧·埃克斯波希托，而托里比奧·德·莫格羅維霍，是一位聖神而不是他的名字，即秘魯的利馬主教聖托里比奧．德．莫格羅維霍，正是由於這位主教的努力，宗教信仰和宗教紀律才在西班牙美洲傳播開來。」

「是呀！」

「我還要告訴您，這些情況都是秘書給我提供的。」

「好了，好了……」

「布斯蒂略．德．奧羅是他的家鄉，屬葡萄酒之鄉薩莫拉管轄，聽說好幾個法院傳訊過他。」

「有好幾樁案子？」

「很可能。」

正我們預料的那樣，托里比奧．德．莫格羅維霍、卡山杜爾費人萊蒙多和羅賓．列寶桑爭得面紅耳赤，在場的其他人則一言不發，不敢講話。三個人的立場分別是：托里比奧．德．莫格羅維霍既信上帝又信神父，堪稱完人；卡山杜爾費人萊蒙多信上帝（他把上帝稱為最高創始人）但不信神父，好像是共濟會裡的什麼人；而羅賓．列寶桑呢，信神父而不信上帝，據說這是為了不使爭論中斷。

「這不是胡來嗎？」

「有那麼點意思。」

他們正在爭論時，警察闖了進來，那時已是深夜一點多鐘。看到警察出現在自己面前，托里比奧·德·莫格羅維霍頓時面無血色。

「您是托里比奧·埃克斯波希托嗎？」

「願為二位效勞。」

「您被捕了。」

托里比奧沒有反抗，乖乖地被扣上了手銬，一邊一個警察押送著，沿著公路向下走去，消失在黑暗之中。

「天氣真冷呀……」

「走起來就不冷了。」

堂娜麗塔在心中盤算，只要堂羅中多活著就不能離開她，這個目的達到了。堂娜麗塔首先從「胃」這個缺口向這位神父發起進攻，因為在貪戀女色方面他早已成了她的俘虜。再則，她也抓住了他的虛榮心和吝嗇這兩大弱點，堂羅中多貪吃、好色、虛榮、吝嗇。

「這是我那個不要臉的亡夫的金殼手錶，你拿去吧，只有你才配戴這種錶。」

「謝謝，我要請人刻上贈送日期。」

一天，堂娜麗塔直言不諱地說道：

「你別跟我兜圈子了，痛快點，你到底想不想脫掉教服和我住在一起？你如果下決心這樣做，我給你一百萬比索。」

堂羅多答應了她，拿到一百萬比索以後便和那個寡婦住在了一起。可想而知，這件事鬧得滿城風雨，但是堂羅中多的臉上卻始終掛著笑容。

「人們的議論終究會過去的，而錢卻丟不得；我和堂娜麗塔很幸福，我一旦脫身就和她正式結婚。上帝除了希望他的造物生活幸福以外，還會有什麼奢望呢？」

聖羅希尼亞·德·赫里科公墓裡生長著一種叫做曼德拉戈樹，有雄雌之分，它的特點可以從拴著一條狗的樹根上看出來。女人碰到這種樹便會受孕，甚至聞到它的氣味都會受孕，那條狗如果想讓誰睡過去並且講出隱藏在心底的實話，便汪汪地叫。我實話實說吧：我承認我用斧子殺了那個用鮮花裝飾草帽、用彩色蝴蝶打扮面孔的過路人，我之所以殺他，是因為他瞪了我一眼，並且要在七點半鐘對我下毒手。把我絞死也沒有關係，我知道上帝會饒恕一個人的罪行，我用茶花把死者燒了，這樣可以使他忘掉對我的仇恨。劊子手在聖羅希尼亞公墓裡架起了絞刑架，絞刑架旁就有一棵曼德拉戈拉樹的柔嫩小苗，被絞死的人用生命之源的精子、盲人之本和力量之泉的血液以及延續生命的唾液培養了這株小苗，並讓它健康地生長起來。「鴨子」路易西尼奧有眼疾，堂見尼格諾讓他用曼德拉戈拉樹根加上油和酒攪拌之後治眼睛。

「治好了沒有？」

「沒治好，先生；眼睛反而瞎了。」

曼德拉戈拉樹根上如果出現男人形象，不管哪個男人從它旁邊走過都會找到一個終身相愛的女伴，直至被突然而至的愛情送到西天，善良的神父為他安葬。警察把托里比奧·德·莫格羅納霍－德·布斯蒂略·德·奧羅一直押送到朋費拉達；他們一共走了九天，因為那個地方很遠，爬山過嶺。如果曼德拉戈拉樹根上出現女人形象，凡是從它旁邊走過的女人都會被一個叫做曼德拉戈羅的儀表堂堂的、濃髮蓬亂的侏儒愛上，曼德拉戈羅食用蕁蔴和麵粉，說話不張開嘴巴。

「你愛我嗎，漂亮的小妞兒？」

「住嘴，傻蛋！你這是找死呀！」

如果想把曼德拉戈拉樹從地裡拔出來，事先必須用寶劍在它周圍畫上三個圓圈，同時旁邊還要有妓女唱聖詩，一位禿頭神父一邊跳舞一邊把長袍提到身體的羞恥部位。也可以在樹上拴一根繩子，讓一條餓狗用力拉，但是不能呼吸；樹一喊痛，狗就被嚇死。

「不能埋，讓烏鴉吃掉算了。」

堂娜麗塔在「食」和「慾」方面，也就是在兩種不同的「口味」方面滿足了堂羅申多，從而征服了他。

「來吧，我會酬勞你的！你不是喜歡吃得好一些，不是喜歡我撫摸你嗎？那好，去把孩子安頓睡下，再趕緊回來，別忘了給他們祝福。」

「放心好了……」

拉蒙娜小姐有四個傭人（這四個人都上了年紀，眼神不濟，耳朵不靈，幾乎成了半聾子、半瞎子，此外還患有支氣管炎和風濕症），其中一個叫布勞利奧·多亞德，在菲律賓還是西班牙屬地的時候他到那裡旅遊過。布勞利奧·多亞德道貌岸然，但內心狠毒。

「您還記得堂卡米羅·波拉維哈將軍那支駐紮在棉蘭老島的軍隊嗎？人們都說他手持武器把摩爾人抓起來閹割了。」

「不記得，不記得了：您不是在編造吧？」

布勞利奧·多亞德死的時候，瘦得沒有一點重量。

「小姐，請神父給他做個彌撒吧！」

「什麼？給他念一句禱詞我都嫌多。」

公豬在山上巧妙地拱來拱去，狗用牙齒把曼德拉戈拉樹根拔起來。其中一條必定是黑狗，牠將死去，黑狗和死亡是聯繫在一起的兩種東西。

「我們把男人變成公豬，把女人變成嬌妞兒，好嗎？」

魔鬼兜售它的藥膏，塗上這種藥膏，可以在聖羅基尼奧·德·馬爾塔的迪歐尼斯和萊昂尼斯兩處的聖神廟會上飛來飛去，要是馬梅爾托·巴依松知道這事該多好呀！藥膏是中一位有營業執照的巫婆出售的，也許她隱去了魔鬼的模樣，在太陽出山之前半價售出，是為了讓窮人買了塗用。

「像天上的小鳥和煉獄裡的亡靈那樣飛來飛去！誰想飛，就讓他飛好了！」

藥膏，還有更為濃稠的油膏，是用這種方法製做的：首先把摩人的孩子或沒有洗禮過的孩子放在銅鍋裡，加上玫瑰汁熬煮，快熬乾的時候再加入寡婦的月經血、吊死鬼的骨粉、女人的尿液以及曼德拉戈拉樹根，還有另外三種植物，一起攪拌，這裡的三種植物是：能夠助飛並且解除牙痛、頭痛和耳痛的天仙子，女人和滑稽演員用來描畫眼睛的顛茄，從死亡的夢境之泉冒出來的帶著墳墓尖刺、幽靈尖刺和地獄尖刺的蘋果。在聖羅基尼奧也賣長生不老丹和治放蕩口服液，喝一口一個雷阿爾。

「您是不是想除掉靈魂的不忠，抹掉通姦的污跡呀？」

一天，堂羅申多出了一點小錯，堂娜麗塔便對他大手出手，以致英式餅乾廠的工人不得不出面干預。廠負責人卡西亞諾．阿雷亞爾帶著工人，他辦事十分認真負責。

「小姐，安靜一點兒！我求求您了，這樣會打死人的！如果堂羅申多不行，我們派別人接替他好了！安靜一點兒，小姐，要不然我們就生氣了！把奶頭收起來，別著涼得肺炎。」

在聖羅希尼亞．德．赫里科公墓裡，一個警察在和格托舅舅玩紙牌，這事讓人難以相信，然而確是事實，我親眼看見的。那個警察叫法烏斯托．貝林瓊．貢薩雷斯，是莫蒂利亞．德．帕蘭卡爾人，這個地方屬於曼．查德．昆卡管轄。

「再卑鄙下流的人也有自己的魅力，卡米羅，糟糕的不是踩到曼德拉戈拉樹，而是順著山坡滾下去，一直滾下去。你看麗塔・弗萊依列，她年輕有錢，可是已經走上了死亡之路。」

一天夜裡，一群野狼在聖克里斯朵堡山上吃掉了三條母牛和幾頭小牛，誰也沒有想到那兒有狼。塔尼斯・加莫索帶著獵和獵槍上山去尋找野狼，第二天夜裡打死了兩隻，其中一隻重達五阿羅瓦，這隻狼不是薩古依拉山上的，不過很像；獵狗凱瑟被咬傷了，他不得不給牠一刀，殺死跟隨自己多年的獵狗總是一件令人悲痛的事。塔尼斯教人把兩張狼皮鞣製以後，連同以前的三張一起送給了帕羅恰妓院的女傭阿奴霞西翁・莎瓦德爾了。

「喂，給高登西奧做床褥子，狼皮暖和。」

科魯尼西那裡的表兄妹給我捎來雪茄煙時，我總是立刻給馬爾科思・阿爾必德送去。

「言而無信，等於欠下債。」

「謝謝，咀嚼葡萄牙煙葉我都有些膩煩了，一沾到口水就沒有味道，我真不習慣。」

卡塔利娜・巴茵特給馬爾科思・阿爾必德拿來一點葡萄酒。

「我今天可以盡情地喝了，我很少像今天這樣高興。」

他說話的聲音都變了。

「請原諒，我在眾人面前和你以你和我相稱了，好吧，實情是卡塔利娜沒有多少錢，幾乎一文沒有。」

我覺得時機到了。

「咱們你我相稱最好，戰前咱們就是你我相稱的，你也是古欣德人，你和我一樣，都是古欣德人。」

「對，這話不錯，但我是一個貧窮的古欣德人，一個一文不值的古欣德人……」

卡塔利娜拿來兩個酒杯，一個杯子給馬爾科思·阿爾必德，另一個杯子給我，一看就知道，我的杯子很乾淨，真讓人高興。

「我把尿罐給你洗洗吧？」

「好吧。」

馬爾科思·阿爾必德用手擺弄著雪茄。

「你不喜歡雪茄？」

「怎麼說呢。」

「怎麼說呢。」

天空掠過一縷充滿希望的閃電之光，大概是一隻來祝福的白鴿吧。

「我不相信上帝，以前他還多少保護我，可是現在，我整天坐在這個帶輪子的棺材裡！」

牛車在土路上顛簸，車軸吱吱呀呀作響，驚走了野狼，嚇跑了狐狸，大千世界是一隻共鳴箱，地表是鼓面，鼓面蒙著皮子。馬爾科思·阿爾必德又畫了顆小星，並且把自己的縮寫名字描清楚。

「我給你製作的聖像快結束了，是最好的聖卡米羅神，下個星期我就能給你，只要把像表面弄光滑一些就行了。」

費利西亞諾·維拉加貝·聖馬蒂尼奧很晚才結婚，他曾和安古斯蒂亞斯·索娘·科瓦辛談了二十二年戀愛，他們的婚禮很短，還不到一個半鐘頭新郎新娘從教堂走出來時，她對他說：

「咱們和媽媽到公墓去一會兒，給爸爸的墓獻上一束花，好嗎？」

他回答說：

「你們去吧，我在這兒等你們。」

安古斯蒂亞斯返身回來時，費利西亞諾早已拂袖而去；勞科酒館的老闆娘雷梅迪奧斯走了出來，交給交古斯蒂亞斯一封信。

「喂，這是費利西亞諾給你留下的信。」

安古斯蒂亞斯十分緊張，她打開信，一張紙條上用圓形字體寫著：「你走你的陽光大道吧。」從那以後，費利西亞諾便杳無音信，彷彿被大地吞食了似的，有人說看見他在馬德里當汽車售票員。

「安古斯蒂亞斯怎麼辦呀？」

「她能怎麼辦呀？開始還是等他，她已經習慣於等待了，等了四、五年，後來出家當了修女，當妓女已經沒條件了，妓女必須嬌嫩些，我是說，年齡不能大。」

維拉加貝一家人都很傲慢，他們一向如此，但都是些平庸之輩，確實是這樣，不過很傲慢，很做作，他們有自己的特殊愛好和興趣。而安古斯蒂亞斯卻相反，她平常無奇，一頭鬈髮。她手持刀的姿勢太可怕了，端杯子時翹起小拇指，口中不停地叨念著什麼。

「太讓人痛心了。」

「對，太讓人痛心了。那比通姦還糟糕，通姦這種事經常發生在條件較好的家庭裡，而安古斯蒂亞斯的事只是在貧賤人當中能見到，現在一切都顛倒了。」

「怎麼不早一點和她中斷來往呀？」

「我怎麼知道！他說好多年裡他一直陪伴著那個可憐的女人。」

「什麼！那是在使她厭倦！」

「厭倦也是實情，喂，你走到哪兒去了。」

拉蒙娜小姐總是說，安古斯蒂亞斯是塊木頭疙瘩。

「她簡直像我們這地方的那種松木疙瘩，也許連松木疙瘩都不如。安古斯蒂亞斯很笨，真的，有的人根本不能排在人類之列，安古斯蒂亞斯是牲口，是頭黃色母牛。」

每個人都竭力維護自己，費利西亞諾．維拉加貝出逃了，但是誰也不知道他逃到什麼地方去了，每個人有每個人的情況。

「麥達多．孔果斯是蓬特韋德拉的一位獸醫，他常常穿用一尺來厚的鞋子，打牌作弊，您還記得這個人嗎？」

「記得，怎麼能不記得呀！」

「那好，那個傢伙的情況正好相反，他本人沒有出逃，而是他的妻子跑掉了。他設宴招待一百多人慶賀這件事，花了不少錢。他還對朋友說：『我老婆跑了，我看她是不敢回來了，她走了以後我們家倒安靜了！』」

麥達多·孔果斯的父親是保管員，他從父親那裡繼承了一個鳥籠，裡面裝著一隻海鷗標本。

「海鷗這名字很好聽，那是為了紀念我父親的未婚妻，他在和我母親結婚之前談了很長時間的戀愛。那是祖傳習慣，現在可不這樣了，人們放蕩不羈，但願我的父母雙親安息。」

「孔果斯，不要太激動！」

「請原諒。」

獸醫的出逃妻子特雷莎·德·尼尼奧·赫蘇斯·米蓋茲·千達列拉留著男孩一樣的髮式，並且常常在男人面前抽煙。

「真不知道害羞！她逃到什麼地方去了！」

「其實，地方並不很遠，她和一個非法營業的公證員跑到了薩利亞，那個人很會跳探戈和狐步舞，據說她對瘸腿丈夫太厭煩了。有些女人，你真料不到她們會幹出什麼事來。」

我和卡山杜費爾人萊蒙多看見我們的表妹拉蒙娜在花園的樹間散步，她穿戴非常考究，獨自一人，昂頭挺胸，帶著小狗瓦爾德。我和萊蒙多用眼睛瞧著她，很長很長時間沒有跟她說一句話，說什麼呢？我們的表妹拉蒙娜走到河邊，用眼睛盯著河水看了一會兒，然後又慢慢走了回來，回到家裡。我走開了，萊蒙多佯裝剛剛來到那裡。

「這是給你的茶花，我每次都送茶花給你。」

「謝謝。」

「你一個人出去散步啦？」

「沒有散步，只是河邊看看河水流過，今天是我母親淹死的日子，她已經死了好幾年啦。」

「真的！」

我們的表妹拉蒙娜悲淒地笑了笑。

「親愛的萊蒙多，時間過得真快！我媽媽死的時候，我還是個孩子，才十三歲，我當時覺得天要塌下來了。天永遠不會塌下來。」

「不會塌下來。」

「我們一天一天地老了，我們身上的傲氣和自負一年一年地減少了。」

「是這樣。」

「還有許多怪癖。」

「對。」

我們的表妹拉蒙娜有些反常，萊蒙多發現她漂亮極了。

「讓我一個人待一會兒，我真想痛痛快快哭一場。」

特雷莎．德．尼尼奧．赫蘇斯跑到了薩利亞，和非法營業的公證員費列蒙．托希多．羅沙巴萊斯同居以後，和以往大不一樣了，據說是為了混淆視聽。

「應該組織三個協會：窮人衣物施捨協會、分發牛奶協會和休假協會。」

「當然應該組織。我們請教皇為協會祝福，萬事如意，事情從一開始就應該做得好些。」

「我們還應該創建慈善機構，把步入歧途的姑娘拉回到正路上來，她本來就不該離開正路。」

「對。還應該創建一個機構，讓吉卜賽人加入我們的西班牙基督社會，加入我們的神聖不可侵犯的天主教。」

人們把堂媽亞松翁．特拉斯帕加．德．門德斯稱為「甜蜜」的喬妮妮亞，因為她的丈夫是甜食店的老闆，全名叫費洛梅諾．門德斯．維拉姆茵。「甜蜜」的喬妮妮亞怯生生地問道：

「我們還能賺些錢嗎？」

「哎呀呀，親愛的，你太讓我掃興了！」

特雷莎．德．尼尼德．赫蘇斯．明蓋茲．干達列拉感到心中有把握時，大家也會感到有把握，這是自然規律。她開始忘掉那些慈善團體了，讓窮人見鬼去吧！會發牛奶協會是什麼東西呀！這把年紀了想當神父，真他媽見鬼！步入歧途的姑娘們盡情地享受吧！人生是短暫的！吉卜賽人，還是瘋瘋癲癲地繼續表演吧！人們都說，特雷莎·德·尼尼奧·赫蘇斯拿定了主意，毅然決然地幹起來了。托希多想安慰她一下，但是，怎麼安慰呀，能得到效果嗎？

「隋你便吧，特雷莎，但是你不要鬧得滿城風雨，不能讓別人知道，不能眾目睽睽之下去幹那種事，讓人家恥笑，說你風騷放蕩。你好好想一想吧，你會看到我說的是對的，我是個具有現代思想的人，這你知道，不過，耐心也是有限度的。」

「當然囉，費利蒙，親愛的，請原諒我一次吧，我沒有辦法，請你永遠不要拋棄我。帶我去跳舞吧？」

特雷沙·德·尼尼奧·赫蘇斯喜歡戴寬邊帽，玩空竹。

「可是，你想想，你還是那個年齡嗎？」

「怎麼？怎麼不是！」

特雷莎·德·尼尼奧·赫蘇斯腦子轉得快。

「我真希望你像馬爾科思·阿爾必德那樣也失去雙腿，那樣我就可以把你抱在懷裡，到大門口往街上尿尿了，讓人們都看到我是怎樣愛你，怎樣關照你的，我簡直把你看成侯爵了。」

「別說了，胡說些什麼呀？」

「我這並不是胡說，我的掌上明珠，我愛你是真，愛孔果斯是假！」

「謝謝，你睡一會兒好嗎？你太激動了。」

「甜蜜」的喬妮妮亞持家有方，勤勞節儉。

「你不喜歡娛樂嗎？」

「當然喜歡！哪個女人不喜歡娛樂呀！」

「甜蜜」的喬妮妮亞和她丈夫的甜食店裡的兩位職員關係曖昧，一個是千層餅師傅，另一個是爐工。應該永遠尊重地位和職務的差別，那兩位職員很高興和女主人來往，但是，女主人十分謹慎，兩位職員都認為自己而不是兩個人共同享有女主人的魅力。

「親愛的，我只屬於你，我愛你勝過愛任何人！」

羅賓．列寶桑坐在搖椅上，大聲朗誦著發生的一切。

「我已經掙得了一杯咖啡和一杯白蘭地！我如果有精製巧克力，一定送給羅西克萊爾，讓她長胖些，儘管這有點晚了。你應該知道，不該和蒙齊婭的猴子搞那種事！上帝怎麼理解女人呀！」

羅賓．列寶桑人長得很帥，具有獵兔狗的風度，他家的豪門史至少已經保持了五代之久。

「對於事情不該那麼認真，人們保護虛名勝於保護真理，因為真理總是相對的。」

羅賓．列寶桑捲著紙煙。

「煙絲裡的硬梗越來越多了，這哪能捲煙呀！」

羅賓·列寶桑向窗外望去，玉米苗濕漉漉的。有個小伙子過來了，他騎著自行車。

「對，還是愛倫·坡[39]說得對，我們的思想遲鈍、老化、單調，我們的記憶力錯亂、凋謝，像菜刀那樣生鏽了，人家都說是這樣，這就是我們的思想、我們的記憶的特徵吧。」

阿索林[40]在馬德里的貝納文特劇院首演《游擊隊》，獲得極大成功，受到頌揚，每次首演都是成功和頌揚，太可笑了！

「靠回憶過日子，記憶如同氣球的飄帶，飄來飄去！」

拉蒙娜·法拉米尼西斯有一臺「千里風」牌的七旋鈕收音機，那是花七千比塞塔買的，質量很好，堪稱一流產品，但是，她很少使用。巴加涅濃拉人玻利卡波無論什麼都能馴化，對了，並不是什麼都能馴化，野豬就不能，野豬沒有理智，什麼都不懂，牠也不想懂，野豬的腦子好像一團粗糲或泡沫岩。在事情混亂不清的時候，最好躲藏起來，等到雨過天晴。巴加涅依拉人玻利卡波的右手少三個手指，那是他兩、三年前，也許還要早，四、五年前，去馬場時被馬咬掉的。有些日子好像要出太陽似的，可是過了一會兒又陰暗下來，一切又和以前一樣。羅賓·列寶桑不想記日記，因為他不願意承認人也是那種皮毛堅硬、愚笨無知，整天無所事事、只等待出現奇蹟的

[39]愛倫·坡（Edgar Allan Poe, 1809~1849），美國作家。

[40]阿索林（1874~1967），西班牙作家。

動物。最為嚴重的打擊恐怕莫過於攪亂人們的興趣、生活規律甚至觀念，野豬總是走同一條路，所以很容易用刀把牠殺死。巴加湼依拉人玻利卡波已經殺死了十四、五頭野豬，有一頭打傷以後逃掉了，他沒有找到，所以沒有把這頭計算在獵獲物之內。一個膽小如鼠的剃頭匠之死和一位英武瀟灑、勳章滿胸的騎兵將軍之死，當然不能相提並論，羅賓．列寶桑讀過許多書，而且記憶力極好，幾十本《民族演義》㊶能夠倒背如流。拉薩羅．科德沙爾無聲無息地死在摩洛哥的蒂茲－阿薩陣地上，沒吃沒喝，這就是戰爭殘酷之所在，而戰爭立刻開始散出腐爛味和樟腦味，事情就是這樣。高登西奥．貝拉手風琴拉得很好，手風琴是他當握得最好的一種樂器。高登西奥．貝拉沒有眼睛，在普拉．加羅特，即帕羅恰妓院拉手風琴多年，年輕的嫖客把帕羅恰叫堂娜普拉㊷。貝妮希亞是盲人琴師高登西奥的外甥女，據說她的奶頭像兩顆大栗子，我不知道是不這樣。馬蒂尼亞村的瘋婆子卡塔利娜．巴茵特如同一叢盛金色鮮花的荊豆苗。世界的每一個角落都有自己的平衡器和活動規律，對於變本必須持謹慎態度。卡塔利娜．巴茵特喜歡在山上把濕漉漉的奶頭露在外面散步，這很好。「蠻子」巴爾多梅羅兩、三年前解除了一對民警的武裝，「蠻子」巴爾多梅羅在自己胳臂上刺了一條長蛇纏繞裸體女人的圖案，女人們對此印象很深。「蠻子」還不滿三十

---

㊶是西班牙作家佩雷斯．加多斯（1842～1920）的作品，共46部。

㊷在西班牙文中，「普拉」有「純潔」之意。

歲，不過也差不多了，他的父母是在一次火車相撞事故中遇難的，不是撞死，而是窒息身亡。「魔鬼」比他哥哥「蠻子」有勁，比任何人都有勁，「魔鬼」能一拳擊倒一頭大牛。阿德加是貝妮希亞的母親，阿德加的手風琴幾乎拉得和她的哥哥一樣嫻熟，她拉得最好的作品是波爾卡舞曲《凡菲內特》。阿德加的丈夫，我是說她女兒貝妮希亞的丈夫，名字叫阿波爾斯托．布拉加．阿德加，他很可能已經返回葡萄牙了，在這兒沒有露過面。阿德加，我是說貝妮希亞，不知道自己仍然是有夫之婦還是已經成了寡婦，事實上這對她也無關緊要。國王霍爾赫五世剛剛去，讓他安息吧，威爾斯親王繼承了王位。阿德加對目光所及的那一帶發生的事情記憶猶新，再遠一些便是萊昂王國，它緊靠著葡萄牙，而葡萄牙就是外國了。摩爾人的國土，山界已經消失許多了，誰也不知道現在什麼地方。我們的足球隊第一次在自己的國土上被打敗了：西班牙是四，奧地利是五，吉卜林㊸了，正在發生一些非常奇怪、令人茫然的事情，彷彿球都不是圓的了。

「您說什麼？」

「您不是聽到了嗎，球都不是圓的了，這是去年聖蒂斯特萬神父在闡述耶蘇臨終遺囑時說的。」

阿德加的卡斯蒂利亞語講得很好，不過有時加一個減一個字母罷了：「我親愛的耶穌先生，

---

㊸吉卜林（1825～1936），英國作家。

你治癒我心上的創傷，我看不到任何有趣味的東西，任何引起我注意的事，耶穌啊，我沒有麵包吃，沒有酒喝。」天醫從痛苦的大門走進來，向上帝詢問他的命運。他溫柔地鼓勵他，坐在他床前，說道：「我的兄弟，你生了什麼病？」「我全身都是罪惡，簡直像得痲瘋病。」「好的，吃點我的麵包，喝點我的血，我的兄弟，這樣你會好起來的。」胡安·阿米耶羅斯沒有估算好距離，被棍子打死了，七大棍子打在不同的部位上，其中有兩棍子打在心靈上，完全可以打死人，只要打得準。瑪內齊婭赤身裸體時像一頭小母馬，她不怕冷；他哥哥佛朗西斯科只有一隻眼睛，但是跑得比蜈蚣還快。外祖父跑到巴西去了，照了好幾張相片，背面寫著：F·維列拉，巴西皇家照相館，佩南布科市卡布加大街十八號。照片上的人很帥，留著小鬍子，繫著蝴蝶形領結，拄拐杖，靠在一張扶手椅背上，穿的褲子還那樣皺皺巴巴，如果外祖父不打胡安·阿米耶羅斯幾棍子，我們現在大概仍然繼續趕著馬兒在山間小路上奔跑。

「很可能是這樣。瑪內齊婭·阿米耶羅斯也不會生個當副秘書長的孫子。」

「是的。」

阿波斯托爾·布拉加用「四盜賊」治癒了癲癇，即用醋把蒜、芥菜和樹脂放在一起泡。人們把羅克·加莫索稱做克梅沙尼亞修士，沒有什麼原因，就這麼叫了起來，他本人不是修士。羅克·加莫索的生殖器又長又大，這是出了名的，遠至阿拉貢，甚至卡塔盧尼亞和地中海沿岸地對此都有所聞。阿德加不習慣講述發生的事，但是她瞭如指掌，我也認為她對發生的事知道得特別清楚，比誰都知道得多而且詳細，有些事我是從羅賓．列寶桑那兒聽來的。

「這種事情我們加利西亞人不用一個星期就能處理完，可是怎麼樣？您知道，有些人插了手，萊蒙多說是些冒險家、愛國者、優秀運動員、中國與日本的救世主和烈士。您已經知道，事情結果是什麼樣子：國家陷在血泊之中，人們飢寒交迫，眼睛不敢斜視。本來不應該低垂眼睛，不應該躲閃嘛！我是說不要怕羞，不要怕埋伏在陰暗角落的人看到，他們誤會了。事情並不是誰挑唆誰，而是用水把邪火撲滅，應該讓人們按照自己的方式生活，而現在並非如此，不該人家按自己的方式生活。辦公室的書記員並不是同謀者，但很可能幫助掩蓋事情的真相。懼怕並不是理想的顧問，膽小如鼠的人總是在衣兜裡藏著刀子和手槍。堂卡米羅，你有山雞的性格，有凶猛公雞和鬥雞的性格。這種公雞不會死在床上，牠們沒有個時間，但是這沒有關係，男人們總是要死的，不管死因是什麼，他們不能留在這兒傳種，請放心。您的外祖父和瑪內齊婭，阿米耶羅斯在寶沙松林的洞穴裡幽會，您的外祖父比您生活得好，生活得實在。您比他高，穿戴也好，甚至還戴綢子領帶和金殼手錶，但是您的外祖父比您生活得好，他身材矮小，但是凶猛如雄獅，比您生活得好，比誰都好。」

一個人很難同時具有婊子兒子的九個特徵，總是會少一、兩個的。

「莫喬是不是有那九個特徵？」

「很可能。」

希拉潛到河底尋找鱒魚，魚游到坑窪處或者石頭底下時，她就用手去捉，法律是不允許這樣做的，但是，誰把這種法律放在眼裡！希拉是阿德加的孫女，有一雙活潑的眼睛、步姿婀娜，十二歲，身體好，她奶奶說她還沒有幹過那種髒事，可能開始幹了，也可能沒開始。神父們應該有孩子，這樣可以避免生活放蕩，也可以在女人做懺悔時不說那些傻話。神父們應該幫助人，而不應該恫嚇他們，對了，他們不願意做什麼就做什麼好了！每個人對得起自己的良心就行！「玉米穗」塞萊斯蒂諾和「耗子」塞費利諾都是神父，另外，這兩個人心眼好，品格好。塞萊斯蒂諾和塞費利諾是孿生兄弟，塞萊斯蒂諾是獵手，塞費利諾是漁夫，神父和鬥牛士都不留鬍子，非常有禮貌。

「我小的時候，一個吊死鬼在寶沙．德．半多上吊死了，他吊得恰到好處，小孩子可以拉著他的兩隻腳打秋千，玩了一整天，直到堂萊昂趕來，才讓警察把孩子們趕走。」

阿德加是盲人琴師高登西奧的妹妹，是加莫索兄弟和拉薩羅．科德沙爾的姨媽或遠房姨媽，很遺憾，拉薩羅死了，他很有毅力，好強。你們如果不信，去問那從格魯斯．德爾．喬斯克來的男人好了。山界被摩爾人抹掉了，他們對基督教徒說：無花果樹只栽種到這裡，不能再過去一步，這是穆罕默德的法規，誰也不能違抗。沒有必要彈奏任何樂曲，聽彈奏也好，看彈奏也好，貝妮希亞猶如一隻發情的母狗，歌聲像朱頂雀一樣動聽，貝妮希亞的乳房很小，奶頭卻很大。貝妮希亞對布西尼奧斯的聖米格爾教堂神父倍加提防，此人被蒼蠅包圍著，生活在蒼蠅中間，也許他在長袍底下養著許多蒼蠅。

「堂梅列希爾多，您別害怕，用力好了，難得有這麼個機會，使勁好了。」

阿德加的亡夫西得朗·塞加德，也就是貝妮布亞的父親、他被打死的時候，兇手都不敢看他一眼，假如看他一眼就不敢打死他了，連打死的想法都不敢有。

「兇手敢正看被他們殺死的人嗎？您說說看。」

「兩種情況都存在，我認為，殺死以後，肯定敢看，這毫無疑問，可也不一定，就是活著，也是敢看的，這得看情況。」

西得朗的兄弟路西奧有好幾個兒子，他說，總得把孩子管得嚴些，不讓他們步上歧途。

「別開玩笑了，如果小伙子們眼睛上掛著眼屎，畏光，或者渾身冒汗，或者雙手顫抖，或者整天醉醺醺的，最好把他們都拋到山澗裡去。這裡只需要有血有肉的人，而不是幽靈，如果男人都是真正的男人，就不會有這麼多的罪犯了。」

「活寶」馬蒂亞斯。加莫索的妻子普利妮亞·莫斯克索死於癆病，她本身身體就虛弱，骨瘦如柴，又得了這種病。「活寶」沒有孩子，他照顧著兩個小弟弟，即聾子貝尼托和傻子薩路斯蒂奧，「活寶」很會打臺球，甚至可以參加表演賽。

「棋呢？」

「也會，還有紙牌和多米諾，『活寶』什麼都會。」

卡西米羅．波卡茂斯．維拉里尼奧和他的妻子特里尼塔．瑪索－魯西爾德，就像狗和貓一樣不和，兩個人甚至揚言要你殺我我殺你，只是為孩子才沒有分手，誰也不願意負擔孩子。卡西米羅在聖地牙哥．德．托爾塞拉當教堂司事，兼任葬禮司儀，他飼養兩頭母牛和幾頭小豬，這些家畜整天到地裡尋覓食物。卡西米羅走遍了大半個世界，但是事情很不順，最後又返回家鄉。特里尼塔很年輕就結婚了，一共生了十五個孩子，特里尼塔總是喪魂落魄似的，據說她身上缺乏母愛，發現時已經無法彌補了。特里尼塔喜歡生活在不被人看到的地方，她願意無聲無息地死去。

「你如果跟這堆孩子過下去，我就一個人到山上去，我不怕。」

「不能這樣，孩子都是你生的，與其說他們是我的，還不如說是你的。我不再流落他鄉，不能讓他們受苦。」

羅賓．列寶桑常常想到發生的事。

「屠殺只能使人們幻想破滅，內心疚痛，幻想破滅多於內心疚痛，事情歷來如此。請看看羅馬帝國到現在的全部歷史吧，屠殺不能解決任何問題，只會使許多事情變得更糟，有時扼殺兩代或三代人，播下仇恨的種子。」

羅賓．列寶桑希望蒙娜小姐閱讀《唐吉訶德》。

「你饒了我吧，我更喜歡詩歌，《唐吉訶德》沒有意思。」

「你這就不對了，親愛的。」

「我更喜歡羅莎利婭和貝克爾的詩歌。」

「你知道貝克爾是百年之前的詩人嗎？」

「不知道。」

傳到芬科酒館的消息混亂模糊，一位推銷員講過一些令人難以置信的傳聞，他說駐守摩洛哥的將軍起義，士兵騷亂，電臺播的消息也聽不明白講的是什麼，常常聽到過部隊的腳步聲，邊界已不復存在。我也不知道現在聽到的到底是什麼，這是〈志願者之歌〉，挺好聽，是不是？「活寶」在「安息」棺材廠做工，工錢不低。他感謝上帝，因為他這樣可以名正言順地自食其力了。人們把羅莎利婭．特拉蘇爾費稱做瘋婆托拉，但她是個苦命人，很有理智，重感情。

「我是和死人睡過，那有什麼關係？但是，事情最後怎麼樣，你知道最後的結局，一個人做壞事，終會有報應，有報應的！阿德加如果願意，讓她講講吧，這個女人心腸好，可信。」

雨不該停下來，在這裡，雨從來不突然停，而是慢慢停下，人們幾乎覺察不到雨是在繼續下還是停了。外號叫「南蝎」的啞巴貝尼托．加莫索每個月逛一次妓院。他不把錢看得很重，該花的該花，掙了錢不花幹什麼！貝尼托．加莫索經常喜形於色，他萬事如意，遺憾的是他不能言語，不然，一定能講出許多妙趣橫生的事情來，而他的傻兄弟薩路斯蒂奧呢，那樣子看上去好像耳朵痛得不得了。內戰結束以後，阿德加被帶去看過大海。那是在維哥。

「大海對面是美洲吧？」

「不是，是西班牙港口康嘎斯。」

「管他是什麼地方呢！」

阿德加去了沙米爾海灘。但是沒有游泳，她是內陸人，沒有游泳的習慣。布告對海浴者明令：必須穿用非透明布料的游泳衣，遮體而不緊身，女人用衣必須過膝，或到腳面，或著連衣裙，還必須穿用過膝的褲子，領口不能不能寬大，衣袖要窄，以免走動時露出腋部，就是身著浴衣也絕對禁止躺在沙灘上，不過，可以端坐。

瘋婆托拉也善於馴化小鳥和獸類，有些小動物比另一些小動物容易馴化，此類現象屢見不鮮。她母親是在馬背上受的孕。那一天是羅倫西尼奧·德·卡斯弗蓋依羅聖神日，風雨交加，所有動物對如此生下的女孩都百依百順，而對男孩則反之，牠們我行我素，這就要看男孩有沒有本事了。法比安·明蓋拉額頭上有塊豬皮，好像貼著一塊膏藥似的，他的頭髮稀疏，前額皺紋深邃，我是說，一眼就能看出他是婊子養的，對這種人的最大懲罰是，不管他們如何掩飾自己的身世，都不能如願以償，所有鞋匠兒都坐著幹活兒，但是，應該感謝上帝，並不是所有鞋匠兒都是卡羅波那樣的人，他們當中有的人很正派，令人尊敬。

「他們是從什麼地方來的？」

「誰也不知道是從什麼地方來的。」

蒙喬·雷克依索·卡斯博拉多，也就是「懶蟲」蒙喬，最喜歡瓜亞基爾。

「比阿姆斯特丹漂亮，瓜亞基爾和阿姆斯特丹不一樣，但是更漂亮，我對此堅信不疑。我在瓜亞基爾時有個未婚妻，她用假蠟和鬆節油給我的假腿打光，她名字叫『金花』科托卡齊．洛佩斯，人長得很漂亮，乳房也大，長得很漂亮，不知道現在怎麼樣，很可能已經死了，那兒的人沒有不死的。」

好久好久以前的一天，門德斯．科塔把那對孿生姐妹很小的時候，她們直到晚上九點鐘才回家，兩個人的小眼鏡破碎了，圍裙上滿是桑葚的污跡，辮子上掛滿了草葉。媽狠狠地罵了她們一頓，隨後給她們洗了澡，連肚子裡都爬進螞蟻了！沒有給她們吃飯，就趕到床上睡覺去了。

「我這是教你們好好記住。你們的爸爸如果知道了，非打你們一頓棍子不可。」

貝婭特利茲對梅塞德斯說：

「咱們去採野桑葚和野櫻桃，好嗎？」

梅塞德斯回答說：

「好吧。」

然後，兩個人痛痛快快地玩了起來。天不知不覺地黑了下來，事情就這麼簡單。

「你數落他們了？」

「當然咯！我對她們說，你什麼也不知道，沒給她們吃飯。」

「懶蟲」蒙喬說，他在巴斯蒂亞尼尼奧海邊看到過些非常奇怪的蛤蜊，紅色的玻璃樣硬殼像岩石一樣堅硬，軀體很小，不可以食用，因為有毒，但是只要用嘴一吹，貝殼便打開，從裡面飛出個小巫婆，她跑得很快，還能飛得很高，很難捉住，不過，盧戈人會捉，我們奧倫塞人不會，把這樣的蛤蜊放在地裡曬乾，曬乾以後會長大，長到正常女人一樣高時，讓她們幹活。阿德加也算是「懶蟲」蒙喬的半個未婚妻呢，只是後來兩個人沒有把關係維持下來。

「血債要用血來還，不是送上斷頭臺，就是滿口吐血不止，最後慘然死去。上帝絕不會饒恕罪犯，你就是鑽到地下，他也會找到你，上帝有超凡的記憶力。由此他造了地獄。」

卡山杜爾費人萊蒙多發現「莫喬」法比安很高傲。

「法比安，你別來那套，你應該知道，在這兒，我們都知道誰是什麼樣的人，你那一套不靈。」

「我願意做什麼就做什麼，你管不著。」

「好吧。」

萊蒙多告訴我們的表妹拉蒙娜說，他的心情很不好，因為事情進展不順利。

「『蠻子』巴爾多梅羅不願意躲藏起來，我覺得他這樣做不對，人手上拿著武器總會幹出蠢事的。最後勸他到塞拉去，住在溫塞亞家裡，他也不願意，我和他談過，他不願意去，你知道，塞拉就在葡萄牙邊界上。」

綿毛狗老了以後很難看，毛長得太長了。小狗瓦爾德已經老了，萊蒙多送給我們表妹拉蒙娜一條俄國狗，名叫「沙皇之子」。

「要不要給牠換一個名字？」

「不必，親愛的，我認為不必換，看情況，以後再說。」

小貓金格也不小了，因為閹割的緣故，老得慢一些，經得起折騰。赤鸚鵡拉貝喬在棲木上整天跳來跳去，牠的羽毛不甚艷麗，據說是因為光線不足的關係。鸚鵡沒有名字，原來叫羅坎波萊，後來突然沒了名字，這也怪了！鸚鵡不感到寒冷的時候，便一遍遍地說「我是皇家鸚鵡」，「我是皇家鸚鵡」，這是指西班牙而不是指葡萄牙。這隻鸚鵡變化不大，牠還會念聖珠連禱詞呢。

「我認為女人應該去戰場，這是結束戰爭的法子，女人比男人腳踏實地，更具有常人之識，更聰明、更務實，她們能夠很快發現戰爭是一場鬧劇，什麼都遭到破壞，包括理性、健康、耐性、積蓄甚至生命，在戰爭中，每個人都有所失而無所獲，連戰爭的勝者也是如此。」

「我看你太悲觀了。」

「我並不悲觀，親愛的，我是擔心。」

「把收音機關上，好嗎？」

「好吧，聽幾張唱片吧。」

「探戈？」

「不，聽華爾茲。」

蝙蝠這種動物有天性，又殷勤，蝙蝠能夠到達任何人不敢涉足的地方。蝙蝠把一隻腳踏在人間的空中，彷彿捕捉靈魂的魔鬼，另一隻腳踏在地獄的空中，好似管理靈魂的魔鬼，蝙蝠有時在心臟裡攜帶一隻吸血蝠。

「請您講下去。」

好吧，我講下去，病人、囚犯乃至死人都是一樣的，您怎麼那樣想不開呀，什麼良心責備呀，悔恨呀，認罪呀，內心疚痛呀！死神就吊掛在樑上，木樑很高很高，那裡陰暗得什麼也看不見，長滿了青苔，爬滿了蟲子，看見死神像吊死鬼一樣在好似伊比利亞半島那樣的一塊油跡上搖晃，真是讓人氣憤。

「跳舞嗎？」

「過一會兒。」

那些蒼白無色的死鬼手執死亡的噴頭到處播種死亡，但是上帝一聲令下，他們也開始死去，而那些失聲痛哭的人則仍然活著，人是一種很有忍耐力的動物，為每一個蒼白無色的死人栽種一棵榛子樹，這樣野豬就可以吃到鮮榛子了。猴子赫萊米亞的病情和惡習日漸嚴重，牠自己對此並沒有責任，拉蒙娜小姐無法保護牠免遭羅西克萊爾的糾纏。

「我對你說過上千次了，不要和猴子搞那種事，你沒看見牠一個勁地咳嗽嗎？真可憐。」

烏龜夏洛帕躲藏起來有好幾個月了，天氣轉暖之前牠不會露面。馬兒卡魯索則還能堅持住，牠是全家唯一沒有生病的動物，埃德爾維諾每天早晨都把牠拉出去，讓牠活動一下筋骨，還給牠洗刷皮毛。傍晚太陽落山時，堂娜根瑪對丈夫說道：

「給我一點茴芹酒，德歐多西奧，我都喘不上氣來了。你如果把頭塞到一個布袋子裡，也會喘不出氣來的，哼，你還不如我呢。」

堂娜根瑪既不熱情也不慷慨，但是骯髒、虔誠，具有這兩種格格不入的特徵。堂娜根瑪過去很風騷，現在正閱讀薩蓋歐·滿德孔神父一九二〇年在韋爾瓦出版的《母親的歡樂，天主教女信徒之修養》。堂娜根瑪患有肛門騷癢症，用母菊液洗盆浴。

「我覺得你不應該喝茴芹酒，根瑪，酒會刺激你的肛門。」

「別廢話！」

「好吧，隨你便，反正刺激你而不是刺激我。太可怕了，怎麼這樣呀！」

堂德歐多西奧洗禮時起的名字是卡西亞諾，但是後來舉行確認聖禮時改了名字。堂娜根瑪和堂德歐多西奧住在奧倫塞的聖科斯麥廣場附近，那是堂娜根瑪父母去世的房間，家裡滿是蟑螂，好像原始森林，廁所至少有十年堵塞不通了，必須用兩大桶水清洗，用掃帚好好打掃一番，走廊裡的瓷磚裂紋斑斑，直線裂紋、三角裂紋、十字裂紋，比比皆是，每塊瓷磚都有四道直線裂紋和四處三角裂紋，而三角裂紋是由兩道直線裂紋組成的，延伸開去就又形成三處三角裂紋，一條直線朝北（或者朝南），另一條朝東，再一條朝西。堂德歐多西奧儘量設法不踩出直線裂紋、三角裂紋和十字裂紋來，當然咯，他總是斜著身子，邁著弓形步子走路。堂德歐多西奧去帕羅恰妓院時，總是直奔廚房。

「維希在嗎？」

「她忙著呢，堂德歐多西奧，她快完事了，她現在和當鋪老闆堂埃塞吉爾待在一起，堂埃塞吉爾來一陣子了。我把費爾來妮塔叫來，好嗎？堂埃塞吉爾那個人有些討厭。」

「不必了，不必了，我還是等一會兒吧，謝謝。」

「那就隨您便了。」

高登西奧悲淒地拉著手風琴，旋律不像平常那樣乾淨俐落地跳出琴鍵來。高登西奧幾天來一直悶悶不樂，看上去有些憂心忡忡。

「人們是不是都瘋了？」

「不知道，反正不那麼明智。」

堂娜根瑪是維拉馬林人，她的父母有兩處工廠，一處名叫埃斯普莫索斯．維萊拉虹吸瓶和汽水廠，另一處名叫拉索布列依拉那洗滌劑廠。他們生活很好，很富裕。最後，家長堂安東尼奧又發明了一種叫「埃斯卡瓦貢」的肉汁，其實是一種濃縮牛肉，衛生檢測部門下令關閉了這個廠子，因為除了牛肉外，他們還用狗肉和蜥蜴肉，由此家境破落了。在帕羅恰妓院裡，堂德歐多西奧很受尊敬。

「要不然我把『葡萄牙女人』瑪爾塔叫來，您先暖和一下身子好嗎？」

「太謝謝了！您總是這麼細心周到！」

「堂德歐多西奧，別這麼說！做為女傭，就要滿足好朋友的要求。」

維希是普來布拉．德．特里維斯的佩納佩塔達林人，但是她的安達盧西亞口音很重，而且講得不太好，不過會學會的。帕羅恰有三樣珍貴的收藏品，一樣是扇子，第二樣是郵票，第三樣是金幣，這是在萊昂城裡經商的堂佩爾佩托．卡爾內羅．亞馬沙萊斯死時留給她的。妓院裡什麼稀奇古怪的事都有，可惜這段故事沒有寫下來。帕羅還沒有想好，她死時如何處理這些收藏品。

「如果能找到一個知根知柢的人，讓他做繼承人就好了！我沒有兒子，幾個外甥也不和我來往，把東西留給他們，事情會更糟！是有一位先生，可是我不能把收藏品留給他，也不能留給教士會，那樣會惹出麻煩的！說來說去，還是得留給這幾個姑娘，讓她們把東西賣掉，把錢分了算了。我死了以後，希望他們把扇子、馬尼拉大披巾和金幣當做隨葬品，郵票就不要了，不過，會有人盜墓的。」

「一定會有人盜墓。」

人們讓高登西奧拉進行曲，拉完一首再拉一首，幾位紳士派頭的先生高呼：「西班牙萬歲！」高登西奧拉進行曲，拉完一首又首，女人們笑呀笑，有的完全被性慾征服了，有的強作笑顏。

「把乳罩摘下來吧。」

「不摘。」

拉蒙娜小姐的兩隻天鵝羅慕洛和雷莫，早晨游到河裡，有時捉到魚便整條吞下，還沒有等魚完全死去就消化完了。如果雨一下子停了，我們大家都會茫然不知所措。堂赫蘇斯．曼薩內多也是帕羅恰妓院的常客，因為他每天早晨都瞪著大眼睛東張西望，堂德歐多西奧就不和他打招呼了，他並不是一下子就不和他打招呼，而是慢慢形成的，這裡面是有一些區別的。

「普拉，您聽到什麼沒有？那些人在說什麼呀？」

「我眼瞎耳聾，堂德歐多西奧，我什麼都不知道，也不想知道。人一下子都瘋了，只能這麼解釋，讓上帝聽聽我們的懺悔吧！」

高登西奧嗓子乾得說不出話來。

「給我一杯汽水，好嗎？」

「好的。」

堂赫蘇斯．曼薩內多是一個非常細心的人，做事井井有條，他把死亡事件一一記在一個本子上，一個專門的本子上，並且為它們編上號碼，記上日期、姓名、職業、出事地點、詳情，可是幾乎從來沒有什麼詳情：第三十七號，一九三六年十月二十一日，伊諾森西奧．索列依羅斯．南德，銀行職員，阿爾托．德爾．福利奧洛，臨終時做了懺悔。伊諾森西奧．索列依羅斯．南德是羅西克萊爾的父親，給一個女兒起羅西克萊爾這樣的名字，也真是奇了！

「可是，堂娜阿爾塞妮亞，您認為有足夠的理由把一個人打發到另一個世界去嗎？」

「哎呀呀，哎呀呀！我不能說有也不能說沒有，這種事和我毫不相干，還是讓我安靜安靜吧！」

「好吧，好吧。」

法比．明蓋拉是一個撒謊大王。法比安．明蓋拉的身材並不矮，在矮子中還算中等個子呢，卡羅波兄弟中沒有一個人身材高大、體魄強壯。有些矮子和矮子中的中等身材的人很機敏，但是也有的糊塗、頭腦不清。在堂赫蘇斯．曼薩內多面前，法比安．明蓋拉十分拘謹，像個小學生似的。堂赫蘇斯．曼薩內多之所以殺人，是為了執行命令，也是為了取樂，二者兼而有之。有的人只要把手指放在扳機上，扣響，就神氣十足，洋洋得意，而法比安．明蓋拉殺人是為了討好某個人，討好誰呢？不知道。他殺了人，反正有人高興，有人露出笑容，每次都是這樣。恐懼終究會消失的，像小蟲小似的從恐怖的管道中逃之夭夭。貝妮希亞有一雙碧藍的眼睛，人很好強。貝妮希亞的父親西得朗．塞加德是卡蘇拉克人，這個村子在波爾特利納山腳下，他也死於動亂之中，只要天下一亂，人們就有可能死在不三不四的傢伙手裡。假如上帝不失去他的權威和驕傲，此類事是不會發生的。

「給我炸一根臘腸，好嗎？」

「好的。」

米安蓋依羅泉水有毒，但並不損害肉體，只不過腐蝕靈魂。誰喝米安蓋依羅泉水，誰就變成瘋子，也許甚至去殺人，儘管嚇得屁滾尿流。梅塞德斯教堂裡面很冷，但高登西奧不在乎。高登西奧每天早晨拉完手風琴便去做彌撒，然後回到樓梯下面的屋子裡一直睡到下半晌，屋子裡沒有光線，有沒有光線都一樣，他要光線幹什麼？瞎子都是些逆來順受的人，把人吊死，是被迫為之。

「有個伯爵夫人曾經懸賞堂貝尼格諾的腦袋，您知道她是誰嗎？」

「知道，但是我不告訴您。不過，我希望您弄清楚，那個人並不是什麼伯爵夫人，而是侯爵夫人。」

使徒聖安德列斯[44]很嫉妒使徒聖地牙哥[45]，因為後者地位在前者之上，統治整個教區。

「世界各地的朝聖者紛紛來到孔波斯特拉，有不少人甚至從西潘戈、塔爾塔利亞和埃塞俄比亞趕來，相反地，卻沒有人去特依希多那個地方，就連近在咫尺的費羅爾、維維羅和奧爾蒂蓋依

---

[44] 耶穌的弟子。

[45] 耶穌的大弟子。

拉，也沒有朝聖者，這太不公平了，因為我也是使徒，和其他使徒一樣的使徒。」

我們的上帝耶穌從同一條路走來，對他說道：

「安德列斯，你有百分之百的道理，這個問題必須解決，我一定想辦法，下一道命令，誰不去特依希多，就不能到天堂來。」

「謝謝。」

我們的上帝耶穌言必行，行必果，他立即下了命令，凡是想拯救自己靈魂的基督徒，必須在生前或死後至少到聖殿去一次。於是，基督徒在變成了沒有理性的動物以後，也就是說死後或者說不是活著的時候，去了特依希多，朝拜聖安德列斯。在特依希多的邊緣，即世界之端，誰也不敢到那裡的大海上航行，因為海浪如山，蝎子成堆，蜥蜴連串，蛤蟆和其他各種各樣或溫順或凶猛的野獸遍地是，甚至可以看到長長的毒蛇和毛茸茸的毒蜘蛛，牠們的身體裡都攜帶著活著時沒有朝聖的人的亡靈，這就是說，只有舉止謹慎的人才能被我們的上帝拯救。

「真有運氣！對吧？」

傻瓜在死神身邊走過時，不但看不到死神的模樣，而且也聞不到它的氣味，不過瞎子在感到死神從自己脊背逃走時，卻看到，狗也能嗅到，只是傻瓜不能，他們分辨不出什麼是死神，什麼是生命之神。羅基尼奧·博倫被關在櫃子裡長達五年之久，但是他甚至不知道自己已經染上了重疾，他被放出來時還面帶笑容呢。羅基尼奧·博倫咬指甲，吃牆上的石灰，看樣子倒是挺開心的。馬爾蒂尼亞村的瘋婆子卡塔利娜．巴茵特也不知道什麼是死神，什麼是生命之神，馬爾蒂尼亞的瘋子不知道死神會使眼睛看不清東西，所以她把自己的奶頭掏出來給死了的母狐狸和負鼠看，教堂司事用棍子和石塊把她趕得遠遠的。

「滾開，豬玀！快滾開，不然我就打死你。」

貝尼格諾．阿爾瓦雷斯逃到馬塞達山上流浪，這座山在麥達山脈和聖馬麥德山脈之間（布西尼奧斯的聖米格爾教堂神父堂梅列希爾多像一個蒼蠅窩，像一個蒼蠅巢，像一個蒼蠅穴，只有蒼蠅圍著他時，你才能看到他）。他和萊安德洛．卡羅和外號叫「女同志」的恩利蓋塔．伊格萊希亞斯在一起（布西尼奧斯的聖米格爾教堂神父的女管家叫多洛雷斯，已經上了年紀，並且只有一隻胳臂）。貝尼格諾．阿爾瓦雷斯大病一場之後死去了，死後還挨了兩顆槍子，據說誰都不信任他，他的弟弟德梅特里奧也死了。另外兩個弟弟，何塞和安東尼奧，逃到了葡萄牙，民警把他們從土伊邊界押了回來，並且在一個叫做沃爾塔．德．莫烏拉的地方遊街示眾，這個地方就在維哥公路上，離城半個萊瓜遠（女人都跟在布西尼奧斯的聖米格爾教堂神父後面，她們像一群發情的母羊，簡直不讓神父活了，女人像一頭頭母獅，在很遠的地方就能嗅到男人）。把偷渡犯押回來遊街示眾是慣例，埃烏洛西奧．戈麥斯．佛朗蓋依拉由於得到在森列市府任職的叔父曼努埃爾幫助，才得以逃了出來。

「還好吧？」

「很好，很好；只要讓我講話，他們就不會殺死我，你記住這一點好了。」

赫蘇莎姨媽和埃米莉塔姨媽根本不知道發生的事。赫蘇莎姨媽和埃米莉塔姨媽又在祈禱時加了天主經，祈求善良的天使戰勝邪惡的野獸，她們的想法有些模糊不清，但是，只要有這麼個想法也許就足夠了。聖佛朗西斯科公墓的圍牆上每天夜裡都黑壓壓地蓋著一層毒蝎和烏鴉。

「達米安在嗎？」

「去聖地牙哥了。」

「騎馬去的？」

「不是。」

「騎自行車？」

「對。」

特爾瑪對孔齊婭·德·科娜說道：

「你到公路上走一趟，一定要找到，他告訴他別回來，這兒正在搜捕他。」

托爾塞拉教堂司事講起鬼火和煉獄幽靈的故事來。他說，百年以前的死人都有復活的，民警班長不相信他話。

「那是根本不可能的，人死了一個月，根本就不會再復活，就是不到一個月，復活的也很少，別胡說八道了。」

托爾塞拉教堂司事交給孔齊娅·德·科娜三根飛鹿角和一小瓶為聖體照明的蓖麻油。

「把這個給達米安，告訴他到特斯特依羅去，這種情況不會持續很久。」

「好。」

「還要告訴他，不要忘記向聖猶大祈禱。」

「不會忘記的，放心好了。」

聖猶大，榮耀蓋身的使徒喲，請你讓我的那些劊子手都掉進水井裡吧。孔齊娅·德·科娜是個漂亮女人，很會打響板，打得幾乎和吉卜賽女人一樣好。上天的聖猶大喲，請你把我從災禍、仇恨和猜忌中解救出來吧。事情必須恢復到以前那種狀況，不能這樣亂下去。

「不能再亂下去了，可是如果亂下去呢？」

「不會再亂下去了，你瞧著吧。」

巴加涅依拉人玻利卡波的父親堂貝尼格諾·波多莫利克·圖彼斯蓋多死的那一天，家裡的房子倒塌了，來人太多，房子像西瓜一樣一分為二，結果玻利卡波馴化的負鼠，一共三隻，逃走了。他現在又有了兩隻，一只叫達奧茲，另一隻叫維拉爾德，這是羅賓·列寶桑起的名字，牠們在房子裡竄來竄去，負鼠不受驚嚇是不會逃走的。那時，「鴨子」路易西尼奧已經瞎了眼睛，但是還沒有得肺炎，玻利卡波的母親多洛特娅·埃克斯波希多死的時候，「耗子」塞費利諾神父不得不進行干預，因為死者丈夫不願意舉行大葬。

「乾脆把那個婊子用鋸末燒了，在公墓外邊算了，她不配舉行葬禮。」

「耗子」塞費利諾神父沒有理睬他，「耗子」塞費利諾神父對人一直很慈善，有什麼都拿出來送給急需的人，吝嗇是最大的罪惡。我的舅舅格拉烏迪奧．蒙德內格羅出身很高貴，他想雇全家裡的傭人，填漏兩個空缺，一個神父，一個情婦，他希望有人推薦。當有人告訴我舅舅，「豬崽」桑托斯．科福拉已經在奧倫塞染上陰虱時，他認為那是件再自然不過的事：染有陰虱的妓女，不管是誰，這無關緊要，因為所有陰虱都是一個樣子的，一定會把陰虱傳染給「豬崽」桑托斯．科福拉，「豬崽」桑托斯．科福拉再傳染給他的妻子莉加．魯貝依拉斯，然後，她跑到鐘樓去，這個幽會地方既不舒服也不溫暖，但是很安全，很安靜，把陰虱傳染給「玉米穗」塞萊斯蒂諾神父，最後他連眼眉上都爬滿了陰虱。這委實可以稱為連環遊戲，只要這樣傳染下去，又有時間，全國都會染上陰虱的，而且不停地搔癢；然後，不管怎麼樣，戰爭又會發生，災難也會降臨。我舅舅格拉烏迪奧希望安度晚年，他在動亂中已經生活了好多年，經歷了許許多多艱難曲折。

「我需要什麼，上帝幾乎都能滿足我，我缺少什麼，就堅定不移地去找。我身體好，有錢花，年紀都一大把了，我自己有房子，孩子們有吃有穿，我有馬，養著狗，有獵槍，有廚娘，還有兩個男傭，甚至有十一卷本的克維多㊻文集，這文集是安東尼奧．桑恰編輯出版的。現在，如果能夠找到一個理想的情婦和神父，大家各司其職，我每天就坐在客廳裡讀書，該讀的東西太多了，以讀書消磨時光，等待死去，讀書時，小狗趴在我身邊，再在自己面前放一杯葡萄酒，把小鈴鐺擺在手邊。想喝杯咖啡或白酒嗎？搖一下鈴，廚娘維爾士德斯就送上樓來了。想要僕人往火上加些柴或者為我備馬嗎？搖兩下鈴，老僕人安德烈斯就上來聽命了。想要僕人除掉外衣上的污跡或者擦擦眼鏡嗎？搖三下鈴，一副女人氣的年輕男傭阿維利諾就應聲上來了。想消遣一下嗎？我用小鈴敲一下酒杯，情婦就會上樓陪伴我，我雇用她，不就是為了幹這事嗎！想拯救靈魂嗎？搖幾下小鈴，神父就上來了，他祈禱寬恕我，當然我要花一大筆錢，每個人完成自己的任務後，我便讓他們離開，再打擾我。至於下樓梯發生什麼事，哪怕摔死，那是他們的事，我才不管呢。」

「喂，堂格拉烏迪奧，葡萄牙女人可以做您的情婦嗎？」

「可以，可以，中國女人也可以，都可以。我唯一注意的是，身體必須豐滿，乾淨，聽話，會講兩種語言，加利西亞語和西班牙語，其餘的就是錦上添花了。」

如今，那些優良的健康風尚已經不時興了，人們越來越放肆，滿嘴髒話，看來事情越來越糟了。

「摩爾人已經越過直布羅陀海峽，您聽說了沒有？」

---

㊻克維多（1580~1645），西班牙著名作家。

「那已經是舊聞了，親愛的朋友，您落後了。」

堂梅列希爾多的女管家多洛雷斯長了一個惡性腫瘤，住院以後鋸掉一隻胳臂。

「沒什麼關係，一個女人有一隻胳臂也能什麼都幹好，問題是人們早已習慣用兩隻胳臂幹活，順其自然了。這就是世界的末日吧？愛什麼樣就什麼樣吧？我才不管呢。」

「懶蟲」蒙喬在效忠國王期間把一條腿丟在了非洲，他的表姐妹阿德加和赫歐希娜做販賣毒藥的生意，這終有一天會招來大禍。

「我沒有去過北極，但是我很想去，南極也沒有去過，我要看的東西太多了，北極有海豹，南極企鵝，企鵝很輕信，容易打交道。我喜歡瓜亞基爾，我在那兒過得很愜意，瓜亞基爾到處都能聽到蟋蟀叫聲，但這對我無關緊要。」

我舅舅格拉烏迪奧．蒙德內格羅說，他參加了一九〇九年利物浦的越野障礙大賽，他是一個出色的騎手。我舅舅常常說大話假話，可是也說真話，只是沒有人相信他罷了。那次，他騎的是一匹毛色黑白相間的馬，參加大賽的只有一匹這樣的馬，馬名叫皮蒂．山迪，編號二十一，我舅舅在跨越第六道障礙時跌倒了，造成鎖骨骨折，也許那是真的。聖馬卡里奧玩牌摸彩都很走運，但對賽馬卻是外行。拉薩羅．科德沙爾有一雙碧藍眼睛，我舅舅格拉烏迪奧也是藍眼睛。女傻瓜比男傻瓜更喜歡讓別人撫摸，如果把手伸到她們的裙子裡，一個個都會像蛇一樣靜靜地不動。

「您去拉林嗎？」

「不去，我去馬塞依拉斯，不過，您如果有事要辦，我可以拐一下去拉林，這不費什麼事。」

已經個多生期沒有下雨了，斑鳩在小河溝裡安詳地洗澡，獵槍被民警搜去了。卡山杜爾費人萊蒙多和我們的表妹拉蒙娜在交談。

「記不記下來無關緊要，這串沒頭沒腦的，我和羅賓談了好久，他和我的想法一樣，人們簡直沒有腦子了，這是十分危險的。我們擔心的是『蠻子』巴爾多梅羅，因為不管你相信與否，法比安是婊子養的，請原諒，您今天很漂亮，蒙齊婭，給我杯咖啡好嗎？這兒真需要一個多少正派一點又有常識的人來指揮，人們已經不尊重傳統習俗了，不幸的西班牙呀，這個國家本來可以搞得好一些！你還記得阿德加的哥哥、盲人琴師高登西奧嗎？」

「他是不是住在奧倫塞？你明白我的意思吧？」

「明白。」

「我當然記得，他的手風琴拉得很好。」

「這個高登西奧，大前天夜裡挨了一頓棍子，因為他拒絕拉人家點的曲子。莫喬在奧倫塞很吃得開，不是他的過錯。」

「我給你弄白蘭地加咖啡，好嗎？」

「好的，謝謝。」

「放點音樂嗎？」

「不必了。」

馬爾科思·阿爾必德高興極了，因為卡米羅聖像已經完成了。

「你看看你的卡米羅聖像嗎？我已經完成了，他的世界上最精美的卡米羅聖像，這不是我說，實際上確實如此。人們說他有一張傻臉，對了，你知道，聖神顯靈時，人們就給他畫一張這樣的臉。我把『耗子』塞費利諾叫來為聖像祝福，好嗎？」

「好的，祝福總是有好處的。」

馬爾科思·阿爾必德為我製做的卡米羅聖像十分精美。他有一張傻臉，也許他的臉就是這樣的，很可能是為了讓他顯靈吧。」

「謝謝，馬爾科思，這幅聖像太漂亮了。」

「你真的喜歡呀？」

「真的喜歡，我太喜歡了。」

在奧倫塞，夏天很熱，甚至比瓜亞基爾還熱。

「今年外地人是不是太多了？」

「是多，我覺得今年什麼都多。」

高登西奧挨了棍子，現在躺在床上，由阿奴霞西翁·薩瓦德爾照顧著。在一般情況下，人們都叫阿奴霞西翁·薩瓦德爾的綽號「奴霞」，也叫她「阿奴霞」。她從拉林逃出來想見見世面，然而並沒有跑出奧倫塞。

「疼不疼？」

「不疼，現在感覺好多了，今天晚上就到大廳拉琴去。」

「明天再說吧，應該多休息休息。」

法比安·明蓋拉額頭上的那塊豬皮印記，好像擦了一層油似的；法比安·明蓋拉依然像以往那樣面色蒼白無血，身量嘛，並沒有長高，不過，他看上去似乎比以前有精神，有派頭。

「你看咱們能在天堂見到這個令人討厭的傢伙嗎？」

「見不到，絕對見不到！哪會有那種事呀！那種人絕不能輕易進天堂，更不用說他的額頭上有一塊豬皮印記啦，有了那種記號，天使是不會放他進去的，你放心好了。」

羅克·馬爾維斯是「兜肚」的小弟弟，因此也就是「蠻子」的叔叔了。他的葡萄牙籍情婦給「蠻子」熬了一劑「山羊草」，為了不讓他發生意外的不幸事件，但是服了以後沒見效，據說那劑藥裡還少點什麼。「山羊草」是燕子從聖地叼來的，如果有哪個壞人用緩流之水把燕子蛋煮熟，使其失去繁殖能力的話，燕子就把「山羊草」放在窩裡，這樣蛋就能復活，如果把「山羊草」扔到河裡，草會逆流而上，讓魔鬼說出它們把財寶藏在了什麼地方。魔鬼當然有魔法，不過很順從，從不違背上帝的天意。魔鬼珍藏三大寶物，也就是摩爾人的寶物、哥特人的寶物和神父的寶物，但是，如果給它們朗誦聖希甫利亞諾的那本書㊼，它們就會乖乖地把寶物交出來。假如魔鬼收回龍像或蛇影，重新現出幽靈的樣子，就會施展妖術，騰空而起，呼嘯著逃之夭夭。

堂赫蘇斯．曼薩內多一邊講著銀行職員伊諾森西奧．索列依羅斯．南德的死亡經過，一邊哈哈大笑。

「他怕得要死！我問他是不是想懺悔，他立刻大哭起來，我讓他跪了一會兒，想一想犯過什麼罪惡。」

堂赫蘇斯．曼薩內多的說法並不準確，伊諾森西奧．索列依羅斯是一個真正的男子漢，他視死如歸。堂赫蘇斯用手槍瞄準伊諾森西奧，逼他跪下，把他的雙手反綁在身後，同時不停地踢他的腰部和下身，伊諾森西奧罵他的婊子養的，向他臉上吐唾沫。

「你如果不是婊子養的，那就槍斃了我！」他這樣說道，「而你如果不槍斃我，那正是因你是劊子手，事情就是這樣明擺著。」

愛爾蘭蒂帕雷里群的青蛙和安德拉湖的青蛙一樣高貴，牠們一定也看到流了許多血，血從血管裡流出來，什麼東西都染上了血，需要很長時間才能乾。有的男人在心臟上吊掛著一隻蝙蝠。

伊諾森西奧死的時候沒有做懺悔，也沒有人為他請神父做懺悔，以求得到寬恕。堂赫蘇斯在

---

㊼即聖希甫利亞諾（公元3世紀）寫的《魔法秘訣》一書。

筆記本上記載的全是謊言，根本不是事實，伊諾森西奧死的時候沒有做懺悔。堂赫蘇斯是個撒謊大王，而如果留心觀察的話，就會發現撒謊還不是他的大毛病呢。堂赫蘇斯有一個女兒，叫格拉莉塔，格拉莉塔被未婚夫拋棄了，因為他被捕了。有些人很受人尊重，有些人在受到別人汚辱時，能夠忍受羞辱。

「格拉莉塔，我要去保衛祖國，你不要給我寫信，說不定我一到戰場就會犧牲的。」

父親被殺以後，羅西克萊爾跑到村子裡。她沒有為父親戴孝，村長不讓為某些死者戴孝誌哀。

貝妮希亞很會煎蛋餅，而且常常按照十分古老而奇異的方式把酒灑到赤條條的身體上。對於所有人來說，時間都是向後流去而不復返的，我總是跟她說要往前看，她已經明白我的意思了。

「這樣一來就更明白了，我把酒澆在我的奶頭上，好嗎？」

「好的，謝謝，因為我現在心情不好。」

報紙十分注意細節報導：某某拒絕接受教會幫助，從而失望地死去了，某某做了懺悔，並且虔誠地領受了聖餐，滿意地死去了。有的人滿意而死，有的人失望而去，此類事情在聖佛朗西斯科公墓是屢見不鮮的，死神呼喚死亡。我們古欣德人一直喜歡在朝聖時打打鬧鬧，然而現在我們確實成了半瘋子。

「羅賓，我忍受不了啦，誰也阻止不了事態的發展，這如同來勢凶猛的霍亂一樣。在這種混亂的局面下，誰能說服人們維護秩序呀？」

「我可不知道！」

擔任過大臣職務的戈麥斯·巴拉德拉在維林被澆上汽油，點著火了；據安東尼奧說，誰也不知道安東尼奧是何許人也，他跳了一場可怕的舞蹈，便死去了。

「安東尼奧呢？」

「誰也不知道安東尼奧是何許人也我已經說過了，不知道結果怎麼樣，他很可能被亂棍打死了，這種可能性很大，這種人總是被亂棍打死。」

法比安·明蓋拉把羅莎利婭·特拉蘇爾費從鄉下帶了出來。

「另外，你必須保持沉默，你在這兒就是要使我感到快活，而不能多嘴多舌，知道嗎？」

羅莎利婭滿口答應，瘋婆托拉一點兒也不瘋。

「我活了下來，而莫喬那樣死去了，是罪有應得，我認為路都是每個人走出來的，死是這條路的終點，也有例外，不過一般情況向來如此。」

羅賓·列寶桑把表弟安德列斯·布加列依位留在家裡吃飯，他剛從科魯尼亞來。

「在藝匠俱樂部，把巴羅哈㊽、烏納穆諾㊾、奧爾特加－加塞特㊿，馬拉紐51和布拉斯科·伊巴涅斯52的書都燒了，這沒有什麼可奇怪的；可是，卻放過了伏爾泰和盧梭的書，據說這些書對他們的刺激小一些。」

報紙上說：在海邊，為了讓大海把低級、腐朽的東西全部捲走，正在焚燒堆積如山的書籍和小冊子，因為都是些反西班牙的罪惡宣傳品和令人作嘔的黃色讀物。

「埃斯帕蘭莎的丈夫被殺以後，你見過她嗎？」

「沒見過，她打發人告訴我不要去她家。」

安德列斯想去葡萄牙。

「你如果有錢，並且能夠很快離開邊界，當然可以去葡萄牙，從里斯本可以轉到歐洲的隨便一個地方，可是，如果沒有錢，你就得小心啦，邊防警察把所有人都遣送回來，送交土伊當局，那可是個可怕的地方呀。」

阿維拉依尼奧斯人切洛．多明戈斯，也就是羅克．加莫索的妻子，當地的所有女人都羨慕她。

---

㊽巴羅哈（1872～1956），西班牙著名作家。

㊾烏納穆諾（1864～1936），西班牙作家。

㊿奧爾特加－塞特（1883～1955），西班牙哲學家。

51 馬拉紐（1887～1960），西班牙散文家。

52 布拉斯科．伊巴涅斯（1867～1928），西班牙作家。

「但願上帝讓我們所有女人都說出自己的心裡話，阿門，聽說切洛的丈夫羅克的那個『傢伙』像已經長了六、七個月的小獸。」

「我的奶奶，你在說什麼呀?男人的那個『傢伙』都是一樣的」

「那可不見得，有的讓人看見吃驚，有的則像蚯蚓那麼大。」

「那可不是，得看情況。」

「看什麼情況呀?」

「還能看什麼情況呀?你怎麼這麼傻呀!」

「懶蟲」蒙喬懷著深沉的思念感情講著他的姨媽米卡埃拉。

「我對童年仍然保留著美好的回憶，那時喝香噴噴的牛奶咖啡，飯後點心是烤蘋果片，玫瑰園裡長滿了紅艷艷的玫瑰，米卡埃拉姨媽擺弄我的小雞兒……不幸的姨媽對我很親熱，她逗弄我是為了在我靈魂深處喚起對生活的嚮往和對周圍世界的興趣。」

「你別胡說八道了!她之所以逗弄你，是因為她喜歡摸你的那個東西，有的女人喜歡幹那種事。」

蒙喬的表姐妹阿德加和赫歐希娜和拉蒙娜小姐和羅西克萊爾跳探戈舞。

薩爾瓦多拉姨媽，也就是卡山杜爾費人萊蒙多的母親，住在馬德里，因為交通中斷，對她的情況一無所知，也許通過紅十字會能得到一點消息，格列托舅舅仍然像以前一樣彈奏爵士樂，赫蘇莎姨媽和埃米莉塔姨媽看上去就像打了痲藥一樣，說不定真的打了痲藥。

「太可怕了！這麼吵吵鬧鬧的！格列托整天彈彈打打，我們的頭痛死了。你怎麼不去參加奧倫塞十字軍呀，去了，我們也好清靜清靜呀！」

赫蘇莎姨媽和埃米莉塔姨媽收到一張傳單：「加利西亞的婦女們，你們該知道，克維多說的話從來沒有像現在這樣有現實意義，他說，女人是葬送王國命運的罪魁禍首（我的天哪，怎麼這樣說呀）！你們的影響充斥王國的各個角落。」

「你懂嗎？」

「懂那麼一點兒，不過，我覺得應該稱夫人們，而不要籠統地說婦女，看來，他們真花了不少力氣，是吧？我覺得他們是想讓我們做些針織衫什麼的，過些日子你就明白了。」

格列托舅舅的那條母狗維斯波拉每天夜裡都汪汪叫個不停，據說牠嗅到空氣中有死神氣味。赫蘇莎姨媽和埃米莉塔姨媽是那樣膽戰心驚，更加起勁地做祈禱，經常喃喃自語，尿也比以前量多次頻流沖了。事實上，她們已經喪失了生活常規，好像尿必須達到一定的量似的，家裡簡直變成了公共廁所。

「到處都是貓臊味！」

「對，對了，是貓臊味！那是老太婆的尿臊味。」

「我的天！」

教堂司事的葡萄園裡吊著的那些害獸屍體不停地往地面沉落，現在已經失去了原來的模樣。

「他用野獸搞巫術，那一定是為競爭了？」

「當然。」

布西尼奧斯的聖米格爾教堂神父的女傭多洛雷斯，把電報機保管員阿里米索·馬丁內斯藏了起來，搜查時，沒有發現他。

「他沒到這兒來？」

「沒有，我拿生命擔保！」

堂梅列希爾多對阿里米索說：

「在暴風雨過去以前，你就忍受著點吧，不要到大街上去，這種狀況絕不會持續一輩子的。」

「好吧，先生，太感謝了；我害的是莫喬·卡羅波，聽說他在這一帶到處搜捕，手裡拿著皮帶。」

「放心好了，他不會到這個村子裡來的，過些日子你就知道了，有我在，他不敢。」

馬利吉尼婭是多塞迪尼奧村人，這個村子屬帕拉達·德·歐特依羅教區，利米亞地區的維拉爾·德·桑托斯市，那已是很久以前摩爾人統治時的事了。在押犯曼努埃利尼奧·雷梅塞依羅·多明蓋斯的那隻烏鴉叫蒙喬，他的死於百日咳的表弟就叫這個名字，烏鴉鼓動翅膀起飛的樣子有趣極了。馬利吉尼婭這個姑娘年輕、家窮、貌美，她每天早晨都把一頭母牛兩隻綿羊和三隻山羊趕到一個叫做坎塔利尼亞斯山的地方去放牧。烏鴉蒙喬正在學習打口哨，已經學會了盲人琴師高登西奧只有高興時才演奏的那支瑪祖卡舞曲的好幾個小節。馬利吉尼婭的母親孀居無伴，家裡到處籠罩著貧困和災難的影子。堂格拉烏迪奧．多皮科．拉布涅依羅是教師，現在教師的日子很艱辛，他和他借宿的客店老闆娘堂娜埃爾維拉保持著愛情關係，好像也和女傭卡斯托拉一起過夜。山上有一塊岩石，人們都叫它「王后梳妝臺」，外形酷似懺悔室，有坐凳，還有小窗戶，摩爾王后常常坐在這塊岩石上，讓人給她梳理辮子，晾曬寶物，以前，基督教徒能夠在遠處看到這種情景，但是一走近，便一切化為烏有。那個身穿女胸衣的民警警官多羅特歐被關在營房裡已有好幾個星期了，多羅特歐能大段大段地背誦堂埃特華多．馬爾吉納53的《太陽在佛蘭德落下》。一天早晨，馬利吉尼婭看見一位面目和善的摩爾老太婆，老太婆呼喚她的名字。

「馬利吉尼婭。」

「聽您吩咐，太太。」

「你想不想品味一下我身上的虱子？」

馬利吉尼婭很尊重老人，她這樣回答：

---

53 埃特華多．馬爾吉納（1879～1946），西班牙詩人。

「好吧，太太，當然囉。」

這位老太婆就是坎塔利尼亞斯山上的摩爾王后。她對姑娘又說：

「你能給我一盆奶嗎？」

馬利吉尼婭又把那句答話說了一遍。

「好吧，太太，當然囉。」

老太婆用手帕包了點什麼東西，交給姑娘，並且囑咐她不要告訴任何人，到家以後才能看，而且要坐在灶前，把門窗關好。堂格拉烏迪奧和堂娜埃爾維拉只有在床上時才你我相稱，其他情況下互相從不這樣稱呼，儘管有時只有他們兩個人在一起玩四子棋。馬利吉尼婭按照摩爾王后叮嚀的做了，她打開手帕，一看全是金幣，至少有十八、九枚。馬利吉尼婭的母親高興極了，她再三向女兒追問，也沒有問出那錢是哪兒來的。「鯊魚」阿得利安·埃斯特維茲的游泳技能賽過魚類和青蛙，他游得那麼好，在水下堅持的時間比誰都長，許多人不敢相信那是真的。第二天，馬利吉尼婭又到山上放牧，和前一天一樣，又見到了摩爾王后。但是，在給這位王后捉虱子時，她咳嗽了一下，因為著了涼。

「你別往我身上咳嗽，」老太婆說道，「你轉過臉去，我可不用口水洗禮。」

在「鯊魚」居住的村子費雷依拉維利亞，人們都是用口水洗禮的，所以他們可以毫無畏懼地互相吐唾沫，全村居民是一百年前或一百多年前開始信奉基督教的。馬利吉尼婭又帶回一手帕金幣，媽媽怎麼問，她都不作聲，不過，有一天晚上，她堅持不住了，說走了嘴，於是「人財兩空」，金子變成了鋪路石，她本人也不見了蹤影。多塞廸尼奥村民們跑到山上去找她，聽到九泉之下有個聲音說：馬利吉尼婭是一個多嘴多舌的姑娘，必須把她扔到炒鍋裡，加上大蒜和奶油煎炒！

「可憐的馬利吉尼婭！她的結局比索布拉多·德·比斯波的馬車夫巴西利奥·里瓦德洛還慘。」

「是呀，巴西利奥·里瓦德洛失去了金子，可是，畢竟保全了性命。」

羅西克萊爾的阿根廷親戚把自動唱機稱為唱機，當堂赫蘇斯·曼薩內多在他的私人筆記本上記下，伊諾森西奥·索列依羅斯·南德，第三十七號，一九三六年十月二十一日，銀行職員，阿爾托·德·福利奥洛，臨終時做了懺悔（這不是實情）時，她的阿根廷親戚去了布宜諾斯艾利斯，他們說去就去了，我看他們做得對。

「這會成為另一場大屠殺，這兒誰也不知道能逃命還是不能逃命，這一定會釀成一場特洛伊式的大火，我們大家都將不復存在，官司是西班牙人之間打的。」

阿爾托·德·福利奥洛位於金索·德·利米亞和塞拉諾瓦之間，許多人在鮮血匯成的河流中滑倒跌下，不止一個人摔壞了心靈上的骨骼。

「聽說草長得特別快，真的嗎？」

「真的，據說那是為了抹去痛苦的腳印。」

赫蘇莎姨媽突然病倒了，病情十分嚴重。

「你們請醫生了嗎？」

「請了。」

「醫生說什說？」

「說她老了，衰竭了，她得的倒不是什麼疑難病，只是年齡大了，心力衰竭，跳不動了。」

「我的天哪！」

我去看望她時，發現一切都十分神秘，小狗維斯波拉對於預報如此之多的死訊已經習以為常了。格列托舅舅只彈奏〈不要用西紅柿殺我〉，他一遍遍地彈奏，每天要彈上百次，也許五百次，最後簡直聽不到聲音了，彷彿是習習微吹拂櫟樹林。埃米莉塔姨媽和格列托舅舅，為了決定赫蘇莎姨媽到底埋在公墓什麼地方而爭得面紅耳赤，赫蘇莎姨媽還沒有死，不過，看樣子有隨時死亡的危險。

「我們家的墓穴都埋滿了。現在，又沒有錢可花了，沒有爐子烤麵包了。」

「是沒有錢，可是你總不能把我們父母的屍骨都扔到河裡去吧。」

「那麼，你說我們怎麼辦吧。」

埃米莉塔姨媽相信黃泉的神靈，崇尚純潔的道德觀念。

「你應該永遠記住，格列托，我和赫蘇莎都沒有結婚，還算萬幸，我們沒有像洛爾德斯那樣被你丟棄在巴黎。」

格列托舅舅瞪了埃米莉塔姨媽一眼，彷彿為她催淚似的。

「可是，我的好妹妹，你簡直是頭牲口，是頭騾子！」

埃米莉塔姨媽放聲哭了起來，格列托舅舅打著口哨走出房間，在此之前放了一個屁，他經常這樣。

「你想好了以後告訴我吧。」

從四面八方傳來的消息並不能使人們平靜下來，或許在埃及發生瘟疫時，人們也是這樣沮喪，沉默不語的。

「我們的民族主義軍隊已經拿下了巴達霍斯。」

「你為什麼說我們拿下了？」

「我不知道，那麼，你想讓我說什麼呀？」

「貓臉」是薩莫拉人，他不請自到，一來到奧倫塞就向世人發號施令，看來，他很有指揮天才。

「他是不是有點斜眼？」

「可能吧，但是，誰要是正面看他一眼，可得當心！」

人們從他鬍鬚的樣子給他起了「貓臉」這個綽號，他的真實姓名是卡維尼多．貢薩雷斯．羅西諾斯，是貿易專家。「貓臉」身材不高，但很能幹，也瀟灑，他如果不在身邊帶著人的話，看上去好像還很高呢。堂布列希莫．法拉米尼亞斯十分厭惡小個子的人，他把他們準確地畫為兩大類：一類人小雞可以啄到他們的屁股，另一類人走路時必須高聲唱歌，不讓小雞踩到自己。

「不管是第一類還是第二類，沒有一個是好人，他們都是壞蛋。矮子最好別到這邊來。」

「對，先生。」

「貓臉」是黎明分隊的組織者、鼓動者和首任隊長，這個分隊成員像義大利人一樣，軍紀嚴明。「貓臉」是在帕羅恰妓院大門口被亂刀砍死的，高登西奧知道是誰，但是不願意說出來，他是瞎子，完全可以裝聾作啞。

「我全神貫注拉我的手風琴，眼睛又看不見，我怎麼知道發生的事情呀？您沒看我是瞎子嗎？」

「看見了，看見了，請原諒我；喂，去拉你的手風琴吧。」

「貓臉」挨了兩刀，一刀在頸部，另一刀在胸部，兇手十分殘忍。普拉．加羅特，也就是帕羅恰，對這一事件很厭惡。

「要麼安靜下來，要麼晚上我關門閉戶，這兒只在白天接客，我們是正派人，絕不允許有半點粗魯舉動，只有這樣才能平安無事！」

「貓臉」的屍體被扔到大街上很遠的地方，為了抹去血跡，把門廊的地板重新鋪了一遍。普拉·加羅特對表情沮喪的客人說道：

「現在，你們都給我閉上嘴，懂不懂？最好把這件事早點忘到腦後。」

「對，對。」

阿奴霞西翁·薩瓦多爾對高登西奧說道：

「但願上帝原諒我，殺了『貓臉』，我倒很高興。」

「我也高興，奴霞。」

「另外，我還知道是誰呢。」

「忘掉他的名字吧，別去想他。」

「貓臉」在人們的記憶中很快就消失了，因為事件接連不斷地發生，每一件都想在人們的記憶中佔有一席之地。

「奴霞，給我杯咖啡，好嗎？」

「好的，馬上給你送來。」

拉蒙娜小姐教人備好馬，到山上去，她在阿倫特依羅遇到了民警。

「早上好，您去什麼地方呀？」

「去什麼地方？我願意去什麼地方就去什麼地方！難道我想出來散步都不可以嗎？」

「當然可以，小姐，我這麼問完全出於好心，您可以隨便去您想去的地方，可是，現在很亂呀！」

「亂是誰造成的？」

「哎呀呀，我怎麼跟您說呢，小姐！也許現在的混亂局面是一種很自然的現象。」

拉蒙娜小姐回到家裡，卡山杜爾費人萊蒙多和羅賓．列寶桑正在等候她。萊蒙多笑了笑，說道：

「國民政府叫我去。」

「去幹什麼？」

「不知道，陸軍中校、新任首長基羅加叫我去。」

「你去不去？」

「不知道，我正想問你呢，你說我去不去？」

「我不知道怎麼對你說，應該冷靜地考慮考慮才是。」

在這種情況下，誰也不知道怎麼辦才好。萊蒙多認為應該去，但是羅賓覺得不應該去，羅賓想忘掉這件事。

「到葡萄牙去的想法是錯誤的，那邊有邊界哨卡，這你知道，不過，離開這兒倒是很容易，你可以參加巴爾哈．德．吉羅加的加利西亞紅旗軍團，我認為打仗總比這樣好。」

國民政府省長、公安部代表、陸軍中校堂曼努埃爾·基羅加·馬西亞教萊蒙多去，想任命他當皮尼奧爾·德·維加市長。

「中校先生，這對我來說是極大的榮譽，但是，我早就想參加加利西亞的紅旗軍團，我已經做好了準備，馬上就去科魯尼亞了。」

「那好，您的行為值得稱頌，您能推薦一個可以信賴的人擔任這個職務嗎？」

「不能，先生，我一下子想不出來。」

電臺廣播說起義取得了不可抗拒的勝利：馬德里已經不存在政府了，政府成員是最後一群背叛我們的可笑傢伙，他們乘飛機逃到了圖魯茲54。實際上，把權交給了共產黨，他們幹的最後一樁偉績是放火燒毀了普拉多博物館。

「他媽的，如果這種狀況再繼續下去，誰也別想保住自己的腦袋！」

瑪利亞·阿烏希利亞多拉·波拉斯，原來是赫歐希娜第一個丈夫阿道夫·喬蓋依羅的未婚妻，或者說是半個未婚妻，她曾經和「貓臉」一塊度過一個星期。

「你注意到沒有？」

「我，為什麼？卡維尼多是一條好漢，他身材小，但他是一條漢子。別給我來這套，他們的

54 法國一城市。

話都是流言蜚語，人的嫉妒心盛，整天背後議論紛紛。」

埃米莉塔姨媽不和格列托舅舅講話。

「我是一個堂堂正正的夫人，沒有必要和一個毫無原則的小人講話，但願上帝原諒我，我的人格不允許我和他講話。可憐的赫蘇莎，本來可以死得更體面些！」

赫蘇莎姨媽的貴體還沒有埋葬，格列托舅舅就彈起了爵士樂，發表長篇大論的演說：加利西亞的公民們，西班牙救亡和獨立的日子已經到來！

「我還不知道你的舅舅格列托這麼愛國呢。」

「事實並非如此，他並不愛國，他那是一時心血來潮。」

從公墓返回時，格列托舅舅走在我和表妹拉蒙娜後面，對，是這樣。他對埃米莉塔姨媽說道：

「我想跟你談談，埃米莉塔，我很可能惹惱了你，請你原諒。原諒我嗎？」

「親愛的格列托，當然原諒啦，上帝不是也原諒了置他於死地的猶太人嗎？」

「謝謝，埃米莉塔，你聽我說，不要把事情誇大了，懂嗎？」

「不懂。」

「好吧，懂不懂反正都一樣。不要把事情誇大了，在家人之間，最好不要爭論是非，爭誰勝誰負，不要繼續相互為敵。你承認自己失敗，那就投降吧？」

埃米莉塔姨媽的臉一下子脹紅了，接著又轉為蒼白無血，撲通一聲昏倒在地。在我和我表妹拉蒙娜照顧她時，格列托舅舅跑到樓上，奏起了爵士樂；在那之前，他放了好幾個又響又脆的屁，他總是這樣。

卡山杜爾費人萊蒙多參加了加利西亞的紅旗軍團，在科魯尼亞，民族主義情緒高漲：一個小孩J．T獻出一隻小羊和五桶原汁魷魚，國民政府省長堂佛朗西斯科．佩雷斯．卡瓦略被槍斃；T夫人，即J．T的母親，光榮西班牙軍隊的崇拜者，獻出一條小香腸、一條大香腸和十幾條臘腸，突擊隊司令堂馬努埃爾．蓋塞達被槍斃；堂J．T，即T的丈夫，J．T的父親，獻出四隻母雞、六、七十個雞蛋和四片鱈魚，突擊隊連長堂貢薩洛．特赫羅被槍斃；I．A獻出一桶普恩特．赫尼爾生產的榲桲果汁罐頭，科魯尼亞市長堂阿爾弗萊多．蘇亞雷斯．費林被槍斃；一位熱愛和平的夫人，獻出五瓶里約哈紅葡萄酒和五桶食油，海軍上將堂安東尼奧．阿沙羅拉．格羅希查被槍斃；A．S獻出三隻兔子和三隻雞，堂羅赫里奧．卡里達特．皮塔將軍被槍斃；一位愛國人士獻出一盒阿斯托加奶油，堂恩利克．沙爾塞多．莫利努埃沃將軍被槍斃；卡山杜爾費人蒙多很沮喪。

「這裡還要犯下很多很多的罪行，現在犯的罪行就夠多了，真荒唐！但最為糟糕的是平庸之輩取得了勝利，有些時候，人們為自己的平庸舉動感到驕傲，為自己的愚蠢和無知感到榮耀，而這種時候正是最糟糕的時候，最富悲劇性、最有血腥味的時候。平庸之輩不退讓，他們按照自己的面目打扮上帝，把他打扮成小丑或吹鼓手。我們可以倒退一百年，但是現在應該保持沉默，不要『逆潮流』而動，從來沒有人能夠頂著巨浪行走。但願一切都按照上帝的意旨行事。」

天氣很好，老百姓不知所措，太陽照耀著我呼吸的空氣，大氣中充滿奇異的油垢味；拉蒙娜小姐很擔心已經離去的萊蒙多，但是，我們這些男人留下來，更使她擔心。

「你們願意讓他開槍打死嗎？在這種環境中，男人還怎麼能生存下去呀？你還記得那句說人類互為野狼的話嗎？這句話不知道是誰說的，好像獵殺人類的禁令已經取消了。我們女人比男人能自衛，你為什麼不像他那樣也走呢？」

「我不走，蒙齊婭，我暫時留在這兒，看一看能不能忍受下去。莫喬是婊子養的，這一點你和我知道得一樣清楚，但是有我在，他不敢。」

「你別那麼說大話，這些人就是要混水摸魚，他們是一丘之貉，你支持我，我支持你。」

「好吧，我注意安全就是了。」

在芬科酒館裡，人們靜靜地喝著酒，看到誰也不信任誰，太可悲了。

「你相信瘋婆托拉和法比安在一起嗎？」

「不相信，那是他們之間的事。」

拉蒙娜小姐比任何時候都漂亮，眼睛深沉而烏亮，頭髮直直的，看來憂愁倒使她多了幾分魅力，她也是穿著一套緊身衣服。

「羅賓去幹什麼呢？」

「他也在猶豫，並不是只有我一個人猶豫不決，我們大家都猶豫不決，不知道怎麼辦才好，事情一開始大家就猶豫。」

拉蒙娜小姐從櫃櫥裡取出一瓶波爾圖葡萄酒和一桶餅乾。

「喝一杯嗎？」

「好吧，謝謝。」

「請原諒我沒有把餅乾放在碟子裡，你自己從桶裡取著吃吧，裡面有椰子餅乾，又香又脆。」

拉蒙娜小姐坐在鋼琴前面。

「我彈支曲子吧？」

「你願意彈就彈吧，我只想看見你。」

拉蒙娜小姐笑了笑，臉上露出一副十分誘人的表情，她很少像今天這樣動人，我可是瞭解她的呀！

「你這是在求婚吧？」

「不是，蒙齊婭，根本不是那麼一回事！我不想使任何女人不幸，更不用說你了。我這個人不配結婚，也許還不配談戀愛，我大概是個廢物吧。」

「別說那種蠢話！你以前曾經想使我不幸，對不對？」

拉蒙娜小姐彈了〈浪花，浪花〉這首華爾滋曲。

「有點俗氣，但是很好聽，是吧？」

「對，很好聽。」

在眼睛後面，或者說在腦袋裡，突然有個部位劇烈地疼痛起來，忍受著吧。

「蒙齊婭。」

「什麼？」

「你認為他們會向我開槍嗎？」

瑪魯哈·博德隆是朋費拉達人，埃米莉塔姨媽那個未婚夫塞爾索·巴列拉·費爾南德斯的妻子，什麼都排斥在外，她著長袖衣裳，不染頭髮。

「絕不能賣弄風騷，當局有道理，我們西班牙女人多少應該和法國女人或英國女人保持一些距離，在作風上不能走得太遠。」

塞爾索·巴列拉聽不懂她的話，但是保持沉默。男人心中的暴風雨有時候突然傾盆而落，有時候驟然停止，真難以預測。

「在這兒，最好保持沉默，激動的心情到時候會平靜下來的。」

「是這樣，可是，如果靜不下來，怎麼辦呢？」

「不知道，大概應該考慮出走或者其他辦法。看到世界上最好的國家，對了，最好的國家血流成河，太讓人傷心落淚了！」

蓬特韋德拉女人費娜被人稱做「母豬」瑪利尼婭，這種綽號聽起來很怪，綽號都是不知不覺地叫起來的，猶如毒蘑一樣；「母豬」瑪利尼婭很有風韻，性情活潑快樂。

「聽說你最喜歡神父，是這樣嗎？」

「哎呀呀，我的先生，是這樣！他們太好了，和他們在一起是一大樂趣！您是想讓我出醜呀！」

「母豬」瑪利尼婭和「玉米穗」塞萊斯蒂諾同床而巫，她也為他燉兔肉，兔肉加洋葱，俗稱「獵人兔肉」。

「應該讓男人吃好，把氣打得足足的。」

費娜，也就是「母豬」瑪利尼婭，她的亡夫安東·貢蒂米爾卻從來也沒有打足氣，出生時就底氣不足，死時就像嘆了一口氣那樣默默地去了。

「那個可憐蟲沒有多大用途，事實上沒有和我待多長時間，隨便一個男人都會比他長。」

人們都把萊蘇列克西翁·佩尼多叫做雲雀，因為她像一隻小鳥。「雲雀」是個不幸的妓女，雖然年輕，討人喜歡。

「她的奶頭很硬吧？」

「都那麼說。」

「貓臉」的死給「雲雀」留下的印象太深了，是她發現的屍首。

「你沒有聽到喊聲嗎？」

「沒有，先生，我什麼也沒聽見，我看見他死時根本沒有張開嘴巴，太可憐了！」

「雲雀」是萊波里塞洛村人，該村歸巴爾科市的聖馬利那·德·魯比亞納教區管轄。她來到這裡時赤著雙腳，挨冷受凍，一句西班牙語也不會說。有感情、心眼好的「葡萄牙女人」瑪爾塔做了「雲雀」的保護人。

「你認為一個女人當妓女是出於自願？還是因為把她們當成痲瘋病人到處驅趕而走投無路？你認為餡餅會從天下掉下來，隨便讓人揀著吃嗎？」

門德斯·科塔巴、梅塞德斯和貝婭特利滋是三胞胎姐妹，得過百日咳，她們得這種病時都已經長得很大了，被送到山上去呼吸新鮮空氣，還給她們做了貓頭鷹肉湯。她們被送到加里爾，路上險些被火車煤煙嗆死。

「貝婭特利滋又把眼鏡打碎了。」

「梅塞德斯呢？」

「也打碎了。」

「那好，千萬別再發生別的不幸事件了，打發人去蓬特韋德拉再買一副好了。」

堂赫蘇斯．曼薩內多和「貓臉」切斷了許多不幸的、被上帝遺棄的人的生命線，也就是控制了血液系統的那條神秘的細線。上帝根本不參與這個世界的官司，這是明眼人一看就知道的，所以說人類很不幸。在這一帶，也就是說在奧倫塞，當然也包括蓬特韋德拉和其他地方，把沒有立案就被處死的人叫做青李子，這些人被倉卒地打發到另一個世界去了。

「青李子？」

「對。」

「吃的那種青李子？」

「為什麼這麼說，我也不知道。」

阿莫埃依羅人馬西米諾．塞干插話說：

「我知道，那些蒼白無色的死鬼都這麼說。今天夜裡咱們去找青李子嗎？這就是說，他們那天夜裡要去殺人。」

被軍事法庭判處死判的人，都在聖佛朗西斯科公墓旁邊名叫阿拉貢的大空地上執行槍決，「雲雀」好像一隻小鳥，「雲雀」喜歡當兵的，因為她認為這些人身子乾淨。

「你明天還來嗎？」

「不來，我明天值夜班。」

青李長待在能夠待的地方，並不是所有青李子都能來阿爾托．德爾．福利奧洛的，這是在奧倫塞，我並不是說在其他地方，因為我們國家不應該到處都豎著十字架。萊蒙多在科魯尼亞並不認識很多人，可是他很快交了一些朋友，加利西亞的紅旗軍團在阿古斯丁聖神日55那天開赴前線，死人節過後不久又返了回來，幾乎全軍覆沒，許多人沒有回來，戰爭的不幸之處是許多人在成年之前就被奪去了生命，這是和天律背道而馳的。在加利西亞的一些偏僻地方，人們把風箏叫做「吞風」，吞就是不咀嚼便嚥下去，在葡萄牙則有另外的叫法，兩百年以前科魯尼亞的孩子們就在山上放風箏了吧？卡山杜爾費人萊蒙多是堂胡安．納亞的親戚，後者是最瞭解科魯尼亞歷史的人物之一，可以問問他，在加利西亞，我們大家都是親戚，或者有點親戚關係，或是親戚的親戚。也可能過去那兒的莧萊開過花，在葡萄牙語和古加利西亞語中，莧萊這個詞也含有鸚鵡的意思。現在，鸚鵡街，也就是兩百年前小孩放風箏的山頭，已經變成了寧靜的、受人歡迎的妓女區，萊蒙多有時夜晚去那裡逛上一圈，找人聊聊天。有一次，萊蒙多的一個表弟被人從梅迪亞得塔妓院趕了出來，因為他把一架鋼琴從陽臺上扔了下來。這個表弟是第十六砲團的二等兵，該砲團就駐紮在妓院後面。有五、六個朋友，其中一個是班長，商量好把鋼琴從陽臺上扔了下來，真是一群畜生！還算萬幸，當時沒有人從街上經過。塞布里安將軍取消了他們的假期，把他們重新派往前線。如果梅迪亞得塔妓院知道萊蒙多就是那個砲團士兵卡米羅的表哥，也會把他罵得狗血

55 即8月28日。

噴頭，踢到大街上去的。那些炮兵一向放蕩慣了。最守規矩的人把阿帕恰妓院叫做阿帕切妓院，阿帕切是盜匪的意思。二十一歲的多洛妮婭．蒙特塞洛．特拉斯西爾是「水獺」七姐妹中最小的一個，這個小妓女剛剛做完闌尾切除手術，正在恢復中，現在好多了。「水獺」七姐妹是：依內希妮婭，她不高傲，很謙虛，一圈陰毛一直長到肚臍那裡，好像一個蟻窩；羅希妮婭，不吝嗇，很慷慨，胸部豐滿，臀部寬大，富有性感；馬利蒂妮婭，不淫蕩，很自重，有些斜眼，這倒使她的表情很風趣；卡米妮婭，不暴躁，有耐性，從不拒絕什麼，但這並非因為她是妓女，而是因為尊重他人的緣故；麗蒂妮婭，不貪吃，有節制，怕胳肢，你抓她時，她笑得死去活來，跳著逃開；安帕利妮婭，不嫉妒人，很善良，像鮮花一樣靦腆，但是，你如果採摘她，必須使用棍子，先把她綑綁起來；最後一個是多洛利妮婭，不懶惰，很勤儉，識字，會算術；這七個賣笑的姐妹，兩個是貝坦索斯人，兩個是坎布雷人，三個是科魯尼亞人。在鸚鵡街，費利尼亞妓院的那些下流女性也從事按摩術，您只要問摩爾女人法蒂瑪，就能找到那兒；如果是去坎帕內拉斯妓院，只須問起女強人皮拉爾就行了；如果是去托納列依拉，一提瘋婆巴西利莎的名字就行，她是世界上最有妓女味道的妓女。所有給人以回味的妓院，上面提到的所有這些按摩妓院，都是服務周到、給人以快感的場所。監視呀，紀律也只不過是紀律罷了。卡山杜爾費人萊蒙多成了「水獺」多洛利妮婭的朋友，由於他有教養，舉止大方，門房讓他直接去客廳。拉蒙哪小姐打發人去叫羅賓．列寶桑。

「我收到萊蒙多的一封信，他說他們快休假了。」

「太好啦。」

羅賓露出一副擔心的表情。

「蒙齊婭。」

「什麼？」

「我不參軍，他們一定會往我的別墅打電話。另外，我要告訴你一個秘密。」

「告訴我？」

「對，只告訴你一個人，不告訴第二個人。如果法比安·明蓋拉到村子裡來，我就殺了他人們講的有關他的事都是真的。」

拉蒙娜小姐沉默了一會兒，才講話。

「羅賓，要沉著，看萊蒙多回來時說什麼吧。你和西得朗·塞加德談過沒有？」

「談過。」

「和『蠻子』巴爾多梅羅呢？」

「也談過。」

「他們都有什麼想法？」

「他們說莫喬是個沒有的東西但又很可能是個危險人物，因為他背叛了我們，而且有一群幫兇。」

「都是誰呀？」

「不知道，我不認識，他們不是這兒的人，我從來沒見過。」

「民警知道這事吧？」

「據說他們什麼也不想知道，這種事不歸他們管。」

「不歸他們管，那麼，歸誰管呀？」

「我哪兒知道！」

麵包是神聖之物，有些神聖之物在世界混亂時得到尊重，睡眠，麵包，孤獨，生命，麵包不能扔到火堆上，也不能扔到地上，麵包應該吃掉，麵包變硬了以後，就要放到水裡，餵小雞，如果掉在地上，則應該揀起來，吻過之後放在不被人踩著的地方，如果送給乞丐，也要先吻一下。麵包是一種神聖之界，和上帝一樣神聖，而人則是一個可笑的哨子，像一隻野心勃勃的奇異飛鳥。

「還不知哨子和飛鳥呢。」

「對，你說得對，還不如哨子和飛鳥呢。」

拉蒙娜小姐發表自己的不同看法。

「這一切都非常奇怪，對於發生的事情我根本不理解，也許也不理解所發生的事的西班牙人還很多，為什麼要流那麼多血呀?」

拉蒙娜小姐時不時地停下來，沉默一會兒。

「如果外國人闖進我們的家門，我們打仗也許是一種高尚的行動，比如上個世紀法國人。我真不理解，我不是男人，我們女人的想法總是和男人不同，為了保衛祖國而和外國人打仗，也許是高尚的，但是，現在不是為保衛祖國，而是在西班牙人之間打!這種事只有瘋子才去幹。」

「你說得對，我也這麼認為，但是我不說出來，你也不應該說出來。」

「不說，不說，我說什麼呀?我要像死人那樣沉默不語，我只希望這些快點結束。盲目相信別人的人很危險，有的人不相信別人，但是裝出相信的樣子，那就更糟。信仰是良心的大門，能揭示良心的秘密……我只盼望著我們很快看到這種瘋狂舉動結束。」

「我看還要持續下去。」

「你這樣認為?」

「我的看法很堅定!現在所有的人都很激動，誰也不理智。」

拉蒙娜小姐把煙灰缸移到羅賓．列寶桑的面前。

「別把煙灰給我弄到地板上。」

「對不起。」

拉蒙娜小姐掩飾不住內心的憂慮。

「是這樣，事實上，這種盲目爭鬥使人變得膽大妄為，喪失了理智，從而自取滅亡。同時，也說不清誰是誰非，你對發生的事能理解一些嗎?人們都變得精神緊張，脾氣暴躁，精神緊張、脾氣暴躁的人比蝎子還狠毒。」

「一句話，但願上帝保佑我們!」

現在如同古代一樣，那時人們步行去朝聖，靠著女人眼睛的顏色和雲彩的顏色，靠著路上的水果味道和落著蜜蜂的鮮花氣味，靠著荒野和草原的氣息辨別方向。我們現在向北行進，向南行進，我們很順利，我們遇到了困難，我們迷失了方向，永遠找不到我們的家，等等。馬爾蒂尼奧·弗魯依梅的小分隊在昆卡的貝令瓊行動時遇到痲煩。你還記得羅莎利婭·德·卡斯特羅的詩作《上斯蒂利亞和卡斯蒂利亞人》嗎?馬爾蒂尼奧·弗魯依梅的小分隊有五個男人和六個女人，一個女人在打麥場上生了孩子，那兒還有三個六、七歲的小孩子。小分隊遇到痲煩時，馬爾蒂尼奧·弗魯依梅對他的隊員講話說:

「你們知道發生了什麼事，我認為應當回到故鄉去，在這兒待下去，我們都只有死路一條，一個人也活不了。」

「好吧，可是，聽說加利西亞已經被法西斯佔領了。」

「那和我們有什麼關係呀?故鄉就是故鄉，家就是家，管他誰當權呢?」

「對，那也是。」

馬爾蒂尼亞·弗魯依梅的小分隊看著北極星辨別方向，藉著夜光，夜行曉宿，穿過兩條防線，從塔霍河畔來到諾蓋依拉·德·拉姆首的卡爾瓦列依拉教區管轄的內斯佩萊依拉村，這是「磨刀人」和「收割人」共同居住的地方，「收割人」離開時耀武揚威，回來時垂頭喪氣，老天呀！

「你是不是一直以為我們會活著回來？」

「是的。」

多洛利妮婭做了闌尾摘除手術後，與她第一個接觸的浪蕩公子就是堂萊斯梅斯·卡維松·奧爾蒂蓋依拉，此人是醫助，能做些小手術，是科魯尼亞民兵騎兵隊的頭目之一；民兵是一個政治性的愛國民防組織。

「你刀口還痛嗎？」

「還痛，先生。」

「忍受一會兒吧，我多付你一些錢。」

「好的，先生。」

傳聞說，堂萊斯梅斯和拉塔廣場的暗殺事件，與襲擊「共濟會重建及思想與行動組織」的所在地有牽連。你被死神包圍著，身邊全是死人，你發現自己也在殺人，也在搞破壞活動。

「你知道消息嗎？」

「我能知道什麼呀？」

堂萊斯梅斯總是偷偷地去阿帕恰妓院，他的地位要求他偽裝成正人君子的模樣，他對多洛利妮婭說他叫堂維森特，是神父。

「你不要告訴任何人，親愛的，情慾難抑呀，你也是這樣的。」

「是的，先生。」

一天夜裡，堂萊斯梅斯搞了一場很大的鬧劇。他正在煩悶時，一枝槍筒炸裂了，他當然嚇了一大跳。

「搞破壞，搞破壞！」堂萊斯梅斯一邊繫褲子，一邊大聲叫著，「這是在搞暗殺嗎！非得教訓教訓他們不可！這裡是赤色分子的老巢！」

阿帕恰一把拉住他。

「喂，堂萊斯梅斯，我鄭重宣布，我們這兒一個赤色分子也沒有，知道嗎？我們這些人都是一般國民，我自己首先是一般國民，在這方面我不允許有半點疑問，您聽清楚了嗎？半點疑問也不能有！您如果不克制的話，我就要打電把堂奧斯卡爾叫來，但是，我的好朋友，您去和他談好了，在我們這裡，人們可以儘快地交談，但不能搞陰謀，知道嗎？」

堂萊斯萊斯一下子軟了下來。

「請您原諒，我以為是炸彈呢，別誤會。」

卡山杜爾費人萊蒙多不知道誰是奧斯卡爾，但是，他也不問，問那個幹什麼？妓院發生事，和那些人有什麼關係？我們民族主義者已經佔領了托萊多，為什麼你說「我們」呢？我們解放了阿爾卡沙爾，卡山杜爾費人萊蒙多覺得太陽穴撲通撲通地跳個不停，他可能發燒了。佛朗哥被任為陸海空三軍元帥。羅賓·列寶桑說他不參加，他們會給他往別墅打電話的，各走各的路，各有各的想法嘛。拉蒙娜小姐騎上馬，嘴裡吃著餅乾，臉上一副沉思表情，她總是在考慮什麼。我們民族主義者已經逼近馬德里的大門，你為什麼說「我們」呀？卡山杜爾費人萊蒙多來到村子裡，正面碰上了拉蒙娜小姐。

「怎麼啦？」

「沒什麼，為什麼問這個？」

「不為什麼，我以為你發生了什麼事呢。」

拉蒙娜小姐的年紀最老的女傭普利妮亞·科萊克，一天早晨突然死去了，她死時，有一條小蛇從她額頭鑽出來，要逃走，那蛇像鉛筆一樣細小。

「怎麼死的？」

「老死的，人早晚都要死，有的人未老先死。」

父親那一代人，拉蒙娜小姐只認得安東尼奧·維加德卡波和莎貝拉·索萊辛。

「還有鸚鵡。」

「對，當然了，還有鸚鵡。」

法比安．明蓋拉，也就是莫喬，既不會把西得朗．塞加德也不會把「蠻子」巴爾多梅羅從各自的家裡拉出來，他不敢。法比安．明蓋拉先是藏在離西得朗．塞加德家不遠，後是藏在離「蠻子」巴爾多梅羅家不遠的地方，偷偷窺探他們回來沒有。他派了十個人把他們抓起來，五花大綁帶走了。西得朗．塞加德一開始對他們開了槍，後來看到他家被大火燒了才投降。聽到槍聲，看到火光，誰也沒有跑過去。拉蒙娜小姐沒有放卡山杜爾費人萊蒙多和羅賓．列寶桑走，當時，這兩個人正在她家裡。阿德加臉上挨了一槍托，昏了過去，被綑在一棵大樹上。「蠻子」巴爾多梅羅也扣動了獵槍的扳機，他的槍法很準，一下子就打死了一個人。「蠻子」巴爾多梅羅看見他的妻子洛利妮亞和五個孩子被抓走以後投降了，他的妻子和孩子用嘴咬那些人，那些人用衣服塞住他們的嘴巴。

「上帝喲，這是什麼人呀！」

法比安．明蓋拉，這個殺死「蠻子」的死鬼，這個將要殺死「蠻子」的傢伙，看到被俘的人樂開了花。兩個俘虜的雙手被反綁在背後，兩個俘虜的眼睛裡布滿了血絲，兩個俘虜沉默不語。

「快！」

法比安．明蓋拉額頭上那塊豬皮閃著光彩。拉蒙娜小姐的那隻鶉鴣是一隻具有另一種特徵、另一種羽飾的小鳥，牠好像有些悲淒，有些厭煩。法比安．明蓋拉的頭髮稀疏，在月光下，這個殺死「蠻子」巴爾多梅羅的死鬼真像一個死鬼。

「這麼說你從來沒有想到會落得這麼個下場？」

無論是西得朗．塞加德還是「蠻子」巴爾多梅羅都沒有開口。彼杜埃依羅斯那個大笨蛋被吊死了，那有什麼關係？人家又不是有意的。法比安．明蓋拉的額頭像烏龜一樣，也許還不如烏龜，自從發生這一連串事件以來，太陽落山之後便聽不到車軸聲了。

「你發現沒有，現在該輪到我了，時間越來越迫近了！」

「蠻子」額頭上那顆明亮的小星星熄滅了，它有時像紅寶石一樣紅艷，有時如藍寶石一樣瓦藍，或似紫水晶一樣青紫，像金剛石一樣閃亮。魔鬼趁機把他殺害了，他只差一、二百步的路程。蓬特韋德拉女人費娜有如一架磨咖啡的小磨，蓬特韋德拉女人費娜喜歡跳跳蹦蹦的，她經常跳古巴舞〈伊列妮，跳起來〉。她丈夫因為身體不好死去了，是被火車軋死的，那是因為身體條件不好。法比安．明蓋拉的人把們夥伴的屍首扔到了排水溝裡，在那之前，先把他那裝著文件的公文包搶去了。夜，響聲陣陣，夜，萬籟俱寂，它鼓舞著那些趕路的人，腳步聲在他們心中迴蕩。法比安．明蓋拉面色蒼白，對，今天比任何時候都蒼白，他總是這樣。

「你害怕了？」

佩貝尼奥．波沙達．科依雷斯，也就是「鯵魚」佩貝尼奥，每天早晨都去做彌撒，祈求憐憫。

「表達憐憫的方式很多，其中之一就是掩埋死人，您說是吧？」

「是的，親愛的。」

「鰺魚」佩貝尼奧滿面驚色，他琢磨著一定會有一線亮光給他以啓迪。法比安·明蓋拉的姘婦又多了起來，這兒有，那兒也有。

「我看你已經來不及置我於死地了，你不想講點什麼嗎？」

赫蘇莎姨媽的未婚夫里卡多·巴斯蓋斯·維拉里尼奧，也許在前線正扣動扳機開火，或者在連隊辦公室裡結帳，殺他嘛，還沒有殺。法比安·明蓋拉的雙手濕漉漉的，一副死人神色的病人之手可不像他這樣潮濕、冰冷和柔軟，人都死了，死人不需要呼吸空氣了。

「你要向上帝耶穌祈禱嗎？」

法比安·明蓋拉總是把眼睛朝向另一側，像聖莫德斯托的癩蛤蟆，一共只有三隻，呱呱叫個不停，聽起來還以為是百十隻呢。

「你害怕嗎？」

法比安·明蓋拉用假嗓子講話，好像《聖經》中那七個三十好幾的老處女。

「你得向我請求原諒。」

「放開我的手。」

「不能放。」

「魔鬼」塔尼斯的岳父，即「褲頭」埃烏特洛，自動亂開始來以顯得更加溫順了。有的人暴跳如雷，有的人則能自我控制。法比安．明蓋拉這個殺了西得朗．塞加德和另外十二個人的死鬼不想再磨鞋底了。他有意落後幾步，對著「蠻子」巴爾多梅羅的後背開了一槍，「蠻子」倒地以後，又朝他腦袋開了一槍。巴爾多梅羅．馬爾維斯．溫德拉（或費爾南德斯），人家都叫他「蠻子」，全身抽動了一下就死了，甚至沒呻吟一聲。人早晚都是要死的，但是，應該死得有骨氣，不能讓兇手的心平靜，要讓他永遠得不到安寧，也得不到歡樂。法比安．明蓋拉對西得朗．塞加德說：

「你繼續往前走，你還有半個小時。」

「蠻子」巴爾多梅羅的屍體就扔在卡尼塞斯的彎路上。第一個看到他屍體的是一隻烏鴉，那時天剛濛濛亮，小鳥落在一棵櫟樹上，天大亮以後，鳥兒都瘋也似地啼叫起來，叫了好幾分鐘，然後才漸漸沉默下來，看來各種動物都有自己的特性。「蠻子」巴爾多梅羅倒栽葱，背部和頭部都是血，嘴角也是血，血和土混做一團。他身上的那幅紋身圖被蓋住了，蛆蟲很快開始吃那個女人和那條蛇。吸吮死者血液的負鼠突然逃去，彷彿有人驅趕牠們。消息像蜥蜴一樣迅速傳播開來。

「這不成了火藥桶嗎？」

「嗯，是的，或者說，勝似火藥桶。」

傍晚，當消息傳至帕羅恰妓院時，盲人高登西奧正在用手風琴拉奏瑪祖卡舞曲〈我親愛的瑪利亞娜〉。高登西奧連嘴巴都沒有張，一直到天亮仍在拉那支曲子。

「為什麼不換一支呀？」

「不換，這支瑪祖卡舞曲是獻給一個屍骨未寒的死者的。」

生命仍然存在，但是，它已經和以前不同了，生命從來不是始終如一的，更何況充滿著悲痛。

「已經八點鐘了吧？」

「還不到，今天時間比任何時候都過得慢。」

瑪祖卡舞曲〈我親愛的瑪利亞娜〉有幾個小節很富有感情，很優美，百聽不厭。

「為什麼不換一支呀？」

「我不想換，你沒有聽出這是一支瑪祖卡哀曲嗎？」

死者巴爾多梅羅的弟弟「機靈鬼」胡里安最喜歡吃他妻子皮拉爾的奶頭。有的夫妻關係十分和諧，就是應該這樣嘛。

「親愛的，你餵我點奶好嗎？」

「你已經知道，我是完全屬於你的，知道了，還問什麼？」

「因為我喜歡聽到這些話從你嘴裡說出來，親愛的，你們寡婦身上的東西真吸引人。」

皮拉爾做了個風騷的鬼臉。

「我的天，你怎麼這樣傻呀！」那個地區有好幾家棺材廠，這種行業滿興隆的，事情如果這樣繼續下去，不用很久，所有的松林就都砍光做棺材裝屍體了。

「批發，是不是便宜些呀？」

「對，太太，批發價格要優惠得多，越來越優惠，最後等於白送。」

「風乾人」羅道夫舅舅得知他的外甥卡米羅同一個英國姑娘結婚的消息後，立即印製了有英文標頭的信紙，他對什麼人都沒有厭惡感。

「這個卡米羅一向別出心裁，西班牙女人到處都是，你怎麼偏偏找個外國女人結婚呀？」

格列舅舅嘔吐了一整天，他在搖椅旁放了個盆，這樣吐起來既方便又乾淨。

「你們知道莎爾瓦多拉的消息嗎？」

「不知道，一點消息也沒有，真可憐，她還待在赤區，現在這麼亂，但願上帝保佑她不出事！」

格列托舅舅的嘔吐物，今天是這種顏色，這種濃度，明天是那種顏色，那種濃度。

「這種變化是情緒的反映，你說是吧？」

「別信那一套。前一天晚上，盲人高登西奧一直在拉那支瑪祖卡舞曲，誰也說服不了他，他認定了，只拉那一支舞曲。」

「也許是這樣。」

聖者費爾南德斯和他的殉教烈士的遺骨保存在大馬士革的西班牙修道院裡，這個修道院原來叫巴甫．托馬，現在是拉丁教堂，坐落在巴甫．托馬大街上，透過玻璃棺材可以看到腦殼、脛骨、腓骨等等，排列有序、整齊。方濟各修士們一向喜歡展示各種文物，在修道院裡出售非常漂亮的明信片，上面的文字是法文。

「你知道孔齊婭．德．科娜唱歌像天使一樣動聽嗎？」

「知道，有人跟我說起過。」

現在禁止給東方仙丹做廣告，禁止隆乳、固乳、復乳，我們這樣做是對的，因為西班牙女人應該保持乳房原來固有的特徵，不要隆，也不要固。「機靈鬼」胡里安喜歡大奶頭，不過，有皮拉爾就行了。

「把奶頭露出來。」

「不行，小烏爾瓦諾還沒有睡呢！」

西得朗．塞加德的屍體被拋在去德拉馬達村的路上，從卡尼塞斯拐彎處到那裡也就是半個小時路程的樣子。他睜著兩隻眼睛，背部和頭部各挨了一槍，據說槍斃人都是打兩槍，他的屍骨還沒有完全僵冷。阿德加的鼻子和眼眉還在出血，嘴也在出血，那一槍托打得她好苦呀！阿德加把丈夫的眼睛合上，用口水和眼淚把的臉洗乾淨，抱到牛車上，拉到墓地。她和貝妮希亞挖好墓坑，埋得很深，屍體用家中最好的新亞麻床單包著，上帝知道這是為什麼，自從他創造了世界以來，這是一直用文字寫著的。阿德加和貝妮希亞跪在地上祈禱，那時有許多氣泡從壽衣的皺褶處冒出來。

「貝妮希亞，埋在下面的那個男人是你的父親，我敢對你發誓。但願上帝給我膽量看到殺人的兇手死去！」

從遠處傳來牛車車軸的吱吱呀呀聲，猶如上帝在講話，他說，對了，他說，我會給你膽量去看殺死西得朗的那個人是怎樣死去的。她不想說出他的名字，只想看到他死去，留下一具骯髒不堪的屍體。

「貝妮希亞，你在聽嗎？」

「我在聽，媽媽。」

「鑾子」巴爾多梅羅方兩個當神父的孿生兄弟之一，「耗子」塞費利諾，為西得朗·塞加德的亡靈做了彌撒。

「阿德加，我不能說出這是為誰做彌撒，奧倫塞這裡不允許做彌撒。」

「沒關係，上帝不在禁令之內。」

卡山杜爾費人萊蒙多認為，我們西班牙人都瘋了。

「突然變瘋的？」

「不知道，也許好久以前就開始了。」

卡山杜爾費人萊蒙多希望早點結束假期，其實他已經沒有多少假期了。

「前方還沒有這麼殘酷，雖然不能這麼說，但是那兒不搞暗殺，不搞誹謗，是有誹謗，但是不那麼狠毒。這兒的悲劇源於思想，城裡的惡浪拍擊著農村，如果人們不回到家裡，混亂的局面不會消失，這是上帝的懲罰。」

聖蒂斯特萬神父的訓誡果斷、莊嚴、明瞭，很受夫人們歡迎，這很危險；聖蒂斯特萬神父相信火的洗禮是絕對必要的，這也很危險。聖者費爾南德斯送到孤兒院的那個兒子，原來的名字叫福托納托·拉蒙·馬利亞·雷依，現在則開始被人們叫做拉蒙·伊格萊希亞斯了，因而失去了父親讓他繼承的一百萬雷阿爾，對於這類事情，頭腦一定要清醒些。

「錢跑到誰的手裡去了呢？」

「您真不知道呀！很可能被幹這種事的人瓜分了，人都是要活下去的，人必須設法從一切地方得到生活資料。」

格列托舅舅對發生的一切十分氣惱。急躁不過是缺乏教養的一種表現，姐妹們，請原諒，那是聖蒂斯特萬神父在前面煽動，我很遺憾，事情發展到這種地步。聖蒂斯特萬神父是個平庸之輩，鄉巴佬，聖蒂斯特萬神父是個穿長袍、頭腦空空的粗人，如果有可能，他給我們大家都做讖悔，求得寬恕，等我們成熟時，看在上帝的分上，打發我們到另外一個世界去彈豎琴。聖蒂斯特萬神父是個不要臉的傢伙，吸你們的血，榨你們的骨髓。

「你們如果不想聽的話，就用枕頭把頭捂起來。」

拉蒙娜小姐撫摸著羅賓．列寶桑的腦袋；兩個人坐在一條石凳上。太陽偏西了，皮毛堅硬的飛鹿在奔馳，朱頂雀在繡球花叢中歌唱，千腳蟲在艷紅的玫瑰花中爬來爬去，這裡是戰爭氣氛中的一個世外桃源。

「羅賓，我很傷心、痛苦，我希望你問我點什麼而我又不回答你。」

羅賓苦笑了一下。

「我來吻你一下吧？」

拉蒙娜小姐也笑了。她沒有講話，但是讓他吻了。

「蒙齊婭，我和你一樣傷心，心驚膽戰。這太可怕了，可是，如果戰爭對民族主義者不利，那事情就更糟了。你不要問我為什麼，我不知道怎麼回答你，對，我不想回答你。」

羅賓．列賓桑和拉蒙娜小姐慢慢地接吻，沒有激動的表情，他們也互相撫摸，但很冷漠、很輕柔、很羞澀。

「走吧，今天晚上你不要留在我這兒過夜了。」

「好吧。」

從那以後，再沒有人叫他的名字了。莫喬．卡羅波笑個不停，但那不是實情。莫喬．卡羅波並不感到良心受到譴責，他也許感到內心有愧，只是他本人不知道罷了，但是，他感到懼怕，懼怕三樣東西，懼怕罪惡，懼怕孤獨，懼怕黑暗，所以他身上總帶著槍。羅莎利婭．特拉蘇爾費，也就是瘋婆托拉，用相思草煮水給他洗身子，她討厭兩樣東西，可能討厭更多的東西，這是很自然的，但是，她至少討厭兩樣東西，點著燈睡覺，繫著皮帶睡覺。

「對，繫著皮帶，腰間挎著手槍，有時還要穿著皮靴。」

莫喬．卡羅波在對某個人發笑，連他自己也不確切知道是在對誰發笑。他什麼都嫉妒，這樣是無法生活的，當感到懼怕、不知羞恥地去討好、全身變成蜥蜴那樣的青綠色時，就會葬身於罪惡之中。首先是保持沉默，然後不滿情緒迅速增長，最後人們紛紛跑出家門，於是背上一槍頭上一槍地打起來，入夜死人滿街頭，據說這種事屢見不鮮。如果一個妓女為聖母瑪利亞作詩譜歌，那是因為她本人想成為聖母瑪利亞，幾乎任何人都不是他本人想成為的那種人。

「帕羅恰，給我找間屋子，好嗎？」

「好，親愛的，過來。你別給我講巴爾多梅羅．馬爾維斯的事，我已經知道了。」

「蠻子」巴爾多梅羅．馬爾維斯很勇敢，酷似新加坡的老虎，也像薩古梅依拉山上的野狼，不得不從肯後開槍打死他，而且還要把他的雙手反綁起來，因為他不敢從正面開槍，也不敢放開他的手。「蠻子」巴爾多梅羅．馬爾維斯的二弟，「魔鬼」塔尼斯，身強力壯得像聖巴蘭特蘭島上的公牛，野性十足，他又像露帕王后56的蜥蜴那樣聰穎，這條蜥蜴不但會算乘法，還知道歐洲各國的首都。「魔鬼」塔尼斯如果順利的話，他在腦門兒上打一拳，可以嚇壞貝倫門樓裡的聖牛，也能嚇壞那匹騾子57。塔尼斯．加莫索飼養著好幾條獵狗，凱瑟在一次搏鬥中被狠咬成重傷，他不得不忍痛殺死牠，為的是不讓牠受罪。塔尼斯．加莫索是薩拉戈薩第十二步兵團第二營的戰士，在徵兵處服役。

「你還記得堂赫內羅和堂安東尼奧嗎？他們是巴倫西亞人，和曼努埃爾，布蘭科．羅馬桑塔是死對頭。」

「不記得，先生，不記得了。」

萊昂希奧．科烏特羅，也就是教八哥唱〈馬賽曲〉的那個阿利亞里茲的共和分子，被罰關了禁閉。瞎子埃烏拉里奧是個殘廢人，不大受人尊敬，也被關了起來；他和萊昂希奧．科烏特羅是兄弟。埃德爾維諾和「魔鬼」埃尼斯在徵兵處一同工作，他是中校索拉．羅德里格斯的副官。

「在這裡，最重要的是讓暴風雨儘快過去，其他事由上帝去處理好了。」

塔尼斯的幾條狗由巴加涅依拉人玻利卡被照管，此人是個地地道道的大廢物，但是會飼養動

56 古代羅馬神話中的人物。

57 希伯來先知以賽亞稱，耶穌誕生時，曾有一牛一騾為他溫暖稻草做的搖籃。

物，他還負責遛那匹名叫卡魯索的馬，這匹馬是戰爭期間從埃德爾維諾那裡奪來的。

被完全排除在服兵役義務之外的年輕人，已經用名單形式公布出來了：拉蒙·雷克依索·卡斯博拉多（「懶蟲」蒙喬），右腿被截肢；佩貝尼奧·波沙達·科依雷斯（「鰺魚」佩貝尼奧），患有嚴重腦病；高登西奧·貝拉，雙目失明；胡里安·莫斯特依龍（馬拉尼斯的瘸子），腿痛；羅吉尼奧·博倫，先天智力發育不全；馬梅爾托·帕依松，因脊椎骨折而癱瘓；馬爾科思·阿爾必德，雙腿截肢；貝尼托·馬爾維斯·溫德拉或費爾南德斯（「南蠍」貝尼托），是聾啞人；薩路斯蒂奧·馬爾維斯·溫德拉或費爾南德斯（「牢騷狂」），先天智力遲鈍；路易西尼奧·博塞洛（「鴨子」），已被閹割，並且雙目失明；此刻我只能記起這幾個人，很可能還有別的人；羅賓·列寶桑雖然被認定能在軍隊中做輔助工作，但是沒有被徵召。

「這更好，您說是不是？」

這就如同是上帝的一種懲罰，我肯定是犯下了罪惡，從而觸怒了上帝。農村本來是天堂的集市，由於發生了這種殘忍和令人痛心的事件，它正在變成地獄的一角。

「或者說變成了煉獄的碎屍間？」

「也許是這樣，您沒有走錯路，事實上那些人給我們留下的只是一堆死屍。」

有人猜測，赫蘇莎姨媽的未婚夫里卡多·巴斯蓋斯·維拉里尼奧的心臟挨了一槍，人們都這麼說，那麼，民族主義者和赤色分子加在一起，已經死了多少人啦？塔尼斯、加莫索的岳父，即

「褲頭」埃烏特洛是個不足掛齒的東西，不值得和他打招呼。

「埃烏特洛。」

「聽您吩咐。」

「你給我滾到狗屎堆上去。」

「好吧，先生。」

埃烏特洛十分驚恐，他每次去帕羅恰妓院都付雙倍錢，但是，那兒就是不讓他進去。

「老烏龜，你為什麼不朝你女婿的臉上吐痰呀？」

「葡萄牙女人」瑪爾塔不願意看見埃烏特洛，她恨透了他。

「往瞎子臉上吐痰是最容易不過的事，是不是？你為什麼不找一個能夠自衛的對手，往他臉上吐痰呀？你害怕什麼呀？」

儘管拉蒙娜小姐那麼說了，羅賓．列寶桑還是留了下來，和她待在一起。

「我保證不打擾你，蒙齊婭，可是，我一天比一天害怕孤寂。」

「對於我來說，單獨一個女人住在這幢房子裡，未免顯得太大了。」

拉蒙娜小姐似乎比以前消瘦了些。

「羅賓，這是塵世的法律，有個不幸的男人正在踐踏這個法律，你知道我在說誰，現在不能殺人不償命，在這裡，殺人者必死，有時遲一些，但是必死，早晚得死！不過，維護這個法律，還是大有人在。我們兩家人，羅賓，都尊重法律，習慣，也尊重習慣，不過，如果所有的男人都死去的話，只要洛利妮亞·莫斯克索阿德加·貝拉活著，就一定會給她們的亡夫報仇，這兩個女人勇敢而正派。如果她們也死了的話，那還有我呢，我對你發誓，但願上帝原諒我，我這樣對你說，並不是為了顯示我自己。」

「魔鬼」塔尼斯的妻子羅莎·羅孔嗜茴芹酒如癖，不過，還有比這更糟糕的事呢。

「有一個人，我不想說出他的名字，他用上帝兒子的血煎製蛋餅，我們都是上帝的兒子，那個傢伙非下地獄不可，讓蛋餅卡在他的嗓子裡，活活憋死，阿門，耶穌。我不想說出這個人是誰，他弄來兩公升上帝兒子的血，這是看見的人對我說的，他笑得合不攏嘴，又弄來半升牛奶、四湯盆麵粉、四湯匙白糖、食鹽、桂皮，還有三個打好的雞蛋，把這一切和好以後便成了麵漿，將烤鍋上抹一層豬油，便可以煎出一張張很薄很薄的蛋餅，擺放在盤子裡以後，再抹上聖靈解毒花蜜，聖徒聖地牙哥一定會把蛇，還有蠍子都打發來！」

「他媽的，別讓水蛭鑽到你屁股裡！」

「不會的，我夾緊點兒就是了！」

「小心點兒。」

磨坊主人路西奧·莫羅是朝聖活動中的活躍人物，馬丁聖神日㊳那天他死在了卡斯莫尼尼奧路上，背部挨一槍，頭部挨一槍，據說這種情況都是打兩槍，他那頂帶有遮沿的帽子上還有一朵花。卡塔利娜.巴茵特悄悄地把他埋掉了。

「他多少和你有點關係吧?」

「是的,他是水的主人。」

山上的每個角落都有血跡,這下子鮮花可得到了營養,還有淚痕,人們看不見,因為眼淚和露珠混雜在一起了。蚯蚓在地下嗅聞著,田鼠也是這樣,蝙蝠已經熄滅了身上的光亮,直到來年才會重新點燃,今年的聖誕節一定很淒冷。

「什麼時候是新年呀?」

「不知道,我認為到時候就到了,和往年一樣。」

路西奧.莫羅腳上的膿瘡已經治好,是卡塔利娜.巴茵特給他治好的。她手上托著香灰為他祈禱,默念著那些慣常的禱詞:膿瘡,膿瘡,你快快跑,神聖的主教走過這裡,守護神說要把你捉到。很遺憾,沒有殺掉路西奧.莫羅,他現在把膿瘡治好了,「懶蟲」蒙喬懷疑人們是不是還有理智。

「不用跟我說,這麼亂,我們的結局說不定更糟,人們都很傲氣,這對國家沒有好處,我保持沉默,因為我不願意自找麻煩。」

---

58 即11月11日。

「你做得對，你現在如果粗心大意，麻煩事就會找上門來，告發你。我更怕那種事，不過，只好忍著。」

「懶蟲」蒙喬很有懷鄉詩人的那種感情，心中十分悲苦。

「我表妹赫歐希娜真有意思！她丈夫被吊死了，法官教人把屍首擡走。卡邁洛．門德斯用手撫摸這個小寡婦，當然囉，他是不會摸法官的，真蠢！你還記得卡邁洛．門德斯嗎？他很會玩臺球，抽煙時縷縷青煙升起。他呀，他奧維多被圍困時喪了命。我是那一天知道的，槍子兒打在太陽穴上。」

今年的夏天已經過去了，夏天裡，米安蓋依羅泉水裡有青蛙，誰也不知道青蛙是從哪兒來的，在公墓的泉水裡一般是沒有青蛙的，這種情況不多見，蚊子是有的，蚊子什麼地方都有。拉蒙娜小姐的父親堂布雷希莫，但願他永遠安息，當年坐在公墓的圍牆上，彈奏狐步舞曲和恰恰舞曲，真是沒有教養！堂布雷希莫的班卓琴彈得十分嫻熟。

「人們都希望死者感到厭煩，可是我卻說：死者為什麼要厭煩呢？他們死了，不是已經夠痛苦了嗎？有兩種死人，厭煩的死人和開心的死人，不要把兩者混淆起來，是不是這樣？」

「是這樣，先生，為什麼不是呢？」

堂布雷希莫很熱愛哲學，喜歡找這類題目聊天。

「生命死去以後，死亡即降生，並且開始新的生活，這就如同連環遊戲一樣。在奧倫塞，曾經有一個財產登記員，很會玩連環遊戲，他死於結腸梗阻，至少有一個月沒有解大便。死亡的生命直到死屍的最後一隻蛆蟲老死或餓死以後才完結，是不是這樣？」

「是這樣，先生，當然是這樣，這很明顯。」

堂布雷希莫在遺囑中明確表示，只希望給自己舉行一次祈禱彌撒，不要舉行唱彌撒，停屍的那天夜裡燃放二十比索的花炮，這就足夠了。在他被安放在四支大蠟燭中間開始進入永恆的夢境時，人們度過了難忘的時間。

「穿著軍裝，滿蕭灑嘛！」

「是的，應該為所有死者穿上軍裝。」

「我不知道應該不應該，我認為那樣會混淆視聽。穿上教服，甚至便服也不錯嘛！穿上加利西西地方服裝或其他什麼服裝，那就成了笑料了，另外，也禁止這樣做，是這樣，很可能現在要禁止這樣做。有的死人隨便穿什麼衣裝都顯得很得體，而另一些死人則是災難，對，慘不忍睹。」

「別胡說八道，索圖略，索圖略！」

弗洛里安·索圖略·杜列沙斯曾經在巴爾科·德·瓦爾德歐拉斯當過民警，是一個很好的風笛手，並且對感冒、結核、痳瘋、重病、絕症、死人和鬼魂也很有研究。他也有一些治病知識，一些神奇的治病知識，還可以用嘴模仿五花八門的叫聲：鴿子的咕咕叫聲，貓的叭叭叫聲，驢子的啡啡叫聲、夫人的屁聲，綿羊的咩咩聲，等等。弗洛里安．索圖略是在特魯埃爾戰場上被打死的，他奔赴那裡，可能被發現了，也可能沒有被發現，眉宇間挨了一槍，當即身亡。他的靈魂很可能受到譴責，因為他並沒有來得及做懺悔，死時身上還留著半包香煙，一位帕倫西亞神父把那幾根香煙抽光了，他染上了抽死人香煙的習慣。巴加涅拉人玻利卡被現在經常出入拉蒙娜小姐的家，騎著那兒名叫卡魯索的馬兒，給她送信。

「你去奧倫塞？」

「您如果打發我去，當然去啦！」

「打發你，我才不打發呢；不過，你如果去那裡，不管是去做什麼，都告訴我一聲，我也許請你辦件事呢。」

「好的。」

以屁多而著稱的神父堂馬利亞諾．維洛瓦爾從鐘樓上摔了下來，腦殼崩裂。有許多令人痛心的事兒，背信棄義的戰爭，十八號流感，里弗戰役[59]，那些痛苦的年代好像是死神的一統天下，堂馬利亞諾從鐘樓上摔下來時，放了他生命中的最後一個屁。

「這個屁是放給新教徒的！路德必死！」

---

[59] 里弗是摩洛哥北部的一個地方，當地人民 1921 年至 1926 年間開展了反抗西班牙佔領的鬥爭。

那個將要死去的人只有最後幾秒鐘的生命了，他知道這幾秒鐘如同橡皮筋那樣拉得很長很長，會回憶起許許多多往事。

「如果那個將要死去的人不知道這種情況呢？」

「也一樣，時間並不是遊戲。」

在帕羅恰妓院裡，一次，阿奴霞．莎瓦多爾和死鬼「貓臉」卡維尼多．貢薩雷斯．羅西諾斯一塊兒睡覺。他們完事以後，她向他提了一個很古怪的問題。

「你流了嗎？」

「難道你沒有感覺到嗎？」

「請原諒，我當時走神了。」

「貓臉」是半個佛蘭德人，很自負，帕羅恰妓院的女人都不喜歡他，他死的時候，她們當中沒有一個人為他落淚。加利西亞公民，西班牙團結而偉大的新的一天誕生了！

「你說什麼？」

「沒說什麼，我想起了格列托舅舅彈奏爵士音樂的情景。」

卡山杜爾費人萊蒙多的假期結束以後，被派往韋斯卡前線，拉蒙娜小姐把所有衣物都為他準備好了。

「你是不是提出要當代理少尉呀？」

「我不，提那個幹什麼？如果輪到你死，無論是軍官還是士兵都一樣，聽說前線的子彈上都帶著名片，如果其中有你的，你就是鑽到石頭底下也逃脫不了。」

「是這樣，是這樣。」

堂赫蘇斯·曼薩內多帶著一身腐敗的臭肉死去了，真不幸，另外，他還十分懼怕陰間的生活。

「他儘管很卑鄙，而且是殺人兇手，但是這一輩子活得很舒服。」

「嗯，那是另外一回事。」

軍需官法孔多·塞亞拉·里瓦是個大好人，如果想請他幫助誰，只要說一聲就行。

「你覺得摩爾人怎麼樣？」

「全是混蛋，你想讓我怎麼說呢！你看看蒙佛特省長、巫師阿布·阿拉·阿齊茲·本·梅魯阿，還不知道呀？摩爾人是一群餓鬼，身上滿是虱子。他本人患有痲瘋病，整天用手搔癢，用金幣打破同事們的腦袋。好了，我不說了，最好保持沉默。」

卡山杜爾費人萊蒙多在安德烈斯聖神日[60]那天挨了一槍，子彈打在腿上，但是沒有傷到股骨。那天，本來沒怎麼交火，打槍不多，但是，只要對面的壞蛋放一槍，打著你，這就夠了，如

[60] 即11月30日。

果打中頭部，更夠你受的，不小心，很危險，因為那天很平靜，卡山杜爾費人萊蒙多便放鬆了警惕，結果挨了一槍，也是的，大家都放鬆了警惕，偏偏打中了他。

「要是被打死，那該怎麼辦呀？」

「當然囉，如果子彈再往上一點兒，就打死了。」

盲人高登西奧在另外的場合接了那支瑪祖卡舞曲。在前線這裡，壞人畢竟是少數，命運會給你指出一條逃生之路。大富翁堂格列門德．巴里茲．卡爾瓦略，好多人只叫他大富翁堂格列門德，忍受不了妻子堂娜麗塔給他戴上那頂沉重綠帽子的恥辱，把槍口塞到嘴裡，開槍自殺了，那時我們還處在和平時期，一切都完了。原來是他的妻子和她的精神指導老師，即神父堂羅中多來往很密切。

「聽說腦漿都濺到燈罩上了，真的嗎？」

「真的，可能是真的。」

卡山杜爾費人萊蒙多先生被轉移到兩、三個野戰醫院，醫院都很小，條件也差，只有繃帶和碘酒，最後被送到米蘭達．德．依布羅，取出了子彈，那裡全是義大利人。後來他又被送到洛格羅尼奧，進了藝術手工學校，那裡待他很好，他交了好幾個朋友，被單上有很多血跡，但是那無關緊要，沒有什麼大驚小怪的。

「你是哪裡人？」

「是維多利亞市郊埃洛利亞加人，我父親在電報大樓工作。」

「懶蟲」蒙喬在摩爾人地被砍掉了一條腿，事實上，什麼地方都有這種事，沒什麼新鮮的。

「你覺得摩爾人怎麼樣？」

「你讓我怎麼說呢？待我很好，我並不認為他們比基督徒壞。」

「懶蟲」蒙喬的性格一向很沉著，是有些喜歡吹牛，但是很沉著，很冷靜。

「可是，不幸的人，你把那條腳丟在什麼地方了？」

「丟在了梅利利亞，這一點你知道得和我一樣清楚，我給你講過不下一百次。不過，我要說，重要的是回到了祖國，這兒有心腸狠毒的人，到處胡亂殺人的並不是摩爾人。」

卡山杜爾費人萊蒙多住在第五號病房，裡面有二十四張床，爐子晝夜燒著，這真不錯，因為洛格羅尼奧的冬天很冷。第五號病房裡，有兩個修女和兩個女護士照顧傷病員，這四個年輕姑娘聽修女卡塔利娜吩咐，修女卡塔利娜是里奧哈人，很能幹，做事果斷。

「我之所以說做祈禱，那是因為應該做祈禱，知道嗎？」

「知道，修女。」

那個潛到安德拉湖底想偷走安蒂奧基亞大鐘的潛水員，即「鯊魚」阿得里安·埃斯特維茲，斃命於馬德里戰場，他身上還殘留著子彈頭。

「你認為他倒楣嗎？」

「哎呀，我真不知道該怎麼對你說，你怎麼認為呢？」

馬梅爾托·巴松沒有去打仗，但是，他發明了一種飛行器，險些喪生。

「我認為那是傳動裝置出了毛病，我真希望快快恢復健康，再去試飛一次。」

不幾天，卡山杜爾費人萊蒙多意外地和他表弟、炮團士兵卡米羅所在的連隊相遇了。

「是你？」

「你這不是看見了嗎，我受傷了。」

「什麼地方？」

「胸部。」

「天哪！」

堂娜瑪利亞·阿烏希利多拉·毛倫塞，即波拉斯的遺孀，帶頭捐獻十個比塞塔，支援在國外購置武器用。

「如果我們每個西班牙人都捐獻兩個杜羅，那麼錢湊到一起就很可觀了。」

托納列依拉女人、瘋婆巴西利莎是可憐的帕斯瓜利尼奧·安特米爾·卡奇索在戰爭期間的保護人，後者在薩莫拉步兵第八團當班長。她每個星期給他寫信，並且寄去巧克力和煙絲，班長安特米爾被打死以後，瘋婆巴西利莎還不知道，仍然繼續給他寄東西，有時還寄臘腸，反正有人吃，不會扔掉。在第五號病房裡，只有卡山杜爾費人萊蒙多和他的表弟卡米羅自己備有牙刷。

「牙膏呢?」

「也有,還有半筒。」

一天早晨,修女卡塔利娜一隻手拿著一把牙刷,走了進來,開始對傷病員講話。

「你們這些蠢驢,看懂不懂,但願上帝給我更多的耐性!講究衛生很重要,你們所有人都應該保持清潔,讓細菌死掉,懂嗎?現在只有這兩位加利西亞人有牙刷,你們不感到羞恥嗎?兩位加利西亞人!我為這個病房向上校要了一把牙刷,他答應了,牙刷在這裡。」

修女卡塔利娜把牙刷拿給大家看,是糖果顏色的。

「看清楚沒有?」

「看清楚了。」

「那好,從今天晚上開始,我們做祈禱時,我來給大家刷牙,從這個屋角開始,一直刷到另一個屋角。」

小狗維斯波拉死於腸梗阻,據說前一天晚上格列托舅舅吐出的食物難以消化,並且含有酒精,小狗受不了。但是,拉蒙娜小姐的那條名叫「沙皇之子」的俄國狗,毛色光亮,瀟灑威嚴,誰見了都喜歡。

「你是不是還堅持我給牠換一個名字呀?」

「親愛的,我不知道……乾脆什麼名字也不叫。」

阿里豐索．馬丁內斯把布西尼奧斯的聖米格爾教堂神父藏起來的那個人放了出來。誰也不知道他被藏在什麼地方，對了，堂梅列希爾多的女管家多洛雷斯除外，「莫喬」本來也不敢對神父正面頂撞。

「他沒到這兒來嗎？」

「沒有，我都一百年沒見到他了。」

卡山杜爾費人萊蒙多和他的炮團士兵的表弟卡來羅的床鋪緊挨著，中間只隔著一張床頭櫃，兩個人共用一把便壺；有一個叫阿吉列的人死了，是吐血死的，他們利用這個機會向修女卡塔利娜提出要求，換了床位。

「誰把阿吉利的打火機偷去了？」

「我沒偷，我對您發誓。」

原來是伊希特羅．蘇亞雷斯．門德斯偷的，死人的東西他什麼都偷，錢呀，打火機呀，煙盒呀，手錶呀，照片什麼的，他都偷，但是，我沒有必要檢舉他，不然的話，修女卡塔利娜很可能把他趕到大街上去。

「加利西亞人，我相信你的話，你這個人不大可信，但是，我相信你的話。」

修女卡塔利娜比可憐的安古斯基亞斯．索娘．科瓦辛有女人味，後者結婚一個半小時就被丈夫拋棄了，她肯定進修道院當修女了。

「她的情況怎麼樣？」

「不知道，一直沒有她的消息，很可能患貧血病死了。」

「很可能是這樣。」

「也可能被牛虻咬了，變成了瘸子。」

「可能。」

前線野戰醫院的小姐們常常到這個醫院來照顧我們，人們都把她們叫做馬爾加麗塔姐妹，那是為了紀念卡洛斯七世❻❶的愛妻。布拉多敏侯爵曾到埃斯特利亞王宮拜訪過國王夫婦，巴列－因克蘭❻❷在他的《冬天奏鳴曲》中講過這件事。馬爾加麗塔姐妹給傷病員分發披巾和香煙，還有毛襪子、襯衣、運動衫和其他衣服，以及奧斯博內產的三零牌白蘭地，貢薩雷斯·比亞斯產的三杯牌白蘭地和多梅克產的三瓶葡萄牌白蘭地，這些酒很嗆嗓子，實際上，她們待我們像待聖維森特·帕烏爾教團❻❸的窮人一樣。馬爾加爾塔姐妹身著橘色襯衣，頭戴紅色貝雷帽，因為她們是卡洛斯的支持者，當然囉，人們經常叫她們是卡洛斯派的志願者，她們頭頭的名字叫瑪利亞·羅薩·烏

---

❻❶卡洛斯七世（1848～1901），他的妻子叫馬爾加麗塔。

❻❷巴列－因克蘭（1869～1936），西班牙作家。《冬天奏鳴曲》成書於1905年。

❻❸這個教團是法國歷史學家奧薩南姆（1813～1853）創建的。

拉卡·帕斯托爾，也可能叫羅薩·瑪利亞，我記不清了，身材有點高，不過，煙團士兵卡來羅很喜歡她。

「她很溫存，她使我想起希爾維斯特雷將軍，也就是堂曼努埃爾·費爾南德斯·希爾維斯特雷，他在安奴亞爾慘遭失敗[64]。」

「是不是因為她有鬍子？」

「不是，而是因為她的儀表、她的步履。」

只有原英式餅乾廠現為西式餅乾廠的負責人卡西亞諾·阿雷亞爾才能在堂娜麗塔出走時勸阻她。

「喂，卡西亞諾，但願上帝能原諒我。不過，如果我丈夫花了我那麼多錢還扣動扳機開槍，我向您發誓，我一定把他殺了，上帝喲！」

「小姐，克制一點兒，一定要冷靜，讓堂羅申多吃好，他身體比什麼都要緊，好吧，快給他用雪莉酒打幾個蛋黃吧。」

馬爾加麗塔三姐妹來到第五號病房，她們帶來一籃子禮物。

「小戰士，我獎勵你一件聖心披肩，避邪驅災，你看，這上面寫著：子彈子彈，請您站一

---

[64] 指1921年西班牙軍隊在摩洛哥北部里弗附近的安奴亞爾遭到當地人民的抵抗。

站，耶穌的心和我緊相連。」

炮團士兵卡來羅面色蒼白，臉上一點血色也沒有。

「我不要，我不要，謝謝，您還是獎給別人吧，我求求您，求求您，我以前在軍裝外面罩一件披巾，並且用別針固定好，可是在大約一個月以前被人從背後扯走了。小姐，我鄭重其事地把這件事告訴您，可是對我來說，聖心是一個不祥一物。」

馬爾加麗塔發火了，彷彿有誰激怒了她。

「你這個不敬神明的傢伙，膽敢蔑視耶穌的聖心！」

修女卡塔利娜出面干預，她堅決保護炮團士兵卡米羅，傷病員在她的管轄權限之內，別人不該過問。

「給我滾開，癆病鬼，不要臉的！出去！我的這些小伙子，誰也管不著！知道嗎？給我滾開！事先沒有得到允許，不能進病房來！」

修女卡塔利娜是一個堅定果敢的女人，對誰也不退讓，在她眼裡，我們這些傷病員是神聖不可侵犯的，是她的私有財產；這只適用於西班牙人，因為修女卡塔利娜不接受義大利人和摩爾人。

「那些人嗎，讓他們自己的修女去照顧好了，我這裡的人不能太混雜。」

聖地牙哥．德．托爾塞拉教堂司事卡西米羅．波卡茂斯驚恐不安。

「您看我們能不能擺脫這場暴風雨？」

「說老實話，我也不知道，人是有忍耐力的，我們應該相信這一點。」

卡山杜爾費人萊蒙多和他的表弟身體狀況已經好轉，現在能夠走動了。下午，他們常常到莫拉將軍大街的雙獅咖啡館去，這個咖啡館以前叫波爾塔萊斯。修女卡塔利娜給他們一份記帳單，可以喝咖啡、酒，可以吸雪茄，他們有時帶上喬敏·加爾巴拉·拉勞諾。此人是拉卡爾兵團的卡洛斯派志願者，他失去了雙手和雙眼，一顆「拉菲特」式炸彈突然爆炸，奪去了他的雙手，炸瞎了兩隻眼睛。他閒得厭煩總是哼唱一首小曲，歌詞大意是這樣的：我是下佛爾塔人，勞動者家庭出身，喬敏人很好，真讓人可憐。卡山杜爾費人萊蒙多給他讀《新里奧哈報》，不幸的是有一天下午他要去妓院，看來他很想女人。妓院在河的對岸，屠宰場和發電廠之間，那是萊昂諾爾妓院，只有兩個妓女，即「城市姑娘」和「謙虛姑娘」，她們是萊昂諾爾的女兒，人長得很瘦，表情悲傷，天天服用鈣片，她們的父親是勞動者總同盟盟員，被槍斃了。萊昂諾爾妓院把廚房當客廳，僅有的一間臥室裡掛滿了聖像，和妓院氣氛大相逕庭，有〈永恆的求助〉、〈聖麗塔·德·卡西亞〉、〈聖潔的孔塞甫西翁〉、〈耶穌的聖心〉、〈皮拉爾聖母〉、〈手執貞潔木杖的聖約瑟〉、〈布拉格聖嬰〉，還有一張鐵床、兩個床頭櫃、一把椅子、板凳、鬧鐘、便壺、洗手罐和便攜式坐浴盆，小碟子裡放著高錳酸鉀藥片。「城市姑娘」和「謙虛姑娘」哭了起來，她們不想接待他。

「我不，我不，我不知道怎麼辦。這個可憐的男人身上連一處抓扶的地方都沒有。」

萊昂諾爾對卡山杜爾引人萊蒙多說：

「她們都很年輕，還沒有學會接待各種各樣的客人，但是，你不要擔心，以後不會這樣的，放心好了。我來接待他吧，他眼睛看不見，不會注意是誰，等一等，我來洗一洗，噴一點兒香水。」

「大墨斑」塞爾索．馬西爾德現在在洛格羅尼奧，他是白嶺第二十四步兵團的士兵。「大墨斑」後來參加了游擊隊，先是在白拉林游擊分隊，後來和貝尼格諾．加西亞．安特拉德，即佛塞利亞斯在一起。好多人都認為他在一九五〇年或一九五一年誤入民警在山上設置的埋伏圈，被打死了。但是，事情並非如此，一九五三年我還在委內瑞拉的阿馬庫羅三角洲省首府圖庫皮塔見過他。那時他已經和一個風騷的胖女人結了婚，妻子叫「珍珠花」阿拉瓜皮切。他平時到奧里諾科河垂的消遣。卡山杜爾費人萊蒙多和他表弟卡米羅捲入了一樁案子，原來是醫院的倉庫丟了四十多塊奶酪，上校勃然大怒。

「一定要嚴懲竊賊，所有能夠自己活動的傷病員都給我出院，進行門診治療，別在這兒搗亂！」

卡山杜爾費人萊蒙多和他表弟卡米羅被趕到了大街上，沒吃沒喝。

「這不公平，」他們對修女卡塔利娜說，「我們和奶酪失盜毫無關係，但現在，把我們當做竊賊趕了出來。我們的傷還沒有治好呢，更糟糕的是，上校不肯接見我們。」

「耐心點兒，小伙子，在部隊裡必須有耐心，要善於忍耐。」

堂赫蘇斯·曼薩內多的女兒格拉莉塔的未婚夫，名字叫伊格納西奧·阿勞霍·希德，是帕斯托爾銀行職員，在私人貸款處工作。當堂赫蘇斯·曼薩內多開始在筆記本上記載死人情況時，伊格納西奧·阿勞霍·希德怒火心中燒，參加了志願者行列。他剛到前線就被打死了。卡山杜爾費人萊蒙多和他表弟卡米羅鑽進了雙獅咖啡館。

「眼下最好找個客棧，以後就只好聽天由命了。我身上還有點錢，咱們可以告訴蒙齊婭寄點錢來，好了，咱們來看看錢夠不夠。」

卡山杜爾費人萊蒙多和他表弟卡米羅的傷還沒有完全治好，這是實情，但是，他們可以走動了，事情也沒有什麼了不起。他們被趕出兩、三個小時就住進了埃斯特列莎客棧，女主人叫堂帕烏拉·拉米雷斯，客棧坐落在埃雷利亞大街，靠近帕斯特拉納殯儀館，全部房租和伙食費加在一起還不到三個比塞塔，而且還包括洗衣。

「你瞧，我們在這兒一定很舒服。」

羅賓·列寶桑每天下午都去拉蒙娜小姐那兒，兩個人都覺得他們要對自己並沒有過錯的事情負責，這種事時而有之，最好的辦法是讓時間流逝。

「我覺得我完全誤會了，蒙齊婭，我花在判斷事物、蔑視事物上的時間也許太多了，這樣是無法生活下去的。生活步入了歧途，我很擔心，蒙齊婭，我比你更擔心，我認為再過五十年人們還會議論這種瘋狂的舉動，簡直是瘋子。一定要當心這些滑稽演員，他們不知道天高地厚，犯有政治狂熱病……我今天真想讓你給我放一支蕭邦的波蘭樂曲，或者你彈彈鋼琴，最好是你彈鋼琴……我們好幾天沒有得到萊蒙多的消息了，他好嗎？他根本不會想到我們很惦念他……我今天多麼希望你給我斟一杯酒呀……蒙齊婭，這一切是多麼奇怪呀！我一下子變得這麼高興，喂，看我情緒能保持多久……你為什麼不把裙子往上提一提呀？」

拉蒙娜小姐坐在搖椅上，一邊默默地笑著，一邊慢慢地撩起裙子。

「你說吧。」

堂娜帕烏拉·拉米雷斯的丈夫名叫堂科斯麥，在財政廳當書記員；堂科斯麥又瘦又小，但是，很講究打扮，梳理頭髮時喜歡使用阿根廷髮蠟。每到星期天，一方面為了消遣，另一方面也為了掙幾個錢，他都到市樂團去演奏。他用大號吹奏〈吻的故事〉、〈路易斯·阿隆索的婚禮〉、〈女車夫〉、塔霍舞曲〈多洛霍斯姑娘〉。堂娜帕烏拉有一對又大又結實的乳房，她把堂科斯麥當做小伙子使喚，輕蔑地叫他貝多芬。

「貝多芬，去買點兒菠菜來，快回來！再買點兒木炭，順便到殯儀館看看，今天早上擡出來的那口漂亮棺材是給誰的。」

「我馬上去，親愛的帕烏拉，我先把這張報紙看完。」

「什麼報紙不報紙的！幹活要緊！」

「好，親愛的。」

堂娜帕烏拉的房客一共有五個人：神父堂森恩．烏必斯．特哈達，氣管炎患者；退役軍官多明戈．貝爾加沙．阿內迪略，哮喘病患者；鑲牙師堂馬丁．貝薩雷斯．萊昂，患睪丸炎；還有我們兩個人，戰爭傷員。

「我們如果再傻里傻氣的，年紀大了就會更糟，你說是不是？」

「當然咯！」

一九五二年的慈善法第二條規定，最應該得到幫助的人是瘋子、聾啞人、盲人、癱瘓病人和老人，這也許並不錯。客棧老闆夫婦只有一個女兒，名字叫小帕烏拉。她長得一副令人作嘔的面容，這個不幸的姑娘像隻小老鼠，另外還長著鬍子，戴著眼鏡，令人作嘔，真令人作嘔。

「你為什麼不和她搭話呀？我想，你如果和她搭話，說不定會給我們做點好吃的呢。你嘴饞，怎麼不試試呀？」

「他媽的，你怎麼不去試試呀？」

卡山杜爾費人萊蒙多和他們砲團士兵表弟卡米羅去醫院治療和打針，進行門診治療，當然咯，修女卡塔利娜繼續為他們提供記帳單；過了幾天，當他們坐在咖啡館喝飲料時，兩個交談起來。

「你對『蠻子』和西得朗．塞加德的事怎麼看？」

卡山杜爾費人萊蒙多板起面孔，把聲音壓得很低。

「沒什麼看法，你想讓我說什麼呀？」

砲團士兵表弟卡米羅呷了一口白蘭地，低下頭說道。

「你認為我們應該怎麼辦？」

「不知道，眼下應該有耐心，不要和任何人談起那件事，要等到這一切結束以後，家人團聚了再決定。咱們莫蘭人很多，古欣德人更多，所有活著的人都應該發表看法，你和我都知道那個人，他必須償命，他逃不脫，放心吧，咱們有法律。咱們談點別的事吧，什麼都行。」

砲團士兵卡米羅又要了兩杯酒。

「還有記帳單嗎？」

「沒有了，過一天算一天吧。」

白蘭地端來了，卡山杜爾費人萊蒙多陷入了沉思。

「你看看，咱們現在喝酒，但是不能舉杯互祝健康！」

家鄉離這兒有四天的火車路程，那真是一頓好棍子呀。

「如果有可能，我恨不得馬上就回去。」

「我也是！另外，我要把槍送給路上遇到的第一個人。」

卡山杜爾費人萊蒙多和他的砲團士兵表弟卡米羅的身體漸漸好起來了，但是，他們心裡感到煩，另外，身上又沒了一文錢。他們在伊比利亞酒吧間玩撲克贏的那點錢只夠付房租的，也不能太冒險了。小帕烏拉除了醜陋之外，個性也很高傲，這不免有些令人費解，炮團士兵卡米羅儘管想盡一切辦法，費了九牛二虎之力，還是沒能把她弄到手。

「應該活下去？」

「當然囉，您的路並沒有走錯，應該活下去。」

塞哥維亞人阿塔納西奧·依蓋魯埃拉·馬丁是塔巴內拉·拉魯恩加的塞哥維亞人，他在牛虻的包圍中長大，會變戲法，會算命，會製造迷魂藥，還會猜測別人的想法，預言未來。他不會是共濟會員吧？他的妻子跟摩爾人跑了，堂阿塔納西奧滿嘴吐白沫。

「和信奉穆罕默德教的人私奔，還不是狗狠養的？」

「您知道她現在在什麼地方嗎？」

「不知道，我不知道，也不想知道，我已經把她從我的生活中抹掉了。」

「是嗎？」

談起女人的話題，男人不禁感到有了一點安慰。

砲團士兵卡米羅想儘量討好人。

「您聽我說，依蓋魯埃拉先生，誰都知道女人的那種事兒，有的風騷，有的瘸腿，有的耳聾，有的患結膜炎，有的子宮下垂，有的有狐臭，有的脊柱有病，有的和摩爾人或基督徒私奔，都一樣。有的想讓你走正路，成為有用的人，那你就得忍受著了！從早到晚給你嘮叨，這個怎麼做，那個怎麼做，手把手教給你，另外，還向你詢問帳目，好像你不會算帳似的，簡直像個老媽媽，這誰也忍受不了，她們為什麼不稍停一會兒呀？也許她們做不到這一點。女人是的，這我知道，但並不是所有女人都好，就算小帕烏拉沒有別的毛病，也可以說她是一個找不到婆家的剩貨，但是一般地說，女人都很好，我們不能抱怨，糟糕的是她們很令人討厭，整天嘮叨個沒完沒了……喂，您在南格拉雷斯．德．奧卡醫院裡有熟人嗎？」

「沒有，什麼事？」

羅賓．列賓桑寫了一夜東西，他覺得有點不舒服，於是用酒精燈燒了點咖啡。只把燈芯燒一點點就完事了，咖啡起碼能燒熱。羅賓．列寶桑時不時地呷一口，一邊讀著寫完的東西，一邊瞇縫著眼睛思考。

「對，我已經賺到咖啡喝了，這毫無疑問。有些事情非常遙遠，有些則很近，事件的時間和人物名字都記混了，哪能記那麼多的事呀！事實是，一切都變得十分遙遠，那時見妮希亞還很小，阿德加剛剛死去丈夫，她看上去也很年輕。蒙齊婭總是打扮得很俐落，過去的事在腦子裡混成一團，我們家從來沒有過合法遺囑，這並不是審視良心，但表面看是這樣。萊蒙多總是喜歡到山上去，我身體一直不好，我記得有一天他對我說：我去打野狼和野豬，但我不打野兔，野兔留給卡斯蒂利亞人去打吧，他們早晨拿著獵槍跑到田野裡，不管什麼動一下，他就開槍打，看是不是活物，鴿子呀，兔子呀，小孩呀，都一樣。萊蒙多和密西西比三角洲島上的人在一起待過，他們講西班牙語……一位先生對另外一位講了些不著邊際的話：您應該醒悟，有理智的人就是年紀輕輕便死去的大傻瓜……」

羅賓．列寶桑把頭低垂在胸前，睡著了，那時他思緒萬千，而這正是被困倦征服的徵候，人人都是這樣。

「你為什麼不躺在床上呀？」

「你知道，我寫了一夜東西，現在睡上一會兒，一整天就都不會感到累了。」

塔尼斯．加莫索用左手拔蕁麻，一口氣也不喘，蕁麻只扎那些不小心的人，拔蕁麻而又不被扎傷，這事是很容易學會的。狗懶洋洋地叫著，月亮圓的時候或者有誰死了，狗也叫。拉蒙娜小姐花園裡的天鵝很老了，兩隻天鵝叫羅慕洛和雷莫，牠們活那麼多年，當然很老了，此刻在池塘裡默默地游著，牠們就是這樣。塔尼斯．加莫索聽到鏟草聲，偷偷地笑了起來。

「我當妓女，你就成烏龜了，那你還不如我呢。你如果願意的話，我就對眾人和女管家當面說出去，現在如果你不立刻走開，眼睛盯著地板走開，我就要站在大廳中間當著你的面講出去，聽見沒有？」

「葡萄牙女人」瑪爾塔很討厭「褲頭」埃多特洛，自從他往盲人高登西奧的臉上吐痰以後，她就不願意見到他。

「你為什麼不往我臉上吐?我穿裙子,你穿褲子,但是你不敢對我怎麼樣,因為你是一個不幸的人,是一個廢物。你敢動手,我就殺了你,我對天發誓。」

帕羅恰把「褲頭」趕到大街上,讓「葡萄牙女人」回到廚房裡。

「你別到這兒來,連想也別想,去喝杯咖啡,冷靜一下吧,今天來了一連義大利人,活兒少不了。」

堂維南西奧·萊昂·馬丁內斯是商店會計,對家系學和古幣學均有研究。他病懨懨的,像娘子養的,整天吃索拉諾寡婦做的果仁糖,滿臉子壞主意。堂維南西奧在市立卡門聖母公墓自殺身亡,卡門聖母公墓在洛格羅西奧只叫公墓,幾乎沒人知道它的全名。公墓就在門達維亞路上,從皮埃特拉橋上走過去,不要過小埃布羅河,經過屠宰場、發電廠和萊昂諾爾妓院就是。堂維南西奧先到了萊昂諾爾妓院,和「謙虛姑娘」玩了一會兒,「謙虛姑娘」發現他精神很不集中,時不時地走神。

「堂維南西奧有些怪,不讓我用高錳酸鉀給他洗,而是不停地祈禱。他那時彎背弓腰,眼睛斜視,很可能身上什麼地方都疼痛,頭呀、牙呀什麼的,誰知道他什麼地方痛呀。」

堂維南西奧喜歡音樂,很會彈鋼琴,他自己寫曲譜,定的是H調。

「您看他像不像大衛王?」

「不像,我看他不像大衛王;但是,很像瑪麗·皮克福特㊅。」

堂維南西奧沒有殺過人，但是劫擄過女人，劫擄過好多女人，這些女人都是赤色分子，真可笑，劫擄女人，然後汚辱她們。

「真有意思！他圖的是什麼呀？」

「不知道，糟糕的是，我們現在還不能問他。」

自從民族主義者控制地區維多利亞的主教，即穆希加出走以後，堂維南西奧便表現異常了，說起來這件事大約發生在十月中旬，堂維南西奧很敏感，是一個虔誠的天主教徒，那件事發生以後，他就沒有擡起過腦袋。

「喂，『謙虛姑娘』，太陽落山時，把這枚金英鎊交給你媽媽，一定在太陽落山時，這是我的禮物，你告訴她收藏好，不要拿給任何人看。」

堂維南西奧大約傍晚六點鐘到了公墓，跪在父母——堂米格爾和堂娜阿多拉西翁——的墓前，靜靜地為他們祈禱，神秘而痛苦，不是神秘而高興或榮幸。天黑下來時，他鑽到一處墓穴裡，脫掉褲子和內褲，撫摸了一會兒身體上那個黏乎乎的部位以後，把一杯放有毒藥的西班牙佛朗哥紅葡萄酒一口氣喝掉，酒坊就在不遠的地方。堂維南西奧再也沒有睜開眼睛，據說他做了一件奇怪的事，那是因為假牙掉了下來。

---

65美國著名電影女明星。

「你看看，這是什麼呀！」

「這位堂維南西奥一向有些古怪，這是實情。」

羅賓·列寶桑醒來時頭有些暈，渾身骨頭酸痛。

「吃片阿斯匹靈，喝碗湯好嗎？」

「不喝湯，最好喝咖啡牛奶，給我一杯咖啡牛奶吧。」

羅賓·列寶桑渾身打哆嗦，拉蒙娜小姐在床上又加了兩床毯子，並且給他腳下放了一個暖水袋。

「你這是發燒了，老老實實躺一會兒吧，身上出點汗就好了……這是我們唯一可以被人說的東西！」

羅賓·列寶桑過了三天才康復，他體溫很高，說胡話。

「我盡說胡話了吧？」

「沒有，還是老一套，有幾句話很引起我的情感，你稱我是一個不忠的妻子……」

拉蒙娜小姐笑了笑，表情顯得很穩重，很高尚。

「我從來沒有想到和你結婚，羅賓，我幾乎對什麼都不抱有不切實際的幻想。」

羅賓·列寶桑對她殷勤地笑了笑，回答道：

「蒙齊婭，請原諒我，我是很想和你結婚的，你真的不想嗎？我這一輩子就是在幻想中度過的。」

砲團士兵卡米羅復員回家了，人不能倒楣一輩子嘛，堅持下來就是勝利。這裡所說的倒楣，就是他因為胸部挨了一槍而一蹶不振，上帝在他的後頸上抽了一鞭子，好狠呀！那些人從背後把他身上的「聖心」扯去了。醫生不怎麼會麻醉，也不大會使用手術刀，還有醫療證明，就是開不下來，真的，宮廷裡的事慢如牛，看來他們很苦惱。軍政府在證明上蓋了兩、三個栗色大印：奉第六軍將軍大人之命特開此證明，第十六輕砲團士兵卡米羅退役返回內格雷依拉（科魯尼亞）定居，軍事醫學法庭判定他已經身殘，不宜繼續在軍隊服役，返程可以乘坐火車，費用由國家支付。懇請交通當局不要為他的旅行設置障礙，要儘量提供方便，並且安排食宿。一九三七年六月二十一日，於洛格羅尼奧，勝利元年。軍政府首腦簽名，簽名難以辨認。

「為什麼不去帕特隆呀？」

「不知道，他的未婚妻在那兒，他大概不願意和她結婚吧，誰知道到底是怎麼回事呀。」

准尉把證明交給他，並且邪惡地朝他笑了笑，說：

「他媽的！這一切對你來說都已經結束了。你現在算舒服了，但願你萬事如意，你們這些混帳年輕人總是走運。」

「是的，先生。」

我們好像在談論征服美索不達米亞的戰爭。拉蒙娜小姐的父親堂布雷希莫不願意人們在埋葬他時痛哭流涕，也別流露出厭惡情緒。堂布雷希莫從來都是珍惜生命的，他用班卓琴彈奏狐步舞曲和查爾斯頓舞曲，他叮嚀在他的葬禮上燃放煙花。羅賓．列寶桑對拉蒙娜小姐說：

「你父親挽救了你，你知道，沒有任何人可以把我從厭倦的情緒中解救出來，這很令我痛心，蒙齊娅，很令我痛心，我對你發誓。」

我舅舅格拉烏迪奧年紀大了，但是卻十分冷靜地面對一切，人世間發生了什麼事，都對他關係不大了。

「我的孩子，都是冒險家，一個人活著可以去做一些冒險的事，這是實情，你看看羅得斯[66]，比如說吧，或者阿蒙森[67]，他征服了南極，可是死在了北極，但是，那是另外一碼事。糟糕的是到處殺人，西班牙不是屠宰場，那些一文不值的冒牌英雄們不願意付出勞動，只想去冒險，想一鳴驚人，向上帝和上帝的旨意挑戰。你頂多是丢掉自己的性命，我們每個人早晚都是要死的。但是，那些人首先會喪失人格，你會懂得我的意思的，喪失尊嚴，這是因為冒險之後，隨之而來的是飢餓，從來如此，以後則是靈魂貧困，出賣良心。」

卡山杜爾費人萊蒙多的傷勢每下愈況，大腿浮腫，體溫升到三十八點五度，他又被送到醫院

---

[66] 羅德斯（1853~1902），英國政治家，殖民主義者，1870年到南非，以開採鑽石致富。

[67] 阿蒙森（1872~1928），挪威極地探險家。

裡，這一次住進了南格拉雷斯．德．奥卡醫院。

「您在南格拉雷斯．德．奥卡醫院有熟人嗎？」

「有熟人，做什麼？我幾乎在什麼地方都有熟人。」

「太好了！你真行。」

住進南格拉雷斯．德．奥卡醫院以後，卡山杜爾費人萊蒙多和志願兵班長，即「小寶貝」伊格納西奥．阿拉納拉切．埃烏拉特交上了朋友，他身上帶著那個吹大號的客棧主人堂科斯麥寫給這個人的推薦信。

「堂娜帕烏拉好嗎？」

「很好，像以前一樣，經營客棧。」

「小帕烏拉呢？她又醜又討厭！」

「也很好，上個月得了腸梗阻。」

「是嗎？」

在奥倫塞，那兒離這兒很遠，發生了一場暴風雨。帕羅恰用馬尼拉大披巾裹起身子來，大披巾上繡著象牙臉蛋兒的中國人，至少有三百個中國人，可能還要多。帕羅恰做著連禱，大衛聖殿喲，為我們祈禱吧，象牙之塔喲，為我們祈禱吧，聖母教堂喲，為我們祈禱吧。帕羅恰的大披巾很可能是全省最漂亮的馬尼拉大披巾，也許是全西班牙最漂亮的。薩拉戈薩的貝皮塔，布爾戈斯的洛拉，科魯尼亞的阿帕恰，薩拉曼卡的佩德拉，塞維利亞的齊格拉內拉，潘布洛那的土耳其女郎，巴達霍斯的馬德里女郎，格拉納達的比斯科恰，都沒有這樣的或者類似的大托巾，帕羅恰的大披巾漂亮極了。

「堂娜普拉，你這條大披巾要多少錢呀？」

「先生，您給我多少錢我都不賣，這條大披巾可不能拿出去。」

馬爾科思．阿爾必德為我製作的那幅卡米羅聖像是世界上最好的聖像，有一張傻臉蛋兒，但是很精靈，看到它讓人高興。

「不要帶到戰場上去，也不要丟掉，不要弄壞。」

「不會的，我交給拉蒙娜小姐，讓她珍藏起來。」

「她不會笑話我們吧？」

「我看不會，拉蒙娜小姐心地善良，很有教養。」

「是這樣。」

當局從來沒有獲悉此事，但是，塞哥維亞人阿納塔西奧．依蓋魯埃拉，也就是妻子跟摩爾人私奔的那個半個共濟會會員，應該說是一個紅玫瑰十字教派紳士，胳膊上刺著一個斜十字和四朵玫瑰花，問題是他從來不挽起袖子。堂阿納塔西奧相信靈魂的輪迴，相信人民之間的博愛和萬有引力。

「喂，依蓋魯埃拉先生，您應該特別謹慎，不要大聲發表自己的看法；這最後這一點，說就說了吧，儘管要注意，但是另外兩點，就千萬別說了。人心總是曲解別人，常常會引發許多不快。」

「您也這麼想？」

「對，我如果不這麼想，早就把那些事說出去了。」

盲人高登西奧不輕易接受別人的指教。

「高登西奧，拉一支瑪祖卡舞曲給一個比塞塔。」

「拉不拉得看情況。」

羅莎利婭·特拉蘇爾費，也就是瘋婆披拉，對任何東西都不抱怨。

「我很有耐心，上帝獎賞我，上帝看著他像被火車軋死的小貓兒那樣死去了。問題是應該等待，永遠等待下去，最後上帝會奪去那些老奸巨猾的人的生命，現在已經死了的那個壞蛋並不是老奸巨猾的人，這沒有必要讓我對您發誓，因為您是知道的。」

「小寶貝」伊格納西奧·阿拉納拉切·埃烏拉特曾在土得拉神學院學習當神父，但是，他並沒有去從事那種唱彌撒的職業，而是及時地退了學，現在在巴利阿多里德攻讀法律，如今已升入三年級。小伙子人很好，個子不高，對，個子不高，但人很好，一顆子彈打穿了他的兩條腿，不過，現在好多了。

「不幸的堂科斯麥，還在吹大號吧？」

「還在吹，我覺得他現在應該吹得很好了。」

「他在財政的工作怎麼樣？」

「不知道，我想和以前一樣。」

「小寶貝」伊格納西奧·阿拉納拉切·埃烏拉特以極為崇敬的心情談論著他的一位親戚，一個遠房舅舅，即堂何塞·馬利亞·伊利巴倫，他是《和莫拉將軍在一起的日子；內戰中鮮為人知的場景》[68]一書的作者。

「這本書給我帶來的只是沮喪，因為薩拉曼卡那些隱藏下來的人一直想激怒他，而且險些得逞。」

奴霞·薩瓦德爾繼續仁慈地關懷著盲人高登西奧。

「男女睡在一起幹那種髒事，有什麼不好？您以為盲人就沒有感情嗎？」

高登西奧很感激奴霞·薩瓦德爾。

「我來拉〈藍色的多瑙河〉，好嗎？」

「好的。」

---

[68] 莫拉將軍（1887～1937），1936年在納瓦拉統帥民族主義軍隊，後死於空難。

「探戈〈伊拉，伊拉〉呢？」

「也好。」

高登西奧喜歡聽奴霞的聲音，那聲音甜蜜而優美，也喜歡輕輕地撫摸她的臀部。

「小寶貝」伊格納西奧·阿拉納拉切·埃烏拉特的那位親戚曾經給莫拉將軍當過秘書。在內戰中，莫拉將軍起過決定性作用，他做得很及時，不久便和他的傳記作者一塊死了，去另外一個世界栽種錦葵了。據「小寶貝」講，迫害他舅舅的那個瘋狂分子，在一家報紙《就這樣》69上撰文，教給你購買二手汽車時怎樣做才不會上當受騙。

「他管那麼多？」

「誰知道呢！」

卡山杜爾費人萊蒙多十分懼怕那些隱藏起來的人，布爾戈斯和薩拉曼卡的那些小店鋪，對，還有其他地方的小店鋪，比前線還危險。那些隱藏起來的人都是狗娘養的膽小鬼，壞透了，他們所希望的就是偷偷地發財，儘管當權的人騎在他們父輩的頭上拉屎撒尿。他們到處肆意製造誹謗、痛苦甚至死亡。應該給死人做懺悔，讓他們安息。熱情很高，你明白我說的意思嗎？熱情很高，當權的人應該注意到你的愛國熱情，西班牙萬歲！並不需要事事一帆風順，如願以償，事物

---

69 西班牙教會報紙。

都是按照自己的方式發展的，不打攪別人就行了。冒險還不如安於現狀更實際、更有益，這一點還沒有被人們所認識。但是，我知道我要說什麼，在小店鋪裡什麼手段都用上了，告密、暗算、密謀，那些隱藏起來的敵人膽小如鼠。過了一些日子，還是在洛格羅尼奧，卡山杜爾費人萊蒙多曾對炮團士兵、表弟卡米羅說過：

「在這一切結束之後，舞文弄墨的人非上臺統治不可，你會看到這一點的，搞法律的，搞新聞宣傳的，還有那些隱藏下來的，會很好地組織在一起。他們不去逛妓院，而是冥思苦想，怎樣做才合適，還經常祈禱軍人的妻室，祈禱上校以上的軍人妻室支持他們。他們不願意聽到槍聲，他們一心想賺錢，拯救靈魂，而我們依然一貧如洗，把生命當做遊戲，有時甚至丟掉生命，但是，那沒有關係。」

「小寶貝」也看到前途未卜，面前的一切都處在危險之中。

「只有繮繩才能馴服野牛，這如同清澈見底的水一樣明了。我看不到有什麼好法子，那很不公平，您怎麼看？上帝不應該允許那樣做，問題是上帝根本不知道，也許對於他怎麼都一樣。我身上中彈後罵了上帝，但並沒有因此蹬腿死去，上帝並沒有懲罰我。我現在不會死了，這說明咱們在上帝眼裡無關緊要，這一點我不能向所有人說明。你是不是想到過自殺？我，我沒有想到過自殺；我認為一個人無論如何都不應該自殺。」

對所有人來說，時間都是一去不復返的，羅西克萊爾像所有女人一樣長大了，女大十八變，就是說越來越富有魅力了。

「我今天要讓你戴綠帽子了，蒙齊婭，我知道那個人是誰，你也知道。」

「你真風騷，羅西克萊爾！」

對有人來說，甚至包括死人在內，時間都是一去不復返的。

「如果人們不能看鐘錶，該怎樣計算時間呀？」

「那我就不知道了，對於發生的事我幾乎什麼也不知道，但是，我很樂於面對現實。」

羅賓．列寶桑認為自己這輩子不走運。

「也許我還算一帆風順，但是，我不能適應家庭環境，蒙齊婭，我是說我不能適應我的家庭環境。所有人都搞阿諛奉承那一套，我從來沒有學會在城市裡生活，這就要付出代價。我家的家規很嚴，讓人煩透了，沒有歡樂氣氛，缺乏感情，表面上我們是一家人，平時以聽神父和修女嘮叨打發時光，一個個脾氣暴躁，各懷鬼胎。我的家如同威尼斯一樣，蒙齊婭，像威尼斯城一樣，以回憶為生，並且漸漸地沉陷下去，不知不覺地沉陷下去，這已是不可挽回的了。在我家裡，許多年來誰也不知道外面發生了什麼事，也許這樣反倒好。」

羅賓．列寶桑講完話便睡著了，拉蒙娜小姐踮著腳尖走出房間，避免打斷他的酣夢。

「事實上，我們兩個都不走遠。」

阿德拉和赫歐希娜，即「懶蟲」蒙喬的表姐妹，常常同拉蒙娜小姐和羅西克萊爾跳貼身舞。

「我從領口露出一隻奶頭，好嗎？」

「不要那樣，最好把襯衣脫了。」

紅十字會發布訃告說，卡山杜爾費人萊蒙多的母親莎爾瓦多拉在馬德里不幸逝世，屬正常死亡。格列托舅舅自以為是個重要人物，歡快地彈起了爵士樂，就是新奧爾良的黑人也不如他呀。卡山杜爾費人萊蒙多想像著一個比塞哥維亞人堂阿塔納西奧·依蓋魯埃拉更年輕，也許更有文化的人，早就該給他或多或少講一講下面這段話：

「《官方公報》比戰爭本身還壞幾分，這雖然不能言表，但確實是鐵一般的事實。誰也無法懷疑，《官方公報》是偽善者的武器，那些傢伙將成為偉大的戰勝者，在五十年或者更長的時間裡，天下是他們的，等著瞧吧。天主教團善於賺錢，瓜分所得，各得其樂，但是，更善於使用其工具：命令沒收和銷毀黃色的、馬克思主義的、無神論的和所有不合要求的書籍（心靈病痛源於書籍），取消男女同校，市政府由民選省長任命（這有益於團結），清洗官員（公共福利事業不能由叛徒管理），學校裡必須尊崇聖母（在做羅馬式敬禮[70]時口中必須叨念：萬福瑪利亞！），建立報刊、書籍、戲劇、電影和廣播的檢查制度（不要把自由同自流混為一談），取締集會結社自由（這是製造混亂的溫床），廢除非宗教式結婚（這就是姘居）和離婚（實際上是鼓勵賣淫），

[70]即採取立正姿勢，將手舉過頭。

禁止使用聖徒祭日表(反對異教的十字軍)上沒有列出的名字，這一切都嚴重地阻礙了西班牙的歷史進程。」

可憐的依蓋魯埃拉並沒有發生上面列舉的那些事，也沒有發生類似的事。依蓋魯埃拉儘量控制自己，不過多也不高聲地思考，但是卡山杜爾費人萊蒙多很想找個人談一談。

「這和您有關係嗎?」

「沒有關係，和我沒有關係。」

塔尼斯·加莫索飼養的幾條狗很凶，很鎮靜，從來沒有白白出擊過。凱瑟被狠咬成了重傷，他不得不砍一刀，幫助牠死去，免得牠繼續受罪，那真是一直令人痛心的事，但是，他沒有別的法子。塔尼斯·加莫索還有四條大獵狗：蝴蝶、珍珠、巫婆和花花，他不常帶牠們到山上去，因為每一條狗都是價值連城之寶，擔心發生意外，也怕牠們雜交，改變原來品種的特性。人們把塔尼斯·加莫索叫做「魔鬼」，因為他幹事和魔鬼一模一樣，心眼多，腦子快，在當地，沒有一個人能與他倫比。塔尼斯的妻子叫羅莎，她是「褲頭」埃烏特洛的女兒，埃烏特洛因為往盲人高登西奧臉上吐痰而被趕出帕羅恰妓院。他懼怕他的女婿，擔心有一天被女婿撕裂嘴巴。

「你這個倒楣鬼，為什麼對塔尼斯那樣敬而遠之呀?為什麼對目光正視你的人不敢正面回敬他一眼呀?」

「魔鬼」很喜歡脫光衣服在路西奥·莫羅的磨坊水塘裡洗澡，有時馬爾蒂尼亞村的瘋婆子和他一塊兒潛到水底。

「姑娘，當心點，別淹著！」

一個陰沉沉的早晨，路西奧．莫羅死在卡斯莫尼尼奧的路上，不幸的消息立刻傳遍了四面八方。人們無法抑制心中的痛苦，馬爾蒂尼亞村的瘋婆卡塔利娜．巴茵特含著眼淚把磨坊主人埋掉了。

「他是一個大好人，從不傷害別人，他是水和百花的主人，也是岸邊蘆葦的主人。他的針線笸籮做得好極了，又結實又美觀。我知道是誰殺死他的，我總有一天會看到這個兇手死無葬身之地。」

羅莎很邋遢，幾個孩子髒得要命，兩道鼻涕整天流淌著。她既不關心塔尼斯的整潔，也不關心孩子們的整潔，總是那麼骯髒，這已經成了習慣。

「帶上我的狗，你什麼人和什麼野獸都不用怕，凶獅呀，大熊呀，惡狗呀，都不用怕。我的狗誰也不怕，隨時聽從你的使喚，牠們渾身有使不完的勁兒。」

塔尼斯．加莫索是那一帶最強壯的人，一隻手可以勒住一匹烈馬，在脖子上或胸部給牠一拳，能夠把馬打得連氣都不喘一下。他為自己有那麼大的力氣感到好笑。不管是「葡萄牙女人」瑪爾塔，還是阿奴霞西翁．薩瓦德爾，或者帕羅恰妓院的其他女人，都不願意接待「褲頭」埃烏特洛。

「他為了我可以窮死，甚至得痲瘋病死掉。我不必救他，也不必去看望他。」

塔尼斯還有幾條放牧狗，牠們像老鼠一樣聰明，如百腳蟲一樣機敏。這幾條狗既沒有編號也沒有名字，。根本沒有這個必要，因為牠們的品種不怎麼珍貴，牠們自生自滅，無聲無息地生活。牠們都很精，當大獵狗出擊時，牠們也一個個奔上前去，同野獸打迷魂陣。羅莎喜歡喝茴芹酒，每個人都有自己的怪癖，並且為自己的怪癖辯護，竭力保護自己，不讓怪癖消亡。蕁麻不會扎傷塔尼斯．加莫索，蟒蛇和巨蠍也不蜇咬他。

「那麼說他的皮膚一定很堅硬了?」

「並不堅硬，那是因為他不會被扎傷和蜇咬，你舅舅格拉烏迪奧．蒙德內格羅也不會被扎傷和蜇咬，這是習慣問題。這種習慣，有的人有，有的人沒有。當他想到有人要搜尋他時，他在住宅周圍埋下了機關，至少埋了七處，然後等著他們上鉤，溫塞斯拉奧．卡爾得拉加那個沒用的東西被一個機關套住了，你舅舅格拉烏迪奧．蒙德內格羅過了三天才把他弄出來，踝部刮破了肉，骨頭都露了出來。其餘的人像兔子一樣逃走了，另外，也根本沒敢吭氣。」

「像死了一樣?」

「是的，先生，像死了一樣。」

卡山杜爾費人萊蒙多出院了，當然不會永遠把留在南格拉雷斯．德．奧卡醫院裡。「小寶貝」伊格納西奧．阿拉納拉切．埃烏拉特也出院了，腿有點瘸，但是保住了命，挺高興。可憐的喬敏·加爾巴拉·拉勞諾都不如他們兩個，他活了下來，這不假，但是失去了雙手和眼睛。

時間不停地向前走著，什麼紀念會、慶功會——當然要隱瞞事實真相了——也一個接一個地舉行過了；我們民族主義者每奪取一個城市，後方的人就都跑到大街上歡呼慶賀，沒有攻佔的城市越來越少了，戰爭很可能已接近尾聲了。阿爾范布拉戰役期間，士兵像蒼蠅一樣倒下，「鯊魚」阿得利安·埃斯特維茲死在馬德里戰場上，他身上的子彈像篩眼一樣多。戰爭，殘酷的戰爭，布爾人戰爭[71]，歐洲大戰[72]，梅利利亞戰爭，內戰，這次是一場內戰，我們這些戰爭的倖存者，每一個人的心中都有一個訃告欄，每當早晨起來想起死去的人時，都感到驚恐和痛苦。我們所有西班牙人都把伊莎貝爾和費爾南多[73]當做一面光潔的鏡子。「水獺」七姐妹中最小的多洛利妮婭·蒙特塞洛·特拉斯米爾，已經從闌尾摘除手術中完全恢復過來了，現在她健康得像一隻紅蘋果，看見她很讓人高興。許多青年人死去了，臨時任命的少尉早就成了一具死屍，倖存者想到每個人將佔有四個健康女人和一個瘸女人，也許會得到一點點安慰。特魯埃爾收復了，阿吉列，我不知道他的全名叫什麼，死在洛格羅尼奧醫院裡，他的床位就在旁邊，他是在特魯埃爾撤退時

---

[71] 經過兩年的反抗，非洲南部的布爾人於1902年被英國人征服。

[72] 指第一次世界大戰。

[73] 伊莎貝爾（1451～1504）和費爾南多（1452～1516）是一對國王夫婦，曾對西班牙歷史做出過重要貢獻。

受傷的。費列尼亞妓院的「摩爾女人」法蒂瑪記起了她的朋友薩拉姆·本·法拉齊，他是混血摩爾人，嘴上留著小鬍子，他不同意把腿鋸掉，他說寧願死去也不願瘸著腿活著，他這樣做也許是對的。堂赫蘇斯·曼薩內多的女兒格拉莉塔的未婚夫伊格納西奧·阿勞露·希德，剛到齊爾齊特就死了，他死了，他不想逃脫死神的魔爪。你們從赤色分子控制區逃出來，在城裡找不到住處，而在加利西亞卻能夠找到便宜的房間。我們的巴萊亞雷斯巡洋艦被擊沉了。赫歐希娜的第二個丈夫卡邁洛·門德斯死在奧維多戰場上，子彈射進他的太陽穴，這和砍頭一樣。一個十分寒冷的夜晚，全加利西亞最大的妓女、瘋婆巴西利莎對哈維利托·佩爾特加說，他是半個女人，我們女人的構造比男人好，掛著兩個肉蛋兒，你不害臊嗎?哈維利托·佩爾特加回答說，這不是我的過針，再說你也是個厚臉皮呀!你如果保持良好習俗，穿戴得體，也算效忠於祖國了，親愛的，下這個決心吧!貝爾齊特收復了。萊昂的大商人佩爾佩托·卡爾內羅·亞馬沙萊斯——他曾在遺囑中表示要將自己收藏的扇子、郵票和金幣交給帕羅恰——的兒子佩爾佩托·卡爾內羅·塔斯項，死在阿爾古別列山上，他腿上中了一彈，子彈並沒有打到要害部位，但是由於沒有及時取出彈頭，因而流血過多。「女強人」皮拉爾滿臉麻坑，她很會調情，不對，而是相反，。當女人情火燃燒起來時，一切都會變得衝動。男孩和女孩從滿兩週歲起就應該穿連身泳裝，每一個人從小都應該養成良好的道德風尚。我們越過埃布羅河，會吹風笛的民警弗洛里安·索圖略·杜列沙斯，在收復特魯埃爾時死去了，子彈打中了他的眉心。瑪魯哈·門德斯是薩莫拉人，高個子，滿頭金髮，總是大汗淋淋。她喜歡一個人玩紙牌，喝汽水，經常跑到貝坦索斯酒吧間，喝上一杯汽水。潘普洛納之教歐拉切亞先生祈禱停止流血都祈禱厭了。奪取了萊里達、巴拉蓋爾、特列姆、托爾托沙和亞蘭谷地，伊希特羅．蘇亞雷斯．門德斯，也就是在洛格羅尼奧醫院偷死人東西的那個人，死在布里亞納戰場，那時他正在海裡游，每次他從水中探出腦袋，都射過來一顆子彈，最後他淹死了。那位繫蝴蝶領結、戴眼鏡的先生，您看見了吧？看清楚了吧？好，他就是我的舅舅洛倫索，他能夠按照自己的意志放屁，兩個、三個、五個，想放幾個就放幾個。西班牙女人，你的服裝，你的飾物，不應該採用反叛不忠的法國低級樣式。酒宴那麼多，應該有個規定。呆傻妓女永遠不會擺脫貧困境遇，她們要好好地利用一切。霍吉娜是個傻妓女，見一次就夠了，她的衣服都是粗針大線胡亂縫製的，有兩個香瓜那樣大的乳房也沒用。傻妓女沒有好辦法，真夠受的！西班牙，請你永遠記住，唯一的、最好的菜肴不是德國的，而是西班牙的，它具有悠久的歷史。佔領了卡斯特利翁和布里亞納，步兵班長巴斯瓜利尼奧．安特米爾．卡奇索死在佩蓋利諾斯，他在戰爭期間的保護人瘋婆巴西利莎繼續給他郵寄巧克力和煙絲，會有人享用這些東西的，放心好了，扔掉嗎？不會扔掉的。一個摩爾人給「水獺」姐妹中的依內希妮婭染上了嚴重的淋病，誰也不會死於這種病的，這是實情，但是很受罪。申請加入愛國募捐活動的小姐們披著西班牙披巾，改打厄斯特列馬杜拉，攻佔了堂貝尼托、維利西努埃瓦．德．拉塞萊納和卡斯杜埃拉「小寶貝」。走私犯、獵人、斜眼烏爾瓦諾．拉丁．費爾南德斯當過後勤兵，他下套捕兔子，他喜歡幹這個，但是有一次他被發現後逮了起來。我們為什麼不抽一袋煙絲呀？我已經討厭指揮棒，討厭接受訓導了，現在已禁止出賣肉體的女人到大街上公開拉客。赤色分子渡過了埃布羅河，還亂一陣子。里卡多．巴斯蓋斯．維拉里尼奧，據說曾是赫蘇莎姨媽的未婚夫，在奪取桑坦德的戰鬥中被打死。不過，不是桑坦德戰鬥，而是特魯埃爾戰鬥，是一九三八年一月一日打響的，那一天被打死的有加利西亞紅旗游擊隊司令胡安．巴爾哈．德．吉羅加。里卡多．巴斯蓋斯那一槍打在心窩上，對，人家都這麼說。「葡萄牙女人」瑪爾塔珍藏著三顆鑽石和三顆紅寶石，她總是把裝有這些寶石的小鐵盒帶在身上，誰也不知道。巴利亞多里德市長勸阻人們不要去圍觀槍斃犯人的場面。在軍事法庭執行悲慘的判決命令的那些日子裡，從來沒有那麼多人去觀看，其中有幼童，有年輕姑娘，還有一些夫人……這些人的出現說明他們不怎麼贊成槍斃人，等等。奪取了塔拉戈納、巴塞羅那和赫羅納。費利蒙．拉希多．羅沙巴萊斯，即那個非法營業的公證員，曾使獸醫麥達多．孔果斯的私奔妻子特雷莎．德．尼尼奧．明蓋茲．干達列拉生活得十分幸福，他死在了瓦爾賽吉略戰場上。他在大便時，有人對他的頭部開了一槍，那也許是為了尋開心，也就是說並不是出於惡意。塞瓦斯蒂亞娜！您吩咐吧，堂羅慕格！你穿著內褲站到陽臺上，不感冒別進來。西班牙女人，你那靈巧的雙手縫下的一針一線就是對寒冷的一次次征服和勝利，要知道，寒冷正襲擊著為了祖國而犧牲生命的戰士。攻佔馬德里，那是一九三九年四月一日，一九三九年是勝利之年：內戰結束。

雨好像下了一輩子，我不記得以前曾下過雨，不記得還有過另外一種顏色，另外一種沉靜。雨不緊不慢地下著，雨點輕輕地滴落下來，一滴一滴地滴落下來。雨不知道從什麼時候開始下的，也不知道何時結束，據說水總是要流歸河床的，這是實情。我又聽見烏鴉在歌唱，但是，這一次歌聲卻不同，並不十分細膩動聽，比以前淒慘模糊。即歌聲像是一隻幽靈之鳥從喉嚨裡發出來的，也就是說，那隻鳥的心靈和記憶都處在病態之中，很可能這隻烏鴉老了，牠的希望破滅了。大氣中有點異樣的東西，據說有幾個人停止了呼吸，那幾座山上人頭滾動，這是卑劣行為造成的後果，同時，也落下了眼淚，落下很多很淚。大地和天空的顏色一樣，大地和天空是一種高尚的、思鄉的物質組成的，山界消失在了輕柔的雨滴後面。淺綠色的淺灰色保護狐狸和野狼，戰爭沒有使野狼喪命，戰爭沒有除掉野狼，沒有殺掉野狼，戰爭是人反對人，反對人的歡快形象。現在，人的形象淒慘，看上去很羞愧，我看得不大清楚，但是對我來說，人在戰爭中打了敗仗，這個痛苦的動物很背時，這個痛苦的動物沒有吸取教訓。如果有誰要求和平、仁慈和寬恕，任何人都不會理睬他，勝利沖昏了頭腦，但是，勝利也是一劑毒藥，勝利使勝者昏昏然，使他昏睡不醒。卡山杜爾費人萊蒙多身體有些不適，拉蒙娜小姐對他說：

「你很快就會恢復健康，好起來的，你不要擔心，重要的是活著堅持到最後。」

當出現寂靜氣氛時，西班牙人說有天使經過那裡，英國人則說，又有一個窮鬼出生了。卡山杜爾費人萊蒙多過了好一會兒才回答：

「蒙齊婭，你對我很好，你覺得我是和以前一樣活著嗎？你說說，我是在百分之百地活著嗎？」

「你是和以前一樣活著，萊蒙多，你在百分之百地活著，百分之百地活著，過些日子你就知道了。」

羅賓．列寶桑送給卡山杜爾費人萊蒙多一瓶威士忌。

「說不定這是全加利西亞最好的威士忌，是葡萄牙的溫塞亞一家的大兒子剛剛給我帶來的，你好好收藏起來。」

把清算血債的事交給法律團體是一大錯誤，步兵本來可以做好這件事，又快又寬容，就是出現一點小問題也不打緊。在《伊尼德》[74]裡有這樣的話，神仙也是緊緊擁抱的，這是小節，無關大局。嚴重的不是膽大妄為、玩世不恭的嫖客和酒鬼去冒險製造混亂和暴力，而是當政的膽小鬼、有權勢的膽小鬼製造混亂和暴力。他們謹慎、吝嗇，是一群令人作嘔的傻瓜。平庸之輩經過深思熟慮而製造的長久暴力是最可憎的，因為它給生命的健康進程糊上了一層厚厚的紙，這不是公正的舉動，而是啞巴狂歡節上的假面具。行政機關的蛀蟲猛於山間野獸，它更為低級，它更具有復仇性，於是，人失去了方向，精神變得失常，最後倒下。人不是厭煩，不是逃走，不是自殺，他

---

[74] 羅馬詩人維吉爾（公元前 79~19）的史詩，和《伊里亞特》和《奧德賽》齊名。

們不是這樣，而是驚恐、畏縮、軟弱，他們做著最苦惱，最愚蠢的事，他們鼓勵魯莽行動，強化統治，你只要看看報就知道了。這很不公正，也不光明正大，公正依然是相當遙遠的夢，光明正大像一朵不幸的鮮花被暴風雨打得凋謝了。昨天早晨六點鐘，軍事法庭星期四宣判的七十三名死刑犯被槍斃了，等等。

「蒙齊婭，這如同一場大地震，我的眼睛依然模糊不清，也許過一段時間才能看清楚。」

「不要去想它了。別把威士忌打開，保存好，留著你一個人喝。我來給你配一杯酒，當然咯，也給你配一杯，羅賓。」

卡山杜爾費人萊蒙多喜歡喝現配的酒，但必須是苦艾酒加上杜松子酒，各佔一半，再加幾滴苦啤酒，一片薄荷，一顆野櫻桃。

「我這裡只是沒有冰。」

「沒關係，我們就當它已經冰過了。」

卡山杜爾費人萊蒙多喝著現配的酒，頓時忘卻了那些令他失望和痛心的事。

「在科魯尼亞，美洲咖啡館和航海咖啡館都賣現配的酒，美洲咖啡館坐落在皇家大街的左側，對堂奧斯卡爾必須倍加小心，我只和我的表兄弟去，有時和安帕羅去，安帕羅真是一個好姑娘！我應該回科魯尼亞看看她去，她也許有男朋友了，很可能有男朋友了。」

貝妮希亞不識字，也不會寫字，她沒有必要會，會了也沒有多大用處，我不敢肯定識字和寫字有什麼用處。貝妮希亞的奶頭像兩顆瘦栗子一樣，過了這麼多年，還沒有長大，她總是滿面春風。

「貝妮希亞。」

「您吩咐吧，堂萊蒙多。」

「到店裡去，給我買一包火柴來，還要一本信紙。」

「郵票呢？」

「也要郵票，給我買四張吧。」

「要虔誠的天主教徒、王后伊莎貝爾的，還是最高長官[75]的？」

卡山杜爾費人萊蒙多笑了笑。

「有哪種就要哪種，討厭鬼，有哪種就要哪種吧。」

今年去聖巴依拉參加朝聖聖母活動的人不多，聖巴依拉就在拉林過去一點的地方。今年是愚昧的死人年，是驚愕的犯人年，是心中指南針折斷了的遊牧人年。今年去的壞人少，民警多，據說要改變我們的習俗，去看熱鬧的少了，吹風笛的少了。

「可以吹風笛句？」

---

[75] 指佛朗哥。

「白天可以。」

那棵茂盛的大櫟樹下，一個女人用念珠敲打著一個天真的小伙子，讓他把魔鬼從嘴裡吐出來。

「豬玀，你是想讓魔鬼總那樣待在身體裡呀！快吐出來吧！撒旦，魔鬼，你快從這個小伙子身上跑出來吧！」

卡山杜爾費人萊蒙多感到厭倦，他看到一切都有些異樣和做作，當然咯，他感到厭倦很自然。

「蒙齊婭，咱們走吧？我覺得在加利西亞連念珠都失去了它的作用，我們為什麼不早出生一百年，或者晚出生一百年？」

在回歸的路上，卡山杜爾費人萊蒙多幾乎一直沉默不語，表情憂傷。他們坐一輛舊埃塞克斯，那是拉蒙娜小姐從一個葡萄牙人手裡買來的。她的那輛莊重的黑色汽車和那輛漂亮的白色汽車，戰爭一開始就被徵用了，自那以後她再也沒有看見過，一定為某個人效了力。

「你在想什麼？」

「什麼也沒想，你已經看到了，有一個討厭的想法一直在我的腦海裡翻騰。」

雨點懷著愛輕柔而鎮靜地滴落在綠色的荒涼田野上，滴落在黑麥上，滴落在玉米上，也許雨點並沒有懷著溫存的愛，也不是輕柔地、慈祥地滴落下來，很可能是怒沖沖地突然傾盆而落，因為雨也被改變了原來的模樣。卡山杜爾費人萊蒙多坐在拉蒙娜小姐身邊，又開口講了起來，不過，無精打彩。

「西班牙是一具屍體，蒙齊婭，我不願意去想它。但是，對於西班牙變成一具屍體，我感到害怕，我不知道我們要過多長時間才能把這具屍體埋掉，我也許是錯的！但願西班牙沒有死去，西班牙只是暫時處在昏迷之中，它還會醒過來的！西班牙是一個美麗的國家，蒙齊婭，只是命運不好，我知道，這不能用言語表達，可是，你說呢？我們西班牙人已經沒有勇氣生活下去了，我們西班牙人應該做出巨大的努力，應該付出很多很多精力，才能避免自相殘殺。」

太陽還沒有落山，拉蒙娜小姐和卡山杜爾費人萊蒙多就回到了村子裡。

「把我放在家裡就行了，蒙齊婭，我覺得累極了，我先睡一會兒，不吃晚飯了。」

「好吧。」

生命仍然伴著死亡，看來這是上天的大法，有的人把這叫做沒有生氣，另一些人則看不見這一點，他們看不見生命，也看不見死亡。

「你的臉色有些蒼白，蒙齊婭，臉色不好看。」

「對，我有三、四天沒睡好覺了，不知道是怎麼回事，也許是因為月經不正常吧。」

禍登西奧懶洋洋地拉著手風琴，外鄉人的聲音不可能使心臟充滿激情地跳動。「葡萄女人」瑪爾塔是受人尊敬、得人歡心的女人，她很知道自己的職責。

「我做的一切我本人知道，我專心致志，付給我多少錢都可以，我從不過問。」

禍登西奧拉起了史特勞斯的華爾滋舞曲〈維也納森林的故事〉，旋律非常浪漫、細膩、動聽。格萊門特．帕羅馬雷斯是軍曹，是負責後勤軍務的軍曹。他喜歡嚇唬女人，有時還打罵她們，實際情況是，我們都喜歡幹那種事，問題是錢要給得多一些，或者找到一個聽你吩咐的。

「對於我，給多少錢都不在乎，給錢就行，知道嗎？但是，你如果讓我流出血來，我就罵你是狗狠養的，你如果讓我流淚，我就殺掉你，這是上帝的意志！」

「我要送給你一塊紅寶石和一顆珍珠，瑪爾塔，紅寶石像一滴鮮血，而珍珠是一滴眼淚，是一滴眼淚。」

「好吧。」

堂娜普拉，也就是帕羅恰，渾身大蒜味，她並不喜歡這種氣味，而是為了治病。堂娜普拉，也就是帕羅恰，血壓高，她吃早飯時總是要食用一點調味蒜油，一心想把血壓降下來。大蒜是抵抗瘟疫的艮藥，還能防備吸血鬼，驅打寄生蟲，大蒜的缺點是留在嘴裡的難聞氣味不容易消失。堂安赫爾．阿列格利亞，矯形外科，修復手術，蒐集社會救濟總署的徽誌，西班牙天才的天才塞凡提斯，西班牙步兵，十八世紀的步槍射手，馬略爾卡，美麗群島的明亮珍珠。堂安赫爾患睪丸炎，陰囊腫得像棵大菜花，帕羅恰妓院的女人都遠遠地離開他，彷彿他得了霍亂似的。

「不行，不行，您別過來，您還是和您夫人睡覺去吧。你如果不願意，那就忍著點兒吧，在這個世界上，我們大家都得忍著得兒。堂安赫爾的那東西爛成了膿水，可別讓我倒楣一輩子，我還要靠身體謀生呢。」

馬麥德·佩特萊依拉被判處死刑，因為他私自帶著槍枝跑到山上，被捉到了，那是一樁十分嚴重的罪行。他媽媽站到佛朗哥經過的拐彎處，扔給他一封信，請求他免除兒子的死刑，佛朗哥衛隊以為那是一顆炸彈，開槍把她打死了。這時佛朗哥讀了信，當即決定赦免，於是把死刑改判為三十年勞役。馬麥德·佩特萊依拉在被押往勞役場的路上逃走了，他現在躲在霍爾赫·拉梅依羅家裡，誰也不知道，對了，他的妻子是知道的，他妻子很正直，人可靠。馬麥德·佩特萊依拉躲藏在一口枯井裡，裡面有墊子、毯子，至於飯菜，都是用繩子和滑輪送下去的。他每隔兩、三天趁夜深人靜時上來一次，活動一下四肢，洗漱洗漱。

「至於我嘛，您願意待多久就待多久，對卡門也一樣，我們都認為這種狀況不會持續一輩子。」

「我不知道該對你說什麼，也許要比我們大家估計的時間更長久。」

許多年以前，年輕人拉薩羅·科德沙爾在這幾座山上活動，他的腦袋像辣椒一樣光禿，眼睛如同泉中的清澈水滴。拉薩羅·科德沙爾是被里弗的摩爾人殺害的，現在已經沒有誰記起他了。

「他使那麼多姑娘受了孕，她們當中也沒有一個記起他？」

「沒有一個記起他。」

人們保持著沉默，但是，沒有任何東西永遠一成不變，永遠是原來的模樣，現在更是如此，也沒有任何東西永遠按固有的模式發展下去。帕羅恰妓院的嫖客不再氣喘吁吁，不再得到享受，為什麼？他們已經不呼吸不走動了，他們死了，埋了。堂娜根瑪的丈夫當德歐多西奧心臟病突發去了，可憐的堂德歐多西奧最喜歡的妓女應說是維希，她總是那樣溫柔，笑臉盈盈。堂赫蘇斯．曼薩內多那條老狗死時全身臭不可聞，帕羅恰妓院的女人都躲開他，他經常給她們八、九個雷阿爾的小費。「貓臉」卡維尼多．貢薩雷斯也是一個令人討厭的傢伙，他在門廊裡被人砍了兩刀，一刀在喉嚨，另一刀在胸部，人們都把萊蘇列克西翁佩尼多叫做「雲雀」，因為她看上去好像隨時準備起發似的。「雲雀」看見「貓臉」的屍體時嚇了一大跳，「雲雀」是第一個發現「貓臉」的屍體的。在帕羅恰妓院裡，沒有一個人為他的死掉過眼淚，那個人身上有著和他本人背道而馳的東西，這從臉上可以看出來。「葡萄牙女人」瑪爾塔名不虛傳，她是一個善良女人，很會動情，明白人介紹說，她的屁股像西瓜那樣喀喀作響。我一直注意觀察，不只她一個人是這樣，還有一、兩個女人也是這樣。高登西奧拉了一支歡快的鬥牛士進行曲，〈馬西亞爾，你是最偉大的鬥牛士〉。赫蘇莎姨媽的未婚夫里卡多．巴斯蓋斯．維拉里尼奧，我們大家都說他是赫蘇莎姨媽的未婚夫，而實際上並非如此，他也常去帕羅恰妓院，次數不是很多，完全是出於治療目的，防止體溫升高。有時，一個人簡直都走不了路呀。對里卡多．巴斯蓋斯．維拉里尼奧來說，隨便一個女人都是好的，他口味不高，唯一的要求是讓他接近她們。路西奧．莫羅很少去奧倫塞，但是，他每次去那裡時，都要到帕羅恰妓院看看。路西奧．莫羅喜歡乳房豐滿的女人，喜歡喝茴芹酒，喜歡深戈舞曲。

「這個令人討嫌的高登西奧很會拉手風琴，這我當然相信了！他的手風琴比世界上任何一個人都拉得好。」

堂赫蘇斯．曼薩內多那個婊子養的傢伙死了，他女兒格拉莉塔的未婚夫也死了，不幸的伊格納西奧．阿勞霍．希德，由於忍受不了恐懼，戰爭期間乖乖地讓人打死了，他很可能是心甘情願地讓人打死的。那些婊子養的不三不四的人把別人的性命握在他們手心裡，殺了人還惡毒地哈哈大笑。那些不幸的人死了，一聲不吭地讓人家活活打死了，太慘了，太令人羞辱了。堂赫蘇斯．曼薩內多和他的那個無所作為的女婿也常常去帕羅恰妓院，人們需要放鬆一下，而放鬆就要找一個合適的場所，這很自然。我認為唯一沒有去過帕羅恰妓院的就是炮團士兵卡米羅，我不知道我為什麼要這麼說，他也沒有死，他的家離這兒很遠，他幾乎從來不到奧倫塞這邊來。

「那麼，他一定常去蓬特韋德拉了？」

「是常去那裡，還有聖地牙哥，他去聖地牙哥要比去蓬特韋德拉的次數多，帕特隆人可以算是半個聖牙哥人。」

前面提到的其他人都已經死了，並且埋掉了，但願上帝早已寬恕了他們。之所以沒有再提他們，是因為事情想要結束自己的進程，還有，並非所有死了的人都是帕羅恰妓院的顧客，有好幾個就不是，在奧倫塞還有別的妓院。聖蒂斯特萬神父在講道時勃然大怒，他把這些妓院叫墮落的女人之家、拉皮條的窩穴、人肉市場。

「至少還有一百個名字，但是，那個幽靈並不知道。」

大部分人身上都有反叛的一面，這倒沒有太大關係，因為這是人的一大特徵，這個特徵人人皆知，知道就行。堂卡斯托．博萊戈．桑切斯－普恩特隆低尿酸指數以後，身上的那股勁大大減弱了。先前沒有一個人能夠對付他，帕羅妓院的女人都視他如虎似狼，就是帕羅恰那樣天不怕地不怕的女人，也不敢小看他，付不付錢沒有什麼關係，最好快些走掉，走掉算了。堂卡斯托被汽車撞了，沒有死，但是，兩條腿斷了，另外，司機根本沒有理睬他。堂卡斯托說司機是義大利人，汽車上的人都是義大利人，天知道是不！夜間巡邏的人發現了他，把他半拖著送到急救站；看樣子，堂卡斯托拉了一褲兜子屎尿。

「喂，堂娜普拉，有一個留著小鬍小的上校，是馬拉加人，名字叫費爾敏．朋冬．帕斯，您還記得他嗎？總該記得吧，親愛的，他來這兒什麼也不幹，只坐在客廳裡天南地北地聊大天，捨不得花錢。」

「啊，知道了，我還記得他！他出了什麼大事？」

「沒什麼事，昨天臉上被人用一個老大的汽水瓶小打死了，堂場就死了過去，連一口氣都沒有喘上來。」

「太不幸了！在什麼地方？」

「在大街上，從『獨眼母馬』妓院出來以後就鬧翻了，軍事法院正在干預此事。」

「我的天！」

卡山杜爾費人萊蒙多對羅寶．列奎桑．卡斯特羅．德．塞拉說：

「這次該論到你以卡米羅舅舅的名義召集親戚們聚會了，依我看，應該請莫蘭人，這是當然的，不過也要請古欣德人，多請些人沒關係，因為事情很重要，我們大家都應該發表意見。在聚會之前，我們絕不能聲張出去，蒙齊婭把她的房子讓給我們，她的房子條件好。」

拉蒙娜小姐的父親堂布雷希英是著名的飛行技表演家維得林內斯、加爾涅爾、萊福列斯蒂爾和拉貢貝的好朋友，他們在空中翻滾跳躍入夜，飛機上亮著彩色的燈光。每個座拉二十五或五十分幣不等，那要看座位的位置了。貴婦人們戴著寬邊禮帽，披著薄紗，十分漂亮，這是許多年以前的事了，那時拉蒙娜小姐還沒有出生呢。

我們所有莫蘭人都有一張馬臉，牙齒分離開來，有的人分離得很厲害，這一點砲團士兵卡米羅已經提到過一次。還有人說我們渾身都是蠟燭味，朝聖和參加婚禮時都喝得醉醺醺的，但這不是實情。古欣德人不大被人注意，原因是他們和其他人通婚使血液混雜了，也許是這樣，我不能說不是這樣，但通婚以後，種族不但不會失去自己的特徵，反而會更加顯現出來，不過，兩者特點有時會混在一起，血統也是這樣。常言說得好，一個東，一個西，血統在哪裡？你會懂得我的意思的。我們莫蘭人並不全是帕爾多．德．塞拉元帥的後代，儘管其中大部分的人都是他的後代；在當時，元帥並不是指揮軍隊的首長，而是管理馬夫的領班。埃維利奧舅舅長得帥，人們都叫埃維利奧舅舅是「野豬」，因為他身材魁梧，生性粗野。「野豬」很少下山來，和外鄉人根本不打招呼。戰爭期間，「野豬」遇到了許多困難，但是他很走運，一個個都克服了。

「那是餓死鬼之間的官司，嚴肅的男人絕不會變化無常、突然自殺的。他們很像法國人，他們做的事情和馴化山羊差不多，除了吉卜賽人以外，誰也不會想到馴化山羊的。」

「野豬」喜歡吃、喝、抽、嫖、玩，「野豬」是一個主張發揚傳統習俗的紳士，在這一點上，他和格拉烏迪奧．蒙特內格羅舅舅是一樣的。

「這麼說您不惜用子彈保護自己的怪癖了？那好，您就保護吧，但是，您應該親自把子彈射出去，不要教別人替您射。拿上獵槍，到山上去吧，像個男子漢，放它兩槍，看看吧，您如果有膽量，那些人就會退縮，嚇得全身哆嗦，向您求饒，而且沒話找話說，問您是幾點鍾了。」

「野豬」已經七十歲高齡了，戴著一副眼鏡。

「這都是因為年齡，我年輕時眼睛很好，比誰都得遠，但是這不能保持一輩子，我知道得很清楚；糟糕的不是老了以後而是正當風華正茂時就戴上眼鏡，年輕時戴眼鏡，不是神學院的學生，就是女人氣十足的男人。」

「哎呀呀，埃維利奧舅舅！是不是所有人都這樣？」

「幾乎所有人都這樣，也可能有例外，我不能否認。」

「野豬」的妻子已經死了好多年，五十多年了。「野豬」的妻子又漂亮又聰明，她總是戴一串珍珠項鏈，衣著入時。雖然有人給他介紹女朋友，但他一直沒有結婚，整天到處找野花。這個女人我喜歡，那個女人我不喜歡，我讓這個給我生個大兒子，兒子進神學院，再讓那個給我生個胖丫頭，給她開一家店鋪，他就是這樣打發時光的。「野豬」請人在亡妻墓前立了一塊白色大理石碑，並且在上面寫了這樣段墓誌銘：正因為你和聖母一樣都叫瑪利亞，我才為沒有給你照張相而永遠感到悔恨。

「這也像詩句呀？」

「是不像詩句，『野豬』從來不會寫詩。」

「野豬」把自己厭倦的東西和蔑視的東西畫分成幾類，以厭倦的蔑視的程度而論，從大到小依次排列是樣的：神父、軍人、義大利人、緝私隊員、掘墓人、矮子和結巴。

「葡萄牙人呢？」

「不包括，葡萄牙人不包括在內。」

薩比尼亞諾·薩格拉蒙·羅依迪斯不但口吃，而且說話時還唾沫四濺，濺到侍童臉上。薩比尼亞諾是個很令人討嫌的人，他經過這裡的苦難谷地時，所有人都被他吐過唾沫，真讓人難以忍受。他的妻子胡斯蒂妮塔·塞萊依莎爾羅依博斯一直讓他戴綠帽子，直到一天她厭倦了，不想再爭吵、隱瞞下去了，就一下子跑到大街上，把丈夫送進瘋人院，自己跟一個名叫費利佩·阿爾比奧爾·福內爾的卡斯特龍人走了。那個人其實是卡斯得龍屬下的阿爾卡拉·德·齊維爾特人，他有一家扁桃仁糕作坊。

「還做榛子糕、松子糕和其他硬果糕嗎？」

「對，也做，阿爾比奧爾拚命地幹，什麼樣的果仁糕都做。」

胡斯蒂妮塔從來不欺騙她的情夫，儘管有人引誘她，她一直沒有讓阿爾比奧戴綠帽子，據說她對尼亞諾的那股激情已經完全消失了。

「我看薩比尼亞諾很正派！」

胡斯蒂妮塔是「野豬」愛妻的侄女，所以和「野豬」還算沾親帶故呢。胡斯蒂妮亞打扮得和城裡女人一樣，穿一雙紅色高跟皮鞋，帶子繫在踝骨上。

「這倒問題不大，反正什麼鞋都要踩在地上，都一樣，穿著鞋就行。至於說到穿到什麼妓女鞋呀，那都是次要的，只要在一個地方定居下來，其他的就不打緊了。」

「野豬」打發人把卡山杜爾費人萊蒙多叫來了。

「人們的情緒在漸漸冷下來，你想怎麼處置那個卑鄙的傢伙呀？你知道我在說誰。」

「您可以想像得到，埃維利奧舅舅，但是，還應該聽聽大家的意見，我已經告訴羅羅賓把大家都召集來。」

「好吧，不過，不必著急，事情還沒有結束，還有時間！」

瑪魯哈．博德隆．阿爾比雷斯，也就是和塞爾索．巴列拉私奔的那個朋費拉達女人，還保存著堂赫蘇斯．曼薩內多的訃告：尊貴的堂赫蘇斯．曼薩內多先生，上帝和聖母的虔誠崇拜者，我們天父功績卓著的使奴、律師、法院代理人，做完懺悔以後帶著教皇的安慰和祝福安詳地謝世了。安息吧。憑這份訃告可以得到一公斤麵包，聖科斯麥的麵包坊在七天內可以供應這一公斤麵包，以幫助亡靈。

「有些訃告，讓人看了高興，您說是不是呀？」

「是的，親愛的，有些訃告讓人高興。」

「說到底，但願他安息。」

「對，最能證明上帝存在的，莫過於堂赫蘇斯．曼薩內多最終獲得安息了。」

瑪魯哈．博德隆冷靜下來以後，和佛朗哥衛隊的一個摩爾人結了婚，那個人叫德里茲．本．高沙法特。

「他對我很好，在床上表現得像個基督徒，我的德里茲有一個驢那樣的『傢伙』，他掏出來，簡直嚇死人。」

「瑪魯哈！」

「請原諒，我剛才說溜了嘴。」

在這裡，要想讓事情都恢復原來的狀況，那可要費好大的力氣。現在，人們什麼也不幹，東遊西逛，這怎麼能夠振興國家呀，不用多久，我們大家就都非挨餓不可，但願英國人或德國人別大兵壓境。

阿布·阿拉·阿齊茲·本·梅魯安，外號叫「葡萄牙人」，也是摩爾人，他已經死了好幾百年了。這兒一直有摩爾人，他們當中有的珍藏著黃金，有的珍藏著寶石，還有的把虱子傳給了別人，整天在痳瘋爛瘡上抓癢。現在有好多西班牙人是患痳瘋病的伊斯蘭教徒後代，這可以從職業上看出來，堂格列門徒·巴里茲，也就是堂娜麗塔那個自殺身亡的丈夫，人們都叫他「富翁」，因為他是一個「全富」的人物：身體重，錢財多，「綠帽子」多，厭世情緒盛，等等，他什麼都多，堂娜麗塔想讓先前就與她有來往的、後來又和她成婚的神父堂羅申多·維拉爾在堂格列門德彌留之際給他塗聖油。

「我不能去做那種事，親愛的，如果死亡的危險不是源於病痛的話，是不能塗聖油的，絕對禁止這樣做。」

「他已經是死了的人，而且死因又是多方面的，你還說什麼死亡的危險呀？」

「真的，真的！」

可是，堂娜麗塔擺好桌子，鋪上潔白的桌布，在托盤裡放了許多小棉球，那是從衛生紗布上摘下來的，因為已經沒有備用的了，另一個托盤上盛著麵包渣、幾塊檸檬、聖水，等等。堂羅神父開始祈禱。

「萬能的上帝喲，請您賜福。」

「阿門。」

赫歐希娜和阿德拉是蒙喬．雷克依索．卡斯博拉多的表姐妹。赫歐希娜殺害了她的第一個丈夫阿道夫．佩諾塔．阿烏加萊瓦達，他也許是自己上吊的，眾說紛紜，她讓他喝了仙草汁，到另一世界去尋愛，而對另一個男人，即卡邁格．門德斯，他布奧維多受圍時被打死，她每星期都給他吃導瀉藥，從而使他變得溫順起來。阿德拉咀嚼魔草，整天像個夢遊患者似的。蒙喬非常感謝他的表姐妹的母親，他的米卡埃拉姨媽，因為他小時候，姨媽天天逗弄他玩，有些事情一輩子也忘不了。

「現在，家庭關係都比較鬆散，各走各的路。」

很遺憾，「鯊魚」還沒有把安蒂奧基亞城的大鐘偷走就被打死了，很難找到另一個像「鯊魚」那樣善於潛水的人。

「你還記得那天夜裡你們去帕羅恰妓院取暖嗎?」

「當然記得!為什麼不記得呀?有些事情永遠也忘不了。」

可憐的阿吉列，他因為吐血而死掉了，他的遺物被伊希特羅．戈麥斯．門德斯，我是說，被伊希特羅．蘇亞雷斯．門德斯統統偷走了，凡是死人的東西他都偷，從不放過一個。伊希特羅．

戈麥斯·門德斯是在布里亞納戰場被打死的，當時他正在海裡洗澡。我不知道為什麼常常記起醫院和戰爭的場面，對了，實際上我什麼都記得。

「那不是很好嗎？」

「我不敢十分肯定那是好是壞。」

拉蒙娜小姐也想拜訪「野豬」，「野豬」像個老祖宗似的，並不是每次都能見到他。「野豬」在肩胛上方刺了一條美人魚，但只在自己生日那天露出來給別人看一看。他的生日是五月十一日，五月十一日就是和他同名的聖神的紀念日，還有別的聖神，安蒂莫聖神，埃維利奧聖神，馬克西莫聖神，巴索亞聖神，法比奧尼聖神，西西尼奧聖神，廸奧格西奧聖神，佛羅倫西聖神，阿納斯塔西奧聖神，甘古爾弗聖神，馬梅爾托聖神，馬約洛聖神，伊魯米納多－佛朗西斯科·德·赫羅尼莫聖神。五月十一日是炮團士兵卡米羅的生日，「野豬」風度不凡，滿頭鬈髮。

「喂，蒙齊姬，生活對於所有人都是艱難的，生命抵制死亡，就如同死亡扼殺生命一樣。然後，最後總是死亡戰而勝之，因為死亡不像生命那樣來去匆匆，也不像生命那樣羞澀。」

「對，舅舅。」

「當然對了！喂，蒙齊姬，戰爭已結束了，許多不幸的人不是倒在山上就是倒在溝渠裡，腸子和腦漿都流了出來。但是，我們，我們家的這些人，幾乎都健康如初地留在了自己的家鄉，不需要去學習別的語言、別的生活習慣。強迫一個人改變固有的東西很不得人心，而且對於心靈來說也是痛苦的。」

「對，舅舅。」

「當然對了!喂，蒙齊姬，我對義大利人，希臘人和土耳其人沒有好感。我本人喜歡英國人、荷蘭和挪威人，他們不是那麼活躍，但人可信，不說大話空話。」

「對，舅舅。」

「當然對了!你想喝一杯嗎?」

「對，舅舅。」

「你只會說『對，舅舅』?」

「野豬」斟了兩杯甘蔗白酒。

「甘蔗白酒不烈，從不傷人，水手為了同大海搏鬥，總是喝這種酒，它對女人也有裨益。你認識矯形大夫安赫爾．阿萊格利亞嗎?」

「不認識，為什麼?」

「不為什麼，我只是問問。」

「水獺」七姐妹避開了風暴，平安無事也好，艱難曲折也好，總算避開了。有些事對男人的震撼要比對女人強烈，這雖然不是規律，但十次也有八、九次是如此。對於一個男人來說，最糟糕的是自己死了還不知道是怎麼死的，我這裡不是說靈魂，不是永恆的拯救或者永恆的地獄，而是指肉體和肉體的消失。摩爾人連一根指頭都不願被割掉，他們要帶著完整無缺的身體升入天堂。一具屍體埋葬起來，被蛆蟲吃掉，這和扔進大海被鯊魚吃掉就是不一樣，和被野狗撕碎後吞到肚子裡也不一樣，和火化後飛散空中，變成痲雀的食物也不一樣。有的人一輩子靠吃男人的屍肉活著，直至他本人死去。這種可怕的事絕不會襲擾女人，「水瀨」七姐妹仍然活著，沒有什麼大的操心事，她們還是那樣漂亮，那樣健康。

「多洛利妮婭，她已經從闌尾摘除手術中恢復過來了吧？」

「當然咯！她現在長得像朵花似的，讓人看不夠。」

羅賓．列寶桑和卡山杜爾費人萊蒙多對哲學津津樂道，高談闊論。拉蒙娜小姐留他們吃點點心，羅賓說得多，因為萊蒙多有些疲倦，他疲倦已經有好幾天了。

「生活下去，要學會偽裝，萊蒙多，我，我由於身體不太好，身體弱，我在生活中要學會偽裝，事實上，和你相比，我的生活不夠豐富多彩，比如說吧，我本想活得快活些，但我不得不安於現狀，耐心，應該有耐心！我認為，距離我們遙遠的東西是沒有生命力的，是不存在的，你知道我說的是什麼。世界的軸心就是我們本人的心臟，就是蒙齊婭的家。距離我們遙遠的東西也許根本就不存在，一個秘魯印第安人吹笛子，一個愛斯基摩人捕捉海豹，一個中國人抽鴉片，你想像得出來嗎？一個黑人吹奏薩克管，一個摩爾人給蛇施魔法，一個那不勒斯人吃長麵條，世界十分狹小，人生短暫。『懶蟲』蒙喬周遊了整個世界，是這樣，『懶蟲』蒙喬在瓜亞基爾時曾經談過戀愛，可是你們其餘的人就根本沒有走出這裡的大山一步，而這為的是打仗，我還不如你們呢，對了，並不是所有人都這樣，但大部分的人如此。當然，誰也不敢肯定，出去見世面就是件好事，最為理想的是，一個妙齡少女坐在小板凳上，面對暖烘烘的壁爐，彈奏琵琶。在動亂期間，鏟除了以前那些習俗，那些習俗隨著動亂完全消失了。現在什麼都變了，變得更糟了，一個時代死去了，另一個時代誕生了。萊蒙多，黑麥年年生，黑麥年年死，然而櫟樹比人活得長久，沒有沉湎於不足掛齒的小事裡，萊蒙多，你是懂得我的意思的，還不如在陽穴開一槍呢。」

卡山杜爾費人萊蒙多神情悲凄。

「你談到了動亂，羅賓，是這樣，有些事是永遠無法挽回的，我們無論如何看，都不能看得真真切切，被動亂鏟除的那些習俗……我不知道，你是不是看到我很悲哀？我沒有在年輕時就死去，也許這是個很大的錯誤，對，我現在年紀大了，應該年輕時就死去……我請求你們二位諒解我，蒙齊婭，給我杯白蘭地，好嗎？」

「好的，萊蒙多，我來彈鋼琴，你想聽嗎？」

雨點滴落在阿爾內戈河上，河水流淌著，帶走牙齒，驅走癩蛤蟆和毒蠑螈製造的大脖子一類怪病患者，也沖刷著危在旦夕的病人。然而，就在這個時候，馬爾蒂尼亞村的瘋婆子卡塔利娜·巴茵特卻赤著身子，在埃斯巴拉多山丘山打著口哨，她的胸前吊著兩隻大乳房，頭髮像垂柳條一樣披散開來，手裡緊緊地握著一隻麻雀。

「你要得肺炎的，卡塔利娜，肚子也會痛的。」

「不會，先生，寒氣不會吹到我的身子裡。」

這一切好像是昨天才發生的事，可是，在人們記憶中留下痛苦的那場風暴已經過去許久了。

「我們為死人能做些什麼呢？」

「和以前一樣，親愛的，三件事，以前一直做三件事：把他們臉上洗乾淨以後掩埋起來，為他們做祈禱，為他們報仇，死亡不能再白白地重演。」

「是這樣。」

雨點滴落在貝爾木小河的水流上，這條小河呻吟著，如同一個還沒有最後淹死的小孩子。雨點滴落在五條河的水流上：從瓦爾多·瓦爾內依羅平原流過來的維尼奧河，發源於格列戈山上的阿斯內羅斯河，為神父皮膚降溫的奧塞依拉河，沿著拉波沙·蘭加達公路上向北流去的科梅索河，阿格羅聖尼奧的姑娘們洗頭巾的布拉爾河。雨點滴落在櫟樹和栗樹上，滴落在櫻桃樹上和柳樹上，滴落男人和女人身上，滴落在荊豆、蕨類植物和茂盛的常春藤上，滴落在活人和死人身上，滴落在大地上。

「這是任何人都不可能改變的唯一一樣東西。」

「感謝上帝。」

我舅舅堂格拉烏迪奧·蒙德內格羅的葬禮，我們大家都在場，當民選省長出現時，氣氛曾一度很緊張，萬幸的是人們很快鎮靜下來。我舅舅堂格拉烏迪奧．蒙德內格羅從來沒有懼怕過任何人，他曾經用套狠的夾子把那個不幸的溫塞斯拉奧．卡爾特拉加夾住了，他一連嚎叫了三天三夜，沒吃沒喝，沒有麵包，也沒有水，我舅舅把他放開時，他像一隻家兔那樣溫順了。

「他是跑著走開的吧？」

「對，先生，他腿瘸了，但卻是跟著走開的。」

殺害「蠻子」和西得朗．塞加德的那個死鬼還沒死去，但是，離死已經不遠了。三年前的瑪爾塔聖神日和路易斯聖神日期間，他至少殺了十二個或十五個人，可能還要多。他現在渾身都是死人氣味，人們一看到他都躲得遠遠的。

「你沒意到他身上有死人味嗎？」

一天早晨，盲人高登西奧聽完彌撒回來時，突然暈倒在大街上，好像得了甚麼奇怪的病似的。

「他是帕羅恰妓院的手風琴手，可能是餓暈的。」

盲人高登西奧被送到警察局，餵了他一杯咖啡以後，便甦醒過來了。

「摔壞了什麼地方沒有？」

「沒有，先生，我感到眩暈就坐了下來。」

他回到帕羅恰妓院時，還沒有人知道發生的事，因為所有的女人還都在睡大覺，是一個警察陪著他回來的，那人咳嗽得厲害。

「到了。」

「讓上帝報答您。」

盲人高登西奧躺到床上，蒙上腦袋，想發點汗。

「出點汗就好了，看來我是不注意，身上有什麼地方被風吹著了。」

「高登西奧。」

「聽您吩咐，堂薩莫埃爾。」

「把那支漂亮的瑪祖卡舞曲再拉一遍吧，你知道我是說的哪一支曲子。」

「知道，先生，我知道，但是，您應該原諒我，今天不是拉那支瑪祖卡舞曲的日子，我看再也不會有拉那支瑪祖卡舞曲的日子了。」

瘋婆巴西莉莎是科魯尼亞的托納萊依拉妓院的妓女，人們都說她是世界上最大的妓女，但那不是事實，這種事誰也不會知道。瘋婆巴西莉莎一直在給已故步兵班長安特米爾郵寄巧克力和煙絲，最後寄厭了才停下來。瘋婆巴西莉莎始終不知道安特米爾已經死去，她還以為他見異思遷、反覆無常呢，所有男人都是這樣，只有哈維利托．佩爾特加除外，他是一個女人氣很重的人，只能幹幹小事，再就是讓人踢屁股。

「你褲襠裡吊著那麼一大串東西不覺得害臊嗎？」

堂萊斯梅斯．卡維松．奧爾蒂蓋依拉，也就是那個給人看病，做些小手術，擔任科魯尼亞騎兵團首領之一的人，掉到漁船碼頭的海水裡淹死了，那兒以前曾發現過一條鯨魚，但他也有可能是被人推到海裡去的。「水獺」姐妹多洛利妮婭聽到這件事以後，覺得很好笑。

「那個大傻瓜蛋對女人太狠了，淹死了倒好。」

老太婆貝尼托妮亞·卡爾多埃羅活著時就是一個廢物，現在被被殺人兇手曼努埃爾·布蘭科·羅馬桑塔咬死了，他的幽靈依然在滿是夜鶯的普拉多·阿瓦爾櫟樹林上空游蕩。

「櫟樹林裡還有黃雀和紅雀。」

「對，太太，另外還有磧鶸和烏鶇，土色雲雀，普拉多·阿瓦爾櫟樹林裡什麼都有。」

死人節應該平平靜靜地度過，先前，那一天人們習慣到公墓去，吹奏風笛，吃小麵包圈，死人令人心情沉重，誰也不該參加娛樂活動。

「是不是把死去的人統計個數字呀？」

「永遠統計不出數字來，有人說，死人還生死人哪，有這種可能，不過，我認為不可能。」

一九三九年的死人節那天，第二次世界大戰已經爆發，死人節過後不久就是卡洛斯聖神日，一九三九年的卡洛聖神日那天，在羅賓·列寶桑的召集下，二十二個人——他們都是同一血緣的親戚——聚集在拉蒙娜小姐的家裡，他們是：卡山杜爾費人萊蒙多，從來沒有人稱他的姓，因為那會勾起令人痛心的往事，這事說來話長，並且讓人悲痛欲絕，卡山杜爾費人萊蒙多一段時間以來沒有心思多說話，他的心情有些沉重；加莫索四個身體正常的兄弟，也就是說，「魔鬼」塔尼斯，他能用一隻手推倒一頭大黃牛，他的妻子從樓梯上摔下來，斷了一條腿，一定是身體裡茴芹酒積存過多的緣故；克梅沙尼亞修士羅克（也稱羅基尼奧），他的那個遠近有名的大「傢伙」現在有些腫脹，儘管看上去依然令人驚異；「活寶」馬蒂亞斯，他有好幾個月沒有跳舞了；「機靈鬼」胡里安，懷錶、手錶、鬧鐘、裝飾錶、臺鐘和掛鐘，一應俱全；「玉米穗」塞萊斯蒂諾和「耗子」塞費利諾沒有來，因為他們是神父；「南蝎」貝尼托和「牢騷狂」薩路斯蒂奧，因為身有殘疾，可以不來參加；住在布里尼德洛的馬爾維斯三兄弟，塞頁多、埃瓦利斯托和卡米羅，他們生性勇猛，善於騎最野的馬駒，不用鞍子，不用繮繩，他們的父親羅克因為上了年紀而沒有來，留在埃斯佩列洛陪伴他的「葡萄牙女人」；堂卡米羅和砲團士兵卡米羅，堂卡米羅耳朵痛，耳朵痛得很厲害，但是，因為那是一般感官的病痛，他沒有聲張；堂巴爾塔和堂埃杜亞爾多，他們是堂卡米羅的兄弟，一個當律師，另一個是工程師；路西奧．塞加德和他的三個大兒子——路西奧、佩爾費克托和卡米羅，費了很大勁兒才把他們拉住，因為他們要報仇，誰的話也不聽；格列托舅舅，怕沾染細菌而不和任何人握手；馬爾科思．阿爾必德，他是讓馬爾蒂尼亞村的瘋婆子推著小車一路顛顛簸簸地趕來的，馬爾科思．阿爾必德一聲不吭，他打著傘，好像是被我們的上帝趕到水裡受苦受難的靈魂；高登西奧．貝拉因為沒有眼睛，沒有要求他來；巴加涅依拉人玻利卡波，他在衣兜裡裝著一隻溫順的老鼠，只是出於禮儀而沒有掏出來；「懶蟲」蒙喬，是他發現了那棵名叫「歐姆別爾」、長著蝸牛葉子的樹；德高望重的埃維利奧舅舅，依然一副剛毅表情；

再有就是羅賓．列寶桑了，他當然在場。有些人是從很遠的地方趕來的，每個人都戴著禮帽、遮舌帽和貝雷帽，一些人以「你」相稱，另一些人則以「您」相稱。堂卡米羅戴一頂圓頂禮帽，穿著狠皮毛帽毛領大衣。接待他們的是拉蒙娜小姐、阿德加、她女兒貝妮希亞、馬爾蒂尼亞村的瘋婆子和蒙喬的兩個表姐妹，即赫歐希娜和阿德拉，拉蒙娜小姐的幾個傭人已經指望不上了，因為一個個年事已高。他們的晚飯是肉湯、肘子肉和肉餅，可隨意挑選，還有高級奶酪、榅桲汁和桃脯。十二點整，堂卡米羅打了個手勢，在場的人立刻靜了下來，默默地坐下，點著香煙，堂卡羅拿來許多香煙，讓大家隨便抽。這時，女人們走上前來斟咖啡和白酒，然後轉身回到廚房裡，沒有一個女人留下來，躲在門後聽男人們講話，因為只有男人才能決定有關他們生死存亡的大事。女人們明白這一點，她們尊重習俗，有些關於打官司的事，女人們只是在睡覺時，只是和一個男人談論一下，有時，甚至和自己的男人也不能談。

「起立。我們的上帝，你在上天……」

「我們每天的麵包……」

大家重新入座以後，對了，不是所有人都入座，因為椅子不夠，應該說差不多都入了座，堂卡米羅把目光轉向羅賓．列寶桑。

「我們的親戚羅賓．列寶桑．卡斯特羅．德．塞拉給我們講話，他不會講假話，也不會隱瞞實情。」

羅賓的聲音好，他詳細地講述了我們大家早已知道的那些事，講完以後問道：

「你們是不是想讓我告訴你們是誰殺害了巴爾多梅羅和西得朗呀？」

「是。」

羅賓低下頭，用眼睛看著地板。

「但願上帝原諒我。他是法比安·明蓋拉·阿布拉干，人們都叫他莫喬·卡羅波，前額有一塊豬皮印記，你們大家都知道他是什麼人，從現在起，我們誰也不要說他的名字。」

「野豬」埃維利奧舅舅打破了沉默。

「你說吧，卡米羅。」

堂卡米羅沒有開口，表情非常嚴肅，注視著地面，他的決定儘管在人們的預料之中，還是使在場的每個人都有些震驚。

「你派誰去？」

堂卡米羅一直沉默不語，這時他把眼睛轉向「魔鬼」塔尼斯，塔尼斯站起來，摘下帽子，在胸前畫了個十字。

「但願上帝上帝和我們的親戚聖者費爾南德斯幫助我。阿門。當你們聽到炸彈爆炸聲時，事情就辦完了。」

與會者逐漸地、秩序井然地散去了。布里尼德洛的馬爾維斯三兄弟立刻騎馬上路，他們要去很遠的地方。堂巴爾塔沙爾和堂埃杜亞爾多去拉林的遠房親戚、神父弗萊依希多家過夜，他們乘汽車，那天夜裡天氣不好，這也好，因為民警巡邏也就少一些，不會到處檢查通行證。堂卡米羅和「野豬」埃維利奧舅舅一塊兒走，砲團士兵卡米羅則睡在卡山杜爾費人萊多家裡。從外地趕來的加莫索三兄弟和他們的兄弟塔尼斯一塊兒過夜，大家都很注意，誰也不多說一句話。唯一留在拉蒙娜小姐家裡的是「懶蟲」蒙喬和馬爾科思．阿爾必德，前者缺一條腿，後者缺兩條腿，瘸子在夜裡走小路太困難了。卡塔利娜．巴茵特蜷縮在門廊裡，拉蒙娜小姐家頓時被深沉的寧靜氣氛包圍了。堂卡米羅臨行之前，教人給漁夫、「耗子」塞費利諾．加莫索帶去了一道命令，聖彼得⑯也曾經是漁夫。

「叫他為我知道的那個人的靈魂做一場彌撒。他不必問，也不要猜測，他有義務做彌撒，他要像死人那樣保持緘默。」

「是，堂卡米羅。」

在拉蒙娜小姐家上方，男人和女人的身上，降下了一團濃霧，濃霧把剛剛說過的，此刻仍在空中迴盪的話語一個個抹掉了，記憶抵不住濃霧的考驗，這樣也好。

「咱們明天再說吧，好嗎？」

---

⑯耶穌的使徒。

「好，最好後天，明天我還去卡爾瓦利尼奧呢。」

「據說拉蒙·諾那托聖神保護乞丐、騙子、賭棍、雇用賭徒和其他形形色色的流氓無賴。」

「為什麼？」

「不知道！」

瘋婆托拉和隨便一個男人睡覺，這沒有什麼可非議的，您知道誰吃過瘋婆托拉的奶頭，但是，請不要說出他的名字，吃就吃吧，誰也不用操那份心，她和這個男人睡覺還是那個男人睡覺，都是她自己的事，所有女人都有權和她們喜歡的男人在一起。不是說那個小子是婊子養的嗎？對，可能是，婊子養的多了，不過，那都一樣。

「你說瘋婆托拉會和野豬幹那種髒事嗎？」

「這和你有什麼關係？」

「從拉蒙·諾那托聖神日那天起就一直下雨，拉蒙·諾那托在靠近里瓦達維亞公路的卡爾瓦利尼奧有一家賭場，說不定哪一天民警會把他們都抓起來，關到監獄裡。」

「請您原諒，里瓦達維亞公路上那家賭場的主人不是拉蒙·諾那托，而是馬卡里奧，不要把兩位聖神弄混淆了。」

「都一樣，反正都是他們聖神之間的事。」

「雨一個勁兒地下，不緊不慢地滴落在小草、房瓦和玻璃上。雨在下，但是天氣不冷，我是說不很冷。假如我會拉小提琴的話，一定會一個下午一個下午地拉小提琴，假如我會吹口琴的話，也一定會一個下午一個下午地吹口琴，假如我會拉手風琴的話，我一定會一個上午、一個下午一個下午、一個晚上天一個晚上地拉手風琴。高登西奧的手風琴比誰都拉很好，由於我不會拉小提琴，不會吹口琴，又不會拉手風琴，由於我什麼都不會，我其實應該很小的時候就死掉，而不必讓大家為我哭泣。我每個下午都跟合得來的人幹那種髒事，上午和晚上我比較開心，有時不能跟別人幹那種髒事，不過也一樣，對那個我可有兩隻手了。男人們應該接受命運安排，因為一切甚至在我們來到這世界之前就寫在紙上了。堂薩莫埃爾·伊格萊希亞斯·莫列在費依霍神父大街經營一家蠟燭店，堂薩莫埃爾像個蠟人，他的夫人也一樣，人們把堂薩莫埃爾叫做「天國之人」。堂薩莫爾有時下午去帕羅恰妓院消遣，聽會兒手風琴，問題是他沒有運氣聽到好曲子，他非常喜歡高登西奧很少拉的那支瑪祖卡舞曲。

「你為什麼不經常拉那支曲子呀？」

「這和您有什麼相干？」

「天國之人」常常和「葡萄牙女人」瑪爾塔睡覺，喜歡給她講些胡編亂造的事兒。

「她乳房大，很舒服，給人以快感，葡萄牙女人的確名不虛傳。」

「對，先生，人們都這麼說。葡萄牙女人有禮貌。」

「是這樣。」

堂塞爾萬多比堂薩莫埃爾有特權，堂塞爾萬多不必排號，因為他是省議員。堂薩莫埃爾給「葡萄牙女人」瑪爾帶去了禮物，是一隻毛邊大蠟燭。

「我們點燃它，好嗎？」

「不要點，我想就這樣新著帶給耶穌。你稍等一會兒，我脫掉洗一洗，你的時間不會少。」

堂塞爾萬多總是對「褲頭」埃烏特洛拳打腳踢，而對堂薩莫埃爾卻常常很熱情。

「不難看出來，堂薩莫埃爾是位紳士，他的面色有些蒼白，但他是紳士。他的妻子堂娜多莉塔是位真正的貴婦人，堂娜多莉塔慷慨解囊，救濟窮人衣物。他們夫婦都是好人，忠厚、老實、可信。」

堂伊薩克是堂薩莫埃爾的弟弟。堂伊薩克開一定通心粉作坊，他的維蘇威牌空心粉在全加利西亞都是有名的。堂薩克早就是個同性戀者，一生下來就是，他可以隨便一個人搞那種事，和您和我都行。但是，他從來不到很遠的地方去，他不失人格，不幹太越軌的事，所以從來沒有被人捉住過。人們把堂伊薩克·伊格萊希亞斯·莫列稱做「抽繡」。堂伊薩克被邀請參加婚禮時，便在聖母瑪利亞教堂或其他教堂彈風琴；在自己家裡，堂伊薩克則撥弄七絃琴，能奏出優美動聽的旋律來。「抽繡」堂伊薩克的家裡供著一尊教皇皮奧十世的半身石膏彩色塑像，胭脂紅、金黃、藍色、肉色，等等，教皇塑像就擺在七絃琴上面，那兒有個角櫃，塑像上面罩著西班牙國旗。

「我弟弟是個真正的藝術家，是個名副其實的藝術家。他很有音樂天賦，我認為他是因為感情原因才去搞同戀性的。」

「也許是這樣，我不能說不是，常有這種事。」

可以肯定地說，殺害磨坊主人路西奧．莫羅的，也就是殺害那兩人的同一個兇手。

「是誰呀？」

「別再說了，他媽的！難道你還不知道他是誰嗎？」

「請原諒我，我沒有注意聽。」

路西奧．莫羅背上被打了一槍，腦袋上也被打了一槍。他被打死時，帽子上還戴著一朵花呢，人們說那朵花是一枚金扣子。

「他是個大好人，卡塔利娜，妳還記得他嗎？」

「為什麼不記得？」

羅西克萊爾第一次逗弄猴子「赫列米亞斯」時才十歲，也許還不到十歲呢。

「現在提那個幹什麼？」

「不知道，有些事是該知道的呀。」

「也對，那事是真的。」

「再說，那些事總是不知不覺地在腦袋裡轉遊。」

羅西克萊爾發現猴子也和男人一樣有小雞兒，只是小一點兒，她心中很高興。

「我要把這件事告訴蒙齊婭，她很可能早就知道了。」

一天，蠟燭工作坊老闆，即「天國之人」，也就是堂薩莫埃爾．伊格萊希亞斯．莫列，到村子裡去辦一件事；他和馬爾蒂尼亞村的瘋婆子在馬爾科思．阿爾必德家的閣樓上嬉鬧時，被當場捉住了。

「卡塔利娜，你這個不幸的人怎麼能束手就擒呢？」

「這事您是知道的，我去給馬爾科思刷尿罐，堂薩埃爾給了我一個比塞塔，就把那『傢伙』掏出來了。」

「就這樣？」

「對，先生，就這樣。我對他說，不行，不行，這樣會遭詛咒的。噢，光榮的聖徒喲，聖猶大喲，你這個巴比倫的第一個國王喲，我向你祈禱，快把我心中的苦痛變成快樂吧，他說著就把我按到了草垛上。」

「魔鬼」塔尼斯寺卡山杜爾費人萊蒙多說：

「堂卡米羅的命令一定要執行，有上帝保佑，任務一定能完成！我一切都想好了，現在我所需要的是思索再三，下定決心，不動搖，這樣，以後就什麼都好辦了。問題不大，因為他還沒有生疑，他很可能認為一切都結束了，大局已定，但願他這樣看，失去警惕才好呢。」

「魔鬼」塔尼斯在石頭上磨那兩把大刀，一把鑲著鹿角柄，另一把是銀柄，兩把刀上面都刻著他的縮寫名字。塔尼斯．加莫索的這兩把刀使用好幾年了，但是，還可繼續使用，因為都是好鋼，保存得又好，平時總是擦得乾乾的。

「問題是這兩把刀吃肉不多，因為我很少出去，刀不吃肉，就會變軟。」

巴加湦依拉人玻利卡波已經沒有興趣去公路看顛簸行駛的聖地牙哥公共汽車了，他咳嗽得厲害，像葡萄牙哮喘病患者一樣。巴加湦依拉人玻利卡波雖然然右手少了三根指頭，煙捲卻捲得很好，現在煙絲裡有很多硬梗，必須把煙絲倒在報紙上，將硬梗挑出去。把硬梗點燃放在煙缸裡，氣味很好聞，因為散發出一種香氣來。在聖地牙哥的公共汽車上，總是有兩、三個神父，他們吃著無花果乾和杏乾，神父們喜歡吃甜的東西，喜劇演員也喜歡吃甜食。巴加湦依拉人玻利卡波說他會馴化青蛙，但是我有點懷疑，青蛙很難馴化，因為青蛙不聽話，而且愚笨，這是最糟糕的了。只要讓女人喝醋，她們也是可以馴化的，困難的是她們不喝醋，現在她們的臉皮很厚，有了反抗精神。巴加湦依拉人玻利為自己發生的那種事兒偷偷發笑，甜食店老闆門德斯的妻子、甜蜜的喬妮妮亞很令他著迷，但是，表面上沒像沒事兒似的，甜蜜的喬妮妮亞根本不理睬他。安東．貢蒂米爾，也就是費娜．拉蒙德的亡夫，是在奧倫塞火車站被一列貨車軋死的，對了，不是軋死，而是被火車分屍兩半。安東．貢蒂米爾說話結巴，是個半呆子，他妻子一直這麼說。

「慈善學校的學生那『傢伙』很大，看了讓人吃驚，人家也是上帝的造物，可是，那東西有你的兩個大，呆子，你真是個呆子，不覺得害臊嗎？」

「不要這麼說，親愛的，你讓我怎麼辦呢？」

洛爾德斯舅舅媽染上天花以後，法國人把她弄死了，他們完全會幹出這種事來。另外，他們還把她們的屍體連同波蘭人、吉卜賽人、摩爾人、摩爾人和印度支那人一齊扔到一個大坑裡，在這種事情上，法國人太特殊了，做事不近情理。曼努埃利奧・雷梅塞依羅・多明蓋斯的外號叫「烏鴉」，也許不叫「烏鴉」，他的表弟蒙喬得了百日咳，六、七歲時就死了。

「沒活多久？」

「對，沒活多久，據說是身體不好。」

「烏鴉」蒙喬會用口哨聲吹出盲人高登奧那首瑪祖卡舞曲的一些節拍，但是，不能吹出整個曲子。

「瑪利亞・阿烏希利亞多拉・波拉斯，在快結婚時把她的未婚夫阿道夫拋棄了，因為她發現他有一副死人表情，後來，曼努埃利尼奧・雷梅塞依羅・多明蓋斯和她有了來往。不過，他們之間的關係有時順利，有時曲折，真的是這樣嗎？」

「太可怕了！這是誰給你講的呀？」

在和男人的關係上，拉蒙娜小姐很不走運，對了，我是說她在和可能成為她丈夫的那個幾個男人的關係上很不走運。看來，她把準星瞄得太高了，這當然打不中了，在這種事情上還是謙虛為好，時間往往和自己的想法和意志作對。拉蒙娜小姐一直以為愛上誰就能和誰結婚，男人都任她挑選，聽她擺布呢，但是她錯了，現在可要當一輩子女光棍了。

「對，當一輩子女光棍，但不是當一輩子老處女，這事很清楚。我最不理解的是她為什麼那麼晚才失去貞操，二十五歲時還把自己的處女膜保護得完好無損，這種事在誰身上也不會有。」

羅賓·列寶桑用加利西亞文寫詩，但是，他不願意把詩拿給別人看。

「我認為把自己的詩唸給別人聽是不合適的，誰理呀？」

卡山杜爾費人萊蒙多還沒有把頭擡起來，他依然很沮喪，不願意講話，他的良好教養挽救了他。

「我一直盼望聽到炸彈爆炸聲。明天我要去拜訪埃維利奧舅舅，從他那兒獲得一些勇氣。真讓人笑話，要一位老者安慰一個年輕人！卡米羅舅舅的命令一定要執行，這我知道，命令就是命令，但是，我盼望聽到炸彈聲。死了一個人，只有再死一個人，才能取得平衡，這不取決於任何人的好惡。我們大家都要在帽子上縫一枚金扣子，或者戴一朵荊豆花，每個星期天和彌撒日，諾列加·瓦列拉都住公墓送幾朵荊豆花。」

「給哪個人送？」

「不是專為某一個人送的，堂安東尼奧的荊豆花是送給所有死人的。死人也是上帝的造物，死人很喜歡鮮花，請您注意觀察一下，公墓裡生長的鮮花特別好看，死人的靈魂就是通過自己墳墓上的鮮花逃走的，如果在死人墓上壓一塊石頭，靈魂就會喘不過氣來。」

卡山杜爾費人萊蒙多沿著崎嶇的小路走著，表情陰鬱不快。

「死人從這裡一邊哼唱著一邊走過去了，他們的血管裡流動著和我一樣的血液，他們和我一樣，也許他們就是我本人，這事我不得而知。當他們的鮮血灑在大地上時，當他們的鮮血流出來時，野狼嗥叫著、痛哭著逃走了。有的人本來就不應該生下來，我一直盼望聽到炸彈聲。塔尼斯很尊重卡米羅舅舅，該聽誰的就聽誰的嘛，對，我們都很尊重卡米羅舅舅。塔尼斯點燃炸彈的導火線時，一定要好好喘一口氣。但願上帝保護我們每一個人，法律得到兌現以後，和平就會降臨。所謂法律，就是許多年前已經在這裡的山區頒布並執行了的那種法律，家裡的所有死去的人都要求兌現那種法律，一些人是這種血統，另外一些是那種血統，這並不是巧合。」

卡山杜爾費人萊蒙多和羅賓·列寶桑下棋，總是贏。

「你走神了。」

「沒有，我就是這樣，我不是玩這個的材料，這你是知道的。」

佩貝尼奧·波沙達·科依雷斯，即「鰺魚」佩貝尼奧，在當電工，對，他在「安息」棺材廠做助理電工。這一帶有許多棺材廠，有黑棺材，有白棺材，白棺材是給小天使們用的，豪華棺材都是用櫟木做的，還有用仿桃花心木做的，就是沒有綠棺材、紅棺材或者黃棺材。「鰺魚」佩貝尼奧總是張著嘴巴，「鰺魚」佩貝尼奧愛摸小男孩或者說小天使的小雞兒。「鰺魚」佩貝尼奧和孔齊婭·德·科娜結了婚，他還算幸運，他們婚後生了兩個傻女兒，但是很小就夭折了。孔齊婭·德·科娜離開了他，據說是對他厭了，孔齊婭·德·科娜很活潑，會敲響板，還善於唱民歌。一天，人們看見「鰺魚」佩貝尼奧和「小綿羊」西蒙希尼奧在一起。「小綿羊」是一個聾啞孩子，也就是五、六歲的樣子，身體十分瘦弱。那孩子滿臉驚色，一看就知道，那個樣子讓人哭笑不得。「鰺魚」佩貝尼奧先是被押到監獄，後來被送到瘋人院。

「在瘋人院打人比在監獄打得還厲害，看來他們以打瘋子取樂。」

「對，可能是那樣吧。」

後來，「鰺魚」佩貝尼奧被放了出來，條件是他同意閹割，但實際情況是，他閹割以後，那毛病也沒有改多少。戰爭爆發時，「鰺魚」佩貝尼奧每天早晨都去望彌撒，為某個不幸的人祈禱，祈求憐憫、仁愛、寬容，等等。南蝎呀，長蝎呀，蛤蟆呀，也應該讓牠們活下去，讓牠們逃走，人也是一樣，對於那些小動物，獴呀，猞猁呀，獾呀，猞猁也叫鹿狠，應該在死亡的界河上豎一根榿木樁子，用聖水而不是用槍彈嚇跑它們。

「為什麼人一定要成為這樣憂慮、緊張的動物呢？大概是魔鬼影響的緣故吧。」

羅賓·列寶桑找到了他母親給他的那隻大海螺，高興極了。大海螺就放在書的後面，已經十多年沒有看見了，把大海螺放在耳邊，可以聽到海浪聲，也可以聽到盲人高登西奧那支瑪祖卡舞曲的旋律聲，我是說那支他幾乎從來不願意拉的瑪祖卡舞曲，那支禁止拉的瑪祖卡舞曲，對了，不是禁止，但幾乎可以說是禁止。

「咱們再下一盤棋吧？」

「聽你的。」

羅賓．列寶桑很晚才能入睡，這種現象已經有一段時間了。他有時半夜兩、三點鐘醒來，以後就再也睡不著，很久很久才能入睡，有時眼睜睜地看著黎明降臨。

「你為什麼不在睡覺之前喝一杯椴樹花浸劑呀？」

「你說得對，我得想個法子，失眠真讓人難受。」

誰也沒有殺小狗維斯波拉，沒有必要殺牠，小狗維斯波拉死於嚴重的腸病，很可能是格列托舅舅最近兩次的嘔吐物裡含胃酸過多，小狗吃了不好受，原來還以為能挺得住呢。不過，「沙皇之子」卻表現非凡，很有生氣，現在根本不叫牠的名字了，狗能聽懂人的話，更能聽懂聲音的語調。

「您知道『母狼』佩帕和胡安．金托的故事嗎？」

「知道，先生，我還知道特魯克、婁沙奧、溫托塞列的故事呢。」

「那麼，馬麥德．卡薩諾瓦的故事呢？他穿那種已經死了埋了的印第安闊佬一樣的衣服。」

「知道，我都知道，我小的時候，收養我的親戚馬爾塞諾．安特拉德都教給我背下來了，我能夠一口氣講出來，您想聽的話，我現在就可以講。」

「不必了。」

羅賓．列寶桑夜裡醒來時，用油燈照明，電燈好像一個癆病鬼，有氣無力，沒有一點用處。羅賓．列寶桑閱讀那些已經寫好的東西，改正個別不通順、重複或者不清楚、不準確的詞句，也糾正一、兩個拼寫錯誤，這兒用逗號比冒號合適，這兒不應該用括號，等等，羅賓．列寶桑認為一切都在走下坡路，小說這種東西就如同生命本身，情節有時突然中止，有時驟然停止，心一下子提到嗓子眼兒，生命結束，便從眼睛逃走，也從嘴巴逃走，故事總是在某個關鍵時刻結束，把那個婊子養的殺了，事情就完了。你再想想愛倫．坡吧，我們的思維遲鈍凋謝，我們的記憶常常失真凋謝，我真希望沒有思維，沒有記憶，但是，我不能做到這一點。我希望自己變成玫瑰和忍冬，它們所有的只是一點點知覺，也許弱小的蟲子，蚯蚓，也就是鼻涕蟲，和玫瑰和忍冬一樣，有一顆空的靈魂，一顆沒有得到安慰的靈魂。

「睡嗎？」

「不睡，我剛才只打了一會兒盹。」

堂格拉烏迪奧．布蘭科．雷斯皮諾坐下來以後，叮囑索莫沙的遺孀堂娜阿根娣娜．維杜埃拉不要說話，然後把身子轉向他的妹夫赫拉多．巴加米安，對於他，他不怎麼使用尊稱「堂」。他對他說道：

「你能想像出中世紀一位國王舉行盛大典禮慶祝一次軍事勝利時，在滿朝大臣面前被他自己的滑稽演員殺死嗎？這種事真有，那就是迪諾五世，即貝得加伯爵。他頭戴假髮，有一隻玻璃眼，一隻鐵手，一條假腿。他的七個兒子把那個演員亂棍打死、碎屍萬段並準備餵老鷹時，幾乎笑破了肚皮。他們把父親的死當做一件大喜事來慶賀。他們闖進修女院，使修女無一例外地受了孕，《痲瘋病人亞里斯地德記實》收入了這件事，並且列舉了人名地名，材料翔實，那一家人的冒險舉動我真無法用記憶再現出來。」

拉蒙娜小姐一直懷疑堂格拉烏迪奧．布蘭科的話。

「我覺得這事有些滑稽，您講的話有一大半不可信。」

格列托舅舅去看望拉蒙娜小姐，他比任何時候都沮喪和古怪，他用腳尖走路，生怕把瓷磚踩出直線裂紋和十字裂紋來。格列托舅舅哼唱著〈西班牙民警戰歌〉，每唱一小節，都放個響屁做句號。格列托舅舅笑一笑，皺皺鼻子，把眼睛瞇縫起來，活像一個中國人。格列托舅舅比任何時候都骯髒，比任何時候都乾淨，這不免難以理解，但確是事實，他滿面愁容。格列托舅舅很講究衛生，他覺得什麼都是髒的，這事誰都知道，他愛乾淨，無病防三分，他使用大量酒精消毒，但看上去仍然是個髒人，他從來不換洗內衣褲，舊了髒了，隨便扔在一邊，格列托舅舅一厭煩就嘔吐，吐在痰盂裡或者立櫃後面，有時吐在牆壁上，有時也吐在自己身上，因為他坐得很舒服，不願意動彈。格列托舅舅看望拉蒙娜小姐是好久以前的事了，那時戰爭開始不久。

「蒙齊婭，我們現在處在一個可怕的時刻，有一大堆重要問題擺在面前。我們把赫蘇莎葬在什麼地方呀？我們的家人都葬在墓裡了，各就各位，各有其墓。但是，現在墓地裡已無插錐之地，幸好我把可憐的洛爾德斯丟在了巴黎！我如果不把可憐的洛爾德斯丟在巴黎，你能想像出她的命運該是怎樣的嗎？第二個問題，我馬上講給你聽，到處都是問題。我們從什麼地方把赫蘇莎的屍體擡出去呀？埃米莉塔堅持從正門擡出去，對了，你知道埃米莉塔是個什麼樣的人，她腦袋從來都是空空的。如果從正門擡出去，那就要把那些東西清掃一番，太髒了，教人看了噁心，至少已有十五年沒有任何人來過這個家，也沒有任何人把地板打掃一下，把牆壁擦一下。老鼠在櫃子裡安了家，蜈蚣和蟑螂大大方方地呆在畫的後面，畫後面潮濕，那裡是牠們的好去處，在阿爾瓦羅納，氣候潮濕。」

「我們能不能雇個人呀？」

「當然可以，這事由我來辦好了。我只要說一聲，就會有人來，把門廳裡的東西都搬出去，箱子呀，書呀，書最沉了，把所有東西都搬出去，一把火燒了。燒完以後，你再進去，只讓你一個人進去，別人不能進。」

「好吧。」

死亡是經常發生的頑固現象，是一種漸漸失去聲譽的習慣勢力。古老的種族蔑視死亡，死亡是一種規律，它看著女人在葬禮上如何洋洋得意，指手畫腳，規勸這個規勸那個，女人參加葬禮時總是隨便坐在地上。神父聖蒂斯特萬鎮靜自若地談論著死亡，說不定還要為它舉行宗教儀式呢。《聖經》裡說到，活狗勝於死獅，這是百分之百的真理，活蚯蚓勝於死美人，你如果沒有了靈魂，就是整個世界都屬於你，那又有什麼用呀？這也是真理。格列托舅舅彈奏爵士樂，用一根小木棍敲著桌子、茶杯、瓶子、痰盂、窗框，每樣東西都會發出聲音，問題是如何讓它們按著節奏發出聲音，不能提前，也不能拖後。赫蘇莎姨媽已經再也不能聽見格列托舅舅的響屁了，從天上聽不見難聽的聲音，埃米莉塔姨媽很孤獨。

「從來沒有人潛到安德拉湖的幽深的水底，誰渡過安德拉湖，誰就會失去記憶，並且永遠無法恢復，失去記憶的人不能保住自己的生命，因為上帝和諸神非常重視記憶，在記憶中刻著痛苦，也刻著快樂。」

堂格拉烏迪奧·布蘭科·雷斯皮諾不用好眼看索莫沙的遺孀阿根娣娜·維杜埃依拉。這個女人多嘴多舌，背後議論別人是個很壞的毛病，會給社會造成許多災難，背後議論能說什麼好呀！背後議論甚至可以引發戰爭、傳染病和其他災禍。獨眼龍巴加米安的大舅子堂格拉烏迪奧默默地沉思著，就連蒼蠅飛動都能聽見。安德拉湖裡全是蚊子、青蛙和水蛇，安蒂奧基亞的死人在約翰聖神日的夜裡敲響大鐘，大鐘在水底發出奇怪的響聲。

「怎麼會有那樣的想法呀？我好像受到了良心的譴責。」

堂布列希莫·法拉米亞斯，即拉蒙娜小姐的父親，很喜歡彈班卓琴，遺憾的是他已經死了。傻子羅基尼奧被關在色彩鮮艷的鐵皮櫃子裡長達五年之久，鐵皮上畫著各種各樣的曲線飾紋，現在他母親不時地用棍子敲打他。只要沒有人看見，塞孔蒂娜就抽煙，她用醋把煙頭洗乾淨，將煙絲清理出來。為格列托舅舅打掃前廳的並不是男人而是塞孔蒂娜，她是勞科酒館老闆娘雷梅迪歐斯推薦來的。

「她真是個蠢驢，但是幹起活來很賣力，傻子不打擾她，因為她把他安頓在屋角，他總是安安靜靜地待著，有時甚至不喘一口氣。」

拉蒙娜小姐對格列托舅舅說：

「雷梅迪歐斯沒有男人，塞孔蒂娜能夠把房子打掃乾淨，她明天一大早就能來。」

「好吧，那就讓她明天十二點整來，不要早來。」

拉蒙娜小姐的母親是在阿斯內羅斯河淹死的，有的人就是在臉盆裡也能淹死，拉蒙娜小姐的母親是一位很高貴很受人尊重的女人，這樣的女人總是想自殺的。

「我記得她很喜歡貝克爾的詩。」

「這不奇怪。」

格列托舅舅的家裡亂七八糟，七零八碎，井裡的水泵壞了，玻璃碎了，幾乎沒有一塊好玻璃，窗戶都用硬紙板和鐵皮釘著，水燭椅面也是這樣，沒有燈，電話切斷了，蜘蛛網一層又一層。小狗維斯波拉吠叫得累死了，小狗維斯波拉之所以吠叫，是因為嗅到兩個死者的氣味，赫蘇莎姨媽的死和它自己的死。塞孔蒂娜把箱子和書堆成了山，還有衣物和便鞋。一塊油布至少有十米長，她請示之後就點火燒了，不能不請示就燒東西。有的人迷信，有的人不迷信，這是因為每人的愛好不同，有的人相信會出現奇蹟，相信溫泉療法，而另外一些人則不相信，這也許是每個人受教育不同的緣故。有性情溫柔、教養有素的神明，鬍鬚非常稠密的蘇塞琉斯[77]和長著犄角的塞奴諾[78]神，還有性情粗暴、缺乏教養的神明，這些神明只要說一聲他們的名字就會帶來厄運。愚昧的黑潮朝我們大家湧來，無法阻擋，也無法躲避，羅賓．列寶桑前一天夜裡提醒了拉蒙娜小姐。

「蒙齊婭，這股愚昧的黑潮將要引起痛苦的反響，我不知道什麼藥物能夠解除這種毒劑。」

「我不知道，羅賓，我們必須等待黑潮退去，不要被它捲走。」

卡山杜爾費人萊蒙多一邊刮著鬍子一邊哼唱〈聖心〉：聖心，你終將得勝，你永遠是我們的魅力所在。

「你不會唱別的歌了？」

「會不會和你有什麼關係？」

卡山杜爾費人萊蒙多也哼唱〈面向太陽〉和〈我的小馬駒〉，至於〈奧利亞蒙迪〉[79]，他只能用口

---

[77] 羅馬神話人物。

[78] 凱爾特人崇拜的主管財富的神。

[79] 1837年3月17日，卡洛斯派軍隊在奧利亞蒙迪大勝，為此作歌紀念。

哨吹出節拍來，因為他不記得歌詞。〈雷科進行曲〉⑧⓪也一樣，應該特別注音這首歌，因為有可能引起別人的反感。卡山杜爾費人萊蒙多不會忘記拉蒙娜小姐那朵白色茶花，看來悲痛沒有進攻他的記憶。

「蒙齊婭，拿著，這就如同一份證明，讓你看到我是把你永遠記在心上的。」

「兜肚」巴爾多梅羅．馬爾維斯．卡薩雷斯，即加莫索兄弟的父親，總是說輸贏同樣都是困難的，在生活的道路路上應該把腳步走得堅實一些。對，是應該這樣，但是，不要鬧出亂子來，也不要加害他人，加害他人可能引出災禍來，因為有些人會亮出匕首，而並不是每一個人的身體都有癒傷能力的，有的人有，有的人就沒有。奴霞．薩瓦多爾想見見世面，但是連布爾加斯都沒有走出去。一個人可能心想，人家給什麼都要吃到肚子裡，但是後來發現事情卻並非如此，有時連個麵包圈也吃不上，而且必須低三下四，以避免被人用棍子打死，失敗和逆來順受的滋味可真不好受，蒂帕雷里郡的青蛙沒有什麼可令安德拉沛青蛙嫉妒的。

「你收到堂娜阿根娣娜的信了嗎？」

「收到了，就是在那封信上，她給我講了飛行表演的事。您看她是怎麼說的：這是維德林內斯航校，維德林內斯是個很有名的飛行員的名字，慶祝活動委員會聘任他，讓大家觀看他駕機在

---

⑧⓪此歌譜寫於1820年1月27日，後來成為西班牙第二共和國（1931~1936）國歌。

空中做各種雜技動作，入夜，飛機上的彩燈閃爍，這我已經對您講過了。那場面真壯觀呀！付二十五分幣就可以找個活動椅子入座，位置好一些要付五十分幣，其他人，特別是小孩，集中在場地四周。您聽厭了吧？」

「沒有，沒有，接著唸下去。」

「好吧。在場的女人，一個個打扮得漂亮極了，寬邊禮帽上繡著花鳥，裙子拖到地面。飛行員是……好了，我不唸下去了，那些事您都知道。」

歷史宛如脫韁的野馬奔馳，又似獵狗追捕野兔那樣飛跑，也像多腳蟲快速爬動，日曆上白色和黃色的紙頁像無花果樹的綠色和金色的葉子一樣，一張張地落下去，這就像無花果樹那凋謝的葉子到最後落光了一樣。人們發明用冷凍精液使母牛人工受精，而不必求助於公牛，可是從上帝創造母牛和公牛以來一直是雌雄交配的呀！歷史在發展，也在踐踏，有時，由於歷史的過錯，事物落在了時代的後面，反之，也如此，為什麼阿尼巴爾[81]的大象沒有跑出挪亞方舟？堂娜阿根娣娜的孫子諾貝托·索莫沙·冬弗列安是個現代獸醫。

「對，對，我知道那是科學進步，我不會否認這一點，但是，諾貝托搞人工授精那種玩意兒也太下流了，簡直不堪目睹。我看見他帶著那麼多聖油去幫助做彌撒時，不禁自問：他既然以扒

---

[81] 公元前2世紀西班牙卡塔赫納人民反抗羅馬帝國的將領。

母牛屁股為職業，做了彌撒又有什麼用處呀？」

這種局面還需要過一段時間才會出現，歷史並不永遠是時代、真理之光，記憶生命的見證人，在這裡有許多流言蜚語。

「我什麼也不能幹，一心想聽到炸彈聲。聽不到炸彈聲，我什麼也不能幹。再說，我也沒有那麼大的興趣，再給我一杯白蘭地，好嗎？」

「好的。」

赫蘇莎姨媽和埃米莉塔姨媽一直哭得很厲害，她們至少大半輩子是在痛哭中度過的。格列托舅舅從不理睬她們，她們也不值得他理睬，她們不是喜歡哭嗎？那就哭好了，哭不會影響任何人，對了，有時還是影響的，不過，都一樣，也許赫蘇莎姨媽在煉獄裡還哭呢。

「或者說她在天堂裡哭泣。」

「在天堂，誰也不哭泣。」

「野豬」埃維利奧舅舅聽到桃花村人維森特·恰在羅住進了奧倫塞醫院，便說：「在他恢復健康以前就幹掉他。」說完就又去抽他的帶有約翰牛82形象的瓷煙斗了。第二天，維森特·恰布羅就被用枕頭悶死了，是的，兩個人按住他，另外一個人坐在他身上直到他窒息身亡，沒有人打一顆子彈。事實上，維森特·恰布羅不是什麼重要人物，只是一頭不足掛齒的可憐豬玀而已。

「一個小人物死了，儘管他是本地人，您認為會有什麼反響嗎？」

「我不知道；反響大概不會太大，也許根本不被人注意。」

雨點滴落在阿倫特依羅十字路口和利克貝洛小溪上，年輕姑娘們常常潛到這條小溪裡消暑去熱。那時，主教區最聰明的獵手托貝略的牛車正沿著莫斯特依龍土路往上滾動，車軸發出刺耳的吱吱呀呀聲。

「您還認得莫斯特依龍那五個人被吊死的孩子嗎？」

雨點滴落在犯有罪惡的人和道德高尚的人身上，滴落在學者、清白無辜的人和普通人身上，滴落在我們萊昂人和葡萄牙人、男人和女人、動物、樹木、植物和岩石上，滴落在皮膚、心田和靈魂上，也滴落在靈魂上，滴落在靈魂的三大威力的光環上。

「您還記得福米蓋依羅斯山那邊馬拉尼斯村的兩個小姑娘被閃電擊死的事嗎？」

拉蒙娜小姐、卡山杜爾費人萊蒙多和羅賓·列寶桑各自打著一把雨傘，在雨下漫步，也許他們願意被雨淋濕。

「你可以在一個無雨的國家裡生活嗎？」

---

❽❷此說源於英國作家阿布什諾特（1667~1735）在1927年寫的《約翰·布爾的歷史》中創造的形象——一個矮胖愚笨的紳士。因為英文「布爾」又有「牛」的意思，故又譯為「約翰牛」，後來，這個名字就成了英國或英國人的綽號。

「可以，為什麼不可以呢？一個人什麼都可以適應，你看英國人和荷蘭人。在無雨的國家裡也有生命，也有感情，我很難想像這一點，然而我敢肯定實際情況就是這樣的。」

桃花村人維森特．恰布羅無聲無息地死去了，下層人和粗鄙人死了根本沒有人給他們塗聖油，甚至不進行屍體解剖，那有什麼用？儘管是窒息而死，腿還在顫動，但並沒有施塗聖油禮，沒有這個習慣，誰也不想那麼做，也沒有那麼多時間可浪費。蠢驢死了，隨便祈禱一下，扔到墳坑裡算了，兩個人一個墳坑。維森特．恰布羅不知不覺地變成了一個壞人，得到了報應。

「通知家裡沒有？」

「沒有，他們大概也不會發現他不在了，您應該知道這個。」

羅賓．列寶桑談論著孤獨，拉蒙娜小姐和卡山杜爾費人萊蒙多聽著，三個人都淋濕了。他們慢慢地走著，表情很沉靜，也許心中很快活，羅賓．列寶桑猶如一個小有名氣的哲學家，不時地張開嘴巴，高談闊論。

「孤獨並不是件壞事，上帝就是孤身一人的，他也不需要伴侶。當然了，人不是上帝，這一點我知道。《聖經》說，孤獨是件壞事，但是，我的看法卻不一樣，孤獨使靈魂感到清爽，而相伴卻使之骯髒，伴侶常常玷污靈魂，魔鬼在孤寂無伴的人心中造巢築窩。但是，把它嚇走驅走並不困難，寂寞的環境比喧鬧的場面更能容下歡愉，平靜永遠伴隨著孤獨者。莫非寂寞只在令人討嫌的伴侶面前才存在？當人們懼怕自己、厭煩自己的時候，便逃避孤獨。手淫者，蒙齊婭，請原諒，手淫者不可能感到自己受到良心譴責，也不可能獨自忍受厭煩，手淫者必須驕傲要求得到獨立的光榮的孤獨。馬查多㉝說過，一顆孤獨的心不稱其為心，這是很漂亮的詩句，對了，言簡意賅，但是，僅此而已，這並不是實情。現在不能談論馬查多，即安東尼奧．馬查多，但是，可以談論另一位馬查多㉞，秘訣是背向一切生活。這很難做到，那幾乎是天福，只有兩種可能性，要麼讓孤獨自我祝福、自我尋找，要麼讓孤獨自己懼怕自己，不管我們如何痛苦，孤獨依存在。第一種情況，可說是是一種獎賞，第二種情況則是一種代價，獨立的代價，諸神可以贈給人的最珍貴福音就是自身獨立，請原諒我，我打擾你們了。」

塔尼斯．加莫索帶著他的四條狗——花花、珍珠、巫婆和小蝴蝶——從路上走過去。他們把牠們放出來散散步，活動一下筋骨。他不常唆使這幾條母狗去和野狼搏鬥，因為每一條狗都值很多錢。公狗比較皮實，蘇丹、莫里托㉟、萊昂㊱、馬里涅依羅㊲，沙爾㊳斷了一條腿，對了，公狗

---

㉝馬查多（1875～1939），西班牙詩人。

㉞這裡指前者的弟弟，即曼努埃爾．馬查多，也是詩人。

㉟有「小摩爾人」之意。

㊱有「獅子」之意。

㊲有「水手」之意。

也並不是總那樣忠實，問題是牠們很便宜，便宜不便宜倒無關緊要，塔尼斯不把公狗放出來遛，因為一放出來，牠們就互相咬架。公狗只有在面對敵人時才合力相助，牠們高尚、平靜，但是感到厭倦的時候，便常常互相咬架。這也取決於當時的情況，牠們咬起架來就可能變得很危險，因為一個個都擁有難以想像的體力。塔尼斯的那幾條公狗的體重都在八十公斤以上，馬里涅依羅可能快到一百公斤了，不能讓牠們跑得很遠。母狗體重輕些，但也相差無幾。

「我們什麼時候能聽到炸彈聲呀？」

「魔鬼」塔尼斯微微笑了笑。

「快了，親愛的，快了。」

塔尼斯對他的幾條大獵犬關心備至，精心飼養，選擇食物十分嚴格，還要清洗身子，消除扁虱，按時注射疫苗。他常常把牠們放出去活動活動，塔尼斯的獵犬是那一帶的驕傲，人人羨慕，個個稱讚，方圓幾萊瓜都找不到一條哪怕和牠們近似的獵狗。

「塔尼斯，你這條狗值多少錢呀？」

「值多少錢和你有什麼關係？我不賣。」

阿德加把殺害她亡夫的死鬼挖了出來，她女兒貝妮希亞幫了她。貝妮希亞有一對栗子樣的奶

---

⑧⑧有「沙皇」之意。

頭，這樣的奶頭讓人看不夠。現在，那個死鬼還沒有死，但是，他活不長了。不要著急，炸彈說不定什麼時候就炸了，他越放鬆警惕越好。阿德加把事情講給堂卡米羅聽，他不是唯一知道此事的人。

「您，堂卡米羅，是個古欣德人，我的亡夫也是古欣德人，對了，您是個莫蘭人，現在莫蘭人比以前少了，人們說死了一些，這很有可能。我用自己的雙手和一把為了不染上疫病而祝福過的鐵鎬，親自下手把殺害我亡夫的死鬼挖了出來。我女兒貝妮希亞幫助我，就她一個人幫助我，沒有別人。我知道，上帝會原諒我偷死人，所有死人都是上帝的造物，這我知道，但是，那個傢伙不是一般的死人，與其說他屬於上帝，毋寧說屬於我。薩巴斯聖神日那天夜裡，我去了卡爾瓦利尼奧公墓，把鐵鎬藏在車上散發著香氣的荊豆秧下面。我用了很長時間，一共三個多小時，才把死鬼從地裡挖出來。死鬼身上的蛆蟲劈里啪啦地往下掉，臭氣熏天，幽靈下到地獄裡的死人格外臭。我把腐肉扔給後來被我吃掉的那頭豬，豬肉味道不錯，前時放在一邊，臘腸和豬頭放在另一邊，火腿在灶火燻烤，還有里脊、豬油，什麼也沒剩下。每當我記起那個死鬼而胃裡覺得噁心時，我就儘量去想別的東西，想被釘在十字架上的耶穌，想我的哥哥高登西奧，想身著神學院校服或者已經失明而拉著手風琴的哥哥高登西奧。他有許多事值得我去想，還還要喝口葡萄酒，我把一部分豬肉分給了親戚們，肉香四溢，他們一個個連聲稱讚好吃好吃。只有接蒙娜小姐聽我說了此事，她沒有開口，但是讓一顆淚珠淌了出來。她親了我一下，並且給我一盎司金子。」

拉蒙娜小姐傷感地笑了笑，我對阿德加講了幾句並不含多少秘密的話。

「阿德加，可不能碰我們的人呀，你很快就會看見，想逃避山野法規的人將會有怎樣的下場。」

芬科酒館老闆對民警法烏斯托．貝林瓊．貢薩雷斯解釋說，高登西奧只拉了兩次瑪祖卡舞曲〈我親愛的瑪利亞娜〉，一次是一九三六年的霍阿金聖神日，另一次是一九三九年的安德列斯聖神日。

「我聽說是一九三六年的馬丁聖神日和一九四〇年的依拉里約聖神日呀。」

「那是您聽錯了，人們有意把什麼都顛倒了，看來這是有緣由的。」

托佩略的小鬍子往上撅著，一副肅穆而威嚴的表情，他一邊唱著一邊從福西尼奧山坡上走下來。

「你沒有看見人？」

「我看見誰呀？」

「誰都行。你沒有看見人？」

「沒有，先生，誰也沒看見。」

「那麼，你得向我發誓。」

「我如果看見了，不得好死。」

托佩略估計古欣德人要打仗，他們沉默不語，但是要打仗，古欣德人默默地行動起來時，最好遠遠地離開他們，而要是莫蘭人跟在你身後，那就乾脆別出家門，特洛伊城起火了。

「你有多久沒有喝寶沙·德·加戈泉水了？」

「少說也有一個月了，這段時間裡我一直待在西雷和聖馬利納那一帶，最後一條狠我是在聖彼得羅·德·達丁看到的，那條狠鑽到瓦爾杜依德路上的科巴斯山裡去了。」

「嗯。」

高登西奧剛剛失明便被趕出了神學院，看來校方不願意背上這個慈善包袱，也不願意瞎子給他們帶來麻煩。

「一個人只有開始唱彌撒才能稱得上是神父，他唱彌撒了嗎？沒有吧？那就去他媽的吧！神學院不是收養所，宗教的航船應該在沒有任何障礙物的航道上航行。」

「對，堂基梅諾。」

堂基梅諾是奧倫塞的聖費爾南多神學院的教務長。堂基梅諾一向以心腸狠毒、缺乏憐憫感情而著稱，他也是滿嘴大蒜味，時不時地說一、兩句拉丁語，堂基梅諾是個百分之百的拉丁語言學家。堂基梅諾特別喜歡天使博士聖托馬斯·德·阿基諾[89]的論證透闢的學說，他在《論反對異教

---

[89] 聖托馬斯·德·阿基護（1225～1274），義大利天主教神學家。

徒》一書中收入了中世紀的全部智慧。眼下，到處是魔鬼般的、不倫不類的學說，共濟會的不三不四的思潮。盲人高登西奧有運氣，實際上，他不會有什麼埋怨情緒，他如果有這種情緒的話，不會得到上帝的寬容。他會拉手風琴，生性又快活，可以在帕羅恰妓院找一處落腳之地。堂娜普拉是個好人，雖然她的生活之路違背了上天之法，但是，從本質上看，她是個好人。

「不要到大街上流淚了，您不是會拉手風琴嗎？那就留在這兒拉手風琴吧，手風琴給人以快樂。」

阿奴霞西翁·薩瓦德爾比「葡萄牙女人」瑪爾塔溫柔，這兩個女人都很喜歡盲人高登西奧，眼睛瞎了倒有助於和女人打交道。門德斯照相館老闆布利塞普托·門德斯給帕羅恰拍了二十多張藝術照片，有年輕時的，有裸體的，有披著馬尼拉大披巾的，可惜高登西奧看不見。瞎子不能靠視覺，而是靠聽覺、嗅覺、味覺和觸覺，特別是觸覺，點燃自己的情火。帕羅恰披著馬尼拉大披巾，露出一隻奶頭的半逆光照片美極了，和她相比，現在那些女人簡直是些傻大姐。藝術終歸是藝術，而現在太不幸了。維希要比費爾米妮塔淫蕩，兩個費爾米妮塔也抵不上一個維希，我真不懂，可是事實就是這樣，人太怪了。堂德歐多西奧常常去找維希尋歡作樂，這個女人對他很瞭解，他愛講謊話，有怪癖，堂德歐多西奧總是心滿意足地返回家去。

「根瑪，別再喝茴芹酒了，我早就給你說過，茴芹酒對肛門痛癢有百害而無一利。」

「你呀，給我閉上嘴吧！」

「那就隨你便吧，是你自己要的。」

弗洛里安·索圖略·杜列沙斯在巴爾科·德·瓦爾德歐拉斯警察局當過民警，會吹奏風笛，精通巫醫和魔術。他是在特魯埃爾戰場被打死的，他剛到了那裡，就啪地挨了一槍，子彈正好打在眉心上，即刻喪了命。弗洛里安·索圖略·杜列沙斯的連鬢鬍子一直長到板斧樣的大嘴兩側，鬍髭也很有風格。他身上的半盒香煙沒有被帶到另一個世界去，而是被神父拿去抽了。

「上帝喲，讓他永遠安息吧，讓光明永遠照耀著他吧。」

這是戰爭，到處都被死亡的氣氛籠罩著，不跑，那就得飛。在班長帕斯瓜利尼奥·安特米爾·卡奇索死去以後，瘋婆巴西莉莎仍然給他寄香煙和巧克力，她不知道帕斯瓜利尼奥·安特米爾·卡奇索已經被打死，還以為他把她遺忘了呢，總是有更好的女人冒出來，瘋婆巴西莉莎已經卸去了負擔。很多時候形勢不被人們所認識，在戰爭期間更是如此。有的人先死了，有的人後死，還有的人活了下來，他們活下來講述發生的事情。死人留下的香煙和巧克力，總是有人享用的，這兒，什麼都不會扔掉。

「您知道現在是幾點鐘嗎？」

「不知道，我從來不知道幾點鐘，幾點鐘不幾點鐘，和我毫不相干。」

「貓臉」被打死了，沒有悲痛，也沒有榮光，帕羅恰妓院的女人沒有一個為他掉一滴眼淚，而是相反，她們一個個拍手稱快，有的人拍得重些，有的人拍得輕些。

「他和堂赫蘇斯·曼薩內多一樣，都是狗娘養的嗎？」

「差不多，也有點不同，但是，他有過之而無不及。」

拉薩羅·科德沙爾在成年之前就被殺害了，死神有時突然降臨，說奪去誰的生命就奪去誰的生命。拉薩羅·科德沙爾是在里弗戰役中被摩爾人殺害的，子彈上沒有寫著是摩爾人還是基督徒的，子彈本性殘忍，不管你是誰，子彈沒有長眼睛，它是瞎子。幾乎所有瞎子都拉一手好手風琴。拉薩羅·科德沙爾被殺以後，山界就消失了，再沒有人看見它，就是野狼和貓頭鷹，也沒有再看見它。拉薩羅·科德沙爾長著一頭胡蘿蔔顏色的頭髮，眼睛碧藍，神秘得像兩顆綠松石，太遺憾了，那個可恨的摩爾人偏偏打中了他，誰也不知道那個摩爾人是誰，就是他本人也不知道。

「喝咖啡嗎？」

「不喝，喝咖啡睡不著覺。」

羅賓·列寶桑重新拿起寫好的東西看起來，有些文字他能整段地背誦下來，哪些地方做過塗改也記得一清二楚。拉薩羅·科德沙爾是這個真實故事中的第一個死者，故事伊始就交代：羅布斯蒂亞諾·塔魯略死在摩洛哥的貝尼·烏利謝克陣地上。根據最可靠的消息，他是被貝尼·烏利西蓋爾部落的一個摩爾人殺害的。羅布斯蒂亞諾·塔魯略很有本事讓姑娘們受孕，也就是說，他善於幹這種事，並且有那種嗜好，等等。最後一個死者還沒有死，在這個永遠不會完結的死亡統計表中，總有個把死者等待列進去，其實，這就是被慣性推動著的一個沒有尾環的死人鏈條。拉薩羅．科德沙爾．格洛瓦斯有可能就是羅布斯蒂亞諾．塔魯略．格洛瓦斯，也可能不是，那場戰爭已經過去許久了，一方是基督教軍隊，另一方是摩爾人軍隊，這一點是不會記錯的。那時，消息很慢，人們不像現在這樣恐懼，也不像現在這樣互相殘殺。那時疫病多，但是不會無故地流這麼多的血，現在流的血不以重量計算，而是以百分比計算，我弄懂了。

「你知道他還在這兒嗎？」

「不知道。」

「我告訴你他在什麼地方，好嗎？」

「好吧。」

巴加涅依拉人玻利卡波手上少了三根手指，那是被一匹烈馬咬掉的。巴加涅依拉人玻利卡波可以馴化山上的野獸，包括凶猛的和溫順的，瞪著眼睛咬人的和善於偽裝逃走的。巴加涅依拉人玻利卡波壓低了嗓音。

「他在維哥．德．阿巴霍，住在『夏至草』多明戈家裡，明天去西爾瓦博亞。」

「你怎麼知道的？」

「是多明戈的女兒埃烏赫妮婭告訴我的，我想是她父親叫她來告訴我的。」

「很可能。」

塔尼斯·加莫索力大如牛，一隻手就能拉住一頭大騾子。塔尼斯·加莫索的幾條大獵犬是好品種，安靜、沉著、勇敢、強壯，牠們呆厭了，就互相咬架，這大家都知道。蘇丹和莫里托這兩條獵犬就足以嚇跑薩古梅依拉山上的野狼，也能嚇跑瓦爾達斯·埃戈西斯山上的野豬，那隻狼、那頭野豬常常跑到櫟樹林來吃果子。蘇丹和莫里托老遠就能嗅到那個婊子兒子的氣味，辨認出婊子兒子的九個特徵，有些特徵並不散發出濃重氣味，事實上，幾乎沒有一個特徵散發出氣味，對了，有兩個，手上的汗液和龜頭的尿鹼，但是，嗅覺就是嗅覺，蘇丹和莫里托訓練有素，「百發百中」，能即刻變得十分凶猛。這兩條狗幾乎不需要使出一半力氣，牠們的力氣太大了。

「你幹什麼去？」

「和你沒有關係，問這個幹什麼？」

塔尼斯·加莫索像半瘋似的。塔尼斯·加莫索思考問題一向敏捷，但是，他現在像半瘋似的，看來他思緒翻騰，腦袋裡有，心裡有，嗓子裡也有，都是些遲鈍的、凋謝的想法。同時，往事也如同馬蜂一樣簇擁在一起，這些往事都是些可怕的、凋謝的回憶。

「你牙齒真痛嗎？」

「誰告訴你的？」

「你耳朵真痛嗎？」

「這和你有什麼關係？」

塔尼斯·加莫索竭力把翻騰著的思緒和眾多的往事回憶梳理一下，當然也包括他的希望、他的義務和他的行為。恐懼如同一條象鼻蟲，正在逐漸地蠶食著靈魂的各個部位，這樣蠶食著靈魂的各個部位也許已經有好多年了，只是沒有人知道而已。應該邁出的腳步正在輕盈地邁出去，而且如果有必要那就閉上眼睛，誰也不必問什麼。人之上還有上天之法呢，那是管理我們的上天之法呀，彷彿上帝從兩片雲朵中間開的小窗窺視著我們，上帝手中總是握有一束光線的。

「我什麼都想好了，但願上帝原諒我，但是，我什麼都想好了，現在只差實際體會一下了。良心上一定會感到不安，首先是感到一點不安，然後是大為不安，最後連牙齒和耳朵都痛了起來，再後就一切都得心應手了。牙齒和耳朵痛一點兒，那沒關係，對了，現在牙齒和耳朵痛得很厲害，但是沒有關係，疼痛很快就會過去的。

塔尼斯·加莫索來到拉米尼亞斯山時天還黑著，這座山坐落在西爾瓦博亞、福爾戈沙和莫斯特依龍之間。那時人們還在睡夢中，狗迎著晨露汪汪叫個不停。塔尼斯·加莫索身邊只帶兩條狗，帶多了的話，在狗出擊時難以指揮。據說狗的眼睛會模糊不清，從而瘋狂起來，如果有三條以上的狗在一起，並且任牠們自由行動的話，狗就不再聽主人的話了。

「我如果願意，可以丟下這事不管。現在雨還在下，事實上雨一直在下，現在，我的牙齒和耳朵痛得很厲害，但是，我肯定地說，這是無關緊要的。他們吩咐我去幹他們想幹的事，但是沒有告訴我一定要在星二、星期三或者星期四幹，沒有給我指定時間，我如果願意，我可以丟下這事不管，問題是我不願意丟下。」

雨點滴落在山上，滴落在小溪和泉水的水面上。雨點滴落在荊豆和櫟樹上，滴落在繡球花上、水磨坊的蘆葦上和公墓的忍冬上。雨點滴落在活人身上、死人身上和將要死去的人的身上。雨點滴落在男人身上和凶猛的動物身上，滴落在女人身上和野生植物、家養植物上。雨點滴落在善吉尼奧山上和寶沙·德·加戈水泉上，那隻野狠就是喝這孔清泉的水，有時個把迷路的、永遠歸不了隊的山羊也在那兒喝水。雨好像下了一輩子，甚至要下到來世；雨好像在戰爭期間下個不停，在和平時期也下個不停；看著雨不停地下真讓人高興，也許雨停了，生命也就完結了。雨好像在上帝創造太陽以前就開始下，雨不緊不慢地下，雨點裡含著濃厚的同情心，雨在下，天空並沒有表現出被雨下厭的徵候。

塔尼斯·加莫斯帶著兩條狗在雨中行走，無聲的雲低垂在他頭上，法比安·明蓋拉在西爾瓦博亞山間小路上往前走，他在維加·德·里巴渡過奧塞依羅河，心中很害怕，一段時間以來他就心懷恐懼，身上總是帶著手槍。

「如果有壞蛋跑出來擋住我的去路，我就幹掉他，就是上帝，我也要殺死他！」

塔尼斯·加莫索坐在一塊岩石上，兩隻手各牽著一條大狗。塔尼斯·加莫索捲了一枝煙，鎮靜地深深吸了一口氣。

「對娘子兒子完全可以像打狐狸那樣打死他們，根本不要事先告訴他們，是吧？」

莫喬．卡羅波在天放亮時停了下來，在寶沙泉水裡喝水，塔尼斯．加莫索湊了上去。

「我現在告訴你，我要殺死你；你雖然不配，但我還是事先告訴你。」

莫喬用手去摸手槍，塔尼斯立刻把他的手槍奪了過去。莫喬跪下，哭著乞求，塔尼斯．加莫索對他說：

「並不是我要殺你，殺你的是山野法規，我不能對山野法規置若罔聞。」

塔尼斯．加莫索閃開身子，蘇丹和莫里托立刻撲上去咬了起來，牠們只咬了那麼幾口，一口也不多。

「夠了！」

蘇丹和莫里托放開死人，搖著尾巴，一副歡快的神情。法比安．明蓋拉死了，沒有悲痛，沒有榮光，過了不久，大約兩個小時吧，或者說幾乎兩個小時，一聲炸彈爆炸聲響徹雲端。

拉蒙娜小姐笑了。

「太好啦！」

那天夜裡，盲人高登西奧，這個心靈純淨如同聖約瑟百合花一樣的妓院手風琴手，以異常歡快的心情奏起了〈我親愛的瑪利亞娜〉那支瑪祖卡舞曲。他一直拉到清晨。

「你不會拉別的曲子？」

「不會。」

推銷員堂坎迪多．維利亞．桑切斯問盲人手風琴手：

「請您告訴我一件事，把那個傢伙幹掉了，您高興嗎？」

「高興，當然高興，再沒有比這更讓人高興的事了！」

「那麼，我們的上帝還要把他打發到地獄去，扔到油鍋裡炸，您也高興嗎？」

「高興。」

# •附錄• 法醫報告

地點和時間已經交代過了，等等。

死者姓名：法比安．明蓋拉．阿布拉干

## 屍體外部檢查

死者男性，成年，二十五歲左右，身高一米六，體重約五十五公斤。體質較弱。營養狀況正常。額頭和前頭頂處皮脂溢較多，禿頂初期，髮色深栗。額頭部位頭髮稠密。

屍體呈俯狀平臥，上肢彎曲，著棕色燈芯絨褲，半新，有撕口，特別是下部滲血和濺血污跡較多。外套爲淺綠色，左側衣袖及同側肩部有破口和撕裂。翻領上有乾血跡和幾處濺血。右側衣兜撕裂。灰色半新純棉襯衣衣領髒污，並且缺一枚領扣。襯衣衣領上有大片大片的滲透血跡和乾血跡，右側的血跡已經浸透套在襯衣裡面的藍色羊毛衫。白色嗶嘰內褲髒污，且帶有黏性大便和尿濕痕跡。同是嗶嘰布料的背心，在右肩及肩前部也有血跡。棕色皮靴和黑色棉襪都已破舊，沒有血跡。

屍體有下列外傷：頸部右側有撕裂傷口，此處肌肉翻露。甲狀腺軟骨下方二釐米處和胸骨端部一釐米處吊著一片肉，上面仍然掛著皮下細胞組織和頸部皮膚纖維。撕裂傷口有一段延伸到鎖骨前端彎部，約七釐米，另一段一直伸到舌骨前部肌部，約五釐米長。傷口邊緣不整齊，呈撕裂狀，距離受傷部位中心有一釐米。另外，還清晰地發現規整的角形牙齒（不是人牙）傷痕；頸部右下方，即胸鎖突後側和斜方肌下緣前方，也有牙印。右側鎖突肌肉、胸甲狀腺及同側甲戕腺處嚴重撕裂，血管神經束解剖關係已經完全脫離，頸部動脈嚴重撕裂。

此外，右側外耳和右側眼窩區也有牙傷，一道嚴重撕傷始於顴骨，終於右側嘴角附近。鼻子也有擦傷和小塊撕裂，此處撕裂同其他傷痕不同，並不屬於同一病源性質，因爲沒有牙印，從形狀及長度看，可能爲跌倒和拖拉所致。屍體頭部沾有大量現場枯葉。嘴部和鼻部有血跡。

左小臂同樣有咬傷，儘管該處由於衣服作用而傷勢較輕。左手內側邊緣和指根以及無名指和小指都被牙齒嚴重撕裂，小指傷勢較重，第一骨節幾乎斷離。左腕部位也有撕裂，但因手錶錶帶保護，撕裂程度較輕；錶盤已經破碎。右手指根只有一處咬傷痕跡，但掌骨末端有多次擦傷。右手滿是血跡，指甲間有幾根筆直的毛髮，長度約爲五釐米，末端尖削，呈灰白色。肉眼觀察，確認不是人髮。

右小臂有黑色紋身圖案，繪製粗糙，一枚寫著字母R和T的利箭穿過一顆心臟。

兩條小腿均有嚴重牙傷，雙腿都留有乾血跡。

屍體已經完全僵硬；雙側角膜均有雲翳，右側髖骨凹陷處隱約辨認出一切青斑。從鬍鬚長度看，死者最後一次刮臉約在六十幾個小時之前。

## 屍體內部檢查

使用瑪塔⑨⓪改進術對屍體進行解剖。

頭顱：無論顱骨還是頸骨均未發現任何形式的骨折。腦膜正常，蛛網膜輕度水腫。腦正常，解剖發現局部缺血。腦表膜血管正常，威路斯⑨①多邊區發現幾處小塊粥樣病灶。小腦、隆凸和腦髓體均正常。

胸腔：肺部輕度充血，表面及內部附有大量碳化物質。右側肋膜有黏連，右側外膜有重度纖

---

⑨⓪瑪塔（1811~1877），西班牙法醫之父。

⑨①威路斯（1621~1675），英國醫生。

維性變現象，這很可能是以前肺結核鈣化痕跡。心臟後縮，乏力，右心房還存有沫狀殘血。心臟瓣膜和動脈血管均正常。

腹腔：胃中殘留著尚未完全消化的食物（豆科食物、肉纖維和煮雞蛋）。肝局部腫大，沒有硬變徵候，但是，含有大量酒精。膽囊緊縮。腎臟顏色黯淡。膀胱無尿。其他內臟正常，不必進行法醫檢查。

頸部解剖：頸部前區以H形刀口切開後，我們外部檢查時所看到的傷情得到了證實。細心解剖發現甲狀腺軟骨骨突和右側邊角有骨折，氣管有三根環骨受到壓迫而斷裂，造成泡狀出血，侵入喉、咽、嘴。此血呈淺玫瑰色，並和支氣管分泌物混雜在一起。喉管完全斷裂，斷裂邊緣不規則，頸部被撕開一道一釐米半的口子，血腫已擴展一半，頸動脈附近的傷痕具有阿姆桑特[92]特徵。

通過驗屍，法醫認爲：

一、不是自然死亡，而是暴力致死，死前有過反抗和搏鬥（右手指關節有擦傷，衣服多處撕裂）。

二、兇手看來不像是人，因爲我們找不到一處人力致傷的痕跡（刀傷、挫傷、刺傷、擦傷、

---

[92]阿姆桑特（1796~1856），法國醫生。他對吊死和勒死屍體的頸動脈內壁特徵有專門研究。

內傷、勒傷等）。只發現有咬傷，造成死亡的最大咬傷位於頸部右側。

三、從傷口形狀、大小、分布區域、嚴重程度和現場地理環境，以及受害者右手指甲中的毛髮來看，該動物可能是狼。

四、咬傷分布廣泛而嚴重，這說明死者不是受到一隻動物而是至少兩隻動物的攻擊。

五、如果把搏鬥情景真實地再現出來的話，我們可以用下面的文字做出綜述：

a受害者在山上行走，在遭受襲擊前幾秒鐘發現一隻狼向他的頸部直撲過來。受害者沒有來得及抽出隨身攜帶的武器——該武器扔在離屍體有一段距離的地方——而是下意識地擡起左臂，想用小臂保護面部和頸部，但這時，頸部已遭到第一次咬傷。然後，狼又咬了左側幾釐米手的部位，從而造成了上面描述的那些傷痕。當時，受害者已經摔倒，在地上同狼搏鬥，企圖用右手抓住牠，同時用右拳猛擊，以便抓住牠的頸部或頭部（手上有傷，同一隻手的指甲處有毛髮）。這時，另一隻或幾隻狼看到受害者倒下，便一齊撲了上去（小腿有傷，褲子被撕裂），在潛意識的導引下，想咬住其比較活動的部位（雙腿）。在搏鬥中，衣服撕裂，鈕扣丟失，等等。最後一隻狼，或者是開始攻擊受害者的那隻狼，咬了兩次（乳突下方兩處有牙印）頸部右側部位，造成我們在上面描述過的肌肉撕裂。顱骨部位的傷跡是在頸部受傷之後牙咬留下的，狼在該處曾咬過兩次（有兩處牙印）。

b受害者倒地以後發生了大出血，當時他仍然處在某種清醒狀況。他放開狼，撫摸受傷部位

（雙手有浸血印跡），直到最後死亡。

六、非常奇怪的是，受害者身體雖然有多處被牙齒撕裂的傷痕，但是沒有一塊肉被野獸吞食，因而受狼猛烈攻擊的可能性難以理解。唯一合乎邏輯的解釋是，狼擊倒受害者以後，被響聲、喊聲、槍聲或其他目前難以想像的聲音驚嚇，丟下獵物逃走了。

經過屍體解剖研究，法醫的結論是：

一、死亡是外部，即右側頸動脈大出血造成的。

二、在上述死亡致因中，很可能還有其他因素，如頸動脈血管擠壓（阿姆桑特特徵），該處神經急遽收縮。

三、看來各處傷痕均爲狼咬所致。

四、我們估計死亡時間爲昨日七時左右。

五、由於沒有人爲因素，也沒有發現人與人之間的搏鬥痕跡，所以從法醫角度分析，應是事故死亡。

法醫　馬西亞爾·門德斯·桑托斯

（簽字　草體）

**一九八三年初夏寫於西班牙**

**帕爾馬·德·馬略爾卡**

# 賽拉生平年表



一九一六年　五月十一日，卡米洛·何塞·賽拉·特魯洛克出生於西班牙西北部加利西亞地區拉科魯尼亞省帕德隆市伊里亞—弗拉維亞縣。父親是西班牙人；母親是英國人，有義大利血統。

一九二二年　開始在加利西亞著名港口城市維戈上小學。

一九二五年　隨全家移居首都馬德里。先後在埃斯科拉比奧斯神父中學和馬里斯塔斯修士中學念書。

一九三四年　入馬德里大學攻讀法律、醫學與哲學。

一九三五年　第一部詩集《踏著白日猶豫的光芒》問世。

一九三六年　西班牙內戰爆發，輟學從軍，參加佛朗哥的部隊，當了一名士兵。

一九三九年　內戰結束，退役回到馬德里。先後當過小公務員、畫匠、電影演員、記者、柔道教練、鬥牛士。

一九四二年　第一部小說《帕斯庫亞爾·杜阿爾特一家》出版，轟動西班牙文壇。

一九四三年　長篇小說《憩閣療養院》問世。

一九四四年　長篇小說《小癩子新傳》問世。

一九四五年　出版詩集《修道院與語言》及短篇小說集《飄過的那幾朵雲彩》。

一九四八年　遊記《阿爾卡里亞之旅》和詩集《阿爾卡里亞之歌》出版。

一九五一年　長篇小說《蜂房》問世，再次轟動西班牙文壇，奠定了作家在文學界的地位。

一九五二年　遊記《阿維拉》發表。

一九五三年　長篇小說《考德威爾太太和兒子談心》問世。短篇小說集《關於發明的爭執》出版。

一九五四年　出訪英國，在一些名牌大學舉行文學講座。

一九五五年　短篇小說集《風磨》、長篇小說《黃頭髮姑娘》、遊記《漫遊卡斯蒂利亞》相繼出版。

一九五六年　獲「西班牙評論」文學獎。遊記《猶太人、摩爾人和基徒》出版。

一九五七年　當選為西班牙皇家學院院士。

一九六三年　短篇小說集《十一個有關足球的故事》出版。

一九六四年　出訪美國，在各大學舉行文學講座，獲得紐約一大學名譽文學博士稱號。

一九六五年　遊記《庇里牛斯山脈萊里達地區之行》出版。

**一九六九年** 推出長篇小說《聖卡米洛，一九三六》。劇本《牧草車或鍘刀發明人》發表。

**一九七三年** 獲智利聖地牙哥大學名譽文學士稱號。

**一九七四年** 當選為馬德里文學協會主席。

**一九七六年** 獲英國伯明罕大學名譽文學博士稱號。

**一九七七年** 被任命為參議員。推出長篇小說《尋找陰暗面的職業，五》。

**一九八〇年** 被西班牙國王胡安·卡洛斯一世授予「天主教伊莎貝爾女王大十字勳章」。獲西班牙帕爾瑪德馬略爾卡大學、波多黎各美洲洲際大學名譽文學博士稱號。

**一九八三年** 長篇小說力作《為兩個亡靈彈奏瑪祖卡》問世。

**一九八四年** 獲西班牙阿斯圖里亞斯親王文學獎。

**一九八九年** 十月，榮獲諾貝爾文學獎。至今，西班牙已出版其全集凡十五卷，其重要作品已被譯成三十餘種外國文章。

**何榕輯**

# 桂冠世界文學名著
## 新文學主義蔓延中

### ①羅蘭之歌

楊憲益／譯
蘇其康／導讀

300元

耳熟能詳的中古史詩，膾炙人口的英豪事蹟。即使是驚心動魄的戰爭場面，也掩不住羅蘭不爲所動的尊貴。請珍視這麼一個典範。

### ②熙德之歌

趙金平／譯
蘇其康／導讀

300元

與法國歷險史詩系統（Chanson de Geste）同屬一型，但卻是較新和先進的一型。熙德在行爲上的表現，可說是對歐洲建制革命性的詮釋。值得一讀再讀。

### ③坎特伯利故事集

400元

喬叟／著・方重／譯・蘇其康／導讀

遊藝性的故事集，喬叟高超的幽默筆法使故事在遊戲中充滿了反諷。這裡頭只記載一種東西——即是最有內涵又最具趣致的故事。

### ④魯濱遜飄流記

狄福／著
戴維揚／導讀

150元

### ⑤莫里哀喜劇六種

400元

莫里哀／著・李健吾／譯・阮若缺／導讀

莫里哀是位獨來獨往的人，他的戰鬥風格和鮮明意圖常受到統治集團知識分子的曲解，但是請注意，莫里哀比任何一位作家都要更靠近法國的普遍大衆。

## ⑥天路歷程

約翰・班揚／著
西海／譯・蘇其康／導讀

300元

夢者從意識層面的剪接敍述，將廣義的基督教民間傳統以及聖經上宗教想像加以統合，使意識世界與潛意識世界渾然結合在一部獨特的小說鋪陳當中。

## ⑦憨第德

伏爾泰／著
孟祥森／譯

150元

## ⑧少年維特的煩惱

150元

歌德／著・侯浚吉／譯・鄭芳雄／導讀

## ⑨達達蘭三部曲

400元

都德／著・成鈺亭／李孟安・譯／導讀

達達蘭，他幾乎是上帝在法國南方所造就的一個經典：他們即便沒撒過謊，卻從來也沒說過一句實話。「我只要一張嘴，南方的力量就到我身上來了」。——達達蘭即使一點都不「巴黎」，卻仍舊是道地「法國」的。

## ⑩紅與黑

斯湯達爾／著
黎烈文／譯・邱貴芬／導讀

300元

## ⑪普希金詩選

普希金／著
馮春／等譯・呂正惠／導讀

450元

「他像一部辭典一樣，包含著俄羅斯語言的全部寶藏、力量和靈活性。……在他身上，俄羅斯的大自然、俄羅斯的靈魂、俄羅斯的語言及性格都反映得那樣純淨、那樣美。」

## ⑫黛絲姑娘

哈代／著
宋碧雲／譯・劉紀蕙／導讀

200元

⑬拜倫詩選　拜倫／著　查良錚／譯・林燿德／導讀　500元

⑭雪萊抒情詩選　300元
雪萊／著・楊熙齡／譯・林燿德／導讀

⑮包法利夫人　福婁拜／著　李健吾／譯・彭小妍／導讀　200元

⑯酒店　左拉／著　鍾文／譯・林春明／導讀　200元

⑰娜娜　左拉／著　鍾文／譯・彭小妍／導讀　250元

⑱僞幣製造者　紀德／著　孟祥森／譯・阮若缺／導讀　200元

⑲窄門　紀德／著　楊澤／譯・阮若缺／導讀　150元

⑳審判　卡夫卡／著　李魁賢／譯・導讀　200元

㉑湖濱散記　梭羅／著　孟祥森／譯・單德興／導讀　150元

㉒大亨小傳　費滋傑羅／著　喬治高／譯・林以亮／導讀　150元

㉓熊　福克納／著　黎登鑫／譯・鄭明哲／導讀　100元

㉔太陽石　帕斯／著　朱景冬／等譯・林盛彬／導讀　400元

愛情與死亡，快樂與悲傷，現實與夢幻，地獄與天堂，歷史的追憶，未來的嚮往，諸般如此永恆的對立，在帕斯的詩中「象徵」得如此鮮活而又「偉大」。這一定又是一位「不死」的詩人。

## ㉕一九八四

歐威爾／著
邱素慧／譯・范國生／導讀
150元

## ㉖地下室手記

杜斯妥也夫斯基／著
孟祥森／譯・呂正惠／導讀
150元

## ㉗復活

托爾斯泰／著
鍾斯／譯・呂正惠／導讀
250元

## ㉘里爾克詩集（Ⅰ）

里爾克／著
李魁賢／譯・導讀
250元

里爾克在《杜英諾悲歌》中所處理的題材是：人的困局及其提昇超越之道，由閉塞的世界導向開放世界之過程。到了《給奧費斯的十四行詩》；則已攀登至世界內部空間而遙遠地立於彼岸。

## ㉙里爾克詩集（Ⅱ）

里爾克／著
李魁賢／譯・導讀
350元

《新詩集》是里爾克親炙羅丹工作倫理的教益後，學習如何觀察事物，並探究其內在生命的一連串思潮轉化的創作記錄。《新詩集別卷》則是那之後一種欲罷不能的焠煉。詩人將此詩集題獻給「偉大的友人：奧克斯特羅丹」。

## ㉚里爾克詩集（Ⅲ）

里爾克／著
李魁賢／譯・導讀
250元

諧和的韻律是里爾克一向不忘顯露的才華，在物象的取向上預示了即物主義的先兆。《形象之書》可說是從原始性、泛神論性之自然感情的表現，轉化到巴黎時代外在清澈觀照之運作過程的記錄。

## ㉛權力與榮耀

葛林／著
張伯權／譯・王儀君／導讀
150元

桂冠世界文學名著 49

總策劃／吳潛誠

# 爲亡靈彈奏

*La Famila de Pascual Duarte*
*Mazurca para dos Muertos*

原著>賽 拉
(Camilo Jose Cela)
譯者>李德明・等
導讀>林盛彬
總策劃>吳潛誠
執行編輯>湯皓全
出版>桂冠圖書股份有限公司
發行人>賴阿勝
地址>台北市新生南路三段96之4號
電話>(02)3681118・3631407
電傳>886－2－3681119
郵撥帳號>0104579－2
登記證>局版台業字第1166號
印刷>海王印刷廠
初版一刷> 1994年1月

ISBN 957-551-689-3
定價>

國立中央圖書館出版品預行編目資料

爲亡靈彈奏／賽拉（Camilo José Cela）
原著；李德明等譯；林盛彬導讀. -- 初
版. -- 臺北市：桂冠, 1993[民82] 面；
公分. --（桂冠世界文學名著；49）
譯自：La famila de Pascual
Duarte／Mazurca para dos muertos
ISBN 957－551－689－3（平裝）

878.57　　82009448